U0933731

大周互娱
DA ZHOU HU YU

沫许辰光 5

月下魂销 著

YUEXIA
HUNXIAO
WORKS

江苏凤凰文艺出版社
JIANGSU PHOENIX LITERATURE AND
ART PUBLISHING, LTD

目录

第1章　希望下的绝望 …… 001

第2章　失去孩子的痛 …… 018

第3章　求婚戒的秘密 …… 033

第4章　她和他的爱情 …… 050

第5章　能不能活下来 …… 066

第6章　一盒子的情话 …… 080

第7章　年庆暗流汹涌 …… 097

第8章　需要心理医生 …… 113

第9章　她得了抑郁症 …… 130

第10章　盛开的向日葵 …… 145

第11章　为她费尽心思 …… 159

第12章　隐瞒还是面对 177
第13章　为她背负一切 190
第14章　心情是疗伤药 206
第15章　小天使他在笑 221
第16章　断了线的风筝 234
第17章　谁也别想好过 250
第18章　最长情的告白 264
第19章　心一下子酸了 277
第20章　只想陪你到老 291
番外1　楚梓霄 304
番外2　小故事 310

目录

第1章

希望下的绝望

深夜下的墨宫古堡充斥着诡谲又血腥的气息，让所有人感到压抑。

简沫一脸绝望地看着已经忘记了反应的石少钦，有种孩子马上要从她的身体中被剥离的感觉。

“卡尼，通知医生，快！”石玦郗推开要来扶他的卡尼，用尽全身的力气嘶吼出声，“通知医生！”

卡尼看着因为急切想要知道简沫情况而脚步不稳的石玦郗，只能咬牙打电话，通知医生赶快到手术室里。

“沫沫会没事的。”石玦郗说着，身体支撑不住似的往前一倾，如果不是扶住墙，他就会摔倒，“沫沫不会有事的！这里有最好的医疗团队，有最好的医生……沫沫一定不会有事的！”

整个空间充满了复杂而诡异的气氛，除了莫森，仿佛大家都忘记了反应。

在石玦郗差点摔倒后，石少钦终于清醒过来，他甚至没有去看一眼石玦郗，人就已经飞速下了楼梯。

“求你……救救小琰……求你……”简沫边哭边呢喃着。她的视线已经模糊不清了，不知道是被泪水糊住了，还是因为身体透支了。

“沫儿。”石少钦像个手足无措的孩子。他蹲跪在地上，看着一地血水，整个人神经紧张，就好似世界末日到来了一样。

他明明杀伐果决，经历过杀戮场，那时的血比这地上的血要骇人几百倍。

可是，他从来没有这样惊恐甚至抗拒过。

“沫儿，沫儿！”手足无措的石少钦左右看着，一向冷静的他竟然不知道要干什么。

“钦少，送简小姐去手术室！”卡尼急忙说道。

石少钦偏头看向卡尼，机械地点点头，然后抱起了简沫，急忙往手术室奔去。

“你不会有事，孩子也不会有事！”石少钦咬牙说道，“我不会让你们有事！”

“阿辰，阿辰……”简沫开始大声哭了起来，仿佛绝望的最后，她的希望只有顾北辰可以给。

“给顾北辰打电话！”话是从石少钦的牙缝中挤出来的。

急促的脚步声在深夜的墨宫变得越发诡谲，所有的医护人员，不管是哪方面的权威，都被一道命令惊吓得半夜就紧张了起来。

石少钦的脚步不停，在医生赶到的时候，他已经抱着简沫抵达了手术室。

“我要她和孩子都活着。” 石少钦气息不稳，嘶吼道，“不管将来他们谁有意外，我都会让你们生不如死！”

医护人员一个个骇然不已，妇科医生没有见过这样暴戾的石少钦，更是震惊得忘记了呼吸。

石少钦已经失去惯有的冷静，就算石玦郗做换心手术的时候，他也没有这么暴躁过。

“阿辰……呜呜……阿辰……”简沫还在哭。

妇科医生已经冷静下来，简单地检查后，说道：“要立马做剖腹手术。”这会儿，她心里七上八下，也不知道是发生了什么事。只是孕妇的状况有些糟糕，她不知道等一下会发生什么让人意想不到的事情。

简沫的意识已经开始模糊，手还放在肚子上，紧紧地攥着，嘴里不停地呢喃着：“阿辰，我要阿辰……”

“电话打通了没有？”石少钦暴怒，看向卡尼，吼道。

卡尼摇摇头，表情十分着急，不停地重拨电话：“电话一直无法接通。”

“阿辰……阿辰……”

“沫儿，你乖！”手足无措的石少钦凝声说着，“你先生孩子，我保证，我保证让北辰过来看你，我保证！”

“我不相信你。”简沫虽然意识模糊，可她仿佛还能分辨出石少钦的声音，“我要阿辰。”

石少钦咬牙切齿。他看着简沫，想要抚慰她，可是他根本不知道要怎么办，而简沫一直要顾北辰，更是让他变得焦躁起来。

“钦少，你先出去吧。这会儿，即使耽误一秒，孕妇也会面临更大的危险。”妇科医生冷静地说道。

石少钦又看向卡尼，见卡尼脸色凝重地摇了摇头，他的手微攥了一下，咬牙切齿地撂下一句“我要她们母子平安”，然后转身出了手术室。

手术室外面全是等待一有突发状况就要紧急补上的医生。

“这下，你开心了？”石玦郗许是太过压抑，忍着心脏的不适，从来不曾冷漠地指责过石少钦的他，忍不住咬牙开口，“不管是简沫还是小琰出了事，你会更容易拉着顾北辰到你的世界。石少钦，你是不是特别开心？”

石少钦的手瞬间攥紧，传来“嘎嘎”的骨节错位声，透着隐忍。若是在平常，这样的嘲讽，他会照单全收，甚至冷漠地回过去。可在这一刻，就连他自己都不知道，他在害怕！

是，他在害怕！

他害怕医生出来告诉他，只能保住一个，甚至一个都保不住！

这样的感觉，让石少钦产生了从未有过的恐惧，恐惧得甚至忘记了他今天原本有的暴躁。

卡尼还在持续不断地拨打顾北辰的电话，可是依旧无法接通。

此刻，旧金山正是夜生活最为疯狂的时候。

自从进了罗松贤的场子，顾北辰就发现自己的手机信号被屏蔽，对此，他并不觉得意外。

“辰少这样，我们仿佛就没有办法继续往下谈了。在利益上无法达成一致，总是让人感到头疼。”罗松贤笑看着对面的男人。

“确实。”顾北辰掏出烟，用钢制火机点燃了烟，吹出烟雾时，他轻缓地开口，“人，我带走，利益上，我让罗爷三个百分点。”

“我最喜欢你这样的，简单、直接！”罗松贤依旧在笑。

顾北辰没有接话，只是看着罗松贤，目光深邃。

“其实，我有一点想不通……”罗松贤点燃了一根雪茄，看着顾北辰的目光明显充斥着贪婪，“我不明白，辰少怎么会将自己的老婆放在一个变态身边。”声音听着有些诡异，“你就不担心？”

顾北辰淡漠如斯，吸了口烟，薄唇的一侧溢出一抹淡笑：“罗爷认为呢？”

“我觉得你应该担心。”罗松贤已经毫不掩饰自己对顾北辰的想法，“你约在今天，而我也在今天给他打了电话。”

顾北辰目光一凛，看向罗松贤的眼里溢出一丝凌厉，不过瞬间他就恢复了冷漠：“罗爷喜欢诛心？”他尾音清扬，明显不为所动。

罗松贤对顾北辰越发满意。这个人太过冷静、沉着，哪怕这会儿，他的内心其实已经乱作一团，你从他脸上也看不出太多的信息。

“诛心不好吗？”罗松贤笑了起来，“不诛心，我怎么能活到现在？”

顾北辰垂眸，轻笑：“我提的条件，罗爷同意吗？”

“人，我可以放了。”罗松贤的笑容变得诡异，“可你，要留下！”

这样的结果，是顾北辰早已经预料到的。如果一个人对另一个人起了心思，无论男女，都会有执念。

“我？”顾北辰垂眸轻笑，“罗爷的胃口真大。”他的声音里听不出是什么情绪，让人不知道他是在嘲讽还是在冷嗤，又或者是无奈。

罗松贤看着顾北辰，眸子深处透着一丝狠厉：“我的胃口大，那是因为我吃得下！辰少认为呢？”

“可我身上有刺，就怕罗爷吃不进。”顾北辰依旧淡漠以对，修长的手指微微弹动着烟，烟灰肆无忌惮地飘落。

“吃不吃得进，那就是我的事情了。虽然我有时候喜欢玩手段，但如果对方是你，我还真不想。”罗松贤笑里藏刀。

顾北辰始终淡定、从容，甚至在罗松贤表达得这么清楚后，他都未变脸色，这让王启成都不免心生佩服。

“你认为，你派过去的人能拿到你想要的，所以你就有恃无恐？”罗松贤弹了弹雪茄。

“罗爷的眼睛看得可真不清楚。”顾北辰脸色未变，声音却透着嘲讽。

罗松贤暗暗蹙眉：“辰少好似真的有恃无恐？”

顾北辰轻睨了一眼时间，幽幽的声音缓缓溢出：“萧楠已经不在你手上，我需要的东西也已经到手。罗爷认为呢？”

罗松贤脸上的笑意未变，王启成的心里已然咯噔了一下，顾北辰这个样子，根本不像是在说谎。

王启成不需要罗松贤吩咐，急忙转身去核实。过了没一会儿，他回来了，先是看了看顾北辰，随即去了罗松贤身边，附耳说道：“罗爷，人确实被救走了。”

罗松贤的眸光陡然一凛：“辰少还真是好手段。”

“放迷雾这样的事情，并不只有罗爷一个人会做。”顾北辰轻缓地吸了口烟，微抬鹰眸，看向对面的人，声音冷漠，“我不是当年的石少钦，也不是如今的石少钦。难道罗爷认为用对付他的那套也能对付我？”

顾北辰的话音刚落，王启成的电话就响了。他面色凝重地拿出手机，看到来电显示的时候，表情微动。

接通电话，听着里面急切的声音，王启成的脸色立刻变了。

“罗爷……”

罗松贤微微抬手，打断了王启成的话。

“我很好奇，辰少是怎么做到的。”罗松贤一直看着顾北辰，之前胸有成竹的模样也已经有了一丝狠厉。

顾北辰轻笑，只是声音透着冷然：“罗爷是问萧楠，还是什么？”

“你这会儿是在拖延时间？”

“不需要。”顾北辰的声音里没有显露任何情绪，让人听着心寒，“一开始，不管是萧楠还是后面你提到的两个人，都只是幌子。今天我过来，不过是我棋局里的一步棋。”

他是下棋人，也是被下的棋子。只有一切掌控在自己手里，他才能在迷惑罗松贤的同时，得心应手地下完这盘棋。

人棋合一，谁说不是稳赢呢？

罗松贤已经变了脸色：“你没有这个能力，石少钦也没有！就算是龙枭，也没有！”

“谁说不是呢？”顾北辰始终语气淡淡的，“虽然如今石少钦拥有墨宫，可就真的仅仅是因为无法面对你的一些心思，所以他不能动手吗？”

“不是！”顾北辰不等罗松贤说话，又说道，“是因为他很清楚，墨宫虽然强大，可和你盘根交错的势力相比，想要稳赢的话，他没有十足的把握。”

“你就这么甘愿让他摆布，甚至让他用你老婆来控制你？”罗松贤咬牙。

顾北辰笑了，声音中透着嘲讽：“罗爷不是已经怀疑我和他是合作关系了吗？”

话音落下，罗松贤和王启成到底变了脸。

谁能想到，一个曾经被石少钦毁了人生的人，还会和他合作？

“不可能！”罗松贤语气凌厉地反驳。

“罗爷是觉得我不可能和他合作，还是觉得就算我们合作，也不会处理得这么无声无息？”顾北辰轻笑，垂眸的同时敛去了眼底的冰冷，“我想，罗爷一定是觉得都不可能。”

顾北辰俯身，将烟按灭后起身。在大家已经紧绷的情绪下，他神情淡淡地看着罗松贤那已经变了颜色的脸：“我自然不会好心地给罗爷解释，也许，在接下来的时间里，罗爷可以慢慢想。”话音一落，他抬步欲离开。

“你以为你走得了？”

“你认为呢？”顾北辰脸上透着淡淡的笑意，微微偏头，表情嘲讽地看了王启成一眼后，收回视线，踏着沉稳的步子继续往外走。

“这次，资料还是XK给你的吧？”

就在顾北辰快要到门口的时候，从他身后传来幽冷的声音。

罗松贤偏头看着顾北辰孤傲中透着冷漠的背影：“之前就有消息说，你能那么快拿到夜光钻石，是因为有XK给你的资料。”

顾北辰没有动，也没有说话。

“我想不出，在这个世界上，还有什么人可以从我的手上就这样神不知鬼不觉地做些动作。”到底是经历过风浪的人，即使到了此刻，罗松贤依旧能气定神闲，“除非，你有绝对不可能出错的信息。”

顾北辰什么话也没有说，修长的手已经搭在了门把上。

“今天这一局，是我轻敌了。”罗松贤冷嗤一声，“可你就真的认为我丝毫没有防备？我很期待接下来咱们的较量。”他轻笑着，微微示意守在门口的人。

顾北辰鹰眸微眯，射出两道精光的同时，拉开了门，走了出去。

“罗爷？”王启成担忧地问道。

“启动备用方案。”罗松贤的脸色已不如方才轻松，透着凝重，“顾北辰，我倒要看看，就算这次是我输了，你能赢到什么。”他冰冷的声音里透着冷漠，就和此刻旧金山的夜色一样，让人感到沉重。

“封锁所有可以和墨宫直接接触的交通工具，我要最大限度地拖延时间。”罗松贤冷然开口道。

“是！”王启成应了一声，急忙去办。

罗松贤起身往外走去，思绪渐沉。资料被拿走，隐蔽的实验室也将被曝光，顾北辰不可能给他足够的时间，他所投入的资金，甚至精力都将尽付东流。

顾北辰上了车，看了一眼在副驾驶座上坐着的人，微微蹙眉："你这样上别人的车，有些不礼貌。"

"辰少和萧爷的条件已经完成。"那人开口，语气没有任何起伏，"萧爷让我带话给您，他在南非等您。"

"好！"顾北辰应了一声，没有再说什么。

对方得到顾北辰的回应后，看都没看顾北辰一眼，一脸冷漠地下了车。

顾北辰也没再停留，启动车子离开。等手机有了信号后，他拨了一个电话："现在是什么情况？"

"我们已经在国际刑警分部了。"

"萧楠呢？"顾北辰问道。

"萧楠吃了一点儿苦头。如辰少所说，他们留了手，并没有造成更大的伤害。"萧恒说道。

"嗯。"顾北辰应了一声，"罗松贤必然会有所动作，等下我会亲自过去。"他过去，会尽最大努力让罗松贤没有机会逃脱这次的罪责。

"好！"

旧金山的晚上，霓虹依旧。就和很多大城市一样，他人的变迁和正在享受夜生活的人们没有任何关系。这个城市里处处充斥着喧嚣，却又处处透着冷漠。

手机振动，顾北辰接起电话。

"天哪，终于通了！"急切的声音带着抱怨，卡尼急忙说道，"钦少让我通知你……"

顾北辰一脚踏在刹车上，声音狠厉："是不是沫儿出事了？"

"简小姐摔下楼梯了。"卡尼头皮发麻。

"什么时候？"顾北辰忍着怒火，咬牙切齿地问道。

"一个小时之前！"

"那时，墨宫应该是半夜一两点，她怎么会无缘无故地滚下楼梯？"顾北辰失去冷静，愤怒地吼道。

"具体的我也不清楚，只是简小姐一直喊你的名字，钦少就让我给你打电话。"卡尼声音沉重。

顾北辰闭上眼睛，深呼吸了好几下，才能稍微冷静下来："我这会儿就过去。"话落，他挂了电话，启动车子往机场而去。

——沫儿，你和小琰都不会有事的，不会！

顾北辰满脑子都是简沫惊恐、害怕，还有绝望的样子，他甚至能想象到这事发生之后，她渴望他在身边的眼神。

他的心揪痛着，压着油门的脚也随着心脏紧缩而不受控制地往下用力压着。

车子引擎的轰鸣声带着凝重，透着它主人快要抓狂的情绪。四处的鸣笛声，显然更加压抑了顾北辰本就急躁的心情。

他方才的淡漠、从容在这一刻统统瓦解了，就连一向冷漠的脸都因为害怕和担忧变得扭曲起来。

从旧金山到墨宫，就算他马不停蹄，也要十个小时。这样长的时间，对此刻的他来说，那不仅仅是距离，更是不能立刻飞奔到简沫身边的自责。

墨宫的东方已经微微露出鱼肚白。

石少钦站在手术室门前，气氛凝重得好似一张黑色的网笼罩着他。

手术室的门突然被打开，妇科医生走了出来。

石少钦看着医生，嘴唇翕动了一下，无法克制颤抖地问道："他们是不是都没事？"

"我已经尽了最大的努力。"医生面色凝重。

"什么意思？"石玦郗的目光一滞，随后瞳孔微微扩张，"这话是什么意思？"

这时，卡尼从走廊那头奔了过来："顾北辰说立马赶过来。"他话音刚落，顿时感觉气氛不对劲，看向出来的妇科医生，下意识问道，"简小姐怎么样了？"

"说！"这个字是从石少钦的牙缝里挤出来的。

因为石少钦身上弥漫出来的气息，妇科医生也跟着紧张了起来："我已经对简小姐进行了急救处理，她暂时没有生命危险，可孩子……"

话没有说下去，在场的人却都明白医生想要表达什么。

石玦郗只觉得呼吸瞬间不畅，"嗯"的一声闷哼。他到底承受不住这样的消息，两眼一黑，人就晕厥了过去。

"玦少！"

史密斯等人急忙将石玦郗弄进了另一间手术室里。

石少钦没有动，依旧站在给简沫生孩子用的手术室门口。

即使有最好的医疗团队、最好的医疗设备，那又有什么用？

他，还是没能救回她的孩子，没有！

“钦少。”J苦着一张脸，眼眶不自觉地红了。

“呵呵！”石少钦自嘲似的笑了。

他在奢望什么？

他也想走出去，可是呢？上天不给他这个机会。他以为他可以的！可是，不行！他只能沉溺在黑暗的世界里，看着黑暗将他彻底吞噬。再没有人拉他了，再不会有人给他一点儿光亮了。

J看着石少钦感到害怕，他没有见过这样的石少钦，此刻的钦少身上有种虚无缥缈、仿佛被什么东西抽空了的感觉。

不是生气，不是暴怒，甚至不是狠绝……就好似是绝望。可钦少怎么会绝望？

“钦少？”J喏喏道。

“我不贪心的，我这次真的不贪心啊！”石少钦又笑了，他绝美的俊颜犹如死灰一般，脚步虚浮地向后退了一步，视线落在手术室那扇留了一条缝的门上，嘴里依旧低喃，“我在想，等他把事情办妥了，也许如他所说，我也可以走出去。沫儿也说，会有一颗属于我的星星……”他自嘲道，“可是，再也不会有了……不会了！”

妇科医生突然同情起眼前的男人来，就算他强大，面对爱人和自己的孩子，也是软弱的吧？

不明情况的妇科医生内心变得沉重起来。自从医生涯开始，她见过很多次母子死在生产台上。她以为自己已经变得麻木了，可看到这个男人如死灰般的绝望表情，她就这样心疼起来。

“医生，孩子突然出现生命体征！”

手术室的门突然被打开，这急切的声音就好似黑夜下的一道曙光，让听完这话的J瞪大了眼睛，石少钦更是神情茫然地看了过去。

妇科医生什么话也没有说，急忙转身，再次进了手术室。

走廊上，只剩下石少钦和J。

“钦少，刚刚那个女的说了什么？”J有些不确定地问道，“她刚刚是不是说……”

J的话没有说完，石少钦已然一把拉开了手术室的门，大步走了进去，J愣了一下，急忙跟了进去。

他们并不是真的进入手术室，而是在外面的消毒间里。消毒间里有个玻璃窗，可以看到手术室里的情况。

时间一点点过去，石少钦的眸子一眨不眨地看着。

“J，你去看一下玦郗的情况。”当医生停了手上的动作时，石少钦冷漠地开口。

“我想……”在石少钦凌厉的视线扫向J时，J吓得顿时住了嘴。他担忧地看了一眼里面的简沫，神情不满地出了手术室。

妇产医生将孩子放入保温箱，亲自处理好之后，走了出来。

“孩子活了吗？”石少钦语气不确定，声音里透着紧张。

医生的脸色依旧很沉重：“虽然孩子有生命体征了，可是他活下来的概率不超过百分之十。”

对一个早生儿来说，这么低的存活率几乎可以忽略不计。

石少钦的眼底有什么东西黯了下去，他没有了之前那样暴躁、不受控制的情绪。

医生沉叹一声：“钦少，孕妇的身体很虚弱。”

“不要告诉她。”石少钦闭上眼睛，再睁开时，他看向保温箱里的小人儿，“就说死了！”

“可是……”

“你能保证他一定会活下来吗？”石少钦低吼道。

医生愣住了，随即摇摇头。

“给她希望，再让她绝望吗？”石少钦咬牙切齿地问道，仿佛医生是他的仇人。

医生无言以对，站在孕妇的立场上，给她希望再让她绝望更加残忍。

“这段时间，你们给我把她的身体调理好。”石少钦瞬间恢复了一贯的冷静，“孩子还有生命迹象的事，除了你们，我不希望其他任何人知道。”

医生点头。

石少钦狭长的眸子猛然一眯：“我要你用最大的可能，保住他！”

“我是医生，这是我的职责。”医生又点头。

“需要什么，你不需要通过任何人，直接来找我。”

“我知道了，我不会假手他人的。”医生再次点头。

石少钦离开手术室，往石玦郗那边走去。

经过暴怒和焦急以及绝望后，他绝美的脸上恢复了他惯有的神情。

他明明是去抓简沫的，按道理，就算她紧张、害怕，他也不可能抓不住想要避让的她？仿佛在那一刻，她的身体根本不受控制地往下滑。明明脚下是地毯，她不可能打滑，不是吗？

石少钦突然停下来，一双狭长的眸子渐渐眯了起来。

黎明的阳光仿佛穿透不了厚重的云层，阴霾密布在整个墨宫上空。

莫森身上的伤已经处理好了。他们这种在血泊中求生存的人，只要不是致命的伤口，都不会有真正倒下去的那天。

厨师已经将早餐准备好，一如以往每一个早晨。

“听说了吗？”有人小声地和一旁的人说道，“昨晚好像发生大事了。”

“什么？”听的人有些茫然。

“听说玦少的身体又出问题了，医生急救到天蒙蒙亮才出手术室。”

“不是说没有大碍了吗，”茫然的人越发茫然，“怎么又要急救？”

“好像是简小姐摔下楼梯了。”最先说话的人说道，“然后玦少因为担心简小姐，心脏又承受不了打击。”

“大半夜的，简小姐怎么会摔下楼梯？”

“谁知道？不过，听说莫森也受了很重的伤。”

……

中餐厨师做着面点，时不时轻睨一眼正扎堆讨论的几个人，嘴角溢出一抹淡笑，可转瞬消失不见。

墨宫被阴霾笼罩着，处处透着压抑。

站在简沫摔下去的地方，石少钦的姿态透着一丝慵懒，修长的手指轻轻拂过扶栏……一尘不染的扶手上，什么痕迹都没有。

“钦少。”J气喘吁吁地跑了过来，“孩子……孩子怎么样了？”

石少钦没理J，只是指腹轻轻摩挲着楼梯的扶手。

“钦少？”J有些不满地问道。

“死了。”石少钦收回手，声音里没有一丝感情。

J瞪大了眼睛：“不是说有生命迹象了吗？”

石少钦轻睨了一眼J，没有解释，双手抄着裤兜，往前走去：“玦郗怎么样了？”

“玦少没事了。”J一脸担忧地皱着眉，“宝宝死了，简沫要怎么办啊？”

石少钦停下来，目光幽深地看向前方，有那么一刻失去了焦点。

J嘴角翕动了一下，看着石少钦身上弥漫出来的气息，总觉得有种悲伤的感觉。

钦少身上怎么会有悲伤的气息？

“停止墨宫的所有供给。这几天，不允许任何人出入墨宫。”石少钦冷然开口道。

“可听卡尼说顾北辰要过来。”J偏头，“说是你让他来的。”

石少钦的眸子眯了一下，声音越发冷漠：“封！”

“哦。”J应了一声，看着石少钦抬步往前走的背影，又撇嘴道，“怎么感觉奇奇怪怪的？”

墨宫被封了，而在旧金山的顾北辰也因为罗松贤封了所有能去墨宫的渠道，不得不滞留在机场。

心急如焚的顾北辰给龙枭打了电话：“我现在在旧金山机场，我要去墨宫。”

“发生了什么？”龙枭的声音是一贯的淡漠。

“沫儿可能出事了。”顾北辰的声音听上去还很冷静，可深不见底的墨瞳出卖了他。

龙枭沉默了一下，方才开口：“刚刚得到消息，墨宫封锁了所有进出口。”

顿时，顾北辰眸光一凛。

顾北辰挂了电话，又拨通了石少钦的电话，对方接了电话，他咬牙的声音透着隐忍的暴怒：“石少钦，沫儿和孩子如何了？”

“还好。”石少钦语气淡淡地开口。

“我要见她！”顾北辰没有拐弯抹角。

“第三件事情你还没有做完。”石少钦的声音冷漠，“这是条件！”

“你是在逼我？”顾北辰的鹰眸眸光微聚，冷漠的声音里透着阴狠，仿佛是一头准备进攻的野兽。

石少钦垂眸，轻笑：“我逼你，又如何？”

沉默，长时间的沉默。

过了很久，久到石少钦看着卧室门的眼神越来越阴沉时，耳边传来了“嘟嘟嘟”的声音。

石少钦缓缓垂下手，好看的嘴角轻轻勾了一下。

有些人，也许天生属于黑暗，那又何必贪恋那一点儿光呢？

石少钦缓缓推开卧室的门，天气暗沉，房里面并不是很明亮。

“钦少。”肖思悦见石少钦进来，急忙起身。

“你下去。”

肖思悦有些不放心简沫，嘴唇翕动了一下，最后还是忍住未说的话离开了。只是在关上门的那一刻，她忍不住看向里面的男人。

他缓步走到床边，看了简沫好一会儿，才在床边坐下来。他修长的手指就好似艺术品，白皙、骨节分明，指腹轻轻滑过简沫的脸颊，动作是那样的温柔，温柔得让人产生错觉，以为他是石玦郗。

肖思悦没敢继续看，轻轻合上门，总觉得空气中都透着诡异。

“沫儿，你会恨我的，对吗？”石少钦看着简沫毫无血色的脸，声音带着复杂的情绪，“恨吧！我本不该贪婪光明，否则你也不会有机会恨我。”

卧室里弥漫着悲伤，却不知道是来自简沫身上，还是石少钦。

“妈妈，呜呜……妈妈……”

简沫的额头上全是汗，她仿佛陷入梦魇中，不能自已。

痛吟声透着隐忍下的悲伤，简沫的手渐渐攥紧了，死死地揪着床单。

在梦中，一个孩子正慢慢地向后退。孩子哭着，伸出小手，看着她，喊她“妈妈”。他想要她，却只能向后退。

简沫紧抿着嘴，想要上前拉住孩子，但她的手刚碰到孩子，孩子就消失不见了。

“嗯……”简沫痛苦地呻吟着，她额头上的汗越来越细密。

石少钦双手抄裤兜，立在窗前，仿佛并没有听到身后的声音。只是随着简沫的呻吟声越来越密集，他的眸子变得越来越幽深。

“啊——”

一声惊叫过后，紧随而来的是痛苦的呻吟声。简沫想要猛然直起身，但肚子上的伤口让她痛得跌躺了回去。

石少钦缓缓转过身，表情冷漠地看着简沫痛苦的样子，并没有上前。

简沫因为浑身撕扯般的疼痛而冒冷汗，她咬了咬牙，本就苍白的脸越发没有血色。看着几乎平了的小腹，她不需要去感受，就已经知道小琰已经不在肚子里了。

“孩子呢？”声音在颤抖，她看着石少钦，眼中透着奢望。

“死了。”声音没有丝毫感情。

简沫的睫毛颤动了一下：“你……你说什么？”

“孩子拿出来的时候，就已经死了。”石少钦的声音依旧没有丝毫温度，“还是说，在那样的情况下，你认为他还能活？”

“唰”地一下，简沫的眼泪不受控制地涌了出来。

“石少钦，你说什么？”她根本不顾腹部的伤口，撑着身体坐起来，嘶吼道，“你骗我！你骗我……我的孩子呢？我的孩子呢？你把我的孩子还给我！”

石少钦神情冷漠地看着简沫崩溃的模样，和她眼底悲恸下的疯狂的恨。他的嘴角轻轻勾起：“死了，难道我还留着当标本？”

“啊——”疯狂而犀利的叫声好似划破了天际。

“咔”的一声，紧接着是震耳欲聋的轰鸣声，然后倾盆大雨即至。

“你还我的孩子，啊——”简沫就像发了疯一样扔掉床上的东西。她双眼猩红，泪水怎么都控制不了。

腹部被缝合的伤口已经裂开，泪水、血水一齐溢出，血腥味充斥在整间卧室里。

石少钦无动于衷，只是漠然地看着她：“一个孩子而已。你不是还有一个？”

简沫的脑袋瞬间变得空白，仿佛被人点了穴一样，只有眼泪不受控制地往外涌。悲伤被惊恐覆盖，她问：“你想干什么？”

“你觉得呢？”石少钦看着简沫冷笑了一声。

“啊——”

痛苦的叫声嘶吼而出，那是一种恨不得去死的绝望，简沫已经没有办法思考，只能靠这样的嘶吼来发泄。

伤口还在不停地溢血，但简沫已经感觉不到疼。她不停嘶吼，眼睛里透着悲痛和自责。

石少钦的目光越发阴沉，他就这样看着简沫。明明他想置身事外，可为什么他感觉自己快要没有办法呼吸了？

“石少钦！”简沫看着石少钦，泪眼模糊，脸上满是恨意，“我恨你，我恨……”

话还没有说完，简沫只觉得眼前一黑，整个人如柳絮一般虚软无力地倒下去了。

外面下着暴雨，墨宫再一次陷入凝重、慌乱的气氛中。

被石少钦找过来的医生们都觉得，他们就算不会因为压力而死，也会因为忙着做手术而累死。

时间一点点流逝，墨宫里的人心情就和外面的天气一样，黑沉沉的。

J在影音室里无聊地把玩着游戏柄，门被人推开的同时，一道惊雷炸响，把他吓了一跳。他一看是石少钦，长长地吁了口气。

“将昨晚简沫在门口的视频调出来。”

“哦！”J应了一声，拿过笔记本电脑将监控视频连接到投影仪上，“我那会儿无聊，已经看了视频，没发现什么异样。”

“没有人？”石少钦看着大屏幕。

“没有。”J撇嘴，“我看了对接痕迹，如果有人在视频上动手脚，我是可以看出来的。当然了，如果是高手，就不容易看出来了……但在墨宫里，没有人逃得过我的双眼。”

石少钦轻睨了J一眼，什么话也没有说，转身就往外走。

昨晚，他在简沫喝的牛奶里放了不会伤害身体的东西，那会让她睡得比较熟。纵然他那边有了动静，她也应该没那么容易醒才是。

石少钦站在保温箱前，看着里面一动不动的小东西，如果不是有仪器显示，根本感受不到小东西还有生命。

“钦少。”医生将列着需要物品的单子交给石少钦。

石少钦看都没看清单，直接折好后放入兜里：“这上面的东西，我给你备齐了，是不是他存活的概率就能大一些？”

医生摇摇头：“也许他只能多活几天，也许可以多活几个月……谁知道呢？”这个孩子活下来的希望几乎不存在，就算做这么多，也只不过是延续一天是一天。

石少钦的眸子黯了一下，然后带着几许凌厉看向医生。

医生的心“咯噔”一下，她暗暗吞咽了一下：“我是说实话……您也说了，希望越大，失望就越大。”

石少钦收敛视线，恢复了惯有的冷漠，什么话也没有说，转身离开了。

医生暗暗呼了口气，在石少钦离开后，她提到嗓子眼的心脏才缓缓落回胸膛里。

大雨一直在下。

现在的简沫除了身体比较虚弱，其他的并没有想象中的那么糟糕。她看着房间里围绕在床前的三个人，一个是肖思悦，另外两个人，她并不认识。据说，她们是石少钦给她安排的月嫂。

“简小姐，吃点东西吧？”一人拿了炖好的汤过来。

简沫没有动，目光呆滞地看着前方，不悲不喜，仿佛一个没有灵魂的空壳子。

肖思悦看着眼前的人，这个原本充满阳光、能让人感觉到希望的人，在孩子离开身体后，似乎所有的快乐消失了。

连着下了一整天的雨，向日葵花田里一片狼藉，空气中都是泥土的腥味。

“好多种子被雨淋坏了。”J有些心疼地抓起一把泥土，气恼地说道。

石少钦看着在黑土中隐约可见的葵花籽，嘴角溢出了一丝自嘲之意。

阳光终究不会属于他，从来不是他不努力。

石少钦转身，一脸淡漠地开口："让人将这里都清理了。"

"啊？"J有些没有反应过来，他手上沾着土，看上去有些滑稽，"就算有可能很多被淋坏了，也还是有能活的啊！"他不满地哼了一声，"而且，还可以再种！"

石少钦停下来，微微向后睨了一眼J，冷漠地说道："我讨厌泥土的味道！"

J有些难过。他看看黑土里的葵花籽，有些被雨冲刷出来，都有发芽的痕迹了。他说："好可惜。"

石少钦回了书房。少了简沫，整座古堡比以前更让人感到压抑。

莫森还在养伤，却有各种各样的消息流入他的耳朵里。

"好像简沫朝钦少发了脾气，反正钦少对她没有之前那么好了。"

"顾北辰来了吗？"莫森问道。

"钦少封了墨宫，禁止出入。"

莫森的嘴角闪过一抹诡异的笑，一双眸子透着冰冷、无情。

经过这一次，简沫不可能再对钦少有好感，钦少和顾北辰之间也不会再有修复的可能。

敲门声传来，随即用人走了进来："钦少让你去书房找他。"

莫森应了一声，撑着身体上了轮椅，去了书房。

"钦少，您找我？"

石少钦站在窗前，拉着的窗帘掩盖了他颀长的身形，一如既往地透着黑暗下的冷绝："墨宫里有他的人。三天内，全部清出来。"

莫森有些骇然："钦少确定？"

石少钦转身，不答反问："你是在质疑我？"

"不敢！"莫森垂眸，"我这就去办。"

石少钦没有理会莫森，再次转身从窗帘的缝隙中看着外面那隐隐的光。

莫森离开后没一会儿，石少钦的手机振动起来，他轻睨了一眼来电显示，然后接起电话。

"钦少，并没有想象中完美。"

石少钦绝美的俊脸上并没有任何波澜："人活着才有落差，北辰一直都很清楚。"

"昨天，顾北辰让龙枭的人将资料送去国际刑警分部后，他人就不见了。”汇报人沉吟了一下，说道，“直到现在，我们都不清楚他的行踪。”

石少钦微不可察地轻蹙剑眉：“旧金山的事情是谁处理的？”

“看上去是龙枭的人，手法却像顾北辰的。”

他人不在，事情却处理好了。那就只有一个可能，他提前算计好了一切，纵然有意外，事情也只能朝着他想的方向发展。

罗松贤！

石少钦挂了电话，嘴角划过冷笑，眼底阴沉一片。

第2章 失去孩子的痛

以旧金山为起点，消息迅速蔓延开来。

“慈善大家”罗松贤，数条证据确凿的犯罪行为被列出。社会道德和国际谴责，压得国际刑警和媒体气都喘不过来。

罗松贤在潜逃的路上被国际刑警抓获。因为牵扯众多，他虽被捕，但性命无碍。

对罗松贤来说，人活着就有重来的机会。可他不知道的是，此刻活着才是他噩梦的开始。

与此同时，帝皇原本被压制的股价，在洛城新一天开盘的时候开始回升。

终于在雪化的那天早晨，一直担忧的股民微微松了口气。

石少钦看着各类新闻，拿出手机拨了顾北辰的电话，但无法接通。

他并没有奢望电话能够打通。顾北辰想要见简沫，必须去完成第三件事情。

敲门声传来，石少钦收起手机。

有人推开门，光线从外面扫进来，来人有些急切地说：“钦少，顾北辰来了！”

石少钦狭长的眸子微眯，过了两三秒才轻问出声：“北辰来了？”

“是！”来人不受控制地暗暗吞咽，全身的细胞都紧张了起来。

“所以，你的意思是，在墨宫进出口被封锁的情况下，竟然有人能进入？”石少钦的声音里透着一抹薄薄的笑意，只是这样的笑太过瘆人。

“他是从后山过来的。”来人紧张不已，不敢看石少钦。

墨宫三面环海，背靠一座原始森林，那是墨宫唯一能看到绿色的地方，只是里面有野兽。森林被很高的电网拦住了，而且设了强大的信号干扰器。

“嗬！”石少钦嗤了一下，没有说话，起身往外走。

顾北辰睨了一眼被干扰器弄得已经失灵的直升机仪表盘，冷然地收回视线，下了直升机。

过了这么多年，再次踏上这里，他的心情没有想象中复杂，俊脸上除了冷漠，别无其他。

“我真的很想知道，你是怎么通过那么强的干扰进来的？”阿威双手揣在黑色作战裤的裤兜里，打量着顾北辰。

“我不和智商不够的人谈技术问题。”顾北辰冷漠地看向阿威。

阿威当下被激起怒火：“你是不是又想打？”

顾北辰有些慵懒地倚靠在直升机上，没说话。从知道墨宫被封开始，他就很清楚，不仅仅是罗松贤不想让他来，石少钦也不想。

他辗转了几个地方，整整两天没有合眼，才想到办法干扰了后山的无线电。

刚刚经过墨宫的上空时，直升机有几次差点儿坠下。在神经高度紧张的情况下，他就算有精神，身体也已经透支了。

“你打得过？”顾北辰的声音里有着毫不遮掩的轻蔑之意，他无视阿威的怒火，语气淡淡地开口，“我不想和你打，让石少钦过来。”

他人到了墨宫地界，也没有那么着急了。当然，他着急也没有用。

鹰眸扫过前面的几十个人，顾北辰收敛视线，微垂眼帘。

在他精力充沛的时候，一个阿威已经足够难缠了，他现在这个情况，估计还没看见沫儿就先趴下了。

阿威冷嗤一声：“你还是和过去一样，在别人的地盘上，狂妄！”

“那是因为我有狂妄的资本。”顾北辰微抬眼帘，墨瞳深处迸射出凌厉的光芒。

那段记忆，是他最不愿意触及的黑暗。知道沫儿出了事，他迫不及待过来。他还以为再次踏上这里，他的心是会不堪重负的。

可是，没有！

这会儿，他的心是从未有过的平静。只因为他爱的那个人在这里，他就没有什么无法面对的过去。

阿威对顾北辰此刻露出的神情讨厌极了，就在他的情绪隐忍到了极致的时候，气氛突然凝结了。

顾北辰的视线越过阿威，落在远远走来的那人身上。

休闲西装裤、浅蓝色衬衣，在不太暖和的阳光下，让人觉得石少钦和此刻诡谲的气氛格格不入。

相较于石少钦的干净，此刻的顾北辰明显有些邋遢。

“好久不见。”石少钦在顾北辰前方十米处停下，声音清润而幽远。

顾北辰很清楚，石少钦说的这一句“好久不见”不是真正意义上的好久不见，而是指从当初他离开墨宫到现在，再次踏入这里。

他站起身，不同于别人对石少钦的惧怕，如今的他虽少了年少时期的倔强，但在气势上根本不输对方分毫：“沫儿呢？”

石少钦垂眸浅笑：“我以为你会先问孩子。”顿了一下，他抬眸，眼底已然一片冰冷，“毕竟，她可是滚下楼梯了呢。”

顾北辰的脸当即染上了一层寒霜，声音透着危险之意：“我问，沫儿呢？”

“光关心女人，一点儿都不关心孩子？”石少钦的嘴角微扬，带着嘲讽之意。

“我问你，沫儿如何了？”顾北辰的声音又沉了几分。

他不是不关心孩子，甚至在被石少钦嘲讽时，他的心脏就好似被人用钝刀一下一下割着。从接到卡尼电话的那一刻起，他就已经做好了最坏的打算。

“她，总归是没死的，可孩子……”石少钦故意顿了一下，直到看着顾北辰的脸上有什么东西龟裂开来，才缓缓说道，“死了！”

话音刚落，在所有人还没反应过来的时候，顾北辰已然冲上前。只听见“砰”的一声，所有人纷纷瞪大了眼睛。

有腥甜的味道蔓延过口腔，脸颊上更是传来火辣辣的刺痛感。

“这一拳，你还真是一点儿也没客气。”石少钦的声音轻缓而平静，表情未变，可所有人都听出了他的怒气。

顾北辰的冷静已然尽数瓦解，一双鹰眸更是被怒火占据：“石少钦，你毁了约定！”话音一落，他已然又是一拳攻向石少钦。

没有人敢上前，包括阿威。

“打赢我，我就让你带简沫走！”石少钦冰冷的声音溢出来，“输了，就去办第三件事！”

顾北辰没有说话，只是一双凌厉的眸子里透着杀气。

当初，在墨宫的三个月，在非人的生活下，他要活下去，只能不停地让自己变得强大。

离开墨宫在英国的那阵子，他做了很多以前从来不认为自己会碰的事。想活着，他就要不停地让自己克服对黑暗的恐惧。

人们只知道经过绑架之事后，顾北辰从阳光少年变成了杀伐果断的帝皇总裁，可又有几个人清楚，他这些变化是用血换来的？

“石少钦，我将沫儿交给你，你就是这样保护她的？”顾北辰发狂低吼，同时拳脚越发凌厉，没有花把式，所有的攻击都不留余地。

“我只是保证她会活着，不是吗？”

“可你弄死了我们的孩子！”顾北辰已经彻底失去了冷静。

石少钦阻挡顾北辰的拳脚，开始感到吃力：“从头到尾，我可没说过，孩子也归我管。”

顾北辰发狂道：“你知不知道，沫儿对这个孩子寄予的感情是什么？石少钦，你知不知道，对她来说，失去这个孩子意味着什么？你在小琰只有一个月就可以出生的时候，让沫儿失去了他！”

“啊——”

每一次拳脚攻击出去，顾北辰的吼声都在宣告着他逐渐失去了理智。

“你这是要要了沫儿的命！”吼出这一句，顾北辰一脚踹向了石少钦的胸口。

石少钦双臂交叉，挡在胸前阻挡了伤害，人却向后退开了几步。

顾北辰没有继续进行攻击，只是双眼猩红，看着石少钦。

石少钦完全不像是刚刚打过一架的样子，气定神闲地站在那里，一张绝美的俊颜上，除了被顾北城的拳头弄得微微红肿外，没有半分神色。谁也看不到的是，其实他的心已经拧到了一起。

原来，他也是会心痛的。

顾北辰说的每句话，都如一把尖刀戳进他的心脏，想到简沫因为知道孩子死了而发疯的样子，更像是有一把把盐撒到了他心脏的伤口上。

“北辰，你很清楚，不要说你这会儿的身体机能跟不上，就算你好好的，你也是打不过我的。”石少钦淡淡的话语里有着嘲讽之意。

“让开！我今天必须见到她！”

不容置喙的话自有霸气，纵然此刻顾北辰落了下风，他浑身亦弥漫着凛然的气息。

“我可以让你见她。可第三件事情你若办不妥，你是知道的……”石少钦看着顾北辰，眼神变得幽深，幽冷的话溢出好看的唇，“她，会是你最大的软肋！”

简沫半躺在床上，目光空洞地看着窗外，就好似她的世界已经在另一个尽头。

“简小姐，多少吃点儿东西吧？”肖思悦将汤匙递到简沫的唇边，可她一点儿反应也没有。

“简小姐这样不吃东西，光靠输营养液也不行啊！”月嫂拧眉说道。

肖思悦看了月嫂一眼，再看看简沫，轻叹了一声。

没了孩子，简沫就好似躯壳都空了。

门被推开，月嫂和肖思悦下意识看去，只见顾北辰站在那里，稍微处理了血迹的手还搭在门把上。

“顾北辰？”肖思悦惊讶地喊了出来。

一直没反应的简沫轻颤了一下睫毛，随即动作机械地、缓缓地看了过来。

顾北辰对上那双空洞得仿佛失去了灵魂的眸子时，心脏就像被人拧麻花一般拧着。那样的痛，让他感到窒息。

肖思悦放下碗，起身，示意月嫂跟自己一起离开。

顾北辰没有动，只是和简沫对视着，直到她空洞的双眼再次朝向窗外，就好似他在她眼中只是虚影而已。

有什么东西扎入心脏，顾北辰握着门把的手紧了紧，然后松开。他走上前，在简沫身边坐下，嘶哑到干涩的声音溢出薄唇：“沫儿。”

简沫没有反应，视线一直落在窗外，不知道在看什么。

顾北辰沉痛地闭上眼睛，简沫此刻仿佛没有灵魂的躯壳，让他觉得难过，也有一丝害怕。他轻柔地将简沫瘦削的身体揽入怀里，敛去从心里溢出的悲伤，不想让她更加难过，说：“沫儿，我来了……对不起，我没有在你身边！”

简沫轻轻扇动睫毛，刚刚她还以为是自己产生了幻觉，在身体被顾北辰拥着的那一刻，她才有了真实的感觉。

“沫儿！”

简沫的睫毛开始颤抖，在顾北辰又一声轻唤下，她的泪就像决了堤的洪水一样，无声地、簌簌地往下落着。

泪水将顾北辰的肩头打湿，这会儿，他竟然一句安慰的话都说不出口。因为懂她，所以她的伤心、难过、悲伤，他都懂。

她因失去了小琰而自责，而他难道不是感到愧疚吗？

纵有千般万般理由，也不足以减少失去小琰的痛苦。

“呜呜……”简沫从无声落泪，渐渐哽咽出声，直到号啕大哭。

在熟悉的气息下，她尽情发泄着压抑过久的情绪。

“沫儿。”在这一刻，顾北辰的心碎成了一片一片的，然后用简沫的泪粘起来，哪怕泪水的咸涩将他所有的神经都刺痛了。

“啊——”简沫大声哭着，将所有堆积的情绪在这一刻宣泄了出来，她的手握成了拳，不停捶打着顾北辰的后背，“阿辰，怎么办？怎么办？我弄丢了小琰……”

“对不起！”顾北辰的声音透着凝重和悲伤，“我不该把你放在他身边的。都是我，如果不是我，小琰不会离开我们！”

“啊——”简沫放声哭着，顾北辰的话，她一句都没有听进去，“都是我，如果不是我，小琰就不会离开我，呜呜……”

“沫儿，不是你的错，你一直将小琰保护得很好。”顾北辰用鼻尖轻轻蹭着简沫的脖颈，因为简沫的悲伤，他也哽咽起来，“要怪只能怪我不够强大，没有能力保护你和小琰。”

在这一刻，一向叱咤风云的顾北辰觉得自己从未有过的无能。不同于当初在墨宫里的黑暗，这是一种落在心上最沉重的悲伤。

简沫的泪水不停地往外涌着，她控制不住自己的悲恸之情：“都是我的错，小琰是在惩罚我……都是我的错！”

听着简沫不停地自责，顾北辰感到一阵害怕，沫儿的言语里透着一种绝望，还有生无可恋。

“都是我……嗯！”

顾北辰的薄唇贴在了简沫的唇上。他不要她这样自责，更不想她因绝望而惩罚她自己。

泪水沾染了浓密的睫毛，顾北辰闭上眼睛，却不知道是她的泪，还是他的。

简沫的哭泣声是因为悲伤、绝望，是心碎，是心疼，在这一刻，她的痛，他感同身受。

石少钦站在门口，空寂的走廊上只有他一个人。卧室的门没有关，他看着里面的两个人，目光深邃，有一抹自嘲划过眼底。他收敛了眸光，然后转身。

走廊的尽头，石玦郗坐在轮椅上，灯光将他本就苍白的脸映衬得越发没有血色。

石少钦微微蹙眉，转瞬恢复了平静，往前走去。

“如果北辰要带沫沫走，你会放手吗？”在石少钦经过自己身边时，虚弱的石玦郗问道。

“还有一件事，他没有做到。”石少钦的声音透着冷漠。

石玦郗偏头看向石少钦：“你是不是非要逼死沫沫，让顾北辰陪着你一起沉沦，你才开心？”

“不然呢？”石少钦垂眸轻笑，“一开始，这就是我的目的。”

“少钦！”石玦郗咬牙。

石少钦眼帘微抬，视线落在前方：“这个世界，总要有人堕落来映衬其他美好，不是吗？”这句话里透着让人听不到的深意。他没有再理会石玦郗，抬步往前走去，仿佛这个世界在他眼中，从来都没有改变过。

“少钦，是不是我死了，这一切就可以结束？”石玦郗操控着轮椅转身，“原本，这一切就是因我而起！”

当初，如果不是为了救他，美好、阳光的少钦又怎么会被罗松贤欺辱，致使少钦变成如今这般阴暗的模样？

“这个世界是用来颠覆的。玦郗，不要再用你的生死来威胁我。”石少钦好看的嘴角轻勾，冰冷的话透着无情，“如果你死，我只会让更多的人给你陪葬！”

空荡荡的走廊上还残留着石少钦说话的回音。石玦郗看着少钦的背影，直到背影消失在他的眼底，他都没有回过神。

不是因为少钦冷绝和无情的言语，而是他觉得少钦变了。这样的改变，让他嗅到了一股自我毁灭的气息。

空气中还飘荡着简沫的哭泣声。顾北辰已经将她放躺在床上，她一双红肿的眼睛看着近在咫尺的他。

“阿辰，我想看看小琰，石少钦不让我看。”简沫的情绪平静了些，可声音还带着委屈。

顾北辰轻吻着简沫脸颊上的泪：“沫儿，不要折磨自己了，好吗？”

简沫睫毛颤抖，吸了吸鼻子，声音里有着浓浓的悲伤：“对不起，我不想让你难过的，我只是……”

“你什么都不需要说，我明白。”顾北辰的双眼猩红，也变得湿润了，“沫儿，我带你走，好吗？等你伤口好一点儿，我就带你离开这里，好吗？”

“我想现在就走，我不想待在这里。”简沫强忍着不抽噎，红肿的眼眶里再次蓄满了泪水。

顾北辰轻吻着她，将那溢出的眼泪尽数吻去。咸涩的滋味在舌尖蔓延开来，他说不清是沉痛，还是因悲伤而心疼。

“再忍几天，好不好？”低沉而富有磁性的声音微微沙哑，顾北辰轻柔地劝道，“你现在的身体不适合奔波劳累。我会留在这里，不让你一个人。”

简沫咬了咬唇，鼻子越发堵了：“可是……”

“我会一直陪着你，不离开你，好不好？”顾北辰轻柔安抚。

简沫紧紧抿着唇，感受到近在咫尺的顾北辰的俊颜下那难掩的悲伤，她的心脏猛然抽痛。一向冷静自持的他失去了两人的孩子，还要努力安慰她。

“阿辰。”简沫哽咽着。

“我在。”顾北辰轻轻应了一声，微微抬起俊脸看着她，眸光深邃。

简沫红着眼睛，缓缓抬手，颤抖的指腹轻轻滑过男人湿润的眼角。她不知道他是沾染了她的悲伤，还是他自己也悲痛不已，可不管是哪种，都让她心痛到要窒息了。

“你一定也很难过，我不该让你更难过的。”简沫将悲伤吞咽。

“沫儿！”顾北辰的心揪痛着。他再难过，又怎么会比她难过呢？那种母亲失去孩子的痛苦，岂是他能感同身受的？

弥漫在整个墨宫里的悲伤并没有因为顾北辰的到来而减轻分毫。

黑暗的房间里，只有隐隐约约的一点儿光亮，就好似躲在黑暗里的人，虽然贪婪那一点儿光明，但又害怕接触它。

敲门声传来，石少钦没有理会。但对方一直不放弃地敲，他才有些烦躁地应了一声。

门被推开，J微微皱了一下眉。他不是很喜欢这样黑暗的环境，尤其这些天和简沫接触了之后。

“钦少，顾北辰来了，你就放任他和简沫单独在一起啊？”J一边不满地说着，一边关了门，走向沙发坐下来，“我刚刚听到他说要带简沫走！”

石少钦没有说话，只是淡淡地收回视线。

“钦少！”J见石少钦不说话，有些不满。

“他想带，就能带？”轻嗤声溢出好看的唇，透着一抹轻嘲。

J撇嘴吐槽："可他都在墨宫被封锁的情况下进来了。"

"那是外面有人给他提供了可以进来的设备。"石少钦的声音淡淡的，他冷嘲道，"走？我若不同意，谁能离开墨宫？"

"当年，顾北辰就离开了。"J有些较劲儿般地反驳道。

石少钦微微蹙眉，眼底划过一抹不明意味的光芒。

当气氛有些凝结的时候，J才反应过来自己说了什么。他有些不敢看石少钦，哼唧道："我只是不想简沫离开。"

"谁说她会离开？"石少钦冷嗤。

"难道不是吗？"J抬眸，在黑暗中，他只能看到石少钦的身影，无法看到对方的表情，只是觉得气氛有些怪，不由得哼哼唧唧道，"不知道为什么，我觉得简沫这次肯定会走……我还感觉你也不会拦着她。"

"J，你想过离开这里吗？"石少钦突然转移了话题。

"嗯？"J一脸疑惑地偏过头，整个人透着青春气息，但脸上有着茫然之色。

"当初我带你回来时就说过，你的自由，我可以给你。"

"可是，我能去哪里呢？"J垂下视线，问出这句话时，他的身上明显弥漫了一股淡淡的悲伤，"我从小就没有朋友，也不知道爸爸是谁，妈妈也不喜欢我。"

J的声音里有着自己不知道的奢望。他不明白，为什么简沫会对一个还没有出生的孩子有那样的感情，他从来没有感受过妈妈那样强烈的感情。他们都觉得他不乖，一点儿都不喜欢他。

"你也离开吧。"石少钦的声音透着一点儿幽远下的悲伤，"就当你替我陪伴她。"

"嗯？"J抬眸看向石少钦，但他的声音太小，J没有听清楚，"你刚刚说……"

"咚咚！"

J的话还没有问完，敲门声再次响起。

石少钦应了一声后，有人推门走了进来，是之前帮助简沫生产的妇科医生。

"钦少。"妇科医生刚想说什么，但看到沙发上的J，她顿时住了嘴。

"我先出去了。"J撇嘴，很有眼力见地起了身，经过医生身旁时，他突然凑过去小声问道，"喂，简沫的孩子真的死了吗？"

妇科医生被J这突然的举动吓了一跳："你……你不是看到都被处理

了吗？”

“我就确认一下。” J哼了一声。什么妇科名医，还不是没有办法保住简沫的孩子！

医生看着J离开，惊魂未定，神情恍惚地关上了门。

石少钦缓缓转身，看着医生，淡淡地道：“都准备好了？”

“嗯。”医生点点头，想了想，还是问道，“您要不要去看看？”

石少钦没有说话，只是微垂眼帘。

“有可能是最后一眼……您真的不去吗？”医生到底对小生命不舍。

长时间的沉默让医生有些害怕，可她觉得，这个男人的内心并不像外表那么冷。

“好。”轻轻的一个字，没有太多的情绪。

夜，在顾北辰安慰好简沫，喂她吃了些东西，看着她睡着后悄悄来临。

石少钦站在保温箱前看着里面还是小小的一团的小琰，目光深邃得仿佛要将所有悲伤吸纳。

“孩子的生命迹象越来越弱，恐怕根本支撑不到仪器被运到这里。”医生声音凝重，看向石少钦，“钦少，孩子活下来的概率越来越小，就算送到专业护理的地方，恐怕……”她没有继续说下去，只是沉叹一声。

“我要他活着，懂吗？”石少钦语气霸道地说完，看向医生。

“虽然我知道不该如此说，可我还是要提醒钦少，孩子存活的概率真的太小了。”医生感到为难，拧着眉说道。

“我会送你和他离开这里。该怎么做，我想，不需要我再重复了。”石少钦清冷的声音响起。

“我明白的。”医生心情沉重地点点头。

孩子没有绝对活下来的希望时，她必须保守这个孩子还活着的秘密。

“我先去准备了。”医生看了一眼保温箱里的孩子，而后离开。

“你破坏了Silence，我陪伴你最初的生命，还有你在这个世界的最后时光。”石少钦抬手，指腹在保温箱上滑过，就好似轻柔抚摸着小琰的脸，“我不想伤害你的，也不想伤害她……”

轻轻的话语落下，透着掩藏不住的悲伤，石少钦眼底弥漫了浓郁的自嘲，那是一种贪恋过后的失落。

“你会不会也和你的妈妈一样恨我？”石少钦轻轻地问道，“毕竟，我不让她来看你最后一眼，连北辰也没有看到过你。”

空寂的房间中，只有维持小琰生命的仪器发出轻微的响声，仿佛有回音透着伤感。

“就这样吧……如果你能活下来，就当我送他们的礼物好了。”石少钦的指腹轻轻滑动着，声音里有着绵软的伤感，“如果你活不下来，又何必让他们抱了希望后又悲伤，你说，对吗？”

没有人回答，石少钦缓缓收了手，目光深邃，凝视着保温箱里的小人儿。他绝美的俊颜上渐渐敛去了心底溢出的情绪，变得一片冰冷。

石少钦转过身，往外走去。

他本以为一个新生命的到来对他来说是走向阳光的希望，可最后还是他奢望了。他不该贪恋，并不是北辰走出去了，他也可以走出去的。

毕竟，这个世界上没有属于他的简沫。

自嘲不经意划过眼底，石少钦垂了眸，满眼的绝望渐渐敛在了眸底，是谁也看不到，只能他自己舔舐的地方。

医生离开了，并没有人知道和她一起走的还有一个本该死了的孩子。

飞机上有精密的仪器和保温箱，小琰被转移到上面后，石少钦注视着飞机起飞了。

有人不明白，这个妇科医生凭什么让石少钦亲自相送。有传闻说，石少钦有可能看上了这个医生，还有传闻说，这个医生保住了简沫的命，所以石少钦才会对她格外礼遇。

毕竟，最近墨宫里已经传疯了，石少钦对简沫不同是因为他爱上了她！甚至有人说，这个世界上除了简沫，他们无法想象，谁还能让石少钦温柔以待！

只不过，后来的后来，当有那么一个人成为石少钦的星星时，墨宫的人才知道，原来他也是可以不冷漠的，也是可以放弃原则去妥协的。

“小琰呢？”声音从背后传来，透着冷漠。

石少钦停下来，缓缓转身，看着在走廊上背着光的顾北辰，他轻笑：“埋了。要我挖出来给你看吗？”轻嗤的声音里带着嘲讽之意，“本来我是想要做成标本，至少让你看一眼不是？可后来想想，我暂时还没有那个爱好。”

“石少钦！”顾北辰咬牙切齿地喊出这个名字。

“北辰，我奉劝你一句，如果你不想让简沫继续沉溺在失去孩子的悲伤里，首先你要学会放手。”

“那是我的孩子，我甚至没有来得及看他一眼。”顾北辰缓缓攥紧了手。

“看了又如何？”石少钦轻嗤，“他就会活了？”

“石少钦，你欠我一条命！”顾北辰浑身弥漫了杀气。

石少钦不为所动，只是冷漠地收回视线，说道：“今天，我可以不计较你擅闯墨宫。给你十天时间，如果第三件事情办不妥……紧随其后的就是简沫。”

“我办成了第三件事情又如何？你就能和我一样，坦荡地站在阳光下了吗？”顾北辰冷哼了一声，透着嘲讽，“还是说，我就会陪你站在黑暗里？”

石少钦没有说话，只是身上渐渐弥漫了冷冽的气息。

“从第一次离开墨宫，到现在再次踏上这里，我最大的错误是想要拉你上岸！”顾北辰看着石少钦，喘着粗气说道。

“拉我？”石少钦嗤笑道，“你和简沫还真是一对……不自量力！”

在夜风和海浪下，嘲讽的话透着凉薄，更显得无情而冰冷。

“少钦，第三件事情还有什么意义？”顾北辰的声音明显变得幽深，“我去交易，你最终的目的，不过是想让我身败名裂。”

石少钦微微垂眸，嘴角勾着让人看不懂的淡笑。

“你想要让沫儿知道我的无能，甚至想让她知道我变成了离她认知最远、最狠毒的人罢了。”顾北辰渐渐变得平静，“少钦，你不懂……我不管变成什么样子，于沫儿，也仅仅是她爱的人，是她此生唯一想要相伴的人。”

“是吗？”石少钦冷嗤了一声。

“第三件事情，我虽然没有亲自去做，但实际上，我在旧金山的时候就已经做了。这次我能全身而退，你就真的认为下次我就不可以？”顾北辰很平静，似乎有些累了，“少钦，你让沫儿摔下楼梯的那一刻，就注定了你人生的悲剧。”

他凝视了一眼石少钦，然后转身回了简沫的房间。

光影下，顾北辰颀长的身影透着从未有过的悲伤。他身为丈夫，没有保护好自己的妻子；他是人父，先是没有陪伴小傑成长，后又让小琰提前离开了这个世界……他枉为人父，更愧对为人夫！

石少钦没有动，只是看着顾北辰的身影消失在眼底。

是的，第三件事情，他想要让北辰身败名裂，甚至成为丧家之犬！他想要知道，面对那样的北辰，简沫是不是还会爱得毫不保留！

石少钦缓缓转身，身影被灯光拉得长长的，落在地毯上，透着孤寂下的落寞。

之前，是他想试，而现在，他不想了。

也许，黑暗本来就是孤独的，他又何必拉着一个人来陪他？

第二天，天气又阴沉下来，太阳偶尔冲破厚重的云层，可转瞬又被云层遮盖。

有顾北辰在，简沫明显安定了不少，虽然大家都看出她在压抑自己的情绪。

“吃了之后睡一会儿？”顾北辰目光温柔地看着简沫。

简沫抿了一下嘴角，微微点头。

顾北辰不假手于人，亲自喂简沫吃东西。他知道她没有胃口，只是不想让他担心才吃的。可就算这样，他也只能忍着心痛，让她多吃点儿。

生完孩子身子本来就虚弱，她还经历了这样的悲伤，他不想她的身体落下太多病根。

喂过简沫，顾北辰才在她的注视下胡乱地扒了一碗饭，然后哄着她睡觉。

“睡着了？”石玦郗轻轻地问道，声音中透着淡淡的担忧。

顾北辰回头看了一眼石玦郗，给简沫盖好被子，然后两人出了卧室。

走廊上，沉默让人觉得气氛凝重。

“打算什么时候走？”石玦郗打破了沉默，问道。

“等沫儿的伤口好一些。”顾北辰的声音很轻，就好似生怕惊扰了睡觉的简沫，虽然他明明知道这样的声音根本穿透不了关着的门。

石玦郗又沉默了片刻，然后说：“我没有想到，你会和少钦合作。”

顾北辰鹰眸微垂，嘴角溢出一抹自嘲：“当初他放我走，其实你也料到会有这样的一天，不是吗？”

“少钦一直不知道，其实是他自己的潜意识故意放你走的。”石玦郗语气淡淡地开口，也不知道是怕简沫听到，还是因为身体虚弱。

顾北辰缓缓地靠在墙上，双手抄着裤兜，微垂着眼帘。他衬衣领口的扣子解开了两颗，露出小麦色的肌肤，袖子也挽到了胳膊肘，灯光笼罩在他身上，透出邪肆下的张狂。

石玦郗一度感觉自己看到了当初在墨宫的顾北辰。

“他潜意识里不承认、不记得，是正常的。”顾北辰缓缓开口，“当初龙老大正年少轻狂，少钦又是属于让人看不懂心思的人。”

“北辰，你就没有想过……”石玦郗沉默了片刻后问道，“少钦放你走，其实是想要尝试什么吗？”

“也许吧！”顾北辰嗤笑了一下，不知道是不想去深思，还是不想将石少钦往好的方面想，“其实我想不通，虽然当初严格意义上来说，并不完全是他放我走。”

当时的情况，就算石少钦不放手，龙老大也是会将顾北辰带走的，只是会费点儿工夫。

“北辰，没有人真的愿意待在黑暗里。”石玦郗的声音透着苍凉，“他只是怕……毕竟，曾经他是和你一样的。”

——那样美好，那样阳光。

顾北辰的心情陡然变得沉重起来，无关其他，只是想到了当初的遭遇。

罗松贤是什么人，他很清楚。他在石少钦这里所受的折磨，恐怕不及石少钦在罗松贤那边承受的十分之一。

当初那样，他都几乎站不起来，何况石少钦。

“他不记得……”石玦郗顿了一下，过了好一会儿才缓缓开口，“也许是认为，当初的情况，就算他不放，你也是会走的吧？”

“我不会感激他。”顾北辰说道，“谢谢你对沫儿和小琰的照顾，我不想沫儿沉浸在这件事里，可这笔账……”他顿了一下，视线微偏，落在走廊那头不知道什么时候站在那里的石少钦身上，缓缓说道，“我早晚是要找他算的。”

“然后呢？你脱离了，还打算再跳进来吗？”石玦郗并没有发现石少钦，只是心情沉重地问道。

顾北辰闭上眼睛，有些干涩感传来：“玦郗，那是我的孩子！”

石玦郗沉默了片刻：“你会相信少钦不是故意的吗？”

顾北辰睁开眼睛，看着石玦郗：“听说你当时也在，那你告诉我，你信吗？”说完，他的视线已然缓缓移向始终站在原地的石少钦身上。

石玦郗再次沉默。

那时，他一出电梯，正好看到少钦推沫沫。怀疑，只是他不希望那是少钦的本意。毕竟在那样的日子、那样的情况下，少钦是真的有可能失去理智。

“你都没有办法确定，不是吗？”顾北辰的声音透着一丝危险，“毕竟，是那样的日子。”

石玦郗微微蹙眉，注意到顾北辰越过了他看向他身后，心下一惊，猛然回头看去。在昏黄的灯光下，男人透着凉薄的身影立在那里，瞬间给人一种疏离、孤独的感觉。

“少钦？”

石少钦睨了一眼石玦郗，不疾不徐地走上前：“你身体不好，还操这么多心？”话是对石玦郗说的，可他的视线和顾北辰对上了。

不过顷刻间，周遭的空气变得紧张起来。

“算账？”石少钦狭长的眸子微眯了一下，“北辰，离开墨宫久了，仿佛你完全忘了这里的规矩。”

“怎么，不放行？”顾北辰的声音淡淡的，只是没有休息好，有点沙哑，“还是说，你认为我走不了？”

“试试？”石少钦冷笑了一声，“如果这次你能带走简沫，从此我不找你们的麻烦。”

“走不了呢？”顾北辰问道。

“那就怪不了我了。”石少钦留下话，看了一眼石玦郗，就转身离开了。

没有人怀疑石少钦的话，哪怕听上去他的声音平静，顾北辰和石玦郗也很清楚，他不是在开玩笑。

“少钦，你非要弄得两败俱伤？”石玦郗追了上去，看着被黑暗笼罩的、有些疲惫的身影，“还是说，你非要看到沫沫死了，你才高兴？”

“怎么，”石少钦突然笑了，有些疑惑，“简沫不能死？”

“你舍得？”石玦郗问道。

石少钦脸上的笑意越发深了，微垂眸子，转身，对上跟着他到了书房门口的石玦郗的双眼：“为什么不舍得？”

“如果你舍得，在那样的情况下，你还着急什么？”石玦郗当即皱了眉，“少钦，在我面前，你有必要伪装吗？”

石少钦微微蹙眉，没有接话。

“你喜欢上了沫沫，是吗？”石玦郗问道，“既然如此，你就不能成全他们吗？”

“喜欢？”石少钦仿佛对这个词很陌生，低喃了一声后，浑身就被冷漠侵占，“一个别的男人的女人，在我眼里不过是颗棋子！我着急，不过是因为和北辰有约定。”他冷哼，“如今第三件事情，北辰不打算去办了，我自然也不需要遵守约定。”

石玦郗看着石少钦，虽然光线不够明亮，可他还是看到了少钦被寒霜笼罩的俊美的脸。

他太熟悉这样的少钦了，这是这些年来，冰冷着一颗心的少钦最常见的表情。

第3章
求婚戒的秘密

顾北辰连着几天都没有好好休息，也就合衣在简沫的身边躺了一会儿。

因为失去孩子，纵然有他在身边陪着，简沫睡得也不是很安稳。

顾北辰见简沫醒来，声音轻柔地问道：“我去厨房给你弄点儿吃的，亲自去弄，嗯？”

“有月嫂，你别去。”简沫摇摇头，下意识用手攥住了顾北辰的衣袖。

他看着简沫眼底那无法掩饰的害怕，眸光变深了，点点头：“好。”

她看着顾北辰眼底的血丝，抿了抿唇：“等下，你还继续陪我睡吗？”

顾北辰的额头轻轻蹭着简沫的额头，声音有些喑哑：“你想我陪你？”

“嗯。”简沫轻轻应了，“有你陪着，我就能睡会儿。”

“好。”顾北辰应着，“这几天，我也没有什么事情，陪着你养好伤口，我们就走。”

“嗯。”简沫点点头。

顾北辰在她嘴角亲了一下。原本的想念被悲伤给压制着，这会儿的碰触总是带着一丝复杂的情绪：“我先去让他们给你准备吃的。”

简沫没有动，就这样看着顾北辰去喊人。

她从来没见过阿辰脸上透出这样的疲惫，他已经很久没有休息了吧？

失去小琰，她感到难过，而阿辰却要承受失去小琰和面对她的双倍悲伤。

简沫的睫毛轻颤，当顾北辰吩咐完月嫂回头时，她急忙垂眸，敛去了悲伤的情绪。

相较于卧室里甜蜜中透着忧伤的气氛，墨宫后方的工厂里却透着浓郁的杀气。

“钦少，人都已经清理出来了。”莫森伤还没好，暂时只能坐在轮椅上活动。

石少钦轻抬眼眸，看着被清理出来的人，声音清冷地道：“确定只有这些？”

“应该！”莫森垂眸，并不敢把话说得太满。

“他在墨宫还真是安插了不少眼线！”石少钦轻笑，声音里透着压抑，目光仿佛冰锥一样划过罗松贤安插在墨宫的人身上，“一下子就能找出这么多人……莫森，你还真让我意外。”

莫森心里猛然“咯噔”了一下，不敢去看石少钦：“之前是我失误。”他到底是跟了石少钦很久的人，虽然有须臾慌乱，但不曾在脸上表现出来，“钦少，要怎么处理？”

“我讨厌背叛。背叛了我的人，往往我会让他后悔得想死都死不了。”石少钦语气淡淡地开口，说到最后，视线落在了莫森身上，“按照规矩来，不需要我教了吧？”

平静的话让莫森的心脏却紧了起来，他暗暗吞咽，应了一声。

石少钦不顾众人嘈杂的声音，嘴角划过一抹深意后，漠然收回视线，转身往工厂外走。

莫森看着石少钦的背影，莫名有种钦少仿佛发现了什么的感觉。

石少钦离开工厂的时候，天已经黑了。

海浪翻滚的声音十分有规律。

“钦少。”J 刚刚补完防御系统的漏洞，看到石少钦，他抱着电脑就跑了过去，“我这次敢保证，不会有人能反干扰了。”

“嗯。”石少钦淡漠应了一声，踏着不疾不徐的步子往古堡走去。

J跟在他后面，不怕死地建议道：“我们一起去简沫的房间里吃晚饭吧？”

“不去。”

“那喊简沫一起去餐厅里吃饭吧？”

“她腹部动了刀，不能随意走动。”

“你不想见她吗？”

"不想！"

"你就让顾北辰一个人从早到晚陪着她啊？"J到底不满地说道，"都好几天了！"

石少钦微微蹙眉，停下来，视线落在前方，一脸淡漠地开口："她是北辰的老婆，他陪着……"他眼底划过一抹自嘲，"好像也没有错。"

J没听出石少钦语气里的不妥，只是嘟囔道："可是，我想看看她啊！"

"不许！"石少钦警告般睨了一眼J。

"你都不让我见简沫，还让我离开墨宫？"J当即气恼地指控。

石少钦微不可察地拧了下眉心，看了一眼J，没有说话，抬步继续往古堡走去。

在这里，没有人比J的心思更单纯，以至于有些事情，没有人比他看得清楚。

J站在原地，看着石少钦的背影嘟囔道："你自己不敢去看，也不让我去，哼！"

石少钦回了古堡，原本要去书房的他却不知道怎么走到了简沫卧室那边。

门没有关紧，他隐隐能看到床上的简沫，还有喂她吃东西的顾北辰。

突然，毫无预兆地，门从里面被拉开。

"钦少？"肖思悦有些意外，看了看石少钦后，又回头看向看过来的顾北辰和简沫。

既然被发现了，石少钦索性走了进去。

简沫看到石少钦时，眼底忍不住溢出恨意。

那样的恨，就和刀子一样划过石少钦的心脏，让他心痛！可是，他一点儿都没有表现出来。

顾北辰收回落在石少钦身上的冷漠视线，当看着简沫时，眼里已然柔情一片："我先去吃东西，嗯？"

简沫下意识抓住了顾北辰，不知道是不想他去，还是害怕和石少钦独处。

"没事。"顾北辰看着简沫，眼神透着安抚。

简沫和顾北辰的视线对上，好似有什么东西心照不宣，手松开的同时，她轻轻点头。

顾北辰起身，当经过石少钦身边时，睨过去的眼神透着警告。

石少钦冷嘲似的勾了一下嘴角，根本没有将顾北辰的警告放在心里。

简沫看着顾北辰离开后，才一脸冷漠地看向石少钦："找我有事？"

那一夜，就好似横亘在冰冷和火热之间的一条线，如果之前简沫对石少钦还有害怕或者什么情绪，那么如今，除了怨恨，就只剩冷漠。

"来看看孩子和北辰，谁对你会重要一些。"石少钦淡淡地道，"你和他，还真是一对。"

简沫当即皱了眉："什么意思？"

"一个来了，只问你，不问孩子。"石少钦嘴角的嘲笑根本懒得掩饰，"你看到了北辰，仿佛孩子的死你也没有那么在意了。"

简沫攥紧了手："石少钦，不要将你的冷血之情强加在别人身上。"

"哦？"石少钦轻笑，"难道我说的不是事实？"

简沫到底还是被他两句话给激怒了："一个只愿意待在黑暗里的人，哪里配指责别人？"她冷笑了一声，"石少钦，我以为你也不是非要这样的，可我错了！"

石少钦的目光变得幽冷起来。

"如果你这会儿来只是为了让我更加不好过，那么你赢了……我很不好过。"简沫自嘲地笑了，笑得很难看，"我不好过，你好过吗？你懦弱得不愿意走出来，哪怕你明明贪恋光明。"

这话落在石少钦心上，就好似丢下了一把盐。

简沫不知道是太生气还是什么，气息有些不稳："说到底，你就是自私，自己走不出来，就希望所有人都陪着你！"

冰冷的指控就好似扒开石少钦伤疤的手，瞬间让他的伤口变得血淋淋。

简沫咬牙切齿："你就是自私，就是懦弱！"

"你是不是以为现在顾北辰在，你就有恃无恐了？"石少钦的声音带着隐忍下的怒火。

许是真如石少钦所说，因为顾北辰在，简沫有恃无恐，又或者，经历了小琰离开一事，她也没有什么好怕的了，她不但没有躲避他此刻透着警告的目光，甚至倔强地和他对峙着。

也不知道两人对峙了多久，石少钦冷漠的声音传来："我的血液里，原本就有一半是懦弱、疯狂，而另一半……是自私、凉薄。"

简沫的心就好似被人用锤子敲了一下。她紧紧抿着唇，觉得这会儿的自己简直可笑、可悲，甚至可怜！

她不是救世主，却自不量力地认为石少钦并没有大家想象的那么坏。

她不是圣母白莲花，却去救了莫森，让小琰陪葬。

最后呢？

一个从根本就错误的好心，此刻在石少钦的话语下，变成了她人生最大的笑话。

眼眶不自觉地红了起来，鼻子更是酸涩得厉害，不过瞬间，简沫眼底已然氤氲了一层水雾，声音透着悲痛、无力："石少钦，我已经失去小琰了……放过我和阿辰的人生。"她湿润的眼睛里透着乞求。

她已经失去小琰了，能不能还她一个清净而平凡的人生？

她只是爱了一个有故事的男人，可她不想因为这个故事，让更多的人来背负悲伤了。

石少钦没有说话，只是静静地看着简沫，过了好久才开口："约定，还没有履行，不是吗？"

简沫轻颤睫羽，颤抖着声音道："你让我失去了小琰，你还有什么理由说履行约定？"

"话语权在我这里，不是吗？"石少钦越发冷漠。

简沫的嘴唇都跟着颤抖起来，这是一种无力的表现。

"你到底要怎么样才能放过我们？"她嘶吼起来，"你就告诉我，你到底要怎么才能放过我们，只要你说，我去做！"

她发狠的声音里有让人无法忽视的沉痛，是那样的悲伤。

石少钦没有说话，只是看着简沫再一次在他面前崩溃，他暗暗自嘲。

玦郗说他喜欢沫儿，是喜欢吗？

也许吧。

只是，他看不清自己到底对她是什么样的想法。

有怜惜，有羡慕，更有向往。

可是，那是爱情还是奢望光明，他自己也分不清了。

"把你手上的戒指拿下来。"石少钦开口。

简沫被他提出的要求弄得愣住了，条件反射般攥紧戴着戒指的手："你要干什么？"

"不是我说什么，你就去做吗？"石少钦的声音里透着嘲讽，"还是说，你觉得这样一个要求，你都做不到？"

戒指的指环硌得手指有些痛，简沫却将自己的手攥得更紧："这是我的结婚戒指！"

"那又如何？"石少钦轻笑，"还是说，相较于让我对你们放手，你觉得将那枚戒指拿掉，更难？"

冷嘲的声音没有任何遮掩，却深深刻着简沫的心。

简沫的另一只手已经覆盖在戒指上，好似石少钦等下就会来抢一样。

这是阿辰求婚的戒指，这不是仪式，是爱！

简沫的唇越抿越紧，一双湿润的眼睛看着石少钦，整个人一动不动。

“呵呵！”石少钦垂眸，自嘲地一笑，再次抬眸对上简沫视线的时候，眼底已是一片冰冷，他不容置喙道，“我给你考虑的时间，想明白了，就来找我。记住，只许你一个人，带着你的戒指来找我！”话落，他转身，气息冷然地走了出去。

房间外面，顾北辰有些慵懒地倚靠在墙上，手指间夹着一根没有点燃的烟。

石少钦关了卧室的门，隔开了房间外面和里面。

“还是不死心？”顾北辰开口问道，声音有些许沙哑，不知道是因为没有休息好，还是因为石少钦对简沫提出的要求。

“你怕？”石少钦的声音里全然是冷嘲之意。

顾北辰没有说话，只是冷峻的脸紧紧绷着。

“三件事情，总不能坏了规矩。”石少钦说道，“要么简沫带着戒指来找我，要么你去办最后的事情。”

顾北辰的俊脸上渐渐笼罩了一层阴霾：“你是怎么知道的？”

“戒指里的秘密？”石少钦轻笑，却能肯定顾北辰问的就是这个。

顾北辰没有说话，目光冷厉地看着他。

可惜，石少钦并没有打算告诉他，而是抬了步子，往古堡的另一边走去。

可没走几步，石少钦突然停下来，微微向后睨，带着嘲讽之意说：“我猜，你刚刚让我和简沫独处，是知道她一定会央求我放你们离开，是吗？”他收回视线，看向前方，“北辰，从什么时候开始，你也会利用女人来玩这样的心思了？”

“这是你欠她的。”顾北辰反问的声音里有着说不出的复杂情绪。

相较于他的小人之举，他更不想在这里拖延时间，让沫儿触景伤情。

石少钦微微蹙眉，没有再说什么，抬步离开了。

许是他和北辰骨子里的东西太像，虽然走了两条路，可北辰还是摸索到了他的心思。

是，他欠了简沫的，哪怕小琰未必活不下来。

在石少钦消失在转角时，顾北辰直起身，将烟收了起来，然后进了卧室。

敛去冷漠，他身上全是对简沫的柔情："给你擦洗一下，然后睡觉。"不等她说话，他已经往浴室走去。

"阿辰……"

"嗯？"顾北辰停下来。

简沫看着他："你没有去吃饭，对吗？"

顾北辰轻轻一叹："有个聪明的老婆，有时会让人觉得头疼。"无奈的话透着淡淡的笑意。

简沫抿了一下嘴角："我这会儿还不困，你去吃饭。"

刚刚他说去吃东西，可他又怎么会真的放心她和石少钦独处。

"让人送过来吧。"顾北辰开口。

"我没事。"简沫扯了扯嘴角，"他刚刚走，不会回来。"

顾北辰对上简沫的视线，到底还是点了头："好。"

她想一个人想想，他知道。

顾北辰离开没几分钟，简沫还来不及去想石少钦为什么要她的戒指，门就被推开了。在墨宫，不敲门就进来的，大概除了J也没有别人了。

"脸色怎么这么不好？"J看到简沫的样子时嘟囔了一声，看见她嘴角扯了涩然的笑，悻悻然地在床边坐下，"我想来看看你，钦少不让我来，顾北辰也一直在……刚刚看到他去餐厅了，我就过来了。"

"我没事。"简沫的声音有些嘶哑。她知道，J是关心她。

"孩子没了，你怎么会没事？你们这些人，就是虚伪！"J撇嘴哼了一声，"难过就哭呗，不舒服就闹呗！反正我是看出来了，你哭，有人心疼；你闹，有人让着。"就连钦少都会让步，哼！

简沫没有心思去分析J话里的意思，只是有些萎靡。

"喂，给你看点儿开心的东西？"J挑眉，表情嘚瑟。

简沫看向他，有些茫然。

"你等会儿。"J说完，不等简沫说话，人已经离开了卧室。没一会儿，他拿着电脑跑了回来，在键盘上敲打了一会儿后，得意地说了一句"搞定"，然后将屏幕转到了简沫的面前。

画面里，柔和的光线打在舞台的中央，身穿白色燕尾服的一大一小正在弹奏钢琴。

看上去是一场演奏会，听曲调，好像也是到了最后一首曲子。

简沫看着画面上的苏钧离和简傑，眼底氤氲了薄薄的水雾。

“喂喂喂，你别哭啊！我还以为你看到简傑会开心的。你怎么哭了啊？”J见简沫要哭，有些慌乱地合上电脑，眼底有些自责。

简沫茫然地看着J，直到此刻，她才发现她又哭了。

“简沫，你别哭了。”J有些慌了，“要不等下你家顾北辰来了，还以为我欺负你了。”

简沫默默抹去眼泪，有些贪婪地看着J手里的电脑：“J，能让我再看看吗？”

“可你看了不开心！”

“流泪，有时候不是伤心。”简沫抿了一下嘴角，“我只是太想奶包了。”

“你脸上就是个大写的伤心，还说不是伤心。”J哼了哼，继续说道，“这是苏钧离巡回演奏会的排练会，我切入他们演奏厅的监控。如果你们能快点离开这里的话，是能赶上正式演奏会的。”

J是说者无心，可他对简沫和顾北辰能走这件事情好像十分肯定。

可惜这会儿，简沫脑子里混乱得根本没有去深想。

连着五天，石少钦都没有出现在简沫的面前。

有月嫂，还有顾北辰，简沫不管是身体还是心理，都渐渐开始恢复。在这期间，J会来找她玩，石玦郗也会偶尔过来看看她。就好似什么事情都没有发生过，平静得让人只以为岁月静好。

在墨宫这个地方，除了石少钦，其他的人都无法直接和外界取得联系，这也让简沫和顾北辰这几天变得一点儿杂念都没有。

“今天看上去气色就好很多了。”石玦郗的身体也恢复了不少，“北辰呢？”

“去厨房炖汤了。”简沫浅笑，“他说他亲手弄的汤，为了不枉费他的心意，我就能多吃点儿。”

“他说的也是事实。”石玦郗笑着。

“其实，他做得不好吃。”简沫有些无奈，却也透着幸福。

石玦郗一愣，随即笑了起来：“还有他做不来的事？”

“嗯，他做饭不在行。”简沫也笑了起来，“第一次给我做的东西，我到现在都记忆犹新。”

简沫想起在润泽园时，顾北辰一本正经做出的那几道不知道什么的菜。

那时候，他们还没有彼此交心，可他对她的宠爱和好，都是让她沦陷的资本。

“玦郗！”

“嗯？”

简沫收回了思绪：“你能帮我带阿辰离开一下吗？”

“怎么？”石玦郗有些不解。

“我想去找他谈谈。”简沫垂下眼眸，眼神黯淡。

石玦郗沉默了片刻：“是打算离开了吗？”

简沫点点头，然后抬眸：“小琰不在了，我怨过，不过是因为自责。”

“沫沫，别这样怪自己。”石玦郗有些难过。

“是我没福气，保了那么久也没有保住。”简沫扯了嘴角，语气涩然，“我想找他谈谈，你能帮我叫走阿辰吗？”

石玦郗觉得沉闷得厉害，可还是点点头。

第二天，石玦郗找顾北辰有事，让肖思悦代为照顾简沫。

大家心照不宣，谁也不需要多说什么。

在顾北辰离开后，简沫套了件衣服起床，跟肖思悦说了一声后，就去书房找石少钦。

黑暗的环境里透着阴森，石少钦站在窗前，厚重的窗帘遮得严严实实的，一点儿光线都透不进来。

简沫皱了一下眉，最后，还是咬着牙将手指上的戒指拿了下来：“给！”

戒指对她再重要，也不能与他们以后平静的人生相比。

石少钦走了过去，接过简沫手里的戒指。拿戒指的时候，他明显感觉到她的手紧了紧。

“我把戒指给你了，你什么时候放我和阿辰离开？”简沫不想和石少钦多说废话。

“你以为，我是想要你这枚戒指？” 石少钦好看的嘴角轻勾了一下，“它难道值钱到我非要不可，还是它能让你们分裂？”

嘲讽的疑问句透着不屑，简沫忍着怒火，咬牙问道：“石少钦，你到底想要干什么？”

“这里有个秘密。”石少钦看着戒指，幽蓝的钻石总给人一种诡谲的感觉，“沫儿，藏在这里面的秘密，你敢面对吗？”他举起戒指，笑得有些瘆人。

简沫没反应过来，只是愣愣地看着那枚戒指：“什么意思？”

“怎么，”石少钦的嘴角带着冷笑，“北辰将戒指给你的时候，没有说过？”

简沫的眉心皱得紧了一点儿，声音也冷了下来：“石少钦，你到底想要干什么？”

石少钦轻笑，隐匿在暗处的俊脸上透着毫不遮掩的嘲讽，他没有说话，只是转身去了一旁的柜子旁，从里面拿出一个工具箱。

简沫站在原地看着他的动作，眼底的疑惑越来越明显。

“你干什么？”简沫见石少钦拿了个东西开始撬戒托上的蓝钻石，下意识喊了一声。

石少钦没有停下动作，轻微的一声响动之后，蓝钻石掉下来。

简沫的心猛然收缩，那样的感觉，就好似有人要硬生生地将她和顾北辰分开一样。鼻子不受控制地酸涩起来，她急忙偏过脸，瞪大眼睛，不让眼底的什么东西溢出。

一枚戒指而已，相较于她和阿辰，还有奶包以后的人生，又算什么？

可是，她的心里真的好堵，就好似塞了一团棉花，她越呼吸越感到窒息。

她吸吸鼻子，忍着心里的难受，看向石少钦：“戒指给你了，你也破坏了……石少钦，就算没有这样的形式，我和阿辰，这辈子也是不可能分开的。”话落，她不想再面对这个变态，转身欲离开。

“我让你走了吗？”

淡淡的声音里透着冷漠，简沫只觉得后背被一股寒气笼罩着。

她暗暗咬了牙，转身问道：“你还想怎么样？”她仿佛失去了耐心，随时都有可能发怒。

“啪”的一声轻响，原本黑暗的书房里变得亮堂。

由于突如其来的光明，简沫下意识闭上眼睛，再睁开眼睛的时候，石少钦已经到了她跟前。

“进来，关门！”

“你要干什么？”简沫一脸戒备。

石少钦看着她：“不是想走吗？怎么，就这点胆量也敢来找我？”

看着石少钦，简沫忍了再忍，到底还是走了进去，并关了门。

书桌上，戒指的戒面和指环已经分离，看上去有些刺目。

“这是什么？”简沫的视线落在一个微小的东西上，看大小，应该是之前藏在戒指里的。

“谁知道呢？”石少钦没有回答，只是用镊子夹起那个微小的东西，“陪我看完这个，也许我心情好，就会放你们走。”

简沫看着被镊子夹起的东西，拧了眉。

阿辰送她的戒指里竟然藏了这样的东西，看上去好像是微型晶片？

石少钦将那微小的晶片放入特殊的读卡器里，插到了电脑上。

简沫的呼吸有些急促，好奇却又抗拒的心思像两只手左右拽着她。

“要站着？”石少钦没有感情的声音传来，“会不会我放你们走了，而你的身体却被你自己给败了？”声音里透着嘲笑。

简沫攥紧了手，在一侧的沙发上坐下。她看着连接视频器的石少钦，暗暗咬牙，心想：世界上怎么会有石少钦这样讨厌的人？

石少钦将书房内的灯光调到适合看视频的亮度，视频器的画面有一阵子黑暗，随即痛苦的呻吟声传来。

“啊！”

一声低吼，让简沫的心都跟着颤了一下。

开门的“吱呀”声传来，听上去，是古老的木门。

一道光线从外投射过来，画面上，有个少年趴在满是污秽的地上，甚至他的样子看上去都极为不堪。

简沫的呼吸有些乱，她瞪大了眼睛看着，画面中地上的少年缓缓抬起头，直到那张还透着些许稚嫩的脸转过来，少年就好似穿过了岁月和她对视着。

“阿辰？”

“注射了多少？”画面里传来一道声音，却看不到说话的人。

“五毫升。”有人回答。

简沫的呼吸瞬间变得沉重，看着地上因为觉得痛苦而渐渐开始蜷缩的顾北辰，她咬紧了唇。

“难受吗？”画面里，一开始说话的人问道，声音中透着戏谑和冷漠，“五毫升，剂量已经不轻了。”

顾北辰被注射了控制神经并使人陷入幻境的特制药剂，身体开始发抖，体内就好似被吹入气一样，感觉身体胀痛得就要爆炸。

“等一下，你就会失去理智。”那人淡淡的声音里明显夹杂着笑意，“天之骄子？阳光少年？校园男神？嗬！”

连着发出几个疑问之后，带着冷嘲的嗤笑声传来。

“啊……”顾北辰发出难受的低吼声，却不知道是因为那人的话，还是因为身体的不适。

“真的想看看，看到你这个样子，大家是惋惜还是同情。”男人又嘲讽地笑了一下，“以后，大家记得的都不会是那个意气风发的顾北辰，只会记得你现在的样子，他们提起你时，除了叹息，还能有什么？”

顾北辰脸上已然全是细密的汗珠，他看着门口，目光涣散，还夹杂着倔强和愤怒。

“这样的眼神，熟悉到让我痛恨！”那个声音陡然变得冷厉。

“砰”的一声，门被合上，整个画面黑漆漆的，也阻挡了简沫的视线。如果不是传来了断断续续的痛吟声，她几乎以为视频已经结束了。

她想要喊停，她甚至能预料到，接下来要发生的事一定不是她所能承受的。可她没有办法让视频停下来，就好似被施了魔咒一样。

画面黑黑的，只传来沉重的呼吸声，透着抑制不住的惊恐。

石少钦没有看视频器，而是看着简沫渐渐变得苍白的小脸。

虽然没有画面，但有男人粗喘的声音，还有顾北辰抗拒和痛苦的嘶叫声。他能感觉到，简沫是知道画面里发生了什么的。

“啊——”

突然，传来一声嘶吼，简沫整个人都跟着颤抖起来。这一声，就好似贯穿了她的神经一样。粗重的呼吸声让人无法忽视，不知道是视频里传来的，还是来自她自己。

那让人无法想象的气息，让她此刻就好似身临其境了一样。这样的感觉，让她的神经都跟着发颤。

有什么痛苦的感觉传来，就好似一针一针扎在她身上，不是很疼，却又让人忽略不了。一开始，仿佛能够不在意，可到了最后，所有的神经都会被牵扯得疼。

“啊……”痛苦的低吼声不断传来，那样抗拒，那样不知所措。

简沫的泪猛地就掉了下来，她甚至坐不住了，站起身，就这样动作机械地走到了视频器跟前。

痛苦的声音一下一下地传来，撕扯着简沫所有的思绪。

“阿辰，阿辰……”简沫开始呢喃，甚至魔怔地开始摩挲着视频器。手指上有了静电反应，她完全不在意，只是慌乱地看着视频器，不停地呢喃着顾北辰的名字。

“阿辰，阿辰？”简沫哽咽着，有种恨不得钻进视频器里保护顾北辰的感觉。

“啊——”

当视频里的顾北辰痛苦的呻吟声又变得强烈时，简沫终于受不了了。她嘶吼出声：“阿辰，阿辰……”她不停拍打着视频器，脸上更是被泪水糊得狼狈一片。

“石少钦！”简沫大吼一声，同时回过了头，“你这个变态，你把阿辰怎么了，啊？”

石少钦的俊颜上没有丝毫表情，他只是淡淡地看着简沫。

简沫泪眼模糊，耳朵里依旧充斥着那沉痛的呻吟声：“停下来，停下来，停下来啊！”

“停下来，就真的能停下来？”石少钦走向简沫，走得不疾不徐，“沫儿，这是已经发生过的事情，懂吗？”

“啊！”简沫又嘶吼起来，整个人崩溃了，就好似随时能够去死。

温暖的指腹轻轻滑过简沫的脸颊，石少钦想要为她擦去泪水。

她却在那只手触碰到自己脸的那一刻，如避蛇蝎般急忙将脸偏到了一旁：“别用你肮脏的手碰我！”

石少钦的手还僵在半空中。

空气渐渐凝结，透着悲冷的气息。

“是啊，我是肮脏的。”石少钦的声音没有任何温度，话里透着复杂的情绪，原本淡然的眼底涌出绝望下的悲伤。

有多久了，多久没有人敢这样说他了？

“石少钦，你肮脏的人生不是我的！”记忆中，北辰曾经这样对他说过，他到现在都记得北辰那犹如野兽发狂般的眼神。

他们是一样的，不管是曾经，还是后来。

可是，他们又是不一样的，因为北辰有指引他的星星和照耀他的太阳！

而他，没有。

呵呵！

“求我啊？求我，我就放过你！”视频里，传来嗤笑的声音。

声音落下好半天后，都没有人回应。

“沫儿，这才是其中的一段，你就受不了吗？”石少钦轻笑，笑容没有温度，“这还是只有声音、没有画面的，要不，让你看看有画面的？”

简沫的瞳孔瞬间放大，她惊恐地看着石少钦，就好似看着怪物一样。

有男人的粗喘声，有阿辰抗拒的嘶叫声……光听声音，她甚至没有去细想，就知道粗喘声是从何而来。她不是无知少女，何况她和阿辰是夫妻，亲密过无数次，最是清楚男人在兴奋的时候会有什么样的反应和声音。

“怎么，不敢？”石少钦嘴角的笑意越发诡异。他微垂眸子，缓缓说道，“这样的不堪，不过是冰山一角而已。”

简沫的眼睛瞪得越来越大。

“被男人窥视过，甚至发生过什么……有这样经历的顾北辰，你不觉得恶心吗？”石少钦的声音变得冰冷，“这不是我骗你的，是真的。你现在明白了吗？”

“啊——”简沫突然发疯般大叫着，也不知道哪里来的力气，她一把推开了石少钦。

石少钦被她推开了几步，表情丝毫未变。

“石少钦，不管阿辰的过往有多不堪，他都是我爱的人。”简沫发疯般嘶吼着，也是直到此刻她才明白，之前在沙滩上，石少钦问她的话是什么意思，“我不管他的过去是什么样子的，我也不管他未来会变成什么样子，这个世界上，没有任何人、没有任何事能分开我们！”

石少钦微眯了一下眼睛，他看着简沫的眸子深处有着贪婪和奢望。

而这样的情绪，最后都幻化成了自怜。

美好和救赎都和他无关，不是吗？

“你不就想让我看到阿辰不堪的过去吗？”简沫用手一把擦掉眼泪，红红的眼睛看着石少钦，咬牙说道，“好啊，有画面的你让我看啊！你看看我会不会嫌弃他，你看看我是不是会更爱他！”她冷笑了一声，瞪着眼，铿锵有力道，“石少钦，我明明白白地告诉你，顾北辰这个男人，我简沫今生今世认定了！不管发生了什么，他只是我简沫的老公，只是我简沫的男人！”

石少钦看着简沫，目光变得更加幽深。

“你想要用这些来刺激我，让我觉得恶心？”简沫冷笑了一声，目光变得坚定，全然一副无所畏惧的模样，“那么，我现在就告诉你，我不会！我只会更加爱他！”

话音落下，简沫直直地对上石少钦的视线。她用这样的方式告诉他，她不是任性，更加不是说说而已，这是她的肺腑之言。

海浪打在沙滩上，一下一下地，抹去了之前的痕迹，就好似过去也被抹掉了一样。

“你就放心少钦和她独处？”石玦郗显然比顾北辰要担忧一些。

“他想给沫儿讲我的过去，那就讲吧！”顾北辰深邃的目光落在海面上，“早晚也是要告诉她的。”

何况，戒指里藏着的过去，他在把戒指送给沫儿的那一刻，就做好了随时会被她知道的准备。

爱情需要经营，也需要计谋。

如果她不能接受，那他也只能……只能什么？

放手？

顾北辰薄唇边溢出一抹笑意，那样的笑透着冷绝下的霸道。

对于这个女人，反正他这辈子是不会放手了，她接受不接受，其实没差。

“当天，我也在外面。我很清楚，你只是被少钦用药物控制而产生了幻觉，少钦用那两个男人的污秽，也不过是为了让你情绪崩溃。”石玦郗蹙眉，眼底的担忧更甚，“明明没有的事情，你倒不担心沫沫被少钦引导，然后产生误会。”

“就算沫儿相信那是真的，她也不会离开我。”顾北辰的唇有了柔软的弧度，墨瞳深处泛着坚定，“玦郗，这辈子经历了太多，我最庆幸的是，在那个时间遇见了一个叫作简沫的女人。”

石玦郗没有应声，只是看着顾北辰的背影。

在对的时间遇见对的人，这是多么美好的一件事情！

“有时候，我甚至在想，如果当时遇见的不是他，也许今天的结局会不一样。”顾北辰的声音透着幽远下的感叹。

“人生的际遇本来就是这样的。”石玦郗沉叹一声，“你别怪少钦。”

顾北辰沉默了片刻：“我不怪他，可我也不会感激他。”

“你知道了？”石玦郗有些意外，毕竟当初是那样的情况，但顾北辰后来还是能想通，少钦并不是真的要对他如何。

“他那个人那么别扭，又不是一天两天了。”顾北辰轻笑，说不出是嘲讽还是淡然，“如果不是知道他的性子，这次我也不会和他合作。”

石玦郗沉叹了一声：“当初，他想把你变成他，可总在只剩最后一步的时候没有了下文。”

“嗯。”顾北辰轻轻应了一下，“所以，他总是用男人来吓唬我。”

石玦郗的表情更加凝重：“就连当初放你走，也是那样别扭。”

顾北辰回头看了石玦郗一眼：“你不用一直提醒我。”

“可怎么办呢？我不想少钦继续那样，也不希望你以后找少钦麻烦。”石玦郗平静地说着，“小琰，是少钦欠你的。”

“嗯。”顾北辰又淡淡应了一声，让人听不出他是什么意思。

石玦郗微微蹙眉："能不能看在当初他故意放龙枭进来带走你，以及他现在对你和沫沫做的事情的分上，你们之间的恩怨……到此就是终点？"说到后面，他的声音明显变得凝重。

顾北辰没有回答，只是落在海面上的目光变得幽远。

当初，石少钦和龙枭因为一些事情对上，可若要细算，石少钦怎么可能让他有机会被龙老大带走？

何况，当初龙老大和他顾北辰非亲非故。

那时候，石少钦就有要冲破过去枷锁的想法吧？

只是，他没有冲破。

不管沫儿摔下楼梯是必然还是意外，最后承受的，始终是他顾北辰的孩子。

这几天石少钦激怒沫儿的举动，其实顾北辰很清楚，石少钦是故意的，只是这个故意的含义，顾北辰不会大方地告诉沫儿。沫儿只能属于他！

说他自私也好，说他在沫儿这一件事情上没有十足的信心也罢。又有哪个男人会傻到在自己的女人面前说另一个男人对她的好，说另一个男人为她默默做的事？

别人会不会他不知道，反正，他绝对不会！

"他不来找我，我不会找他。"顾北辰语气淡淡地开口。

"谢谢！"

"你不用谢我。"顾北辰看向走到他旁边的石玦郗，"我只是不想沫儿沉浸在这段悲伤的过往，仅此而已。"

小琰已经离开了，他悲伤、自责、懊恼，却不愿意沫儿再次承受伤害。

虽然他明明知道，这不可能。

"其实我想不明白。"

"嗯？"

石玦郗看向顾北辰："你为什么会有视频，为什么又要保存，甚至把视频放到戒指里送给沫沫？"

"视频是少钦给的。也许就算他放了我，在他的潜意识里他依然是抗拒的，他想要时刻提醒我那段不堪的记忆吧。"顾北辰冷笑了一声，"我保存，也许怀了和他一样的心思。就如他说的，也许我们天生就应该是一样的人……如果，我不曾遇见一个叫作简沫的女人！"

所以，他把改变他人生轨迹和改变他性格的最不堪的那段过去放在了戒指里，送给了他永远也放不下的那个人。

“我在外面解决事情时，最担心的不是别的。”顾北辰鹰眸微动，“我担心，少钦会爱上沫儿。”幽远的声音里透着一抹苍凉。

他和石少钦很像，他害怕石少钦会被沫儿吸引，继而产生更大的麻烦。

石玦郗暗暗沉叹了一声，没有说话。

第4章
她和他的爱情

在石少钦的书房内，气氛越来越诡谲。

简沫和石少钦对峙着，甚至忘记了疲惫：“如果你最后的目的是让我看这段视频，那么我看完了，是不是我和阿辰就可以离开了？”

石少钦没有说话，只是静静地看着简沫。

简沫见他半天不说话，冷嗤一声：“如果不继续放，我就当你默认我们可以离开了。”她漠然地收回视线，拖着疲惫的身体走向书桌，拿了戒面和指环攥在手里，往书房外走。

拉开门，简沫突然停顿了一下。头微偏，视线向侧后方扫去，余光瞥到了那抹身影。

石少钦还站在原地，没有制止她，也没有说什么。

“请你履行承诺。”简沫冷冷的声音传来，“以后，我们的人生也请你不要参与。”

“砰”的声音响起，书房的门又被关上，偌大的书房顿时变得空寂。

石少钦一直站在原地，一动不动，就好似石雕一样。也不知道过了多久，他好看的嘴角勾了抹自嘲的笑意后，一切变得冰冷起来。

石少钦转身去了书桌旁，他看着电脑屏幕上和视频器上一样黑乎乎的画面，狭长的眸子轻眯，溢出一抹寒光。他修长的手指在键盘上动了几下，原本设定了定时停止的画面开始播放。

石少钦抬眸看向视频器，原本黑暗的画面上逐渐出现图像。

全身污秽的顾北辰蜷缩在角落里，因为被注射了药剂，他整个人陷入幻境中。

视频继续播放着，石少钦陷入画面和记忆的重合点。

那时候，顾北辰忍受着非人的折磨，石少钦经常会让人去吓他，也只有这个时候，他才会妥协一点儿。

人性最软弱的地方，早已经不是身体所能承受的痛，而是心理！

三个月非人的折磨，迄今为止，在墨宫里只有一个顾北辰坚持下来了，不是吗？

虽然他也已经疯了，疯到在龙枭带他离开墨宫后，在英国就自暴自弃了。

简沫坐躺在卧室宽大的沙发上，顾北辰站在门口看着思绪抽离的她，眼底全是心疼。

他走了过去，在她身边半蹲了下来，大掌握住了她的手。

“怎么不多穿件衣服？”顾北辰微微蹙眉，“你现在不能着凉。”

简沫偏头看向顾北辰，紧抿嘴角。

她其实不觉得冷，整座古堡是恒温的，而最近几天更是因为她，古堡里的温度调高了不少。

她觉得“冷”，只是因为他的过去。

她当初应该对这个男人再好一些，或者说，她应该再早一些认识这个男人，早在没有梓霄的时候。

简沫无声地俯身过去，抽出在顾北辰掌心的手，抱住了他。

“阿辰，我爱你。”轻轻的声音没有太多的情绪，可又蕴藏了太多的情感。

不是怜悯，只是更加坚定的爱。

顾北辰说不出来他这会儿是什么心情，只觉得心中五味杂陈。

“沫儿。”轻轻的低唤声，夹杂的是顾北辰对简沫无法形容和源源不断的爱意。

简沫抿嘴笑了，哪怕眼底有泪水：“我终于明白，你为我戴上戒指那一刻的意义了。”她松开手，直视着顾北辰，吸吸鼻子，不让眼泪掉下来，“你为我戴上的，不仅仅是一生一世的承诺，更是你所有的一切。我对你来说，也不仅仅是伴侣，还是带你走出黑暗的阳光，是吗？”

顾北辰的薄唇扬了一个浅浅的弧度，他抬起手，粗糙的指腹滑过简沫的眼角，拭去溢出的晶莹："你就是我的阳光。"他浅笑着，继续说道，"沫儿，我自始至终都是你的，没有任何人，不管是女人，还是男人。视频里的声音不是我的，是别人的，我只是被药物控制进了幻境而已。"

简沫轻轻扇动着眼帘，仿佛有些反应不过来。

顾北辰俯身吻去她眼角滑落的泪，又顺着她的脸颊细吻，最后轻轻吻上了她的唇。

原本的轻触却在瞬间变成了炙热。彼此用这样的纠缠来宣泄着对对方的爱，还有对过去的放手。

墨宫的停机坪上，一架豪华私人客机安检完毕。

包裹得密不透风的简沫被顾北辰抱上了飞机，对这里，她没有一丝留恋。

来送他们的，有石玦郗、J、肖思悦、卡尼。她经常接触的那些人里，独独石少钦没有出现。

飞机攀升，渐渐消失在众人的视线里。

石玦郗在书房里找到石少钦。石少钦所站的位置，正对着墨宫停机坪的方向。

"少钦，你痛吗？"石玦郗看着那孤单的背影，有些气恼地问道，"做了这么多，让沫沫讨厌你，甚至恨你……你就真的不痛吗？"

石少钦站在那里，没有动，也没有回答。只是他看着飞机消失，目光渐渐变得深邃。

"少钦！"石玦郗沉痛地喊了一声，满眼都是心疼。

"有什么好心痛的？"石少钦嗤笑了一下，"非要说心痛的话，只能说，做了这么多，我还是没有将北辰拉入我的世界。"

"到了这会儿，在我面前，你还需要口是心非？"石玦郗的声音里有着让石少钦无所遁形的气恼，"为了让简沫面对北辰的过去，让她知道北辰的不堪后更加爱他，为了不让你自己以后忍不住用过去的事情再去威胁她，你这会儿就真的不痛吗？"

一句句反问就和利刃一样，一下下戳进石少钦的心。

他不痛吗？

他以为不痛的。

可是，看着简沫丝毫没有留恋的背影，看着飞机渐渐离开墨宫的领域，他还是痛的吧？

这无关爱情，只是有了对美好的向往后，又一次堕入黑暗中，那是一种无边无际的沉溺和腐朽。

石少钦看着早已经没有了飞机影子的天空，自嘲地笑了一下：“这些问题没有意义，人都走了。”

石少钦转身离开了书房，留下石玦郗一个人站在原地，久久无法回神。

痛是好的，至少他还能有感知。

石少钦去了媒体室，门没有关，里面传来响声。他在门口站了好一会儿，听着里面格斗游戏的声音，微垂的眸子里划过一抹笑意。

就这样，感觉她还在，等下游戏结束了，还能听到她和J争吵的声音。

“啊！”游戏里的人物一声惨叫后，传来机械的声音：“Game over！”

安静！

不管是媒体室里面还是外面，都格外安静。

没有简沫和J的争吵声，也没有J不满的声音和简沫得意的声音，一切安静得让人烦躁。

石少钦眼底的笑意渐渐溢出，挂在嘴角时却成了自嘲。她刚刚走了，还是带着对他的讨厌和怨恨走的，怎么会在这里和J打游戏呢？

门被猛然拉开，J看着门口的石少钦，有些意外：“钦少？”

“你打算什么时候走？”石少钦敛去眼底深处的情绪，冷漠地问道。

“我不知道，再看吧！”J有些小脾气，说完后，他气恼地越过石少钦离开了，不知道在发什么小孩子脾气。

J看着古堡门口被清理干净的向日葵花坛，心情更加郁闷了。不到一个月，这里又变成了死气沉沉的模样，他突然不喜欢，也不习惯了。

“什么嘛！”J气恼地踢了一下沙子，“说走就走，之前还说让我去找你玩，走的时候就不吭声了，哼！”

没有星辰的夜缓缓到来。

墨宫被笼罩着，一片阴暗。这样的空气，让人的心情也莫名变得沉重起来。

罗松贤的人全部被挖出来，墨宫也经历了这几年来最大的洗牌。

莫森腿还没有痊愈，还是要靠轮椅行动。

“钦少，您找我？”

石少钦看着跟了自己好几年的人，目光渐渐变得深远起来。

莫森心里莫名有些不安，他不敢和石少钦对视，仿佛会被对方完全看穿。

“故意惹怒我，让人去喊沫儿……莫森，你还真是将我的心思猜了个透彻。”石少钦缓缓开口。

“钦少，你……你什么意思？”莫森暗暗吞咽，气息混乱，“我……我不明白。”

“不明白？”石少钦冷笑了一声，“出门后，往沫儿会来的方向退，在扶梯上抹上润滑剂，只要她一紧张，不小心碰到，总是抓不住的。”他的声音越发森冷，“如果我忍不住，那是最好；如果我忍住了，你跟了我这么多年，总会有办法让我动手。”

“钦少，怎么会？”莫森眼底都是骇然，“那晚是意外。让简沫摔下楼梯，对我有什么好处？难道钦少认为我是罗松贤的人？”

“你不是。”石少钦语气淡淡地开口。

“那为什么？”莫森呼吸开始变得沉重。

“那就要问问你了。”石少钦眸光幽冷，“我这几天也在想，你不是他的人，为什么明明知道那天是我的禁忌，你还是来找了我。”

在透着嗜血气息的房间里，莫森的身体不受控制地颤抖：“钦少！”

“那晚，你是怎么激怒我来着？”石少钦说道。

“是顾北辰说的？”莫森说出这话的时候，明显有着害怕和怒意。

石少钦微不可察地轻蹙剑眉：“他早就知道你对我的心思？”

莫森暗暗咬牙，自掘坟墓让他这会儿失去了冷静。

“看来，这就已经是答案了。”石少钦眸光陡然一沉，看着莫森看着自己的视线，他感觉到的全然是肮脏，“你，我留不得。”

莫森笑了，既然被戳穿了心思，他也没有什么好隐瞒的。

“我唯一遗憾的是，没有让简沫死，让她还……嗯！”

莫森还想说什么，不知道J从哪里蹿了出来，一只脚狠狠地踏在了他身上。

“都是你！”J气恼地吼道，“如果不是你，简沫的孩子就不会死，她也不会讨厌我们！”

莫森嘴角轻勾，被人带走。

他知道等待他的是什么，可他已经无所谓了。至少，虽然最后简沫没有死，但已经十分厌恶钦少，不是吗？

私人客机抵达洛城时，是当地的午夜。由于是冬天，又是晚上，空气里夹杂着冰冷而刺骨的气息。

“辰少，准备好了，少夫人可以走了。”萧景上了飞机。

简沫见顾北辰要来抱她，轻轻开口说道：“我自己走。”

“飞机上不舒服，坐了这么久，不逞强，嗯？”顾北辰看着她。

简沫抿了抿唇，点点头。

顾北辰将简沫打横抱了起来，萧景已经将羊绒毯子拿了过来，盖在了她身上。

车就停在飞机旁边，是宽敞的商务车，暖气一直开着。

虽然有毯子盖着，但只是下阶梯的空当，简沫都因为寒风下意识瑟缩了几下。

顾北辰加快步子，冷峻的脸绷着。

“我没事，只是有些不习惯。”简沫感觉到男人的自责，轻轻说道。

“嗯。”顾北辰应了一声。在车门被关上后，他将座椅的位置调好。

车往半山别墅驶去。

简沫看向车窗外，熟悉的夜景透着惆怅感，就好似她离开了很久很久一样，甚至比那四年半还要长。

“要不要先休息会儿？”顾北辰轻柔问道。

简沫摇摇头：“这里睡不舒服，等下回去睡。”

顾北辰点点头。

“阿辰……”

“嗯？”顾北辰轻轻问了一声。

简沫看向他，问道：“我们可以把奶包接回身边了吗？”

开车的萧景从后视镜看了一眼后面，一股悲伤的情绪划过眼底，暗暗轻叹。

“好。”顾北辰浅笑着点点头，俯身在她的额头上落下一吻，“沫儿，都过去了。”

“我明白。”简沫扯了扯嘴角，哪怕笑容连她自己都感觉难看。

车在洛城的街道上行驶，快而平稳，最后直接停在了别墅门口。

顾北辰细心地为简沫盖好羊绒毯后，才抱着她下了车。

“辰少，少夫人。”罗姨见两个人回来，脸上全然是慈祥的笑容，“我把汤炖好了，你们是在楼下吃，还是我端到楼上？”

“送到楼上吧。”顾北辰语气淡淡地开口。

“好！”罗姨应了一声，转身去了厨房。

顾北辰的脚步不停，萧景先一步上楼打开了卧室的门。相较于外面的冷空气，别墅里是舒适的温度。

“等下吃点儿东西，我给你擦完身体，再休息？”顾北辰询问着。

简沫也没有拒绝，点点头。

两人吃完东西，再收拾完，已经是晚上两点多了。

顾北辰揽着简沫，细心地不触碰到她的伤口：“睡吧！”

“阿辰，晚安！”简沫说。

“晚安。”顾北辰在简沫的嘴角亲了一下，“我的爱！”

简沫原本凝重的心情，因为这句话，微微松快了一点儿。

如果上天非要给每个人留有遗憾，小琰就是她今生永远也无法释怀的遗憾。

可如果有舍才有得，那么阿辰就是她这辈子得到的最好的礼物。

洛城的夜，在冬日下显得格外的长。

清晨第一道曙光穿透厚重的云层，洒落在洛城各个角落的时候，忙碌的上班族开始了周而复始的生活。

“向晚，向晚。”穆晓冉手里拿着一份报纸，风风火火地跑进了办公室。

“如果凌宇国际没有着火，就不要打扰我了。”精神有些萎靡的向晚抬起头，抽了纸巾就开始擤鼻子，“我感冒了，难受得都快死了，昨晚还加班到一点多。”

“保证你马上有精神。”穆晓冉说着，将报纸拍到她面前，“你快看！”

“什么啊？”向晚耷拉着眼皮，垂眸看去。

——帝皇总裁携夫人于昨日凌晨乘坐私人豪华客机返回洛城，却独独少了未来帝皇太子爷？！

头版是加大加粗的黑体字，底下是一张不太清晰的照片，旁边还有一句话。

——简沫的大肚子消失，帝皇太子爷却不见踪迹！

向晚猛然坐直身子，愣愣地看向穆晓冉，问道：“这……这是什么意思？”

穆晓冉摇摇头，一脸担忧：“我刚刚打了沫姐的电话，还是无法接通。”

“那辰少呢？”向晚拧眉问道。

“我没打。”穆晓冉摇摇头，“问辰少好像不合适。”

总不能开口问辰少新闻报道是不是真的，沫姐的孩子是不是意外流了吧？

“也是……”向晚皱眉，一脸担心。

“等下班了，咱们一起去看看吧？”莫小雅说着，和大雄一起走了进来。

穆晓冉和向晚对视了一眼，纷纷点头。

半山别墅。

厉云泽在楼上给简沫做着一些简单的检查，顾北辰时不时询问几句。

好在墨宫那边医疗条件和人员都很专业，简沫除了心情还需调整外，身体没大碍。

“月子里要注意的事项，都知道吗？”厉云泽收了听诊器，看向顾北辰。

顾北辰点点头：“嗯。”

“罗姨也是有经验的，你注意点儿就好。”厉云泽看向简沫，“虽然这样说，你也做不到，但是你还是要尽量保持心情愉悦。”

简沫扯了扯嘴角，点点头。毕竟她是生过一个孩子的人，心里清楚。但清楚是一回事，做到是另外一回事。

“另外……”厉云泽沉叹了一声，“你不能再哭了，否则，眼睛真的会落下病根。”

简沫的鼻子猛然一阵酸涩，好在她及时忍住了：“嗯。”

“我先下楼了，回头我让戈主任过来再给你看看。”厉云泽说完，看了一眼顾北辰，而后先出了卧室。

厉云泽虽然是医生，但专项不是妇科，而且他是个男人，给简沫检查也不是那么方便。北辰担心简沫，他清楚，让戈主任过来再看看，也能更放心。

厉云泽一下楼，就看到不知道什么时候来的苏钧离、楚梓霄和莫少琛。

整个客厅里，气氛凝重，谁也没有说话。

“这一个两个的，来得还挺快。”厉云泽笑着说道。

可看到这三个人表情各异，还都神情凝重地看着自己，厉云泽无奈地说道：“这么看着我干什么？”

“沫沫怎么样了？”苏钧离问。

“身体还好，心情……”厉云泽耸耸肩，“失去了孩子，做母亲的没有一个心情好的。”

“孩子，真的没有了？”楚梓霄的声音有些沙哑。

厉云泽点点头：“意外摔下楼梯……”

“怎么会？”苏钧离的眉心皱得紧紧的，“沫沫一直都很小心的！”

他是这里的人中，包括顾北辰在内，最有资格说话的。毕竟，从简沫第一次怀孕到简傑出生和成长，都是他陪伴左右的。

“有时候，小心也不能阻止意外。”厉云泽坐下，接过罗姨递上来的茶，“谢谢罗姨。”

“你对少夫人用心点儿，每次你来，我都给你做好吃的。”罗姨轻叹一声，看了一眼楼上，然后转身去忙了。

“云泽。”在罗姨离开后，一直没有开口的莫少琛问道，“简沫这次发生的事情，是不是和北辰的过去有关？”

楚梓霄顿时皱了一下眉，因为下药的事情，他也多少了解一点儿顾北辰过去的事情。

只有不知道莫少琛说什么的苏钧离一脸疑惑，隐隐生气，道：“莫辩的意思是，沫沫失去小琰，是和顾北辰有关？”

厉云泽没有说话，客厅里的气氛更加沉重。

“厉少？”苏钧离已经沉了脸。

因为陪简沫一起迎接过简傑出世，他太清楚孩子对于简沫的意义是什么了。何况沫沫，怀小琰期间经历了那么多事情，这个小生命对沫沫的意义更加不同。

“苏三少，你对你妹妹的关心，我能理解。”厉云泽故意加重了“妹妹”，“可有些事情，到底不是我们这些外人能够插手的。”

一句话，让苏钧离无言以对。

“不管如何，孩子已经失去了。”厉云泽轻叹了一声，“我觉得，与其纠结过去，还不如想想怎么让简沫不沉浸在悲伤里，这才是对她好的。”

所有人心中的疑问，都被厉云泽的这一句话给挡了回去。

“让沫沫暂时觉得舒服点儿，如果可以，让小傑回来，陪在她身边吧！”苏钧离轻叹一声。

所有人的视线落在了苏钧离身上，包括从卧室里出来，此时站在楼梯口的顾北辰。

苏钧离的视线微抬，对上顾北辰幽深的眸子。二人四目相对，渐渐地火光四射。

顾北辰承认，他是嫉妒苏钧离的。因为苏钧离陪伴简沫从孕育小傑到小傑长到四岁陪伴了五年时间，而他，就算是小琰，都陪伴得极少。

厉云泽等人感觉到气氛不对劲，纷纷顺着苏钧离的目光看去。

顾北辰已然淡漠地收回视线，走了下来："我要去接小傑，你们自便吧。"他脚步未停，"沫儿已经睡了，想看看她，你们就留下来吃午饭。"

车，行驶在去Spencer的路上。

顾北辰提前给校方打了招呼，接下来几天的课，简傑都会缺席。

"爹地，小琰是真的离开我们了吗？"简傑的小脸上透着伤心。

"嗯。"顾北辰偏头看了一眼简傑，"你会怪爹地没有保护好小琰吗？"

简傑扇动眼帘，上前抱住了顾北辰，声音闷闷地道："小琰只是去做小天使了。"

顾北辰感觉鼻子有些酸。也许，他希望沫儿和小傑是怪他的。

"先带你去落户，然后我们回家吃饭。"顾北辰抱了一下简傑，然后松开，"下午萧景会过来和你说曝光你身份的具体事宜。"

"嗯。"简傑点点头，乖巧的样子让人心疼。

顾北辰轻轻抚摸他的脑袋，随即启动了车，往户籍所驶去。

苏钧离说得对，如今能让沫儿微微转移注意力的也只有小傑。

那么，被带回去的小傑应该是一个顾家人的身份。他可以宣告全世界，小傑是他和简沫孩子。

户籍所的所长听闻顾北辰带了个孩子来落户，加上早上的新闻，好奇地前来迎接，心里还暗骂媒体瞎说。

可看到顾北辰带来的孩子竟然是四五岁的样子，并不是初生婴儿时，他又吃惊得不知道要如何反应。

不过，简傑一看就是顾北辰的缩小版，户籍所的人，一个个只是惊讶，顾北辰什么时候有个这么大的孩子，而且藏得这么严实。

"顾先生，麻烦您填一下这份表。"户籍人员将落户表递给顾北辰。

顾北辰接过落户表之后，大致扫视了一遍，就准备填写。笔还没有落下的时候，简傑突然拽了下他的衣袖，他疑惑地看去："怎么？"

简傑扇动眼帘："爹地，名字是什么？"他之前是跟简沫一个姓。

"顾傑。"顾北辰想也没有想就说道，"还是说，你有什么想法？"

简傑垂下眸，嘟囔道："叫顾琰吧？"

"嗯？"顾北辰微微蹙眉。

"从今以后，我是简傑，也是顾琰！"简傑抬眸，黑瞳里有着坚定。

顾北辰看着简傑，视线渐渐变深了，这一刻，有什么东西填满了他的心脏。

“谢谢！”他的声音沙哑得厉害。

“我会带着小琰的爱，一起加倍带给妈咪。”简傑认真地说道，“如果这声谢能让爹地稍稍减轻心中的自责，我接受。”

顾北辰薄唇浅扬，揉了揉简傑的脑袋，说道：“不是为了减轻自责，是感谢你替我老婆着想。”说着，他再次拿起了笔，在姓名那一栏上写下了“顾琰”。

顾北辰带简傑落户后再回到别墅，已经中午十二点多了。他先上去看了看简沫，见她还没醒来，索性带着简傑下楼和楚梓霄他们吃饭。

“云泽和少琛有事，就先走了。”

“嗯。”顾北辰应了一声。

“Uncle离。”简傑乖巧地喊人，看向楚梓霄时笑着喊道，“大哥！”

“嗯……”楚梓霄有些尴尬地应了一声。虽然他知道简傑的存在，可这会儿被对方喊“大哥”，说不觉得别扭，那都是骗人的。

顾北辰看向楚梓霄，听到这一声“嗯”，他明白，梓霄是在努力放下过去。

“Uncle离，我这几天都不去学校，有比较多的时间排练。”简傑很自然地将已经空了的水杯递给顾北辰，“如果可以的话，我们在家里排练，可以吗？”

“下午钢琴会送过来，和演奏厅的同款。”顾北辰给简傑倒水。

“好。”苏钧离应了一声。他心里很清楚，顾北辰不仅仅是想让简傑陪着沫沫，而且人多点儿能分散沫沫的注意力，这总是好的。

吃饭间，苏珊来了电话：“辰少，独家交给华娱还是骆小姐？”

顾北辰缓缓靠在椅子上，深邃的目光越过楚梓霄，落在窗外的松树上：“小傑是顾家的孩子，这个起点自然应该从顾家开始，同时一起推帝皇旗下的娱乐业。”

苏珊愣住了，这才猛然想起来，当初帝皇为了少夫人新闻的事情，也算涉足娱乐产业了，虽然并没有上心。

“好的，我这就安排。”苏珊应声。

顾北辰挂了电话，没有继续吃东西，而是上了楼，去看简沫醒来没有。

他刚刚准备推门，门就被从里面拉开。

简沫看着门口的顾北辰，先是愣住了，随即上前抱住了他：“这么心有灵犀？”

“嗯。”顾北辰轻轻搂着简沫，在她的额头上落下一吻，“让罗姨送上来给你吃，还是你下去和大家一起吃？”

“屋子里有点儿闷，我下楼，一起吃。”简沫抿了抿唇，“我刚刚在梦里好像听到奶包回来了？”

“嗯，你早上睡下后，我过去接的。”

简沫的眼底弥漫了笑意，只是这样的笑容里，隐隐约约划过一丝掩盖不了的涩然。

顾北辰没有忽视简沫的情绪，也心知那是心头的硬伤，不是一时半会儿就能够好的。

“梓霄和苏三少也在。”

“嗯。”简沫淡淡应了一声。

顾北辰牵着简沫的手，两人一起下了楼。

也不知道大家是有意还是无意，饭桌上，谁也没有谈到简沫坐月子和小琰。

而有简傑在，简沫的心情果然好了很多。

“妈咪，等下爹地把钢琴准备好了，我和Uncle离给你弹我们演奏会要演奏的曲子。”简傑一脸傲娇，“苏太爷爷说，如果爹地看不紧我，可是要将我培养成苏家的接班人的。”

简沫许久没有看到简傑嘚瑟的样子，由衷地笑：“如果你喜欢钢琴，我想你爹地不会强迫你去做你不喜欢的事。”

“必须的。”简傑晶亮的眼睛里闪烁着自信的光芒，见苏钧离端了热水过来，笑着说道，“我先去午睡。”

“好。”简沫点点头，接过热水喝了一口。

“爷爷他们本来也要过来看你的。”苏钧离在一旁坐下，“想着你刚刚回来，应该也不走了，说等两天再过来。”

“给我留位置了吗？”简沫轻笑，问道。

苏钧离笑着点点头：“小傑的公开首秀，你和辰少的位置肯定是要留的。”

简沫的视线落在落地窗外，顾北辰送楚梓霄离开，二人不知道在说什么，面色凝重。

“钧离。”简沫垂眸，“你说，我是不是太贪心了？”

“人有欲望，自然会有奢望。”苏钧离说道，“何况，你是合理范围内的。”

“是我没福气。”简沫自嘲地勾了勾嘴角。

“沫沫！”苏钧离拧眉，“小琰的事是意外，你不是个活在过去里的人。”

“嗯。”简沫过了好半晌才轻轻应了一声，却不知道是同意小琰的事是意外，还是同意她不是个会活在过去里的人。

下午两点多，帝皇娱乐业负责人带着旗下的主持人和摄影师来了别墅。

这次的独家专访是采访简傑，简沫不参与。

其实是顾北辰想给简沫一个相对清净的环境，他不太想让她继续曝光在大众面前，免得她在以后的生活中被人指指点点，甚至以前洛城里有关简沫的不好的报道，都会在今天过后慢慢消失。人是一种健忘的动物，当无迹可寻的时候，有人谈论却不会记得太多。

“能先谈谈你的名字吗？”主持人含笑看着眼前的小正太，小家伙粉雕玉琢的，看着就让人喜欢。

简傑对陌生人一向像个小王子一样：“顾琰。”

简沫有些惊讶，偏头看向一旁的顾北辰。

“虽然两个人的生命让小傑一个人承载，对他有些不公平，”顾北辰拥着简沫的肩膀，语气轻柔地说道，“可是，小琰在他的身上展现也是一种美好。”

简沫的眼眶微红，嘴角透着淡淡的笑意，头靠在顾北辰身上。

她没有说什么，她只是感恩顾北辰这样一个男人成为她的伴侣，更感恩有奶包这样贴心的儿子。

不管是五年前，还是五年后，奶包陪她走过太多需要坚持的日夜。

采访的内容都是通稿里的，不会有尖锐的问题，主要是推出简傑的存在。

一个小时的专访结束，摄影师拍了一些照片，这才离开别墅。

“要不要休息一下？”在送钢琴过来的人离开后，顾北辰问简沫。

“昨晚和今天早上睡得太多了，还不困。”简沫摇头。

“少夫人，鸡汤熬好了，要不先喝点儿？”罗姨从厨房里走了出来。

简沫笑着点点头：“谢谢罗姨。”

罗姨笑了笑，转身去盛汤。

“妈咪，给你弹首曲子？”简傑已经坐在了钢琴凳上。

“好啊，看看你最近有没有进步。”简沫点头。

“说得好像自己的音乐修养很高一样……”

简沫当即被噎住了，随即不满地瞪了眼睛：“我没有音乐修养怎么了？怎么说，我也是有相对音感的，还是天生的，你羡慕不来！”

简傑撇嘴，一脸傲娇，懒得和简沫争论。

“顾北辰，你管管你儿子。”简沫有些不满。

顾北辰“嗯”了一声，看向简傑：“和你妈咪道歉！”

简傑微挑下巴，朝简沫做了个鬼脸，也没有道歉，只是小手搭在黑白键上开始弹奏。

虽然简傑从小是苏钧离教的，他聪明，也有天赋，但到底还是个孩子，音乐造诣上还是没有办法和成熟的钢琴家相比。

但对没有音乐造诣的简沫来说，这已经足够满足她的耳朵了。

在偌大的客厅里，流淌着美妙的音乐。

简沫不受控制地又愣怔起来：如果小琰在身边，那该多好。

美国，纽约，接近凌晨。

某家私人医院内笼罩着一层紧张而凝重的气氛。

“梅诺医生。”护士的脸色凝重，“你带回来的孩了生命体征在下降，已经跌破十了！”

梅诺原本在接电话，听了这话后，来不及和电话那头的人说一声，就急忙起身往办公室外奔，甚至忘记了电话还没挂掉。

石少钦刚刚下飞机就给梅诺打了电话，还没有说话，就听到电话里面传来了护士焦急的声音。听着电话那头传来断断续续的声音，他的俊颜上笼罩了一层雾霾。

石少钦径自挂了电话，往来接他的车走去，拉开驾驶座的车门：“下车！”

司机有些不明白，可还是下了车。

石少钦坐上了车，什么话也没有说，启动车子飞速往私人医院而去。

到了医院后，他询问了导医台的医务人员，然后直接去了急救室：“我找梅诺。”

护士很少看到这么俊美的东方人，愣愣地指了一下急救室：“梅诺医生正在抢救一个婴儿。”说着，护士突然想起婴儿也是东方人，便问，“你是婴儿的什么人？”

石少钦轻蹙剑眉，眼底有一丝纠结，然后尴尬地说：“家人。”

“几天没有一个家人出现，我还以为他是孤儿呢！”护士有些意外，嘟囔了一句，但对上石少钦凌厉的目光时，她暗暗吞咽，小心说道，“梅诺医生还没有出来，先生，你可以在那边等会儿。”

石少钦冷漠地收回视线，仿佛也懒得和这个护士计较，转身去了急救室外，坐在等候椅上。

石少钦离开后，护士才觉得周遭的空气没有那么压抑了，不由得暗暗吁了口气：“真是个可怕的男人！”

也不知道过了多久，急救室的门才被打开。

疲惫的梅诺走了出来，看到石少钦的时候，有些愣怔：“钦少？你什么时候来的？”

“你接了电话却没有说话的时候。”石少钦轻睨了一眼急救室，“孩子如何了？”

“暂时稳定了，可情况很不乐观。”梅诺很无奈。

“你要的第二批设备明天就会到，药物也已经在准备了。”

“药物？”梅诺不解，“钦少的意思是，有药剂师加入？”

“嗯。”石少钦淡淡应了，“至少需要一个月准备，我希望这一个月之内，孩子不会出现任何意外。”

“抱歉，我没办法给你确切的答案。”梅诺探了探手。

人的生命有时候很顽强，有时候也很脆弱。一个成年人都是如此，何况一个初生儿？

石少钦隐隐有些不高兴，但最后，他还是压住了自己的脾气。

“我去看看孩子。”

“右转第三个保温室……哦，你记得消毒！”梅诺提醒完，转身去了护士站，写了病例后才回办公室。

石少钦很认真地消了毒，才去看小琰。

小家伙骨瘦如柴，眼睛还是闭着的，如果不是仪器显示，你根本感受不到他还活着。

隔着保温箱，修长的手指轻轻滑过小琰的脸颊，这一刻，石少钦的心里竟闪过一丝暖意。

“从小承受了这么多，你还是活了下来。”石少钦的声音有着不自知的温柔，“你的妈妈那么坚强，你也是。”

他的目光扫过小琰没有血色的小脸，不知道是不是因为太瘦，看上去不知道长得像简沫还是顾北辰？

小家伙身上仿佛有那两个人的影子，可又将两个人的影子结合得太完美，全然变成了独属于自己的特征。

石少钦收回手，看着小琰，眼神深邃："席城说，你是在Silence药剂下活下来的，孕酮激素虽然保护了你，但你体内应该是有残留的药剂。"

石少钦的声音里有一抹欣慰，仿佛是庆幸当初对简沫用了Silence。

嘴角溢出一抹浅薄的笑，很淡，也有他自己也没有察觉到的温柔："等药性发挥出来，如果席城猜得不错，你活下来的可能性会大一点儿。"

哪怕只是一点儿，那也是希望。

第5章
能不能活下来

顾慈、顾媛和顾南依来的时候，隔着落地窗看到顾北辰和简傑正四手联弹。

虽然他们来之前已经打了预防针，但真正看到简傑时，三人还是有些惊讶。

“北辰隐藏得可真好。”顾媛轻嗤了一声。

顾南依笑了笑：“二姐，这又不是藏了你的孩子，看你生气的。”

顾媛冷哼了一声：“在我看来，若不是简沫把小的给弄没了，北辰还舍不得放出这大的来吧？”

“怎么说话的？”顾慈皱了眉，“到底是顾家的孩子，等下进去了，你还是收敛一下你的嘴。真要是惹得北辰不开心了，我看你怎么办。”

顾媛撇了撇嘴，没有说话了。

三人进去之后，顾北辰和简傑停下弹钢琴的动作。

刚刚三人在外面只能看到简傑的小半张脸，这会儿瞧着正面了，一个个惊讶得不得了。

顾默元是老来得子，所以，顾北辰和他三个姐姐的岁数差得有些大，她们算是看着他长大的。这会儿，她们看到几乎和顾北辰小时候一模一样的小家伙，那种感觉特别奇妙。

“大姑姑、二姑姑、小姑姑好！”简傑萌萌地笑着，声音更是甜得不得了。

三个人的心，一下子都被喊化了。

顾南依笑着朝简傑点点头，然后看向已经站起来的简沫，并走了过去：“辛苦你了。”

简沫鼻子微酸，浅笑着摇摇头。

顾慈和顾媛也看了过去。原本三人就是过来看看简沫和被顾北辰藏得很好的简傑，就算有什么心思，这个时候自然也不会说。

众人聊了一阵子，顾南依怕打扰简沫休息，便说：“我们先走了，你现在也不方便，等身体好些后就一起坐坐。”

“好。”简沫笑着点点头，看着已经站起来的顾慈和顾媛，“大姐、二姐、三姐慢走。”

顾北辰送三个人出去，声音淡淡的，没有面对简沫时候的温软：“明天小傑的身份会公布，今天提前知会一声。我是不希望明天新闻出来后，你们不知道如何说。”

顾慈微微拧眉，顾媛当即冷嗤：“现在这个家里，你眼里除了简沫，还有谁？”

顾北辰轻蹙剑眉，却没有反驳。

“明白你的心思。”顾南依捋了捋顾北辰的衣袖，嘴角有着柔和的笑容，“好好照顾简沫。女人这个时候是最不容易的。”

顾北辰点点头。

顾南依轻叹了一声：“进去吧，外面冷。”说着，她看向顾慈和顾媛，“大姐、二姐，我们走吧？”

顾北辰目送三个人离开后，转身进了别墅。

简沫站在落地窗前，已经过肩的柔顺的长发披着，沉静得让人觉得不真实。

“对不起。”简沫收回看着顾慈等人离开的视线，看向顾北辰。

顾北辰微微蹙眉：“为什么这样说？”

简沫环住顾北辰的腰身，脸颊轻轻地靠在他的胸膛上：“公开奶包的身份，一定会牵扯许多事情，但因为我，只能这样急促。”

“傻瓜！”顾北辰低头吻了一下简沫的发顶，轻叹一声，“该面对的，早晚都是要面对的，何况，我顾北辰的孩子，谁敢多说什么？”

简沫垂眸：“嗯！”

顾北辰用下巴蹭着简沫的头顶，视线落在外面：“这是你最后一次和我说对不起，下次再听到，我真的会生气的。”

“嗯。”

简沫刚刚应了一声，顾北辰的手机就响了起来。

他放开简沫，去拿手机，见是骆小米打来的，觉得有些头疼。

“小舅舅，为什么小舅妈的电话打不通？”电话一通，骆小米咋咋呼呼的声音就传了过来，“小舅妈呢？你让小舅妈接电话。”

“小米找你。”顾北辰看向简沫，将手机递了过去。

简沫接过手机：“喂？”

“啊啊啊，小舅妈，你一点儿都不爱我。”骆小米一听到简沫的声音，就开始大叫，说到最后甚至有些委屈。

简沫哭笑不得：“怎么了？”

“你的身体好些了吗？”骆小米倒是没有先说自己的事情，而是软软糯糯地问道。

“还好。”简沫轻笑。

“我昨晚追新闻追了一个晚上，”骆小米解释，“早上写完稿子，回来后睡到这会儿才起来，没有第一时间去看你，是我不好。”

“你知道了？那你不是第一时间打电话过来了吗？”简沫浅笑着安慰。

“可是，我打电话是为了工作。”骆小米嘟囔了一声，“小舅妈，我听说小舅舅有条独家。”

简沫看了一眼在吃水果的简傑：“嗯，给了帝皇旗下的刊物。”

“一觉睡没了一条大独家。”骆小米有点儿泄气，“我等下过去看你。”

“好。”简沫听着骆小米软软的声音，心也跟着软了下来，看向顾北辰，“你过来，我给你条独家。”

“真的啊？”骆小米的眼睛顿时亮了，“我就知道小舅妈最疼我了！哈哈，我马上过去！”

“嗯。”简沫笑着挂了电话。

顾北辰接过手机，同时将简沫揽入怀里，声音低沉而富有磁性：“你要给小米一条什么独家？”

简沫只是笑笑，并没有说话。

“等会儿小米来了，我带小傑去一下公司。”顾北辰也没有追问。

“好。”简沫笑着应了，随即挑眉问道，“想要给我一个惊喜？”

顾北辰一脸宠溺地看着简沫：“有时候，我们要学会揣着明白装糊涂。

你这样分分钟戳穿我，我表示会很郁闷的。”

“嗯，流行语用得挺顺溜。”简沫的眼底满是笑意。

“必须的！”顾北辰笑了起来。

骆小米来的时候，已经是下午四点多了。

“咦，小舅舅要出去？”骆小米一边脱着羽绒服一边问道。

可看到不远处的简傑时，她的眼睛瞪得就跟铜铃一样：“小舅舅，我看到你小时候照片里的样子了。”

顾北辰微不可察地蹙了一下剑眉：“有没有点儿姑娘家的样子？”

这会儿，骆小米哪有什么心思管顾北辰训她的话，她拖鞋都忘记穿，就走到了简傑面前，左看看，右看看，简直稀罕得不得了。

“虽然你是我的表姐，”简傑很无奈，“但我不是动物园里的动物，你这样看着我，真的感觉不太好。”

“不不不，你不是动物，你简直是活着的小正太！”骆小米“啧啧”几声，一直在感叹，直到顾北辰示意简傑换鞋。

“你小舅妈的身体不能劳累，不要缠她太久了。”顾北辰临走时交代了一句。

“小舅妈，表弟就是帝皇娱乐明天要发的独家吧？”骆小米问道。

简沫笑着点点头：“你小舅舅说，顾家的孩子应该由顾家来推出。”

“嗯，符合小舅舅那霸道别扭的属性。”骆小米点头，然后蹭到了简沫身边，一脸讨宠地问道，“小舅妈，你要给我什么独家？”

简沫眼底弥漫了笑意，视线落在白色三角钢琴上，脑子里是刚刚父子二人四手联弹的场面，声音悠悠：“我和你小舅舅的爱情。”

顿时，骆小米眼睛一亮，在简沫脸上亲了一下：“啊啊啊啊，小舅妈，我就知道你对我最好了！小舅妈，我们就随便说，你想说什么就说什么。”骆小米打开了录音笔，“我们就从你和小舅舅认识的时候说起？”

“那是一个让人觉得绝望的下午，太阳很好，可是，让人觉得很冷。”简沫的脑中出现过去的一幕一幕。

那一夜，她被简桁陷害，爸爸从工程楼上坠了下来，妈妈发心脏病，一切颠覆了她原有的生活。

可是她不能软弱，只能坚强地面对一切，哪怕她并没有想象中的坚强。

而就是在那样一个下午，一个叫作顾北辰的男人出现在绝望到相信涂鸦小广告的她面前。

而她和他的故事，也从那天正式开始。

夜，在冬日里要暗得早一些。

骆小米留在半山别墅里吃饭，一直听简沫说她和顾北辰的爱情故事。骆小米听完后，整颗心中充斥了太多的情感，甚至不愿意多留一秒，只想要将这样的故事快快写出来。

“主编，明天我要头版头条！”骆小米刚刚上车，就给主编打电话。

“头条已经定了。”

“我的头条是关于帝皇总裁和总裁夫人的！”骆小米咬牙。

主编一听，微微思忖，随即说道：“头条位置给你，希望你的头条不是边角料。”

“放心！”骆小米自信地说完后挂了电话，然后偏头，透过车窗看向落地窗那边简沫的背影，嘴角溢出笑，“小舅妈，你值得拥有小舅舅的爱情。”话落，她启动车子离开。

骆小米走了没一会儿，顾北辰和简傑就回来了。

“辰少、小少爷，需要准备晚餐吗？”罗姨问道。

“我带着小傑在外面吃过了。”顾北辰说着，走向简沫，“怎么没上去休息？”

“估摸着你要回来了，等着你一起。”简沫笑着说道。

顾北辰“嗯”了一声，彼此心照不宣。

简沫知道顾北辰给她和骆小米空间，顾北辰自然也知道她是知道的。

乖巧的简傑和父母道了“晚安”后上了楼。

等简傑进了房间，顾北辰语气轻柔地说道：“今天下午一直有人过来看你，你也没有休息，等下早点儿睡？”

“好。”简沫笑了笑，和顾北辰一起上了楼。

两人洗漱过后，顾北辰搂着简沫一起睡。等到她睡着之后，他缓缓睁开了眼睛，轻轻地抽出胳膊，起身下了床。

夜，沉静得让人觉得太过安静。

柔和的月光从窗外洒入屋内，透着让人安心的气息。

书房内，灯光将顾北辰的身影笼罩着。

黑影压在书桌上，上面有镊子等物，他认真而细心地摆弄着被分成两部分的戒指。等到原本戒面钻石和指环再次成为一个整体的时候，他的鹰眸凝视着这枚戒指。

修长的手指轻轻转动戒指，他还能清晰地想起，在洛城河边求婚时简沫开心的样子。

“沫儿，再也没有什么横在我们中间了。”顾北辰唇边溢出一抹淡淡的笑，透着释然以及对未来生活的向往。

夜，越来越深。

帝皇旗下《风尚》杂志社的人和骆小米都感受不到夜晚的深沉，只是陷入忙碌和故事之中。

而翔宇设计部原本要来看简沫的人，下午由于一份设计图出了问题，全部投入从未有过的战场。

当东方渐渐露出鱼肚白，一抹曙光穿透云层，这彰显着新的一天到来了，又是个阳光明媚的日子。

“早知道《风尚》第一刊是这样的大新闻，我就多预定点儿了。”有人气恼地抱怨着。

各个报刊点已经开始铺货，骆小米所在的报社也开始给大家分派新一天的报刊。

骆小米手里拿着一杯咖啡，看着电脑屏幕上面她排好的一篇爱情故事的稿子，里面都是小舅妈对小舅舅的爱。

温暖的阳光彻底穿透云层，挥洒在各个角落，渐渐驱散了冬日的寒冷。

简沫醒来后，见身旁是空的，估摸着顾北辰已经起来了，也就掀了被子下床。

她突然停下动作，还抓着被角的左手僵住了。她下意识看去，只见那原本被撬坏的戒指完好无损地戴在她的左手无名指上。

她收回手，轻轻抚摩戒面，传来微暖的触感。蓝钻石发出淡淡的光芒，这一切让她觉得如此真实。

卧室的门被打开，简沫偏头看去，对上顾北辰深邃的视线。

“估摸着你要醒了。”顾北辰走了进来，“罗姨已经做好早餐了，洗漱完就下去吃吧。”

简沫缓缓抬起手，没有说话，只是看着顾北辰。

顾北辰看了一眼他半夜戴上去的戒指，在简沫身边坐下：“这个戒指，不管是对你还是对我，都有着特殊的意义。”大掌将她戴着戒指的手握紧，戒面微微硌着他的掌心，“沫儿，这个戒指不仅仅是求婚用的，也不仅仅是套牢你一辈子的信物，这还是我将我的所有都愿与你一起共享的许诺！”

“阿辰。”

顾北辰轻轻勾起嘴角，在简沫的唇边蹭了一会儿：“如果你能接受我的过去，那么，你的不开心我亦可以接受，懂吗？”他缓缓抬了头，看着她的目光透着坚定。

简沫鼻子微微酸涩，什么话也没有说，只是吻了顾北辰的唇，一切尽在不言中。

一吻过后，简沫就去洗漱。

关上洗漱间的门，她脸上还有着刚刚深吻留下的欲望，眼底却是一片空白。

简沫自嘲了一下，拖着莫名有些疲软的身体走向梳洗台。

阳光甚好，却不比一大早的新闻给人的冲击力来得强烈。

两则新闻，一是顾家太子爷顾琰正式被推到大众面前，二是细水涓涓却充满了炙热的爱情故事……这炸响了整个洛城。

不到半个小时，这两则新闻成了各个媒体的头版头条。

不管是熟悉还是不熟悉顾北辰和简沫的人，都惊讶于他们竟然已经有一个四岁半的孩子，更加沉浸在由简沫阐述、骆小米撰写的爱情故事里。

“看完这篇报道，我又相信爱情了。”向晚趴在桌子上，“啊啊啊，沫姐啊，你快来拯救我啊！”

穆晓冉顶着黑眼圈，撇着嘴哀号：“爱情因为设计图抛弃了我！”

大雄给大家买了早餐，示意他们过来吃东西的时候说道：“啧啧，整个凌宇都疯了，全是谈论沫沫和顾琰的。”

莫小雅用手转动着水杯：“等一下我去送设计图的时候要先去看看沫沫。小琰不在了，这个孩子却叫顾琰，我有点儿不放心。”

如果是转移感情倒也还好，怕就怕以沫沫那个性子，又把什么都藏在心里。

穆晓冉和向晚点点头。

她们也担心，可是昨晚设计图出了问题，翔宇的大部分人在加班，等下还有好多后续问题要处理。

相较于外面的热火朝天，半山别墅内还是比较安静的。

萧景送来了第一期的《风尚》杂志和骆小米撰写的爱情故事刊物，顺便留下来吃早餐。

顾北辰拿过骆小米撰写的爱情故事刊物看着，看到一段话时，他嘴角的笑意已然蔓延开来，在幽深的眼中化开。

“在这个世界上，有没有一个人是你不能舍弃的？无关富贵和贫穷，无关过去和未来，你只想悲伤时有他陪伴，欢乐时与他同行。也许，彼此对对方来说不是最完美的那个，却希望彼此是对方的羁绊，成为对方一生中的唯一。你爱他，无关其他，仅仅因为是他！”

简沫洗漱好之后，一下楼就看到顾北辰手里拿着一本杂志。

“妈妈！”顾琰率先喊了一声。

简沫愣住了，随即嘴角噙了笑。

小傑是在英国出生的，虽然没有落下中文，但在那个环境下到底讲的都是英文。

这会儿他没有叫“妈咪”，而是改口叫了“妈妈”，除了觉得暖心外，她也有一丝心疼和酸涩。

简沫在顾北辰的一旁坐下，罗姨将专门给她炖的汤端了上来。

“等下我和萧景要回趟公司。”顾北辰亲自给简沫盛了营养粥，“苏三少一会儿会过来和小傑练琴。”

“出去那么久，肯定有很多事情，你不用天天在家陪我。”

“出去那段时间，该处理的事，萧景都已经处理了。”

萧景一下子来了精神：“我一个特助干着CEO的活儿，却还是拿着特助的工资，甚至年终奖都没有了。”

简沫一听，“扑哧”一声笑了出来。她觉得她都可以写一本书，书名就叫《帝皇总裁坑特助年终奖的那些事》。

“今年给你发。”顾北辰看着简沫脸上的笑容，开口，“加三成！”

萧景愣住了，没有想到这次这么容易就有年终奖了。看来，以后为了他的年终奖，他得好好讨少夫人开心。

吃过早餐后，顾北辰和萧景去了公司。

为了分散罗松贤的注意力，之前有人对帝皇恶意控股的事虽然解决了，但残留了一些问题，比如那个一直隐藏在暗处、至今查不到是谁的神秘股东。

“查到了吗？”顾北辰上车后问道。

萧景回头看了一眼，启动车的同时说道：“查不到。”

顾北辰轻蹙剑眉：“越是神秘，隐藏的危机也越大。”

萧景沉默了片刻才说道：“你手里有着帝皇的绝对控股权，楚少的百分之五也已经签署了转让协议，现在如果能将二姐手里的股份拿到手，散股也掀不起太大风浪。”

顾北辰偏头看向车窗外，看着萧瑟的冬日景致，眸子渐渐变得幽深不见底。

莫小雅来半山别墅的时候，苏钧离和顾琰正在弹演奏会的合奏曲目，简沫就躺靠在落地窗前的懒人沙发上晒着太阳，听着钢琴曲。

“我带小傑出去走走，你们聊会儿。”苏钧离的声音始终温润，让人觉得舒服。

简沫笑着点点头。

莫小雅目送着苏钧离和顾琰出了门，对倒茶的罗姨说了一声“谢”后，才开口：“本来大家昨天下班就要过来的，但一份设计方案出了问题，大家忙到很晚。”

简沫笑着摇摇头，表示没关系：“看到昨天和今天的新闻，估计你们都被震惊了。”

莫小雅轻叹着点点头。

“奶包是之前去UCL的时候一起带走的，那时候我和阿辰有点儿误会，就没跟他说。后来回来，因为某些事，也就没有公开。”简沫垂了眸，白皙的手指摩挲着茶杯，涩然地扯了扯嘴角，“至于小琰……是我没福气。”

莫小雅皱了一下眉，握住了简沫的手：“沫沫，孩子的离开是意外，你不要把责任都揽在自己身上。”

“可确实是我的责任。”简沫的心揪得疼，“小雅，本来还有一个月，小琰就能平安来到这个世界上了。”她轻叹一声，看向莫小雅，见对方皱着眉，扯了笑，“放心，我没事。人总要往前看的，只是小琰离开了，要说我一时半会儿就能走出来也是骗人的。”

听她这样说，莫小雅倒是放心了些：“你一直是我见过的最坚强的女人，下一站幸福等着你，没有人会一直活在悲伤里。”

简沫笑了起来：“经历了这么多，我明白的。”

莫小雅点点头，这时，她的电话响了起来。

简沫等她接完电话后笑着说道：“快去忙吧，不用担心我。”

“嗯。”莫小雅应了一声，笑着打趣，“有你家顾总在，也轮不到我们担心。”说着，她起了身，“对了，你那篇爱情故事很感人。”

简沫眨巴了下眼睛：“必须的。”

莫小雅看着简沫，想要看看在对方笑容的背后有什么情绪，可她什么也没有看到。于是，她来之前的担忧，也稍稍减轻了。

周末，在顾琰以及简沫和顾北辰的爱情的双料新闻碾压下，苏钧离世界巡回演奏会拉开帷幕，而最后的曲目是由苏钧离和顾琰四手连弹这个消息，更是引起了媒体和民众的关注。

简沫是被顾北辰全副武装后才来到演奏厅的。顾琰的首场演奏，作为父母，他们自然不能错过。

这是简沫回来后第一次出现在大众面前，媒体就和疯了一样。可惜，顾北辰把她保护得密不透风，别说采访了，媒体连一张正脸都拍不到。

苏家人见到简沫，自然少不了一番嘘寒问暖。

演奏会很成功，苏钧离的钢琴造诣、顾琰的高智商和天分，加上顾琰从小在苏钧离身边耳濡目染，所以一首曲子结束，现场的强烈反响让他们两个人加了一首安可曲。

时间悄悄流逝，让想抓住它的人只能看着它慢慢流逝，转眼就快到农历年关。

萧景敲了敲顾北辰办公室的门后，推门而入："辰少，年庆的新闻稿已经发出去了！"说完，他将手里的资料放到办公桌上。

"嗯。"顾北辰头也不抬地应了一声。

这次的年庆，一是让顾琰以帝皇太子爷的身份第一次在大家露面；二是，经过上次的股市风波，帝皇也需要高调一下。只是外界不知道的是，这还是一个诱饵。

"辰少，"萧景顿了一下，"少夫人参加吗？"

顾北辰手上的动作停了一下，沉吟了一会儿才说道："她才出月子没多久，年庆太累……"他停顿了一下，轻叹一声，抬眸，"还是看看沫儿自己的意思吧，她也在屋子里闷这么久了。"

"好。"萧景应了一声，"我先出去了。"

萧景转身离开，在关上门的那一刻，他看了一眼顾北辰，顿时脸色变得凝重。

"怎么了？"苏珊端着水果从茶水间出来，随口问道。

萧景和苏珊一同进了秘书室，顺手就拿了橘子："我就觉得，辰少和少夫人之间有点儿说不上来的感觉。"他扔了瓣橘子到嘴里，"就是感觉两个人都小心翼翼，你懂我说的意思不？"

"辰少不想少夫人难过，自然会小心翼翼，而少夫人不想因为自己让辰少难过，同样也会小心翼翼。"苏珊说道，"其实他们都是为了对方好，可是谁都没有办法对小琰的离开释怀。"

"释怀？"萧景翻了个白眼，"怎么释怀？"

那可是自己的孩子，还是经历了那么多事情后留下的孩子，承载了多少期望啊！

"都说时间能够消磨一切，希望真的能抚平伤口吧。"苏珊轻叹。

可时间并不是万能的，留下什么，又带走什么，谁都不知道。

“照我看，一段感情需要另一段来抚平。”萧景精准地将橘子皮扔进垃圾桶，“少夫人再怀一个，估计就有感情寄托了。”

“那就有得等了。”苏珊耸肩，“少夫人意外流产剖了腹，估计这两三年内不能再怀孕了！”

“那这样的悲伤不是还要持续很久？”

萧景的话音刚刚落下，他和苏珊就感觉空气有些凝重，二人下意识朝门口看去，就见顾北辰站在那里。

萧景起身：“辰少？”

顾北辰睨了一眼萧景，萧景只觉得那眸光犀利得像是直接要把他放在砧板上剁成肉酱。

这少夫人短期内不能怀孕，也不是他说的啊……萧景苦兮兮地看向苏珊。

“两三年内不能怀孕？”顾北辰收回冷漠的眸光，看向苏珊问道。

苏珊扯了扯嘴角：“其实，具体要看少夫人的身体恢复情况。”

“你怎么知道？”顾北辰微微蹙眉。

这话问得直接，萧景听了却有点儿想笑，如果不是气氛不对的话，其实，他也挺想问的。苏珊连个男人都没有，对怀孕的事情倒是挺了解的啊！

“因为开放了二胎政策。”苏珊对顾北辰自己不爽了，无形中鄙视她的语气自动忽视，“我表妹想要二胎，可她去年秋天才做了剖腹产，医生就让她再等等。”

顾北辰微微蹙眉，什么话也没有说，转身欲离开。

“辰少？”萧景急忙跟上前，“是要出去？”

“嗯。”顾北辰语气淡淡地开口，“你不用跟着了。”

萧景停下来，看着顾北辰进了电梯后，才转身回了秘书室：“话说，辰少刚刚那态度是什么意思，好像对于少夫人两三年内最好不要怀孕的事很失望。”

“萧景，我真替你以后的老婆担心。”苏珊干笑着嫌弃地说道。

“这关我什么事？”

“我们能想到的问题，辰少想不到？”苏珊冷嗤了一声，“恐怕，辰少也想再要个孩子来转移少夫人的注意力。”

“厉少应该有提醒不行吧？”萧景皱眉。

苏珊受不了了，翻了个白眼：“少夫人这样的情况，你认为月子里，他们会谈到能不能再要个孩子的问题？”

萧景被苏珊一句话给噎得不轻，可想想，也确实是这样。

顾北辰开车去了花店，买了束花后，去了墓园。

他将花放到简展锋和苏默的墓前，鞠了躬后才缓缓开口：“沫儿现在还不能长时间待在冷风里，年前就不过来看你们了。”

风有些萧瑟，仿佛将顾北辰的声音都吹散了些。

“对不起，我没有照顾好她。”顾北辰带着凝重的心情说道，“小琰就要劳烦二老照顾了。”

顾北辰没有再说什么，只是静静地站在墓碑前。

人生有几个七年？

从和沫儿相遇，到经历了这么多，现在回想起来，都能用一辈子的时间去回忆。

对于小傑和小琰，既不能陪伴也不能守护，他有着无法忽视的遗憾。

他能承受所有，现如今只希望沫儿能快乐，仅此而已！

顾北辰转身，风轻轻扫动着地上的枯叶，将他的身影衬得格外孤寂。可在这样的孤寂下，那是一个男人为一个女人想要撑起一片天的气势。

顾北辰刚刚上车，手机就响了，他看见是简沫打来的，眸光变得柔和起来。

“你什么时候回来？”简沫问道。

“随时！”

“不用！”简沫笑了起来，“我今天下厨，就看看你大概什么时候回来，我好就着点儿炒菜。”

顾北辰微微蹙眉：“你……”

“菜都是罗姨洗的，我只是负责炒！”简沫知道顾北辰担心，急忙说道，“而且，罗姨看得比你紧！”

“嗯。”顾北辰放心地应了一声，“大概一个小时后。”

“好，我等你。”

顾北辰顿了一下才问道：“怎么今天突然想起做饭？有事？”

“某人说过，我们要适当地揣着明白装糊涂！”简沫嗔恼的声音传来。

顾北辰垂眸，薄唇边更是溢出浅笑。

——沫儿，真希望你一直能保持这样对我有点儿小心机的快乐。

顾北辰从墓园直接回了半山别墅，路上还买了一束粉蓝色的满天星。

顾琰最近都不在洛城，和苏钧离去巡演了，还要几天才能回来。

餐桌上是最平常的家常菜，就和以前在蓝泽园，简沫偶尔讨好他时做的一样。

“好久都不下厨了，也不知道味道还合适不合适。”简沫有点儿局促。

“肯定比我做得好，所以，你可以放心。”

“嗯，这点确实！”简沫笑了起来，对于顾总的自黑表示很舒心。

味道还是记忆中的味道，有着简沫随性下的温暖。

“说吧，什么事？”顾北辰给简沫夹了菜，问道。

“我天天待在家里，觉得有点儿无聊。”简沫下意识用筷子捣着碗里的菜，“阿辰，我想去上班……不是去帝皇，我想回翔宇。”

顾北辰凝视着简沫，有些心疼：“不能到年后吗？现在外面天气还有些冷。”他没有拒绝，只是询问着。

“我会裹好我自己的。而且，出门开车，直接进凌宇的地下停车场。”简沫的声音软软糯糯的，娇俏的模样明显有撒娇的意味，“坐电梯直接就到公司了，又吹不到多少风。”

“可你要跑现场。”顾北辰说出问题点。

“我可以只画，不去现场。”

“现在你的眼睛还不能长时间看电脑。”

“我画草稿，只对他们画的3D效果图做修改！”

“可画设计图时间长了，也很伤眼睛。”顾北辰微微拧眉，毕竟简沫剖腹后哭了好几次，最近虽然眼睛一直在保养，但还是不能大意。

简沫有点儿气恼：“我可以一次只接一个项目！”

“你忙起来会不记得吃饭。”

“到饭点你给我电话，能提醒我吃饭，我还能听到你声音！”简沫开始撒娇，“正好，我也可以提醒你吃饭。”

顾北辰的墨瞳已然深邃得看不见底了，简沫的这句话明显愉悦了他。

“老公……”

顾北辰被简沫这一声娇滴滴的“老公”喊得什么脾气都没有了，何况他也觉得与其让她天天在家里闷着，不如找点事情做，也许对她更好。

“好。”顾北辰轻轻应了。

简沫的脸上当即荡起了开心的笑容，眼底更是划过狡黠。

“我是看出来了。”顾北辰拿过碗给简沫盛了汤，“你现在是知道怎么拿捏我的软处了。”

顾北辰摆出一副好像对简沫无可奈何的样子，完全没有表露出他其实也想让别的事情转移她的注意力的意思。

简沫一听，果然笑容更灿烂了，明显有些得意。

顾北辰就这样看着简沫。

如果能让她这样一直快乐，那该多好……她快乐了，他也会开心！

“那个……”简沫接过顾北辰递过来的汤，“听说，过完年帝皇又有新楼盘了？”

顾北辰一听，哭笑不得：“要走正常程序。”

“咦，老婆没特权吗？”简沫不满，“之前某个人可是说过，公开了关系，帝皇的设计随便我的！”

“嗯，那还有人为了拿到比稿权，说肉偿的呢！”顾北辰对答如流。

简沫一听，嘴角抽搐了一下：“记忆力太好，有时候会让人觉得尴尬的。”

“嗯，我下次会注意。”顾北辰挑了眉尾，点点头，看着简沫的目光透着暧昧，“我应该去问问云泽。”

“嗯？”简沫一时没反应过来。

顾北辰的嘴角勾了邪笑：“看看我什么时候可以开荤。”

第6章
一盒子的情话

纽约。

看着墨宫专门设立的药物研究所里最厉害的药剂师席城将特别配置的药物注射进了小家伙的身体里，石少钦眸光深邃，问道：“他什么时候能醒？”

“钦少，你以为这是神药吗？” 席城有点儿无奈，“怎么可能一注射就醒来？”

石少钦微微蹙眉，显然对于这样的回答有些不满意。

“这药能不能让他活下来还是一说，就算有效，也不会是一两天的事情。” 席城耸耸肩，收了针管和药剂瓶子。

梅诺在一旁看着。一个多月了，其实对这个孩子，她真的不抱希望了。孩子的生命体征越来越弱，她有时候甚至觉得，这样勉强地挽留这个孩子，对于孩子也是一种负担。

经过这段时间和石少钦相处，她得出一个结论：这个男人的钱很好挣，只要你开口说的数字，他都给你，但你必须办成他说的。还有很重要的一点，你也要学会不该你问的不要问，不该你管的不要管。

“钦少，我要近距离观察药物情况，孩子留在这里不方便。”席城收拾好东西后说道。

“你要带走孩子？”梅诺条件反射般地问道，“他现在并不适宜移动。"

席城看向梅诺，视线透着骇然下的冷厉："我不是在征求你的意见。"

梅诺拧了眉，虽然对孩子能活下来并没有多大信心，但到底相处了一个多月。

"钦少？"梅诺皱眉，"孩子留在这里才是最合适的选择，这并不妨碍他观察药物。"

石少钦微微垂眸，浓密的睫毛覆盖了他眼底的情绪。

气氛有些压抑，空气渐渐变得稀薄了起来，让人呼吸变得沉重。

席城轻轻蹙眉，看向石少钦。在他的印象里，钦少什么时候会对一件这么简单的事情犹豫不决？

石少钦没有理会视线投射在他身上的两个人，只是抬步走向了小琰。已经过去四十多天了，小东西只能靠药物维持着生命，看上去瘦小得让人生怜。

生怜？

呵呵……他竟然又有了一种感情。

"就留在这里。"石少钦轻启了唇，不容置喙道，"席城，你也在这里待着。"

席城瞪大了眼睛："钦少？"

"我会买下旁边的建筑物给你做研究室。"石少钦收回视线，转身看向席城，"我不想他有任何无法预知的意外，你明白吗？"

席城嘴唇翕动了一下，想要说什么，可接触到石少钦的视线时，不管什么话他都只能吞咽下去。

他虽然不知道钦少为什么要救这个小孩子，但他很清楚，钦少决定了的事情，没有人可以反驳和质疑。

"好吧。"席城悻悻然应了一声，看向梅诺的目光有着恼怒。

梅诺湛蓝的眼睛里透着一点点笑意，冲席城耸耸肩。那样子，竟是有点儿得意。

"你们研究接下来的事情。"石少钦淡淡地撂下一句话，然后离开了保温室。

简沫要回翔宇上班的消息炸响了整间会议室。

俞梓昀看着一个个惊愕的表情，哭笑不得地靠在椅子上："怎么，简沫是翔宇的人，她要回来上班，你们就这么不可思议啊？"

“是有点儿。”有人耸了肩。

莫小雅只是微微皱眉：“沫沫的身体现在能行吗？”

“所以啊，工作不能给重。”俞梓昀的视线扫过大家，“好了，今天的会议就到这里，散会。”

众人陆陆续续离开会议室，对于简沫回翔宇，最早和她相处的那些人都很开心。她去英国后进来的一部分员工里自然也有心里拈酸吃醋的，觉得一个帝皇总裁夫人来这里上班，矫情给谁看呢。

可这个世界就是这样，你不可能让所有人都喜欢你。

简沫是周一开始上班的。

翔宇上市后，加上口碑很好，在洛城的名气已经不小。何况，还有一个帝皇总裁夫人在里面，很多想要讨好顾北辰却没有门路的，都来找简沫画设计图。

可惜，有时候他们连人都见不到。

“今晚公司有活动，我晚上不回去吃饭。”简沫一边吃着顾北辰派人送过来的午餐，一边在和他视频通话。

“那不是成了我一个人吃饭？”顾北辰皱眉。

“你也可以找乐子啊？”简沫笑眯眯的，“不是有报道称，顾夫人冷落顾总，顾总在外面私会女星？”

顾北辰有些头疼：“昨晚不是解释了？”

“可睡了一觉起来，我觉得我还是挺生气的。”简沫撇嘴。

“沫儿！”顾北辰的声音透着无奈。

“嗯，我等一下还要忙，你记得吃饭。”简沫的语气里飘着情绪，“晚上，你可以继续约那个小明星啊……最近都没有什么八卦新闻看，挺无聊的。”

顾北辰哭笑不得，却又喜欢简沫这样别扭地吃点小醋：“需要我回去时准备榴梿、键盘、方便面之类的吗？”

“啧啧，顾总还挺懂行情的。”简沫被逗笑了。

“必须的！”

简沫挑了眉：“你可以……”

“沫姐沫姐！”

简沫的话还没来得及说完，向晚风风火火地跑了进来，脸色不好地说道：“公司里的电脑突然都蓝屏了，然后所有的设计图都不见了，下午要交给政府的设计图也没有了。”

简沫扇动睫毛，随即皱了眉，甚至来不及跟顾北辰说一声就挂了视频，急忙出去看。

外面的气氛一片凝重，简沫点击了几个文件夹，果然，设计图都没了。

这个问题很严重，虽然不是自身的问题，但影响会很大。翔宇上市没多久，这样的事件足可以让翔宇喘不过气。

“技术人员呢？”唐浩阳凝重的声音传来。

“在处理，但无法恢复。”

他们不是专业的IT公司，技术人员遇到这样的问题瞬间就蒙了。

简沫的脸色凝重，许是和J相处过，她直觉公司的电脑是被人黑了！

“沫沫，外面有人找你。”

“简沫！”

孙珂话音刚落，惊喜的声音传来的同时，一道人影飞冲过来，将简沫抱了个满怀：“有没有想我？”

简沫看着J，有点儿意外，紧接着皱了眉，随即冷了脸：“J，是不是你做的？”

“什么是我做的？”J疑惑地放开简沫，表情有些不满，“我们都一个多月没有见了，你都不想我吗？”

简沫看着J一脸郁闷的样子，转身拿过一台笔记本电脑，将屏幕对向他：“是不是你？”

J到底是电脑天才，看了一眼蓝屏电脑大概就猜到发生了什么，当即撇嘴，不满地哼了一声：“是我又怎样？”

“J，这种玩笑不好玩。”简沫皱眉。

其他人仿佛明白了什么，纷纷怒视着眼前看上去也就十七八岁的男孩。

“你觉得不好玩，我觉得好玩！”J气愤地说道。

他在墨宫里纠结了好久，终于决定来找简沫，可一见面，她不但不想他，还诬陷他！

“J！”简沫的声音有点儿阴沉。

“不是他。”俞梓昀走了进来，“我是跟他一起上楼的，按时间点来看，应该不是他。”

简沫皱了一下眉，也突然觉得自己太武断了，顿时心生愧疚：“我是着急，电脑被黑，对公司的影响很大。”她解释，“是我不对！”

“哼！”J别过脸，一副道歉都没用的样子。

“不生气了，好不好？”简沫的声音带着诱哄之意。

J看向简沫，见她的眼底都是愧疚，语气也就软了下来：“懒得和你一般见识。”

“那……你帮我处理一下？”简沫眼里划过狡黠。

“哼！”J傲娇。

“不帮我？”简沫疑问了一声，松了J的衣袖，“还说想我，我看你就是想来看我不舒服的。”她在墨宫时可是摸准了J的性子，“你不想帮我就算了。”说着，她有些难过地转身。

“我一下飞机就来了，还没吃饭！”J有些别扭地说道。

简沫的嘴角抿了抿，已经有人急忙问：“我去买，你喜欢吃什么？”

J气恼地瞥了一眼那说话的人，嫌对方多事。

“我也没地方住。”J又看向简沫。

大家看出来了，这孩子是在找简沫求关注、求安慰呢，顿时没人接话了。

简沫转身，笑眯眯地说道：“住我那里？”

“顾北辰愿意？”J撇嘴。

“他要是不愿意，你就把整个帝皇的电脑弄瘫。”简沫建议。

办公室里的人全部一脸黑线：简沫这样坑自己的老公，真的好吗？

J合计了一下，仿佛觉得这个建议可行，这才勉为其难地答应了。

“去我的办公室吧？”俞梓昀说着，转身往设计部外走，“孙珂，订份快餐送到我办公室。”

“好的！”孙珂应声。

有J在，他们不但找回了设计图，还在翔宇的防火墙上设置了好多陷阱，只要有人想要黑他们的电脑，对方电脑就会被他设置的木马程序侵袭。

“我跟踪到对方的IP了，简沫，要不要我干掉对方？”J敲打键盘的手指不停地翻飞，还看了简沫一眼。

简沫偏头看向俞梓昀，询问他的意思。

“知道对方是谁吗？”俞梓昀问道。

J查了一下IP的所在地：“是家网吧。”

俞梓昀沉吟了一下，然后说道：“交给网警吧。不管对方是谁，我们私自解决总是不太好的。”

“可是……我已经把网吧黑了。”J一脸无辜。

俞梓昀嘴角抽了一下，随后扯了笑，竟是不知道要说什么。

简沫耸耸肩，她倒是习惯J这样的处理方式。毕竟是跟着石少钦的人，哪里会管那么多？

想到石少钦，简沫的神情渐渐收敛了一点儿，眼底划过一抹悲伤。可是那抹悲伤很快消失了，快得让俞梓昀和J都没有发现。

下午，J就在翔宇蹲着，一直缠着简沫。她如果不陪他，他就在她身边绕。

简沫最后无奈到生气，他才乖了一点儿，坐到一旁，拿了笔记本电脑玩游戏。

“J，等下我们公司聚餐，你要不要一起？”向晚挺喜欢这大男孩的。

都说天才是疯子，她觉得挺有道理的。

“简沫去，我就去。”J撇嘴。

“沫姐去啊！”

“那我也去。”

“OK！”向晚应了一声，多订了一个位置。

翔宇的聚餐是在一家挺高档的自助餐厅进行的。J已经很久没有和很多人一起吃饭了，觉得挺新鲜，而且翔宇的人对他也很友好，只是他觉得好多人对简沫不是很友好。

“那几个人怎么看着那么讨厌？”J一直黏着简沫，手里拿着餐盘，看到什么都夹。

“讨厌你还看？”简沫瞟了一眼，“你弄这么多，能吃完吗？”

“这些东西我都没吃过。”

J说得随意，简沫却有些心疼他。墨宫那里的生活条件很好，可到底不如外面世界这般随意。

“简沫，这个很好，你尝！”J尝了一块糕点后，将另一块递到了简沫嘴边。

简沫还没有张口呢，就感觉一道凌厉的视线投射过来。

顾北辰冷峻如雕的脸上阴云密布，一双鹰眸更是射出两道犹如冰锥一样的精光，看着J的后脑勺。

“你吃，真的很好吃！”J完全没发现不对劲，手又往前递了递。

“啧啧，空气里好酸。”向晚率先开口。

穆晓冉煞有介事地点点头：“整个餐厅里的醋都比不过。”

莫小雅看了一眼等待看好戏的两个人，笑着说道：“J就是个孩子，顾总还能和孩子吃醋？”

“那可不一定。”穆晓冉撇嘴，“在男人眼里，只要是同性，都是敌人。”

“晓冉说得对！”向晚当即附和。

众人的视线落在顾北辰身上，就见他朝着J走去，冷着脸将J递给简沫的糕点拿掉。

J愣住了，这才发现顾北辰来了，顿时嫌弃地问道：“你怎么在这里？”

顾北辰站在那里，完全无视众人的视线：“这句话应该我问你。”

“我来找简沫啊！”J一副理所当然的模样，“然后他们叫我一起来吃饭。”

顾北辰看了一眼简沫，见她抿着嘴角笑，脸色顿时一沉。

“顾总，您坐！”孙珂在简沫左边，急忙起身让了位置。

顾北辰倒也没有推辞：“谢谢！”

“你怎么过来了？”简沫笑着问道。

顾北辰摆明了不开心，却还是语气很柔和地回答：“来邀请俞总参加帝皇年庆！”

简沫一听，当即忍着笑。

帝皇邀请翔宇参加年庆，对翔宇来说，已经是莫大的面子，但总裁还亲自来请……

“这个借口真烂！”

“顾总邀请，真是我和翔宇的荣幸。”

J和俞梓昀几乎同时出声，顿时，气氛有些尴尬。

顾北辰却直接忽视J，看向对面的俞梓昀：“俞总今年在业界也是一匹黑马，帝皇对于有前景的公司，一向不吝啬给予合作的机会。”

“说得还真是冠冕堂皇。”J简直是分分钟拆台。

气氛有些尴尬了，所有人屏息凝神。帝皇和顾北辰在洛城的影响力，那是不容忽视的。这会儿，J这样呛声，大家都替他捏了把汗。

J其实不是那么讨厌顾北辰，只是潜意识里觉得对方一出现，简沫眼里就只有对方而没有他，对此，他有些不满而已。

不过，顾北辰是什么人？在这样的场合，他本来就是来找老婆的，自然不会和一个小孩子置气。只不过，因为他的出现，原本轻松的众人变得拘谨起来。

“我吃得差不多了。”简沫不想影响大家用餐，加上她本来也不参加接下来的活动，索性决定带着一大一小两个男人离开。

俞梓昀等人也没有挽留，只是看着三个人离开的背影，扯了扯嘴角。

“顾总不是之前就递了邀请函给你？”罗晓静支着下巴问道。

“估计因为昨天的绯闻，两个人闹别扭呢。”俞梓昀挑眉笑着说道，“总得有人找个台阶下不是？”

罗晓静睨了俞梓昀一眼：“简沫根本就不会信那种绯闻好吗？”

“这你就不懂了。”俞梓昀一副很懂的模样，“这叫情趣！”

“这么说，回头你有绯闻了，我还要觉得你是搞情趣？”罗晓静冷笑了一声，没理会被噎住的俞梓昀，微微皱眉，“不知道为什么，我总觉得简沫有点儿怪。”

“没有啊。”向晚下意识地反驳，“沫姐还和以前一样啊！”

罗晓静笑了笑，没有说什么。

向晚到底年轻，没有经历什么，说了她们也不明白。

简沫现在还和以前一样，那才是奇怪的。她失去了怀了九个月的孩子，还和以前一样，就只有几种可能。

一种，她没心没肺，对孩子根本不期待；一种，她现在就是强颜欢笑；一种，她是用最平常的状态企图掩盖更深的悲伤，这是最可怕的。

简沫肯定不是第一种，那很有可能就是后面的两种状态。

罗晓静若有所思，却又觉得简沫性格那么坚强，经历那么多，应该也不会陷入悲伤的死胡同里，有可能只是不想大家担心她。

顾北辰三人回了别墅，罗姨见多了个人，愣住了。

“罗姨，他是J，最近会住在这里，麻烦你把客房收拾一下。”简沫笑着说道。

“好。”罗姨笑着应了一声，就去收拾了。

“你刚刚也没吃什么，要不要我去给你弄些东西吃？”简沫看着紧绷着脸的顾北辰，笑着问道。

“你要弄什么？我也要吃。”J一听简沫要亲自做吃的，急忙说道。

顾北辰睨了J一眼，语气淡淡地开口：“我去找你的时候本来就吃了东西，现在已经不早了，你先上楼去洗漱。”

“可我还想吃。”J不满地说道。

顾北辰根本不理J。简沫觉得，这个男人在和一个孩子较劲儿，但她也没有拂了男人的意，点点头。

“J，等一下罗姨收拾好了，你也早点儿休息。明天你要是能起来，就可以和我一起去上班。”

J原本因为顾北辰不让简沫做吃的觉得不开心，可听她说明天可以跟她一起上班，顿时来了精神，急忙点头。

“我先上去了。”简沫踮起脚在顾北辰的嘴角亲了一下，然后转身上了楼，而在转身的那一刻，脸上的笑意渐渐消失。

顾北辰看着简沫进了卧室后，才偏头看向J：“跟我出来！”话落，他转身走了出去。

J有些不情愿，可还是跟顾北辰出去了。

“少钦允许你过来？”顾北辰看向J，少了刚刚“吃醋”时的紧绷，俊脸上全然是冷漠。

“钦少又不管我。”J撇嘴，“我想简沫，就过来了啊！”

“他人在哪里？”顾北辰又问道。

“不知道，反正不在墨宫。” J有些无聊地踢了踢地上的枯草，“我也好多天没有看到他了。”

顾北辰盯着J，把他看得心里有些发毛。

“干什么这样看着我？”J皱了眉，“钦少又不归我管！再说了，你和简沫都回来了，现在问他干吗？”

“我只想知道一件事情。”

“什么？”J下意识地问道。

顾北辰的鹰眸陡然变得幽深，和墨空染到了一起，让人有些害怕。

在墨宫时，他没有深想，可最近，他总有种感觉——小琰并没有离开。那是一种来自父亲的感知，莫名其妙，可他这样坚信着。他也不知道是哪里来的自信，更不知道是不是因为他自己也不太愿意面对小琰已经离开的事。

他查了石少钦的行踪，飘忽不定。石少钦那个人，自信到了自负的程度，什么时候开始喜欢做这么多烟幕弹了？

“是不是小琰并没有死？”

“什么？怎么可能？”J瞪大眼睛，“我亲眼看到小孩被埋掉的。”

J耷拉了肩膀，想起当时的情景，整个人闷闷的。原本都有生命体征了，可最后还是死了。

顾北辰看着J的神情，知道他没有撒谎，心想：是自己不愿意面对现实吗？

顾北辰暗暗自嘲了一下。他自己都如此，沫儿的心里能释怀吗？

“不要在她面前提墨宫的事情。”顾北辰警告了一声。

J下意识想要反驳，可又不希望简沫不开心，于是闷闷地应了一声。

第二天，洛城阳光明媚，仿佛春天一下子就近了。

帝皇年庆的通稿在各个媒体正式发布，这次他们邀请的各界人物极多。可以说，帝皇从来没有举办过这么兴师动众的年庆。

大家都在讨论帝皇的年会，更因为被曝光出来的奖品而眼馋，尤其还有一个神秘的终极大奖没有公布，更是勾起了民众的好奇心。

J来洛城无所事事，也不能天天跟着简沫去翔宇，最后，顾北辰给他找了一点儿事情做——直接将他丢到帝皇IT开发部门，专门找程序漏洞。

J觉得很没趣，因为找漏洞是他的强项。可IT部门的人遇到这样一个天才，哪里肯放过。

见J不愿意了，他们急忙去找总裁解决。

顾北辰什么都没有说，最后，在简沫一句“无聊了有人挖苦，可以鄙视他们的能力，你不觉得也是一种乐趣吗”的话下，J又欢天喜地地回了程序部门继续捉虫。

这个世界就是这样，一物降一物。

J听石少钦的，那是因为石少钦对他能力的肯定；而他听简沫的，完全就是一种磁场的契合，或者说，是因为简沫身上有他贪恋的那种“妈妈”的气息。

在一切仿佛回到正轨的时候，终于要迎来帝皇年庆。

活动在洛城大酒店举行。由于提前就开始安排，那一天，整个酒店都被帝皇包了下来，大家玩累了可以直接去客房里休息。

“沫姐沫姐，你看我这条裙子怎么样？”向晚比了比手上粉绿色的抹胸蓬蓬裙，眼睛里是求夸奖的笑意，“网购的，比专卖店便宜一百多呢！”

“好看是好看，”莫小雅接了热水递给简沫，“可我怎么感觉小了一码？”

“我故意拿小了一码，”向晚挑眉，“以展现我傲人的尺寸，指不定能钓个‘顾总’！”

莫小雅一听，当即“扑哧”一声笑了出来。

“沫姐，她今天出门忘记吃药了，你别太惊讶。”穆晓冉直接打击道。

许是年纪相仿，又都是简沫的拥护者，现在穆晓冉和向晚可是翔宇里最亲密的闺密。

“飞机场就是看不得别人波涛汹涌。”向晚不客气地直接反击。

穆晓冉一听，当即抬头挺胸：“我这是低调！”

“是是是，你低调。”向晚嘚瑟地笑着，“所以，我需要高调来映衬你的低调。”

看着两个人因为大小问题开始争论，简沫眼底弥漫着笑意。

明天就是帝皇年庆了，再没几天就要开始放农历年假了……又是一年要翻篇，时间过得真快。

简沫想着想着就莫名开始悲伤起来，可脑子里是空的，为什么悲伤，她竟说不上来。

下班后，简沫开车往半山别墅驶去，经过一家幼稚园时，发现老师正组织学生排队，等待各自的家长来接。

简沫偏头看着，因为放学，小朋友们脸上荡漾着开心的笑容，那样的稚嫩，让人忍不住多看两眼。

突然传来“砰”的一声，简沫整个人由于惯性往前倾了一下，胸口撞到了方向盘上，痛得她当下咧了嘴。

余光瞥见一道身影倒下，她便顾不上胸口的疼痛急忙下车。看着捂着腿倒在地上的中年妇女，她脸色变白了：“你有没有事？哪里不舒服？”

“就是腿有点儿疼，应该没事。”女人揉着腿说道。

“我送你去医院。”简沫说着，欲上前去扶。

追尾了简沫的车的大男孩也急忙跑过来了，他看着中年妇女因为疼痛而皱紧了的脸，急忙和简沫一起上前去扶对方：“阿姨，还是去医院看看吧？”

简沫看了一眼大男孩，见女人还想拒绝，她冷静地说道：“身体最重要，如果身体出问题了，就算有重要的事情，也是没有办法去办的。”

女人看看简沫，到底点了头。

好在华康医院就在附近，简沫直接带着女人去了那里。

追尾的大男孩恐怕是第一次遇到这样的事情，自己的车也不开了，坐在了简沫的车上。

刚刚把中年妇女送进检查室，简沫的手机就响了，是顾北辰打来的。

“回去了吗？”

“还没有，我在医院里。”简沫下意识地说道。

“医院？怎么在医院？”顾北辰想都没想，拿了外套就往外走，声音里透着紧张和担忧，“在哪家医院？”

听到顾北辰焦急的声音，简沫急忙说道：“不是我。”她看了一眼大男孩，声音凝重，“刚刚被追尾了，惯性使然，我就撞到了人。”

“在哪里？我过去。”顾北辰摁下电梯键。

“华康。”简沫说道。

“在那里等着，我过去。”顾北辰进了电梯，摁了地下停车场的楼层键。

简沫看了一眼检查室，应了一声。

追尾的大男孩局促不安地坐在那里，时不时看一眼检查室，脸上全是担心。

看上去男孩应该是个大学生，脸上透出来的朝气是还未出校园的人才有的。

简沫坐到一旁：“应该没大碍的，你的车撞到我的车，惯性使然，我的车将她撞倒了。”

“对不起。”大男孩搓了搓手，“我是个新手，因为你突然刹住了车，我有点儿没有反应过来。”

简沫眼底全是抱歉，刚刚她看孩子看得出了神，如果不是反应快，恐怕女人就被撞得更严重了。

见简沫不说话，大男孩又急忙说道：“那个，我不是怪你突然停车，我是说我的技术问题。”

“是我开车走神了。”简沫轻扯嘴角，摇摇头，“不要太担心，应该问题不大。”

大男孩拧着眉点点头，可到底是撞到了人，心里还是很不安。

顾北辰来得很快，他来的时候女人正好检查完。

“顾总。”医生和顾北辰打了招呼，然后说道，“情况并不严重，没伤到筋骨，是皮外伤。”

简沫和大男孩一听，顿时放下心来。

顾北辰点点头，医生打了招呼后离开。

护士扶着中年女人出来，顾北辰看到那个女人时，眸光陡然变深了，可转瞬又恢复了平静。

中年女人看了一眼顾北辰，觉得有些熟悉，多看了几眼后才跟简沫说道：“医生说并没有大碍，我就不麻烦你们了。”

“你要去哪儿，我送你过去吧？”简沫觉得对方一直也没提补偿，心里更加愧疚了。

“不用不用。”女人急忙拒绝，目光闪烁。

“阿姨，就让我们送你吧！”大男孩一脸愧疚，“要不，我心里也不安。”

“真的不用……”

“送你吧！”顾北辰语气淡淡地开口，一副不容拒绝的模样。

女人还想要拒绝，可当看到顾北辰那双幽深的眸子时，竟然下意识地点了头。

“你的车还在路上，所以你去处理你的事情，我和我的妻子来送这位女士。”顾北辰顿了一下，“下次开车小心点儿。”

“真的很抱歉，我以后会更加小心的。”男孩礼貌地鞠了躬，目送顾北辰等人离开。

顾北辰让萧景派人过来送简沫的车去修，他亲自开车送女人去了她要去的地方。

这地方算是洛城历史比较久远的街区，也是政府一直想要改造的棚户区，可因为牵扯很多事，拆迁项目一直没有办法实施。

随着时间流逝，女人偶尔看向开车的顾北辰，因为想起了这个男人是谁，她的心里开始不安起来。

“送我到这里就可以了。”到了一个路口后，女人说道。

顾北辰停了车，他的车确实也开不进去了：“你在车里坐着，我送她回去。”他跟简沫说了一声，然后随着女人一同下了车。

回去的路上，女人忍了几次，最终还是一脸凝重地说道：“顾总，你不用送我了。”

顾北辰缓缓停下来，视线落在女人身上：“怎么，想起来了？”淡漠的声音里透着微微的嘲讽。

女人咬了牙，眉心紧皱，声音透着点儿焦躁：“当年的事情，我真的不知道。”

“远达当年的账目在哪里？”顾北辰没理会女人，径自问道。

虽然二叔得到了该有的惩罚，但当年远达账目突然空了的事情，因为石少钦的突然搅和，他还没来得及细细追究。

“我不知道！”女人连一秒都没有思考，几乎是本能地否定。

顾北辰薄唇间溢出一抹冷嘲，同时微垂眼帘，敛去眸子深处的冷厉，然后偏头看向巷子深处：“在这里住了多久？家里还有些什么人？”

“顾总，你想干什么？”女人的呼吸有些局促，“现在……现在可是法治社会。”

“你以为我要干什么？”顾北辰尾音轻扬，透着凉薄的笑意，“我不喜欢为难人，可有些人喜欢为难我的话，我往往是不会客气的。”

女人被顾北辰的话弄得有些慌乱：“顾总，当年的事情真的和我没有关系，你们这样揪着我不放干什么？”

“跟你没有关系，你怕什么？”

“我……”女人猛然被问住了。

顾北辰的手机振动了一下，他冷漠地收回视线看信息。在医院看到这个女人时，他就让萧景去查了她的情况。

“孩子的病挺严重的？”顾北辰抬眸看向女人失了血色的脸，“你什么时候想通了，可以来找我。”话落，他冷漠地收回视线，转身欲离开。

“顾总？”女人一下子着急了，“你把我女儿怎么了？”

顾北辰停下来，却没有回头：“我让人送她去医院了。你现在的情况，想要让她活着，估计挺难的。”他向后睨了一眼，“想让她活着，那就带着当年的账本过来找我。还有，不要试图去找沫儿，否则我会做出什么，真的，有时候我自己也控制不了。”

冷漠的话落下，他没有再停留就沿原路往回走。

女人身体有些疲软，靠在墙上，看着男人透着孤傲的背影，心尖儿开始打战。

这个男人，比她八年前见的那次阴狠多了，岁月在他身上堆积了太多沉稳下的冰冷，透着血腥。

“那个女人你认识？”简沫见顾北辰上了车，挑眉问道。

“为什么这样问？”顾北辰嘴角勾着若有若无的笑，启动了车。

“感觉。”简沫轻皱眉心。

“不认识。”

简沫看向顾北辰，想要从他的侧脸看出什么来。可惜，除了对她的温柔，他脸上没有多余的表情。

“与其想我和这个女人认不认识，”顾北辰看了一眼简沫，表情有些生气，“还不如想想怎么和我解释，你开车时为什么会走神，被人追尾，还撞到了人。”

“这是意外。”简沫当即露出一副做错事的样子，嘟囔了一声，转移话题，“你等下是不是还要回公司？”

顾北辰暗暗轻叹了一声，也没有继续追问：“我先送你回去。”

“好。”简沫软软地应了一声。

回了半山别墅，J已经早早地回来了。

“你要不要吃完再过去？”简沫看看时间，问道。

“苏珊已经让餐厅准备了。”顾北辰抬手轻捋简沫的头发，“要不，你陪我加班？”

“我在那里，你都没有心情工作。”

“也是……”顾北辰无奈地笑笑，“进去吧。”

简沫点点头，下车往别墅走去。

等简沫进了别墅后，顾北辰拨了厉云泽的电话，然后启动了车：“萧景送过去的那个女孩儿，谁也不让见。”

“什么女孩儿？”厉云泽的声音有些沙哑，“怎么，背着简沫藏人啊？”

顾北辰没有理会厉云泽的调侃，只是问道：“你的状态不太好？”

厉云泽闭了闭眼睛：“何以宁把一一送走了。”

“送走？”顾北辰皱了眉，“什么意思？”

“字面的意思。”厉云泽疲惫地躺靠在座椅上。

顾北辰渐渐敛眸：“你做了什么？”

厉云泽被问得不说话了。

“云泽，如果你爱这个女人，你就放下那点儿事。”顾北辰轻叹一声，“如果不爱，你也别和她再纠缠了。她怎么也是爱了你那么多年的女人，非要逼死吗？”

厉云泽揉了揉太阳穴，声音里透着疲惫：“萧景送了什么人过来？”

见他不想多谈，顾北辰也没有继续说。关于爱情，冷暖自知，谁也不能替当事人决定什么。

“尿毒症患者。”顾北辰说道，“她妈妈手里有当年远达的账目。”

“我知道了。”厉云泽应了一声。

如果不把简展锋死的根本原因找出来，始终存在隐患。而这一切的根源，是当年远达突然被掏空。

简沫和J吃完饭，陪他打了一会儿游戏就洗漱上床了。她觉得无聊，便拿了本设计类的书看，可愣了半天，她一页也没有翻动。

她的视线落在前方，嘴角紧抿着。

她突然有些害怕，也不知道自己怎么了，总感觉有时候脑子会突然空了。可是过一会儿再想为什么，她又完全想不起来，就好似会无缘无故断片。

今天她看到幼稚园的孩子放学，脑子里不停地闪过如果小琰这么大时，他在幼稚园等她去接他的情景。

她有时候思绪放空，有时候满是幻想，这是病了，还是魔怔了？

简沫闭上眼睛，焦躁爬上了她的脸。只要顾北辰不在身边，尤其在夜晚一个人的时候，她就会莫名其妙地心慌，甚至烦躁。

深呼吸了好几下，她的情绪才稍稍平复。

她调暗了床头灯打算睡觉，可翻来覆去一个多小时了，就是没有睡着。

她的脑子里有事，想要理清楚想的是什么事情的时候，又什么都想不起来。

简沫睁开眼睛，沉沉叹息了一声，起身拿过棉衫披上，下了床。

偌大的别墅里只有一些细小的声音，简沫看了一眼楼下，发现J抱着电脑坐在沙发上，不知道正在捣鼓什么。

她也没有出声，只是左右看了看，最后去了顾北辰的书房。

书房里有着淡淡的烟草气息，还夹杂着独属于顾北辰的味道。

站在书房里面，简沫慌乱的心情才稍稍安定。

坐在办公椅上，她什么也没有做，只是缩腿蜷到椅子上，感觉就像在寻找慰藉一样。

视线下意识缓缓移动，突然，简沫看到书柜里的一个暗褐色盒子，微微皱了一下眉。

思绪控制意识，当反应过来的时候，她已经打开了书柜，将盒子拿了出来。

盒子很轻，简沫将它放到书桌上，然后打开，那里面全是用手画的二维码，中间还夹着一张设计图。

她抽出设计图，看着还没有真正画完的设计图——一栋房子的建筑设计，但这图中处处充斥着人性化的温暖气息。

简沫想都不用想，就知道这是顾北辰画的。他的拉线和设计风格都透着一股很浓郁的个人气息，还有着犹如教材一样的严谨。

简沫翻动一下，设计图的背面也有二维码。她拿出手机扫。

“嘀”的一声，她看着手机上的二维码信息，一晚上的不安仿佛在瞬间就消失了，整个人安定下来。

——送给吾爱！

她用手机一一扫过盒子里的二维码，在这一刻，她的心被顾北辰满满的情话充斥着。

——这个夜，我很想她！

——总觉得对她不够好，可她从来没有贪心，像我索要更多。

——欠了她很多承诺，不知道用一辈子能不能都做到。

——其实，不想做到！这样就可以预约她的下一辈子了。

——分隔两地，我却知道，我们的心在一起……很暖！

——若有遗憾，就是曾经没有更加珍惜她的好。

——婚姻带给我最幸福的事情，是每天睡觉前能和她说句“晚安”，每天早晨醒来，她能和我说句“早安”！

简沫嘴角的笑意越来越深，混乱的大脑被这些话语充斥的同时，她好似看到了顾北辰当时画二维码的样子。

这曾经不过是一个游戏，最后却成了他们之间独有的传递爱情的“密码”，这样的感觉暖得不像话。

第7章
年庆暗流汹涌

楚梓霄的车停在了一家私人侦探社门口。这里看着平平无奇，但被夜色笼罩后，那从格子窗透出的灯光莫名染了一层神秘感。

侦探社老板叶晨宇坐在椅子上，将大长腿搭在办公桌上，正在玩手机游戏："等我一下，马上通关了。"

楚梓霄哭笑不得，应了一声后，就在侦探社里翻资料。从得到一点儿线索到现在已经过去好些天了，可大的进展还是没有。

"话说，你真觉得那账本有用？"等叶晨宇放下手机后，楚梓霄问道。

叶晨宇耸耸肩，一副吊儿郎当的样子："那女人宝贝得很，说没用，你相信？"

楚梓霄将资料放下，表情凝重。

"其实你担心什么？"叶晨宇拿了杯子去冲咖啡，"顾默怀已经坐牢了，你外婆和简沫父亲的事情也告一段落了。就算你不查远达当年的问题，你小舅舅也会查。"

楚梓霄没有接话。

叶晨宇摁了咖啡机的按键后，倚靠在一旁的桌子上："还是说，你真正担心的，其实是你放不下对简沫的心思？"

"你胡说什么？"楚梓霄的眉心皱紧了些。

"我说什么，你自己清楚。"叶晨宇耸耸肩，"不过，简沫和你小舅舅经历了那么多，他们两个的爱情，已经不是任何人能插进去的了。”

“叶晨宇！”楚梓霄的声音很沉，透着警告之意。

叶晨宇却一点儿不在意，递了杯咖啡给楚梓霄：“这东西你不敢想，就是你不相信自己能真的释然。”

“之前也许会有执念，可现在不会了。”楚梓霄拧着眉心喝了口咖啡，没糖没奶的咖啡苦涩得让人舌头都跟着打战了。

“哦？”叶晨宇有些意外。

楚梓霄轻叹一声：“什么时候能放下对她的爱，我不知道，可我现在是真的希望沫沫和北辰能幸福。”

“大爱！”叶晨宇说了一声，竖了大拇指，忍不住要给楚梓霄点赞。

楚梓霄冷然看了他一眼，对于他的嘲讽，显然有些烦。

叶晨宇也没有继续这个话题，说了他查的那些当年和远达建设相关的东西。

第二天一大早，帝皇年庆的新闻就充斥了所有人的视线和耳朵。

午饭后，苏钧离和顾琰抵达洛城，顾北辰和简沫去机场接他们。大家只是各自回家休整了下，就陆陆续续地准备去参加帝皇年庆。

夜幕微垂，洛城大酒店外已经挤满了媒体。

因为帝皇自身的影响力，加上今天会来很多大人物，媒体铆足了劲想要挖一些新闻。

可惜能进入会场的媒体，除了华娱，就只有帝皇旗下的媒体人了。

当然，骆小米作为她报刊社的“间谍”，时不时叼走点儿新闻，别人也是没有脾气的。

在洛城大酒店大型活动用的整层宴会厅里，随着时间流逝，里面的人越来越多。穿梭在人群中的侍者手里端着托盘，上面摆满了各式各样的酒。人们脸上带着笑意交谈着，可有几分真心，恐怕也只有他们自己心里清楚。

“北辰和小简还没有到吗？”顾慈和楚天秦走了过来。

顾南依看看时间：“应该快了。”

正说着，门口突然一阵骚动。紧接着，偌大的宴会厅竟瞬间安静下来，一个个都看向了门口。只见简沫挽着顾北辰的胳膊，而顾北辰的另一只手牵着顾琰，三个人走了进来。

他们一家三口同时出现，让现场还没有见过顾琰的人好奇不已。

“天啊！一家人都是颜值高，美的美，帅的帅，萌的萌……简直分分钟在拉仇恨！”向晚摇头轻叹。

翔宇的众人一个个笑了起来。看着走进来的一家三口，说一点儿羡慕之情都没有的，那都是假的。

“这样的同框，只能看，不能报道。”陈瑄手里拿着一杯红酒，迎了上去，“顾北辰，我这个御用媒体代表，此刻的心里是抓狂的。”

简沫看着陈瑄，下意识左右看了一眼，没有见到厉瑾汐，但她也没有多说什么。

“我去和翔宇的人打个招呼。”简沫和顾北辰说了一声，看了一眼身后跟进来的J，然后带着J和顾琰离开了。

“不怕累着她？”陈瑄问道。

“怕我在这边待得晚了，她一个人在家里无聊。”顾北辰接过侍者递上来的红酒，一边和人打着招呼，一边往厉云泽的方向走去。

有J在沫儿身边，别人真要是烦到沫儿了，J比谁都反感。何况，他也放出话了，希望年庆期间，大家不要打扰沫儿。

他顾北辰既然亲自放话了，大家自然也会在心里掂量掂量，毕竟谁都不想得罪帝皇，怕以后再也没有机会合作。

简沫先是和苏家、顾北辰的三个姐姐打了招呼，才去翔宇那边的。

“沫姐。”向晚拿了果汁给简沫他们后，才好奇地问道，“今晚的最高奖，你知道是什么吗？”

“我没问。”简沫摇摇头，笑着说道，“特等奖是三居室的房子，这追加的最高奖肯定只高不低。”

“啧啧，也不知道是谁有这样的好运气。”向晚两眼直冒金币，“哎，其实……我只想要那个特等奖，哈哈。”

洛城现在的房子已经根本不是一般人买得起的了，这个特等奖哪怕是最差的地段，都值上百万了。这个神秘的最高奖，得多让人眼馋心动啊？

帝皇这次的大手笔不仅让员工和参加年庆的人觉得兴奋，媒体和民众自然更是好奇得不得了。

“就连我都好奇了，你这最高奖到底是什么？”厉云泽和顾北辰碰了一下杯子。

顾北辰薄唇浅扬，浅啜了一口红酒，入口的醇香流入喉咙时，他的双眸已经深得让人看不见底。

“公布的大奖市价已经超过百万了。”陈瑄晃动着红酒杯，“帝皇要么低调，要么高调得令人发指。”

楚梓霄一直没有说话，可说到这个问题的时候，明显眼底也有一丝好奇。

顾北辰浅笑，依旧没有说什么。

手机振动了一下，顾北辰看了一下信息，然后说道：“龙老大不来年庆了，说在天堂夜，”他抬眸看向厉云泽，“让我们这边结束了就过去坐一坐。”

这样的场合，龙枭一向不太爱参加，他们倒也习惯。

“二哥、三哥！”

一道刚毅的声音传来，顾北辰等人看去，就见浑身上下充斥着军人气息的林向南走了过来。

“你这是刚从非洲回来？”陈瑄第一个吐槽。

林向南睨了陈瑄一眼：“我刚刚在热带地区结束两军对抗赛，这都被晒得脱了几层皮。”

抱怨完，他上前和顾北辰拥抱了一下，和厉云泽击了掌。兄弟间的情谊，就算长时间没有相见，感情也不会淡。

几个人闲聊着近况，林向南问道：“小傑呢？我给他准备了礼物！”

“哦？”顾北辰轻笑，“参加对抗赛，你还有时间准备礼物？”

虽然现在林向南手里带着许多兵，但在顾北辰跟前，他就是个弟弟：“我用弹壳给他拼了个擎天柱！”他挑了眉，一副嘚瑟求夸奖的样子，“三哥，怎么样，用了心思吧？”

“嗯。”顾北辰浅笑，声音阴恻恻的，“你这是怕我追究你之前用帝皇的名义，没有走正规渠道搞了批物资的事情？”

林向南暗暗吞咽，自我鄙夷地咧了一下嘴，心想：要是手下的兵看到他这会儿的怂样子，以后他还能操练谁去！

“三哥，一码事归一码事。我这次回来，本来就要和你解释的。”林向南撇嘴，“可礼物……怎么着，我也是小叔呢！”

厉云泽笑了起来：“你放心，小傑是一定不会帮你的。”

被戳穿了心思，林向南有些哀怨地看向厉云泽：“二哥，还能不能愉快地聊天了？”

厉云泽只是笑意加深，一副等着看好戏的样子。

几个人闲聊着，偶尔应付过来打招呼的人。还有五分钟就要宣布年庆正式开始的时候，萧景走了过来。

“辰少，时间差不多了。”

“你们先聊着。”顾北辰转身，先去简沫那边看了看，见她和翔宇的人聊得开心，也就放心地去了主台。

灯光渐渐暗淡，只有主台的灯光依旧。

“首先，感谢大家在百忙之中抽空参加帝皇的年庆……”顾北辰低沉而富有磁性的声音通过麦克风传出来，说完一些场面话后，他视线微深，幽幽开口，“而一直被保密的最高奖项，也会在年庆结束前抽出来。”

底下人有些躁动，甚至有人兴奋地问：“大奖到底是什么？”

“大家对最高奖项很好奇？”顾北辰轻笑，眉眼间尽显邪肆。

“是！”有的员工已经兴奋地叫了起来。

顾北辰的嘴角勾起浅笑，在大家屏着气的时候，淡然的声音溢出薄唇：“神秘大奖由我个人赞助。我将会拿出帝皇百分之一的股份，当作最后的大奖！”

这话一出，顿时引得全场人震惊不已。没有人想到，最高奖竟然是帝皇的股份，甚至在这一刻，所有人都觉得顾北辰疯了。

“刚刚北辰说大奖是什么？”顾慈整张脸都已经拧了起来。

顾媛没有回答，只是看着一脸淡漠的顾北辰。

“说是拿出帝皇百分之一的股份当作最高奖。”顾南依声音凝重。

以帝皇现在的价值，百分之一的股份那可是一个天文数字。将帝皇的股份以这样的形式拿出来，那根本就是疯狂到让人惊愕。

“北辰简直是胡闹！”顾慈顿时沉了脸，欲去阻止顾北辰。

“先冷静点儿。”楚天秦一把抓住了顾慈，“北辰决定的事情你没有办法改变，再说，他做什么都有自己的想法，你这会儿去了，就能阻止了？”

“可也不能让他这样胡来！”顾慈已经气到发抖。

顾媛却冷哼了一声：“北辰还真是有趣！他想着我手里百分之五的股份，却这么儿戏地拿出百分之一的股份做年庆的最高奖？”

顾南依看了看顾媛，然后也拧着眉看向顾北辰。

因为台下的灯光相对比较暗，视线所及，也只能看到小范围内的人的表情，一个个惊得下巴都要掉了。就算厉云泽等人，一个个也是一脸凝重。

林向南第一个开口：“三哥是不是发烧了？”

厉云泽看了他一眼，说道：“这也太让人惊讶了。”

“简直是丢下了一颗炸弹。”楚梓霄冷笑。

陈瑄斜靠在一旁，有意无意地转动着手里的红酒杯：“何止是炸弹啊？这要是落在有散股的股东身上，那简直就能被砸晕了。”

三个人都看向了陈瑄，表情凝重。其实，他们比较担忧的也是这个。

“沫沫。”罗晓静和俞梓昀对视一眼，然后问道，“顾总这样的决定，你就一点儿都不知道？”

简沫皱眉看着还站在台上，给了众人震惊的时间之后，继续讲话的顾北辰，摇摇头。

“顾总这样的决定，恐怕是有自己的深意吧？”唐浩阳问着。

俞梓昀却浅笑道：“可百分之一的帝皇股份，那可是有足够让人想犯罪的能力的。”

简沫看了俞梓昀一眼，脸上的凝重加深了几分。

“你也别太担心，顾总这样做，肯定有他的目的和理由。”罗晓静安慰道。

简沫沉叹了一声，扯了一下嘴角表示自己还好。

掌声响起，顾北辰讲完话就下了主台。

主持人上台，开始安排活动，先开场热身，然后抽第一轮奖。

顾北辰才到厉云泽他们跟前，就收到了简沫的信息：顾总，你自己有股份吗？

他的嘴角溢出笑意，看了一眼翔宇那群人在的方向后，他才回复：没有。

简沫见他答得这么理所当然，顿时哭笑不得：没有？那你哪来的百分之一股份作为私人赞助？

顾北辰完全不理会身边的兄弟，就这样和简沫发着短信：要不，我回去先给你写张借条？

简沫皱眉：以顾总的工资，怕是还起来很费劲啊！

顾北辰嘴角的笑意已经弥漫至眼底：没事，回头我给你挣点儿股份回来，本金加利息。

简沫见顾北辰说得轻松，也没有再纠结这件事情了，只是发了个“亲亲”的表情过去。

“三哥，你这笑得也太放荡了。”林向南一脸受不了的表情。

顾北辰收了手机，就见几个人都在看他，还是一脸审视的表情：“怎么了？”

“你这样会不会太冒险了？”厉云泽隐隐猜到什么，有些担忧。

“想要钓大鱼，就要放大诱饵。”顾北辰的墨瞳渐渐变深。

“别人会看不出来？”楚梓霄拧眉，显然并不是很赞同。

顾北辰轻勾了嘴角，缓缓靠在沙发的靠背上：“那就要看对方有没有足够的定力了。”

那个神秘股东手里的股份加上这百分之一，虽然只是他拥有的股份的零头，但会成为第二股东……那在董事会上的话语权是不同的。

在主持人的带动下，年庆现场热闹非凡。

在活动开始时，萧景就去了后台主控室。

帝皇专业的IT人员还在忙碌着。今晚抽的奖都是根据他们写的抽奖程序进行的，现场的人都有编写进去。

而这百分之一的帝皇股份是诱饵，顾北辰自然也不会一点儿防备都没有。

如果对方不动手，最后花落谁家，他们也是早就有准备的。当然，为了避嫌，肯定不会落在顾家人或者和顾家人有亲密关系的人身上。

“有动静吗？”萧景走向谢海天，小声问道。

谢海天摇摇头：“一点儿动静都没有。”他有些疑惑，“对方就算想动程序，时间这么紧，怕也不容易吧？”

虽然这个奖最后才抽，可最多就是三个小时时间。

萧景双手抄着裤兜，看着电脑屏幕。对方能拿着帝皇的股份，他们却查不到对方的身份，那么对方肯定不是小人物。根据辰少揣测，对方很有可能是和罗松贤有关系的人。

“等着吧，有什么问题随时联系我。”

“J写的反跟踪程序，我觉得一般人逃不开。”谢海天的话里有着赞叹之意，“真想什么时候和他对战一下！”

萧景看了谢海天一眼，真的有点不忍心告诉他，之前很多次他被人碾压，毫无还手之力，对方就是J。

当然了，萧景只是想了想，没有说。石少钦的事情，这些人还是不知道为好。

卢寅平坐在一家很高档却又很颓靡的酒吧里喝酒。他看着舞池上正在跳钢管舞的妖娆舞女，那是一个十八线的小明星，身材火辣，举手投足间全然是撩人的风情。

这里经常有些人来做兼职，一方面是有对金钱的欲望，另一方面自然也抱了歪心思，想要攀高枝、勾金主。

手机在小桌上亮了下，卢寅平拿过手机，打开一看：帝皇的最高大奖是百分之一的股份！

卢寅平盯着信息看了好一会儿，听到有人叫价的吆喝声。他抬眸看了一眼舞台，示意身边的人："晚上将她送到我那里去。"

"是！"

卢寅平起身出了酒吧上了车，给发信息的人打了电话："帝皇那边抽奖是什么形式？"

"电脑抽奖！"

"顾北辰还真是大胆得很，这么大的随机性也敢弄。"卢寅平冷笑一声。

"我估计程序是写好的，最后这个奖，肯定是落在他信任的人手里。"

"那抽奖的意义呢？"卢寅平笑着问道。

对方明显愣住了："什么意思？"

"他拿出股份，最后落在他自己的人手里，意义是什么？"卢寅平问道，"这样脱裤子放屁的事情，你认为顾北辰是有多闲才会做？"

对方被问住了："平哥的意思是？"

卢寅平躺靠在车座椅上，冷哼了一声："顾北辰这恐怕是在钓大鱼呢！"

至于他钓的鱼是谁，大家心照不宣。只是顾北辰能不能钓上去，就要看是他的鱼竿和鱼饵厉害，还是这鱼聪明了。

"今天王子娇是不是也过去了？"卢寅平问道。

"嗯，陪一个小开过来的。"

王子娇是陆蔓去国外发展后才冒出尖儿的明星，参演了几部电视剧，几乎同档期在各大卫视上线，势头正好。

"那就她了。"卢寅平说了一声，也不等对方说话就挂了电话，然后又拨了一串号码，"挑些王子娇劲爆的黑料给她发过去。"

"平哥，是想要她？"电话那边传来猥琐的声音。

卢寅平冷笑了一声："我想要个女人还需要用这个来威胁？"

"那是那是。"

"先发过去，等帝皇年庆结束了，再和她谈条件。"卢寅平顿了一下，"另外，今晚帝皇百分之一股份的大奖，你那边想办法让它落在王子娇身上。"

对方沉吟了一下："平哥是打算用黑料来换帝皇百分之一的股份？"

"嗯。"

"万一王子娇拼着演艺事业不要了呢？"

这明星再风光，再有钱，那也没有帝皇百分之一的股份来得诱人，那可是几辈子都吃不完的财富。

“她不换，也得有命花！”卢寅平阴冷的声音传来。

“好，我明白了。”对方奸笑了一下，“我顺便把她养的那个小白脸弄过来。王子娇为了那个小白脸，可妥协了不少金主呢！”

“你看着弄吧。”卢寅平挂了电话，嘴角溢出冷笑。

怎么说他也是罗爷调教出来的人，顾北辰对付他时是不是太不上心了？

哪怕顾北辰根本就不知道是他。

洛城大酒店里依旧一片欢乐。自从顾北辰公布了终极大奖后，现场就没有一个人不兴奋。

“你和小傑先去套房里休息一下？”顾北辰见顾琰有些困了，问道。

“我带小傑回家好了，有个紧急的案子我要回去处理。”楚梓霄走了过来，“你们等下不是还要去天堂夜？”

顾北辰看向简沫，征询她的意见。

“我和大哥回去。”顾琰揉了一下眼睛，“爸爸妈妈明天来接我就好了。”

简沫点点头：“好，明天去接你，咱们一起吃早餐。”

楚梓霄和二人点头示意了一下，就先带着顾琰离开了。

“你去忙吧，不用管我。”简沫浅笑道，“我又不是孩子，累了我就自己去房间先休息。”

听着她体贴的话，顾北辰的心都变得柔软起来：“等这里结束恐怕都十一二点了，还要去龙老大那边。”

“那里也可以休息。”简沫挑了眉。

顾北辰想了想，也没有勉强：“嗯，好。”

“一段时间不见，你们更腻歪了。”

调笑的声音从身侧传来，顾北辰和简沫看去，就见打扮精致、气质高傲的沈初站在那里，笑看着他们。

“我下了飞机就赶过来了。”沈初走上前，“项目拿下来了。那边对整个设计很满意。”

“辛苦！”顾北辰语气淡淡地开口。

沈初笑笑，就听简沫说道：“你去忙吧，我和沈初聊会儿。”

顾北辰看了沈初一眼，点点头，离开了。

“在国外忙着修改设计图，没日没夜的，”沈初和简沫一起去了休息区，“下了飞机才听到你的事情。”

简沫扯了扯嘴角，没有说什么。

沈初和简沫闲聊，话题到底还是转到了流产的事上。

“都过去快两个月了，我已经接受现实了。”简沫苦涩地扯了扯嘴角。

沈初挑眉：“真的？”

简沫愣住了，看着沈初脸上明显的质疑，有些恼怒。

“简沫，其实在某种程度上我们是一样的。”沈初冷笑了一声，“你是真的接受了，还是将自己禁锢了？”

“一见面就这么犀利，没有人跟你说这很不礼貌？”简沫有些苦恼。

“嗬！”沈初脸上是一个大写的“嘲讽”，她喝了口香槟润润嗓子，“沫沫，谁都有过不去的坎儿，正常。”

因为经历过那么多事，她恐怕比所有人都看得清楚。

“你现在这样的情况，和我有一阵子太像。”沈初放下杯子，目光犀利，缓缓开口，“简沫，我觉得你需要看医生！”

简沫皱了一下眉：“我没病，为什么要看医生？”

“你需要看心理医生！”沈初不容置喙道。

简沫的眉心皱得更紧了。她和沈初对峙着，表面上只是疑惑，可内心深处有着她自己都不知道的慌乱：“看心理医生做心理建设啊？”

沈初微微拧眉：“很多时候，像我们这样的人，越是好强越容易走进死胡同里。”她是最好的例子，也为这样的好强付出了太大的代价。

简沫于她，是亦敌亦友的人。不管以前两人有过多少不愉快，现在，她都是真心想和这个人做朋友。

简沫明显被沈初一针见血的话说得沉默了，过了好一会儿，她才缓缓开口：“毕竟是自己的孩子，放下是不可能的。可阿辰在我身边，我并没有想象的那么糟糕。”

“是吗？”沈初仿佛不是赶过来参加帝皇年庆，而是专门来找简沫不痛快的，“可为什么我觉得，就是因为有北辰，你才需要去看心理医生？”

简沫拧眉，看着沈初时，眼睛里已经有了怒火。

“别用这样的眼神看我。”沈初翻了个白眼，“回头北辰还以为我又和你怎么了。”

简沫有些生闷气，可也没有继续对沈初怒火相向。

“你考虑下，我有个朋友是这方面的专家。”沈初却是不怕死地继续说，“回头可以一起吃个饭，就当聊聊天。”

“你今天是不是非要找我不痛快？”简沫无奈，“有点儿同情心好吗？”

“什么同情心！你看我这样的人像是有那东西的吗？”沈初冷笑。

“你赢了。”简沫无力地靠在沙发上。

沈初耸耸肩：“对了，一进来就听到大家议论大奖，北辰拿帝皇股份出来搞年庆，玩得也忒大了。”

“他的决定，有他的道理。”

“是是是，你们夫妻两个心意相通，什么时候都无条件支持对方。”沈初有些受不了，“简沫，你怎么就不考虑下，我是你老公的初恋？”

“就是考虑到了，我才故意秀！”简沫有些报复心理地说道。

沈初嘴角抽搐了一下：“行，你狠！”

话落，她和简沫对视，两个女人一起笑了起来。

时间在玩乐中一向过得很快，随着大奖一波一波被抽出，整个现场已经燃到爆。

现场一片热闹，控制室内却弥漫着紧张的气息。

“谢哥，有动静！”程序员回头看向正在吃面的谢海天。

谢海天吸溜一口，将还挂在嘴巴外的面吸了进去，然后擦着嘴走了过去：“确定吗？”

程序员的手指在键盘上飞舞，然后他指着DOS界面的一处，说道：“有陌生IP进入，但是不能确定。”

谢海天拉开了旋转椅，在另外的电脑上切入DOS界面，用J写的程序进行了行迹追查。

“嘀嘀嘀！”

“服务器出现故障！”

电脑屏幕上突然显现出这样的信息。

几个程序员微微蹙眉，却是淡定地恢复了服务器数据。

“对方也是个高手啊？”谢海天摸了摸下巴，给萧景发了短信。

萧景走到顾北辰身边，附耳小声说道：“对方动手了。”

“嗯。”顾北辰淡淡应了一声，没有多说什么，和身边人继续闲聊。

时间一点点推移，终于到了高潮：帝皇百分之一股权的抽奖。

“最激动人心的一刻就要到了！”主持人调动着全场的气氛，“不要说大家了，我都恨不得等下被抽到的人就是我自己！”

主持人的话音刚落，就引来笑声和吆喝声。

“下面，有请我们顾总亲自摇出今天的终极大奖。”主持人抑扬顿挫地说道，“有请顾总！”

顾北辰和身边的人点头示意了一下，转身往主台走去。灯光打在他身上，也随着他的脚步而挪动着。他走得不疾不徐，透着沉稳，也透着淡漠，仿佛等下被抽出去的帝皇百分之一股份，根本就是个小奖品。

“这鱼也不知道上不上钩？”厉云泽有些头疼。

林向南对顾北辰有着迷之崇拜，自然也就迷之自信：“三哥做这事儿，我估计光预备和应急方案就几套，二哥你操心什么？”

厉云泽睨了他一眼：“我看你就是当兵当傻了。”

“你这是职业歧视。”林向南不满了。

厉云泽又睨了林向南一眼，随即视线落在已经到了主台上的顾北辰身上：“这石少钦的事落下帷幕了，帝皇的隐患再除掉了，北辰也就算无事一身轻了。”

“三哥能搞定。”林向南放下水杯，“其实，我这会儿还挺好奇的，不管对方动不动手，他想先将这百分之一的股份放到谁身上。”

“我也好奇。”厉云泽笑得邪魅。

为了避嫌，顾家人和他们肯定不会在这次抽奖名单里，那北辰打算安排谁？

就算能信任一般人，最后百分之一的帝皇股份砸下去，也难保对方不会反悔。

“下面请顾总启动摇奖。”主持人在顾北辰简单致辞后说道。

顾北辰走到连接了大屏幕的电脑跟前，伸手点了回车键，让屏幕滚动起来。

全场的人都屏住了呼吸，一个个紧紧盯着大屏幕。

因为信息滚动得太快，大家根本还没有看清楚，就已经滚过去好多号码了。

等超过了一分钟后，顾北辰才俯身又摁了一下回车键，停止滚动。

当看到大屏幕上显示的名字的时候，所有人都惊讶了。

“沈初？”

有人已经惊疑出声，紧接着议论声响起，所有人的脸上写满了不可思议。

厉云泽和林向南明显皱了一下眉，对于这样的结果，他们一点儿都想不到。

“这真不是开玩笑？”林向南咧了嘴。

厉云泽没好气地瞪了他一眼，眉心也皱得更紧了。

就在所有人在议论着结果的时候，沈初却没有感觉到大家正在议论她，或者说，她压根儿就没有想过，这个奖会抽中她。

“恭喜沈初沈小姐……”主持人在顾北辰轻睨了自己一眼后反应过来，“得到今晚的最高奖项，帝皇百分之一的股份！”

“噗……喀喀！”沈初本来在喝香槟，听到主持人喊她的时候，就被一口香槟呛到了，她一边咳嗽，一边回头看去，果然大屏幕上显示着她的名字，“见鬼了？”她皱眉看向简沫，一脸疑问。

简沫摇摇头：“电脑抽的。”

沈初扯了扯嘴角，觉得很神奇。

“有请沈小姐。”主持人喊道。

“这是什么情况？”沈初拧眉看着简沫。

简沫还是摇头：“年庆大奖！”

沈初觉得她这会儿和简沫是鸡同鸭讲。

“你先上去领奖。”简沫提醒她。

沈初惴惴不安。不知道为什么，她总觉得这不是幸运。

监控室里，谢海天的额头上流着汗。这会儿，他和程序员们，一个个看着出现了乱码的DOS界面，没有一个人的心是平静的。

“谢哥，你说……是不是砸了？”某个程序员吞咽口水，一脸紧张。

谢海天摇摇头，也是一脸凝重。

“什么情况？”萧景有些紧张的声音传来，人已经大步流星地走了进来。

谢海天急忙起身迎上去，有些害怕地说道：“对方下了狠手，我们在线路上纠缠了很长时间，最后……”他被萧景微冷的气势压得吞咽了一下，才咧嘴说道，“最后崩盘了。”

“意思就是，这个结果是随机的？”萧景的声音冷漠，尾音微扬，透着迫人心扉的压力。

谢海天只觉得头皮发麻，咧了咧嘴，点了下头。

萧景阴沉的目光扫过几个程序员，最后什么话也没有说，转身离开了监控室。

外面依旧热闹，在年庆结束的前一刻，所有人谈论的话题都没有离开沈初。

“喂，简沫，我听说她是你以前的情敌？”J不知道从哪里蹿了出来，说话的时候吓了简沫一跳。

简沫没好气地瞪了他一眼："嗯，她是阿辰的初恋。"

"啧啧……难怪！"

简沫皱了一下眉，疑惑地看向J。

J在她身边坐下，捞过简沫的果汁就喝，也不介意。

简沫对他这样的行为也习惯了。对J，她就好似对待弟弟一样，那是亲人的感觉。

"那些吃不到葡萄就说葡萄酸的女人，议论得可热烈了。"J放下果汁说道，"他们说，你老公有可能故意设了这个奖，然后用这样的形式送了沈初股份。你想啊，虽然是电脑抽奖，但只要没有落到他们身上，都可以说有黑幕。"他一本正经地分析，"他们觉得，你老公对沈初心有愧疚，却又不好明着送沈初什么，只能用这样的形式。"

"然后呢？"简沫顺势问道。

J打了个响指，用眼神赞叹简沫聪明："他们话里的潜意思是，你其实也没有外界传的那么幸福，而顾北辰这个男人也不是只爱你一个。"

简沫笑笑，没有评价什么。

"喂，你一点儿也不介意啊？"J看着简沫的反应，有些受不了，"你的老公可是把很大一笔财富就这样'送'给你的情敌了。"

"那是抽奖！"

"程序可以改。"J撇嘴，"想让谁中奖，这样的程序都不需要我，一般的程序员就能搞定。"

"哦，那你的意思是，阿辰确实是故意的。"

"有可能！"

"那晚上我不让他上床了。"

J的眼睛顿时就亮了："我就知道，你是最上道的！"

"可这和你有什么关系？"简沫不解了。

J愣住了，随即一副后知后觉的样子："对哦，又和我没有半毛钱关系。"

"和你没有关系，你还这么关注？"轻嗤的声音传来，透着冷漠和疏离。

简沫抬眸看着顾北辰，只见他俊颜紧绷，明显有些不快。

"怎么，你拿着帝皇的股份送了我的情敌，我还没有不开心呢，你倒是先将脸绷起来了。"简沫调侃道。

顾北辰目光冷厉地看了一下J，随即朝简沫说道："走吧！"

"不等结束了吗？"简沫问道。

"萧景会处理。"

"你们是不是去天堂夜？我也要去！"J也急忙起了身。

顾北辰根本不打算理J。J一见，一副可怜兮兮的样子看向简沫。

简沫抿嘴笑道："你怎么越活越回去了，整天和一个孩子置气？"

"难道我还要大方地感谢他教唆我老婆不让我上床？"顾北辰有些好笑地反问。

简沫一听，顿时笑了起来。

"那是你老婆说的，又不是我说的。"J不满地嘟囔。可他也想去天堂夜玩，没敢和顾北辰正面交锋，只是看着简沫，一副"你看着办"的样子。

经过这些天的相处，J十分清楚，只要让简沫答应了，顾北辰的意见他就可以自动忽略。显然，他是对的。

就在顾北辰等人开着车往天堂夜驶去的时候，卢寅平接到电话。

"意思是，最后还真成了随机？"

"平哥，那人可是沈初！"

"沈初？"卢寅平轻喃了一声后，嘴角勾了阴邪的笑，"看来，我要代表顾默怀去见见她了。"

顾北辰拉着简沫的手走在天堂夜的走道上，朝洛城四少经常聚会的包厢走去。

"想想我们四个聚在一起，好像都是特别久远的事情了。我在部队里，身不由己，好不容易回来一次，要么你不在，要么他不在。"林向南感叹道，"现在我还能想到第一次三哥带三嫂过来的场景。"

被林向南这样一说，简沫的思绪也回到了过去。当初再多的苦涩，现在回忆起来，都成了彼此记忆中的甜蜜。

众人闲聊了一会儿后，就说到了今晚帝皇的大奖上。

"那百分之一的股份，最后是必须要抽到沈初的。"顾北辰给大家解惑。

暗处的人只以为他会将股份放到某个人身上，对方想要将股份最后转移，自然要和后台写好的程序对抗，而最后会落到沈初身上，看似是双方程序员斗争下的意外，实际不过是障眼法。

"已经派人监控沈初了，有人联系她，我们就知道对方是谁。"龙枭语气淡淡地开口，他是知道顾北辰计划的人。

等顾北辰他们谈完事情已经过了一个小时，考虑到简沫的身体，他便带着她先离开了天堂夜。

J没有跟着他们回半山别墅，因为从小到大的经历，现在的他对什么都好奇。

想着龙枭他们在，顾北辰也不担心，就让J留下来玩了。

“阿辰，你是不是有什么事情瞒着我？”简沫窝在顾北辰怀里，手有些不安分。

顾北辰被她弄得舒服，却也渐渐着了火。他轻叹一声后抓住了她的手，声音暗哑：“想问什么？”

“那要看你想说什么了。”简沫想要抽出手，可惜，她的手被顾北辰握得更紧了。

看着她脸上带着狡黠的笑，顾北辰就觉得小腹处窝了一团火：“你真是要折磨死我！”

简沫笑着亲了一下顾北辰，当作安慰后，示意他说。

“帝皇的部分股份掌握在不明人手里，这属于不确定的因素，我要排除掉。”顾北辰细吻着简沫，气息有些粗重。

“那沈初被抽中是……”

“嗯，是我的阴谋！”顾北辰也没有什么好隐瞒的。

简沫却皱了眉：“阿辰。”

“利用沈初是我不对，可也只有她了。”顾北辰有些无奈地轻叹。

简沫抿了抿唇，没有说什么。

“放心，我不会让她受到伤害，嗯？”顾北辰微微抬头，目光深邃地看着简沫。

简沫点点头：“嗯！”

顾北辰薄唇浅扬，亲了亲她的嘴角，说道：“我连我自己都能利用。对我来说，除了你和孩子，没有什么人是不能利用的，懂吗？”

“沈初好不容易走出来，除了你的爱，让她不要走回头路就好。”简沫直直地看着顾北辰，眼底有着毫不掩饰的占有欲，“我知道，你可以处理好。”

“嗯。”顾北辰应了一声，搂紧简沫轻柔地说道，“睡吧，晚安。”

“老公，晚安！”

第8章
需要心理医生

第二天，洛城的天气突然阴沉了下来，气温也降了一些。

铺天盖地的新闻都是关于帝皇年庆的，被人议论最多的，就是沈初得到了股份大奖。

在大家各种拈酸吃醋中，绯闻的基本版本成了“顾北辰对沈初旧情不忘，加上简沫恃宠而骄，顾北辰有可能转投旧情人的怀抱”。

顾北辰没有阻止流言蜚语，而参与帝皇年庆的媒体——帝皇娱乐和华娱，也是避重就轻。

一大早，顾北辰和简沫就去接了顾琰，然后一家三口去商场开始置办年货。

“爸爸，这个可以吗？”顾琰手里拿着一副对联，问道。

顾北辰看了看，含笑点头。

顾琰开心地将对联放到了购物车里，然后和简沫继续挑东西。

超市里置办年货的人很多，议论今天新闻的人自然也很多。当看到新闻当事人一家三口就和普通人家一样买年货的时候，他们纷纷面露疑惑之色，也有很多酸葡萄心理的暗讽。

顾北辰和简沫自然都不在乎，顾琰是因为第一次跟爸爸妈妈一起置办年货，开心得根本没有心情去理会其他的。

这一家人轻松自得，相比之下，沈初觉得自己快要疯了。

她的手机不停地在办公桌上振动，她气愤地挂了电话，可没一会儿，手机又响了。

看了一眼来电显示，沈初起身去了楼梯间才接起：“妈，你什么都不要说，这个股份我是不会给他的！”

“小初，你爸爸……”

“他是我爸吗？”沈初冷笑，“你可以为了你的爱情活得卑微，可你能不能不要再让我为你的爱情买单？”

电话那头的人沉默了。

沈初皱了一下眉，就听到电话那头传来阴冷的淡笑声：“不是你爸要，是我要和你买！”

“你是谁？”

“我是谁不重要。”阴冷的笑声传来，“我只是来和你做生意的。”

“如果我不卖呢？”沈初目光微冷，“你是不是要告诉我，那我就见不到我妈了？”

“你是不是连续剧看多了？”对方浅笑，“我是正经生意人，怎么会做犯法的事情呢？”

“说吧，你想如何？”对方的话，她一点儿都不相信。

“你手里的帝皇股份，我可以以超过市价两成的价格跟你买。”对方缓缓开口。

“我现在没有办法做主。”沈初咬牙说道，“昨晚虽然是我中奖，但股份转到我名下还有手续要办。”

“一份转让合同的事情。”对方冷笑了一声，“帝皇有自己的专属律师团队，写这么一份合同还能有多慢？”

“快和慢不是我能决定的！”沈初气恼地低吼。

对方沉默了片刻：“哦，那你就自己看好了。我看你妈妈这副娇弱的样子，就是不知道她能不能等。”

“你想干什么？”沈初心里“咯噔”一下。

“我想干什么……谁知道呢？”对方冷笑，“沈初，我是没有耐心的。我希望年前能够搞定，大家都能过个愉快的新年。”

“沈航之呢？”沈初咬牙切齿地问道。

“嘟嘟嘟……”

沈初听着电话里的忙音，气得差点儿将手机甩出去。她努力深呼吸，然后拨了罗月曼的电话，但是电话已经打不通了。她又拨了沈航之的电话，却转到了留言信箱。

沈初闭上眼睛，刚刚压下去的怒火又“噌噌噌”蹿了上来。

手机适时响了，沈初急忙拿起手机，当看到来电显示的时候，她有些悻悻然：“萧特助？”

“股份转让协议已经拟好，你这会儿有空就上来一趟，有具体事宜要说一下。”萧景平和的声音传来。

沈初微微皱眉，对于股份转让会这么着急，她明显有着疑惑：“好，我这会儿上去。”

她和办公室的人说了一声，就上了顶楼，去找萧景。

“因为牵扯到帝皇的整体利益。”萧景淡定从容地说，又将电脑屏幕对向沈初，“这些是股东可以享有的权利和需要履行的义务，你先看一下。”

沈初大致扫了一眼：“电子签署合同是什么意思？”

“因为这百分之一的股份是抽奖所得……”萧景解释道，“为了不影响帝皇某些权益，这份电子签署合同是为了防止一些不必要的事情发生。”

这话说得有些委婉，可沈初还是听明白了，就是为了防止她二次转让。

“如果你没有异议，我就叫律师上来了。”

沈初的心情沉重，她不想签，甚至抗拒这个东西。

给律师打了电话后，萧景拿了手写板插到电脑上。

律师来得很快，走过场般给沈初讲了一些事情。

萧景将触控笔递给沈初。她看了看，然后在手写板上签了自己的名字。

“待一切无误后，我会将其中一份合同转到你邮箱。”萧景示意律师先行离开。

等律师走了后，沈初才问道：“萧景，北辰怎么会拿帝皇的股份当奖品？”

萧景耸耸肩：“人傻钱多呗。”

沈初皱了一下眉，没好气地瞪了一眼萧景。

萧景笑了起来：“反正是好事，至于辰少是为了什么，你管他呢！”

是好事吗？

好像对她来说，一点儿都不是。

“我先下去了。”沈初的眉眼间有些忧愁。

“好！”萧景应了一声。等沈初离开后好一会儿，他又看了一眼电子合同，才给顾北辰打电话，“辰少，她已经签了。”

“嗯。”

“枭哥说，已经有人和沈初联系了，用的是罗月曼的手机，暂时还不清楚是谁。”萧景继续说道。

“有鱼上钩就好。”顾北辰淡漠的声音传来。

“我要不要去看看J那边的情况？”萧景有些不放心。

“不用。”顾北辰接过顾琰挑选的东西放入推车内，“在这方面，他还是有分寸的。”

“好。”萧景应了一声。

顾北辰挂了电话，就见手里拿着一瓶酱料的简沫看着他：“怎么了？”

“这么忙还在这里耗着？”简沫将酱料放到推车内，笑着问道，“帝皇不会过年还要上班吧？”

“不会。”顾北辰宠溺地搂着简沫的腰，另一只手推着车，“除了每天值班的，假期有十天。”

“啧啧，还真是人性化。”

“只有好好休息，才能最有效地工作。”顾北辰笑着说道，“这也是很多人希望来帝皇上班的其中一个原因。”

简沫很认同顾北辰的管理理念。其实，过年前后，有心思认真工作的人不多，还不如多放几天假，遂了这些人的心愿。

一家人沉浸在快要过年的忙碌和欢乐气氛中，尤其是第一个一家人一起过的年，自然要比别人多几分期待。

可就是在这样的期待下，一波汹涌的暗流正在渐渐靠近。

“电子合同？”卢寅平皱眉沉吟了一下，才问道，“意思是，想让这百分之一的股份转到我的名下，就必须重新写个程序，将被锁定的合同变成可转让的？”

“理论上是这样的。”

“以为这样就能控制沈初手里的股份？还真是笑话。”卢寅平冷笑了下，目光变得冰冷，“让沈初带电子版合同过来，让阿蒙破译了！”

“好！”

挂了电话，卢寅平拿着红酒杯随意晃动：“看来……过完年的股东会议，我得去露露脸了。”他举杯对着窗户上自己的影子，笑意弥漫开来，“Cheers！”

卢寅平挑眉，将杯子里猩红的酒全部倒进了嘴里。当红酒漫过味蕾的时候，他全身的神经都跟着兴奋起来，就好似将要吸食顾北辰的血液一样。

卢寅平放下高脚杯，拿过手机，拨了一串号码后将手机置于耳边。电话一接通，他就淡漠地问道：“罗爷现在是什么情况？”

“之前监狱那边来了消息，听说快不行了。”对方的声音中夹杂着说不清的情绪，“不过，不知道是谁安排了医疗团队，估计死不了！”

“哦？”卢寅平一听，笑了起来。

“平哥，你说是谁这么‘好心’，让罗爷活着？”有时候，想死才是一种奢望。

“谁知道呢？”卢寅平冷笑，“这个世界上，想要罗爷‘享福’的人可不少。”

“那是……”

“关注着监狱的情况，我不想我的事情还没办成呢，罗爷就出来溜达了。”卢寅平拿过红酒，又倒了一杯。

“你放心，就算有人想要弄罗爷出来，恐怕也不容易。”

卢寅平笑了笑，便挂了电话。他看着玻璃上的影子，再次举杯：“罗爷，你就好好地在监狱里享受。你没完成的心愿，我做晚辈的，怎么也是要给你完成的。”

帝皇年庆的热度还在持续发酵，连着三天，一点儿减退的趋势都没有。

年前，简沫没有再接设计图，只是趁顾北辰不在的时候，就去解他画的那些双层二维码，仿佛只有在这个时候，她才不会胡思乱想，烦到暴躁。

简沫停了笔下的动作，目光渐渐变得涣散。

沈初说她应该去看医生，她是不是真的有心理病？

一想到这个，她就莫名开始感到焦躁，这个问题，她现在简直不能去想。

简沫揉了揉太阳穴，起身去倒水。

“妈妈，你忙完了吗？”顾琰趴在餐桌上写寒假作业，见简沫下来就顺口问道。

“还没。”简沫倒了水，“晚上你想吃什么，我等下来做。”

“吃饺子吧！”顾琰抬头，“J和爸爸走的时候，说你要问吃什么的话，让我建议吃饺子。”

简沫有些无奈，饺子仿佛是石少钦不能提及的东西，倒是J，因为第一次期待太大，又没有吃到后，对饺子有着执念。

“好，晚上就做饺子。”简沫说了一声后上了楼。

顾琰有些奇怪地皱了眉头。不知道为什么，刚刚他有点儿感觉妈妈好像在逃避什么。

简沫关上书房的门，脑子里有点儿空，心里又开始慌乱起来。

这就和连锁反应一样，说到饺子，就会想到石少钦，想到墨宫，自然就会想到她滚下楼梯，然后小琰离开了她。

呼吸变得沉重，简沫急忙喝了几大口水，却压不下那腾起的焦躁。她偏头看向书桌，视线落在画着二维码的纸张上，有些无力地走了过去。

放下杯子，简沫拿着手机扫描已经分解开的几张二维码，企图让自己的情绪能够稳定点儿。

——和她不止有怦然心动的喜悦，更想要安心、浅笑的幸福。

——世上只有一个属于我的简沫，叫我如何不去珍惜？

——想陪你吃饭、睡觉、说话……其实，只要和你在一起，什么都好！

——用最爱你的心，陪你走最远的人生。

简沫看着满屏的情话，原本焦虑的心情渐渐被驱散。她坐在椅子上，将那些纸张压在胸口，闭了眼睛，躺靠在座椅上。

她是不是真的要去看心理医生？

她不想阿辰担心，但如果这样的情绪继续下去，她仿佛都能感觉到，她会有一天控制不住。

过了好一会儿，简沫才缓缓睁开眼睛，看着屏幕已经暗下去的手机，紧抿了一下嘴唇，她仿佛下定决心后给沈初发了信息：你那个医生朋友，我想见见。

沈初正在开车，没有看信息，只是脸上透着狠厉。

"吱！"

车在一栋双层小别墅外停下，沈初看了一眼，咬了咬牙，提着电脑就下了车。

她摁响门铃，里面传来询问的声音。

"沈初。"沈初咬牙说道。

"请稍等。"

沈初脸上已经掩饰不住烦躁。她拿出手机，想要再打下罗月曼的电话，见有条信息，打开，愣怔了几秒后，才反应过来对方说的是什么。她立马回复：你想年前见还是过完年再见。

简沫：过完年吧。

沈初：好。

回复了信息后，沈初就拨了罗月曼的电话，对方还是关机状态。

门被打开，开门的是一个三十多岁、虎背熊腰的男人。

沈初微微蹙眉，心里开始打鼓："是你约我？"

"不是，是我老板！"男人平静地说道。

"人呢？"

"在里面。"

沈初皱了一下眉，安全意识下，她是抗拒进去的："我妈呢？"

男人沉默了片刻，随即给沈初示意。

沈初随着男人的目光看去……果然，双手紧握的罗月曼站在窗前，而沈航之就在她的身后。

沈初冷笑起来。她觉得自己真的特别悲哀，有这样一个为了那卑微的爱情连女儿都能出卖的妈。

"请吧！"

沈初咬牙。帝皇的股份她不在乎，如果这是她要还妈妈的债！

绝望而冷漠地看了罗月曼一眼，沈初已然心灰意冷。

最后一次，她用北辰对她的误会，彻底摆脱她悲惨的人生。

沈初咬牙收回视线，拿着电脑包的手死死地攥了一下。

"辰少。"看着电脑屏幕上的定位点，萧景在沈初进了别墅后，给顾北辰打了电话，"沈初已经到了。"

"嗯。"顾北辰应了一声，给在他办公室里捯饬一组模型的J说道，"人已经到了。"

"又不着急。"J看了一眼电脑上正在挪动的点，继续把玩模型。

那个电子版合同里，他可是写了定位程序的，只要沈初带着合同，不管她去哪里，都能自动反馈到主合同和他这里。

突然，J的脸上弥漫了兴奋，眼底更是有着好强下的自信。他很期待，等下要进行的事情，一定很刺激！

J抬头看向继续处理文件的顾北辰，说道："你说的，如果这次搞定了，就要带我去游乐园。"

"嗯。"顾北辰头也不抬地应了一声。

"这么敷衍？"J不满地皱了一下鼻子。

顾北辰在一份文件上签了字后抬头，他看着J的样子，薄唇一侧勾起浅薄的笑意："应了也是敷衍？"他又拿过一份文件，同时说道，"带你们去海滨，那边气候要温暖点儿，游乐场也比较大。"

海滨有国内最大的游乐场，他也想带小傑过去。

"真的？"J的眼睛都亮了。

“真的。”

J就和孩子一样，开心地笑了起来。

“别光顾着乐。”顾北辰依旧没有抬头，“如果等一下的事情搞砸了，我会直接将你送回去。”

“你的人加起来都不是我的对手，我有什么好怕的？”J一脸傲娇。

顾北辰抬眸睨了一眼J，墨瞳深处有着笑意。

手机在办公桌上振动了一下，顾北辰放下签字笔，拿过手机，打开，是沈初发来的信息：对不起。

沈初站在台阶上，没有直接进别墅，只是垂着的手里握着手机。在渐渐暗下去的屏幕上，隐约可见她刚刚发出去的信息。

“沈小姐，请！”开门的汉子显然已经等得不耐烦了。

沈初看了男子一眼，咬牙走了进去。

客厅里面没有开灯，有两个人坐着，剩下的人站着。明明是白天，但因为厚重的窗帘都拉着，除了门口的光亮和电脑发出的幽暗光线，竟一片暗沉。

沈初暗暗皱了一下眉，看着坐着的人，其中一个背对着门口，手里拿着红酒杯，浑身透着一股邪气、慵懒。

“砰”的轻响传来，门被关上，沈初下意识抖了一下，感觉有一股寒意从脚底升腾起来。

如果不是那人面前的电脑屏幕亮着，那整个空间就是黑的。

沈初几乎没有想就知道，那个男人搞得这么神秘，一看就是不想她知道他是谁。

“沈小姐，你好，我是律师。”律师开口，“等你签了股权转让合同后，我们也会把比市价高出两成的钱打到你的账户上。”说着，他将已经拟好的合同推到了沈初面前。

“这份合同上已经写明，除了电子合同，我手签的一切纸质合同都是无效的！”沈初看都没有看，“最主要的是，就算我要签，也要你们有能力解开电子版才可以。你们认为顾总会让这个奖变成不安定因素吗？”

律师微微皱眉，虽然已经猜到了，但还是有些无奈。

“让阿蒙处理。”背对着门口的人声音幽幽中透着邪肆的笑意。

沈初看向说话的人，想要说什么，最后却忍了下来，将自己的电脑推了过去。

她人已经来了，如果他们能解开，那她也没有什么好说的；如果解不开，就和她没有关系了。

沈初暗暗咬牙，看着走过来拿走她电脑的男人，心里愤愤地希望他解不开。

时间一点点流逝。

J一边把玩模型，一边时不时瞟一眼电脑。

顾北辰只是处理自己的事情。今天把事情处理完，年前就有大量时间陪着沫儿和小傑了。

“咚咚！”敲门声传来。

顾北辰应了一声，苏珊走了进来，将年度报表放到顾北辰的桌上：“辰少，前台打了电话上来，说是一个女人要找你。”

一听到女人，J猛然看向顾北辰。

顾北辰一脸淡漠地开口：“你什么时候成沫儿的眼睛了？”

“我就想看看你是不是会出轨。”J哼了一声。

苏珊笑了起来：“辰少要是会出轨，我觉得我待会儿下班就能有艳遇！”

“那你完了，这辈子就别想嫁人了。”顾北辰淡漠地翻动着年度报表。

苏珊一听，一脸苦闷。尤其在听到J放肆的大笑声时，她恨不得用面前的笔筒堵上J的嘴。

“叫什么？”顾北辰突然问道。

“姓葛。她说跟你一说你就知道了。”

顾北辰动作停了一下，抬眸看了苏珊一眼，墨瞳变得深邃：“带她去休息室里等着。”

“好！”苏珊应了一声，转身出了办公室，随即给前台打了电话。

办公室里依旧是顾北辰处理着公事，J忙活着自己的事情。

突然，J的眼睛猛然亮了一下，原本窝在地毯上坐着的他抱着电脑就去了顾北辰的办公桌前：“对方果然有两下子。”

顾北辰看向J：“解开了？”

“还没有。”J咧嘴笑着，“这么容易解开的话，他们也不会上钩啊！”

“嗯。”顾北辰认同地应了一声。

J没有动，只是看着他写的程序在变化着，心里弥漫了兴奋。

顾北辰放下手头工作，靠在椅子上，看着J的表情变化……从J来洛城开始，这个局就已经开始布了。

已经一个小时了，对方还没有解开合同。

J盯着电脑程序修改的过程，偶尔敲打一下键盘，心里的兴奋已经弥漫在脸上。

“这个人身边的人还有点用，比你高薪聘请的那些人好用多了。”J一点儿都不给面子地说道。

顾北辰没有说话。

帝皇请的人都是正规人才，就算是谢海天也不能进入帝皇。

J和那人手里的人都是黑客，这样的人有种天性，只有兴趣，不受约束。说白了，就是个不定时炸弹，指不定哪天不开心了，就由着自己的性子写程序。

顾北辰收回视线，拿过手机，给简沫发了信息：在做什么？

过了好一会儿才有信息回过来：妈妈在包饺子。

顾北辰目光一沉，看向J，问道：“你让沫儿包饺子？”

“我可没说，我只是跟小傑说了。”J哼了一下。

“有差？”顾北辰的俊脸沉了沉，对于J总是“指使”简沫给他做他想吃的东西一事，明显不满。

“嘀——”

J还没开口回答，电脑里传来刺耳的声音。

顾北辰蹙了一下剑眉，目光幽深地看着J，没有说话。

“竟然强制解除最后一条锁。”J有些不满地骂道，下意识就想和对方杠上。

“你做什么？”顾北辰冷声问道。

J愣了一下，突然想起这次的目的不是和对方较劲儿：“嘿嘿，差点儿忘记了。”

顾北辰微微头疼，这就是为什么帝皇绝对不会招黑客。

与此同时，双层别墅里传来兴奋的声音。

“平哥，解开了，可以签转让协议了。”阿蒙将沈初的电脑拿了过来，和律师面前的做了连接，“只有五分钟时间。”

卢寅平缓缓转动旋转椅，沈初下意识朝着他那边看去。可当看到被鸭舌帽覆盖了大半张脸，只剩下一张嘴的男人时，她冷嗤了一下。

“沈小姐仿佛对我很有意见？”卢寅平笑着问道。

“要签就快点，不是说只有五分钟吗？”沈初冷哼，她这会儿只想快点儿签完，立马离开这里。

卢寅平却并不是很着急，律师在看和修改转让协议，每个条款都会让沈初或者顾北辰的律师团无话可说。

“已经弄好了。”律师是这方面的专家，速度惊人。

“沈小姐，请吧。”卢寅平勾了一侧嘴角示意了一下。

沈初咬牙，拿过触控笔，看了一眼已经被修改的股权转让合同，落笔极重地签下了自己的名字。

卢寅平看了一眼，嘴角微勾，随即拿过触控笔，也在手写板上写下自己的名字。

“好了？那我可以走了？”沈初说着，欲起身。

“沈小姐，这么着急？”卢寅平放下触控笔，“不喝一杯了？”

“不必了。你记得将钱打到我账上。”沈初顿了一下，“当然了，如果你已经打到沈航之的账上，我也不会觉得意外！”话落，她转身往门口走去。

不长的距离，沈初每走一步，心就提起一分……说不害怕，是假的。

沈初没有去管沈航之和罗月曼。他们一个是为了自己的爱情，一个是为了自己的利益，谁管过她这个女儿？

卢寅平不说话，自然也没有人拦着沈初。

直到沈初走出别墅大门，才有人小声问道：“平哥，为什么不留下她？”

“年前我还不想让顾北辰知道这个股份已经不在沈初手里了。”卢寅平的视线落在双方签好的电子协议上，“我不想节外生……”话说到一半，他视线猛然一凛，看着电脑屏幕上渐渐出现的马赛克，又看向阿蒙，问道，“怎么回事？”

阿蒙没有说话，只是急忙拿过电脑，手指在键盘上飞舞着。

DOS界面被调了出来，字符串快速跳过，室内气氛陡然凝结了起来。

“嘀——”刺耳的声音传来，阿蒙的脸色已经变得惨白。

“平哥，这是个圈套！”阿蒙惊讶道。

卢寅平看着电脑：“什么情况？”

阿蒙咬了咬牙，有些怯懦地说道：“这个电子合同里写了木马程序，一旦被更改就会启动……”

“别给我说那些有的没的！”卢寅平仿佛感觉到了什么，“你就告诉我，现在是什么情况！”

阿蒙暗暗吞咽，硬着头皮说道：“不但刚刚沈初签的帝皇股份没有了，就连你手里原本的股份也没有了。”

“这话是什么意思？”卢寅平大吼了一声，“啊？”

气氛陡然降至冰点。

律师一脸茫然地看着电子合同，就如阿蒙所说……原本是沈初将自己手里百分之一的股权转让出来，现在成了卢寅平将自己手里的股权转让给了沈初。

“这根本就是个圈套，难怪帝皇要用电子合同。”律师颤抖着嘴说道。

卢寅平看着律师，目光变得阴狠：“也就是说，现在股份都在沈初手上？”

“理论上是的。”

“那还不给我去追？”卢寅平大吼。

“是……是是！”

“砰！”

一声巨响传来，大家还没有反应过来呢，就听到门口传来凌厉的声音：“都不许动！”

灯被打开，由于所有人刚才都处在黑暗中，突然出现的灯光，让他们都偏头闭上了眼睛。等到再睁开眼睛的时候，他们就看到黑洞洞的枪口对着自己。

刑侦队的李队环视过一圈后，走到卢寅平面前站定，看着他愤怒且不甘的双眼，平静地说道：“你涉嫌商业诈骗以及谋害几条人命，现在正式逮捕你！”李队微挑下巴示意警员，“全部带走！”

警灯闪烁，卢寅平等人的手被铐上了。直到被拽上警车，他都仿佛没有想通，明明一切计划都很顺利，怎么事情最后会变成这样。

不仅仅是卢寅平，一同被带走的沈航之也想不通。

“航之，你就非要对女儿这样吗？”罗月曼泪眼婆娑，“现在好了……”

“你给我闭嘴！”沈航之咬牙冷厉地说道，“不是你生出这样一个不知好歹的女儿，我能有现在的处境？”

罗月曼的眼泪不停地往下掉，虽然她心疼沈初，但这会儿她满眼都是对沈航之的愧疚。

警车鸣着警笛，拉着众人离开。从沈初进入别墅到警察带走卢寅平他们，前前后后不过是两个小时的事情。

“辰少，人都已经带走了。”萧景看着离开的警车，给顾北辰打了电话。

“嗯。”顾北辰漠然地说道，“将尾巴都处理干净了。”

“我明白。”

顾北辰应了一声，挂了电话。

萧景将手机揣起来时，就见到李队走了过来：“李队，麻烦了。”

“萧特助协助我们破了案子，怎么是麻烦了？”李队一脸笑意，“之前就收到国际刑警那边发的通缉令，想不到这人就在洛城！”他似乎有些感叹，“好在没有发生什么大事儿，这都要感谢顾总和萧特助。”

萧景垂眸，抬眸之际，缓缓开口：“好不容易抓到的人，李队可别让他们跑了。”

“不会不会！”李队急忙说道，“因为国籍问题，国际刑警很快就会接手。而且以我们现在掌握的证据，他们一定会受到该有的惩罚。”

“既然这样，我就不打扰李队了。”萧景和李队握了下手，看着李队乘坐警车离开，他才转身上车离开。

等热闹的别墅门前清空后，一个戴着兵工帽的男人从别墅一侧的拐角处走了出来。他看了别墅一眼，视线透着冷然下的嘲讽，然后朝着相反的方向走去。

在洛城，顾北辰的地盘上，卢寅平还想对他做什么？

就算是罗松贤，都让顾北辰给扳倒了，一个卢寅平又能翻出什么天？

帝皇集团。

J在修补漏洞，顾北辰去了会客室。

顾北辰站在会客室门口，看着里面的女人局促不安地搓着手里的杯子，目光变得深沉，随即抬脚走了进去。

葛梦茹看到顾北辰，下意识站了起来：“顾总，我女儿呢？”

“账本！”顾北辰在对面坐下，嘴里吐出两个字，没有任何情绪。

“你这是非法拘禁！”葛梦茹气愤地说道。

顾北辰缓缓抬眸，冰冷的视线对上愤懑的葛梦茹，冷笑道：“是……又如何？”轻缓的话透着迫人心扉的压力。

“账本真的不在我身上。”葛梦茹有些软了下来，“顾总，求求你，让我见见我女儿。”

顾北辰垂眸，没有理会葛梦茹，只是径自拿出烟，点燃。他的动作不疾不徐，却透着无形的压力。

葛梦茹越来越焦躁，本来等待就已经磨掉了她大部分耐心，这会儿，顾北辰的举动更是让她忐忑不安。

“顾总……”

“我的目的很明确。”顾北辰打断了葛梦茹的话，抬眸，幽深的视线和她对上，“账本拿来，你可以见你女儿，而且，你的女儿也能得到最好的治疗……费用我出！”

“我真的没有账本。”葛梦茹着急了，做着最后的挣扎。

“我是商人，不做亏本的买卖。”顾北辰浅笑，“看来，我也只能停止你女儿的一切药物了。”

“不要！”葛梦茹慌了。看着顾北辰漠然的样子，她只觉得浑身无力，跌坐在椅子上：“顾总，当年的事情和我没有关系，求你把女儿还给我。”

“就算我把你女儿还给你，你有能力救她？”顾北辰目光冷漠地看向葛梦茹。

葛梦茹蒙了，以她现在的经济情况，最多买些药让女儿不那么痛苦，想让女儿痊愈，就要换肾，她根本没有这个能力。

“我给你时间考虑，希望你能给我一个我喜欢的答复。”顾北辰将烟按灭在烟灰缸里，“我这个人有耐性，就是不知道你的女儿能不能撑住。”

顾北辰起身，没有再理会葛梦茹，抬步离开，回了办公室。

等J将漏洞修补好后，二人才准备回去。

二人到了停车场，开了车门，就听到引擎的轰鸣声传来。顾北辰微微蹙眉时，刺耳的刹车声在身边落下。

沈初下了车，一副气势汹汹的样子：“顾北辰，你什么意思？”

“哇哦！”J趴在车顶，一副看好戏的样子，“反应很快。”

顾北辰微蹙剑眉：“什么什么意思？”

“帝皇大奖，百分之一的帝皇股份！让我中奖……从头到尾，是不是都是你的阴谋？”沈初咬牙切齿，“你这样利用我，问过我吗？同样的事情，你会对简沫做吗？”

“不会。”顾北辰回答得异常坚定。

沈初突然觉得自己特别悲哀，爸爸利用她，妈妈为了爱情也可以无视她的感受。

“呵呵！”沈初就算坚强，这会儿也红了眼眶，“顾北辰，是不是我这样的人，活该被人利用？”

顾北辰垂下眸：“只能说，你是最合适的人选。”

“因为我是合适的，所以我活该！”沈初又嘲讽地笑了一下，鼻子都跟着酸涩了起来，“顾北辰，我谢谢你，可以吗？”话落，她转身上了车。

动作犀利地倒车，一个疯狂的摆尾，艳红色的车快速离开。

“喂，我觉得你真是太招女人了，简沫的情敌也太多了。”J摇摇头。

顾北辰没理会J，径自上了车。

J上车后好奇地问道：“话说，为什么沈初发火，你也不解释一下啊？”

“心里有火，发出来总比憋着好。”顾北辰启动车子，“沈初这样，会容易从生气中走出来。”

“你和钦少就是一个样，都爱算计人心。”J撇嘴。

顾北辰看了一眼J，在车转出地下停车场的时候，冷峻的脸上闪过一丝凝重。

他会算计人心，可是最想“算计”的人，他没有办法。

是无力还是什么，他也不知道。

顾北辰的薄唇边若隐若现地勾起自嘲，开车回半山别墅的一路上都沉默无言。

“爸爸。”顾琰乖巧地喊了一声。

顾北辰看了一眼厨房：“妈妈在厨房里？”

顾琰摇摇头：“妈妈刚包好饺子就被一个电话喊走了。妈妈说她让罗奶奶去休息了，所以等你回来再下饺子。”

“好！”顾北辰揉了揉顾琰的脑袋，脱下西装，洗手，再去厨房煮饺子。

望江楼。

简沫到了之后，就见临窗坐着的沈初正托腮看着窗外的洛城河。

“过来了。”沈初说了一声，对跟过来的服务生说道，“上菜吧。”

“怎么了？”简沫在沈初对面坐下，看出沈初的脸色有些不好。

“北辰用帝皇股份设圈套的事情，你知不知道？”沈初拿过茶壶给简沫倒了水。

“开始不知道，后来想到了。”简沫没有回避，也没有打算掩饰，“事情被捅出来了？”

沈初将今天下午的事情说了，然后冷笑道：“简沫，你有没有觉得，我的人生特别悲哀？”

简沫沉默了片刻，方才轻叹道：“沈初，没有多少人的人生是一帆风顺的。这件事阿辰是不对，可站在他的立场上，并没有不对。”

“我知道。”沈初偏头，遮掩着眼底的酸涩，“其实，他已经尽可能地不伤害我了。”

从帝皇离开，她其实就想通了。可想通是一回事儿，觉得悲哀是另一回事。

“简沫，有时候我真的特别羡慕你。”沈初看向简沫，“我们的人生都不顺，可至少你身边有个顾北辰，而我呢？”

简沫探手上前，握住了沈初的手：“属于你的，有一天也会出现的。”

因为新年快到了，时而会听到一阵鞭炮的声音。

简沫看着沈初丧心病狂地扫荡桌上的菜，皱了一下眉：“你这是花着自己的钱，和你的胃过不去？”

“谁说我花自己的钱？”沈初喝了口汤，“你男人坑我、利用我，难道不该你掏钱请我吃一顿，安慰我一下？”

“可你电话催得急，我出门时就忘记拿钱包了。”简沫挑了眉。

沈初的脸僵了一下，然后她咬牙说道：“简沫，你说我是该气愤呢，还是该感动呢？”

“感动！”

“行！你为了我赶过来，忘记拿钱包，我确实应该感动。”沈初挑眉，指了指吧台那里，“看到没，现在可以手机扫码支付。”

简沫被沈初逗笑了：“沈初，你这样多好！”

“嗯？”沈初拿了一只龙虾开始剥。

“其实，人活着就是被别人利用的，只是，有好有坏……不管是目的还是结果。”简沫托着脸颊。

“得，你别给我灌心灵鸡汤了。你先管管你自己，先给你自己煲几次鸡汤吧。”沈初翻了个白眼，塞了虾肉到嘴里，“简沫，我挺感谢你的，从敌人到……”她顿了一下，问道，“我们现在算朋友不？”

“你说呢？”简沫反问。

“应该算了。”沈初有点儿敷衍，“我们从敌人到朋友，你给我的感触挺多的，否则今天的事情，我一定得憋在心里，然后走进死胡同。”她轻叹一声，“可你一个影响我的人，将自己禁锢了。”

简沫沉默，她觉得她一直伪装得很好。可是，从年庆到今天，沈初总是一眼就看穿她。

“你就告诉我，”沈初认真地问道，“你现在是不是只要小傑或者北辰不在你身边，你就会胡思乱想？”

简沫看向沈初，猛然震惊了一下，下意识就想反驳。

“你不用急着回答我。是不是，你自己心里清楚。”沈初继续剥虾，

“没两天就过年了，等过完年，我看你真的要抓紧看心理医生。”

简沫悻悻然耷拉了肩膀，然后垂眸，难得露出脆弱的模样：“有时候，我不受自己控制，特别焦躁。我不知道怎么办。只要是我一个人，我就会控制不住。”

“正常。”沈初有些没心没肺地说道，“怎么说也是你的孩子，还那么大了，你如果一点儿都不在意，才有问题。”

简沫沉默了片刻，眉心也跟着皱起来：“我不想他担心。”

“怎么可能？”沈初话尾扬了起来，随即嘲讽地笑了笑，“简沫，说真的，我真的特别羡慕和嫉妒你。”她边吃边说道，“以前北辰是个很阳光的人，可那时候我和他接触得不多。后来，我们一起去英国上学，但那时候他已经变了一个样……这也不是什么秘密，应该是和他被绑架的事有关。”

对于这个前因后果，简沫现在不需要别人说。

“就是这样一个冷漠的人，我以为我能让他爱我。”沈初自嘲了一下，“显然，我们的过往就是个笑话。”

简沫扯了扯嘴角，如果不是心情欠佳，她真的很想问沈初：我们这样诡异的关系，聊这个真的好吗？

“可北辰对你不同。我觉得他会狠到为了你颠覆整个世界，尤其经过今天的事情。”沈初说着，突然觉得有些悲哀，“我被他利用了，这会儿却找你来陪我吃饭。讲真的，我混得真的挺失败的。”

她高傲了那么久，真的连个说话、发脾气的朋友都没有。

非要说有，厉瑾汐算一个。

可瑾汐流产后身体不好，她也不想因为自己的事情让对方难过。

“你说你不想北辰担心，你觉得可能吗？”沈初突然没有了吃东西的心情，“所以，既然决定了看心理医生，你首先要自己在心里接受这件事情。如果时间长了，北辰早晚会看出你的问题。你说到时候，他是更加内疚呢，还是更加内疚？”

简沫无言以对：“最近我会尝试自我调节的。等过完年，时间你来安排好了。”

“好！”沈初看了一眼时间，“行了，也不早了，不然我霸占你霸占得久了，他如果再找件事情来利用我一下，我怕我会气得发疯，然后捅他一刀！”说到最后，她咬牙切齿。

可会叫的汪星人往往就是发泄一下，不会叫的才可怕。沈初发现了，她现在和以前最大的改变就是会叫了。

第9章
她得了抑郁症

简沫吃得有些撑，沈初吃得连腰都直不起来了。

“感觉自己一下子胖了五斤的节奏。”沈初生无可恋，“你说，我图个什么？本来就受了打击，暴饮暴食后还需要减肥。”

“因为，没有什么烦恼是一顿美食解决不了的。”简沫笑着答道，然后和沈初往停车场走去。

沈初深深呼了一口气，然后缓缓说道：“如果真是这样就好了。”话落，她意有所指地看看简沫。

简沫扯了扯嘴角，暗暗叹了一下：“回家了。”她朝着沈初挥了挥手，上了车。

简沫回到半山别墅时，简傑和J在娱乐室里玩游戏，顾北辰在客厅看书。

见简沫进来，他睨了一眼她不经意放在胃部的手，微微蹙眉，起身迎上前：“是胃不舒服？”

“是吃撑了。”简沫笑着说道，“沈初要了一桌子菜，我们两个人点了八百多的东西。”

“吃这么多？”顾北辰拧眉。

“女人需要发泄。很多时候，用吃发泄就能解决的，那就不是大问题。”简沫有些无辜地看着顾北辰，“你就偷笑吧！”

“嗯。”顾北辰笑了起来，“最该偷笑的是娶了个能安抚人的老婆。”

简沫被顾北辰逗笑了，想了想，问道：“要不，你陪我走走，消消食？”

顾北辰看着她渴求的眼神，不忍心拒绝，到底说道：“也好，今晚没风，温度也还可以。我去给你拿件长款羽绒服。”

“嗯，好。”简沫顿时笑了起来。

发生了那么多事，之前两个人见面都不可能。从墨宫回来，又因为她的身体，他们更不可能有机会在外面散步，没想到沈初制造了一个“机会”。

简沫圈着顾北辰的胳膊，两人就在别墅外沿着路溜达了两圈。

可就算是这样，简沫也觉得此刻是这些天来难得的平静。

两人刚回别墅院子里，顾北辰的手机就响了。他拿出手机，看见是龙枭打来的，不知道这么晚了，龙老大有什么事。

顾北辰没有立即接电话，只是对简沫说：“你先进去洗漱，我等一下进去。”

“好。”简沫下意识看了一眼顾北辰还在振动的手机，点点头，先回了别墅。

顾北辰看着简沫的背影，接起电话，置于耳边：“大哥？”

“刚刚收到消息，有人在红花榜开了小傑的名字，九位数！”龙枭低沉的声音传来。

一个亿，足以让很多人前仆后继，顾不得个人生死，变得疯狂。

顾北辰的鹰眸顿时眯了起来，两道寒光就和冰冷的利刃一样：“知道是谁吗？”

龙枭沉默了两秒：“红花榜只买命，买家是谁，谁也不知道。”他顿了一下，接着说道，“我明天回海滨，这边我会让萧强他们在暗中布置人手，你自己小心点儿。”

“嗯。”顾北辰应了一声。

“过年海滨还去吗？”龙枭问道。

“去。”顾北辰沉默了片刻，然后说道，“最近简沫的压力很大，我怕她知道什么，会……”

后面的话顾北辰没有说，但龙枭已经明白了。

虽然简沫自己没说什么，但他们几个还是多多少少看出了些。云泽说，她有抑郁症的倾向。

顾北辰揉了揉额头：“游乐场能布置多少人？”

“全部监控。”龙枭语气淡淡地开口，却透着睥睨一切的气势。

顾北辰并不怀疑。那个游乐场是龙帝国旗下的，龙枭想对游乐场进行全面监控和保护，并不是做不到。

“我会安排其他。”顾北辰看了一眼别墅方向，“先这样。”

“嗯。”龙枭应了一声，挂了电话。

顾北辰没有回别墅，只是微微思忖，然后拨了石少钦的电话。

纽约，上午的阳光投射在大厦的玻璃上，温暖又有些刺目。

手机在兜里振动着，石少钦过了好一会儿才收回落在大厦上的视线。他拿出手机看着来电显示，眸光深了一下后才接起。

“有人开了小傑的红花。”顾北辰直接开口。

“不是我。”石少钦冷然开口道。

“我知道。”

“然后呢？”石少钦冷嗤，嘴角扬了一下。

“你欠我一条命。”顾北辰的目光落在前方，透着狠厉的气息。

“北辰，求人就要有求人的姿态。”石少钦冷笑了一声，“还有，在这个世界上，只有我想要和不想要的命，却没有我欠的命！”话落，不给顾北辰说话的机会，他直接挂了电话。

顾北辰没有再打过来。石少钦一双幽深不见底的眸子里透着让人看不懂的阴鸷。

敲门声打断了石少钦的思绪，他应了一声，有人推开门。

“钦少，检查完了。”

石少钦没有说话，转身走了出去。

席城开始对小琰进行药物注射，虽没有看到明显好转，可也没有再恶化了。梅诺原本很怀疑，但这几天也开始积极地配合他。

还在保温箱里的小家伙瘦小得仿佛没有了生命的标本。

“第一阶段的药已经注射完了，暂时没有发现抗体反应。过完年，应该就能进行第二阶段。”席城说道。

“嗯。”石少钦淡漠地应了一声，让人听不出他的情绪。

席城耸了下肩，也没有再说什么，径自出了保温室。

看着保温箱里的小琰，石少钦的脑子里回荡着顾北辰的话。

眸子微眯了一下，他拿了手机进入独有的系统界面。果然，现在红花榜上第一位的名字是顾琰。

顾琰是面前这个小家伙的名字，但简傑也用了这个名字，估计是带着小琰的爱，希望能一起给简沫。

只是这会儿，石少钦看到这个挂在红花榜上的名字，却觉得格外刺目。

狭长的眸子微动，石少钦退出界面后，拨了一个电话。

“传话下去，”石少钦的声音里没有丝毫温度，“顾琰的命是我石少钦的，谁要是想要，来找墨宫！”

电话彼端的人听了，半天没有反应过来。

“没听到？”石少钦的声音明显沉了些。

“是！”

听到对方明白，石少钦挂了电话。

看着保温箱里的小琰，他冷然开口：“我要救你，谁敢动？”轻喃的声音里透着冰冷的戾气，仿佛他已经将红花榜上的顾琰当成了保温箱里的小琰。

顾北辰没指望石少钦做什么，那样说不过是想要借助对方的势力。虽然不能知道是谁发的红花，但至少他如果想着小琰的离开，心里觉得愧疚了，能多给小傑一份保障。

这件事情如果石少钦能插手，那是最好不过的。毕竟，和墨宫有利益牵扯的人太多了。

顾北辰进屋后，直接上楼去了卧室，刚刚推开卧室的门，就听到浴室里传来干呕的声音。他不由得眉心一蹙，下意识看向浴室，里面的声音变成了马桶抽水的声音。他的心仿佛被什么东西剜了一下，沉痛弥漫了墨瞳深处。

“抑郁症一般有些什么症状？”之前顾北辰问厉云泽。

“常见的是情绪低落，一个人待着的时候会焦虑，总会想一些负能量的事情，内心压抑久了，最直观的身体反应就是眩晕和呕吐。”厉云泽说完后，提出一些建议，“让简沫出去工作也好，有人在她身边，她一忙碌了也就没有时间胡思乱想了。”

这也是之前沫儿提出要回翔宇上班，他会同意的根本原因。可显然，即使出去工作，也并没有减轻沫儿的情绪压力。

顾北辰将卧室的门关上，去了楼下。沫儿不想他知道，他现在只能装不知道。

云泽说，除了小琰的离开，他自己也是沫儿现在压力的来源。

顾北辰的眉眼间明显有些焦躁。小琰出事了，他无力做什么，他不能再让小傑出事，那样他都会受不了，更何况沫儿。

一抹自嘲划过嘴角，顾北辰拿出手机时，脸上是从未有过的不自信：少钦，我要小傑平安，条件你开！

石少钦刚刚从医院出来，上车时拿出了手机，打开信息看了一下，嘴角勾起若有若无的笑。随即，他拨了电话过去。

顾北辰倚靠在门口的柱子上，姿态有点儿慵懒，看了一眼来电显示后，接了起来："如何？"

"条件我开？"石少钦的声音中透着冷嘲。

顾北辰"嗯"了一声，压下很多情绪。每个世界有每个世界的规则，他不能让万一出现。

"好……"石少钦的视线穿透挡风玻璃落在前方，他幽冷开口，"我保他，让简沫回到我身边！"

顿时，顾北辰的鹰眸一凛，冰冷、不容置喙的声音溢出薄唇："你可以滚了。"话落，他甚至不给石少钦说话的机会，径自挂了电话。

顾北辰生气了，冷峻如雕的脸上明显覆盖了阴霾。

如果这会儿石少钦就在他跟前，他一定会给对方一拳。

顾北辰微微收敛了身上的气息，踏着平静而沉稳的步子进了屋子。

他不会让人伤害小傑，沫儿，他也不可能让给任何人！

石少钦听着手机里"嘟嘟嘟"的忙音，嘴角不自知地勾起邪冷的笑意，眸子也是深得看不到底。

——北辰，我确实欠你一条命！小琰的一条命……可是，我在救！

怎么办呢？

石少钦偏头，微微眯了狭长的眸子，两道精光扫过医院的方向。

——如果我保住了简傑，那这条命，我可就还了！

石少钦的眼睛已经眯成了一条线，就快要闭上的时候，又突然睁开。

他收回视线，拿出手机拨了一串号码。待对方一接通，他就霸气地开口："放出话，我要顾琰绝对安全……不惜任何代价！"

"是，钦少！"

石少钦挂了电话，将手机随意地扔到一旁后，启动车子离开了医院。

——顾北辰，小琰的这条命我可是已经还给你了。条件我开……墨宫从来不做赔本的买卖。

顾北辰回到卧室的时候，简沫已经洗漱好出来，在化妆台那里擦拭着头发。他跨步上前，接过大毛巾，熟练地给她擦干头发后，拿过吹风机给她吹。

他的动作很温柔，温柔到简沫的心开始不安。

"怎么了？"顾北辰轻问一声。

简沫从化妆镜里对上顾北辰的视线，压了压情绪后，含笑揶揄：“我在想，我怎么能遇到你这么好的老公呢，出门能挣钱，回家能伺候老婆。”

“估计你是上辈子做了天大的好事儿。”顾北辰一本正经地说道。

简沫煞有介事地点点头：“嗯，我也觉得。”

顾北辰的手随着简沫点头的动作前后动作着，生怕扯到她的头发：“老实点！”

简沫听话，不动了：“阿辰。”

“嗯！”顾北辰声音低低地应了声。

“阿辰。”

“嗯！”

……

一个喊，一个应，来来回回好几次，简沫没有发现什么，顾北辰也没有恼。

她喊，他就应，总觉得这样也是一种乐趣。

原本是在吹头发，可吹着吹着，两个人就吻到了一起。

顾北辰拥着简沫上了床，轻吻她，然后说道：“明天去公司将年前的一些事情安排好，就没事了。”

“嗯。”简沫被顾北辰撩得情动。这一声，也不知道是她应了顾北辰的话，还是身体上的悸动。

顾北辰憋了许久，只要沾上简沫，他的身体就会有反应，可考虑到她身体，他始终忍着……忍着忍着，自然也有忍不住的时候。

比如这会儿，简沫难受，自作自受的他也难受。

“应该可以了。”简沫蹭了蹭顾北辰。

顾北辰深情地看着简沫，想要不管不顾地占有，彼此也能纾解。可是，万一一时的舒服给她的身体造成负担了呢？

“我还没洗澡。”顾北辰咬牙说道。

简沫已经醉眼迷离了，眼里更是散发出无法遮掩的妩媚：“我不嫌弃你。”

顾北辰吞咽，喉结更是因为这一下吞咽明显滚动：“算了，我还是去洗澡！”说着，他已经翻身下了床，可因为身体反应，他走路时就有些奇怪了。

简沫的这股火热突然被浇灭，她顿时有些气恼。她看着顾北辰那诡异的走路姿势，吼道：“顾北辰，你是在外面吃饱了，还是你现在不行？”

她很郁闷，就这样盯着顾北辰因为隐忍而僵直的后背。这男人有需求，女人也有啊！

“什么叫我在外面吃饱了？”顾北辰龇了下牙，墨瞳透着危险，回头看着简沫，“还有，什么叫我不行？”

“行你还走？”简沫脱口而出，对上顾北辰那双好像要吞了她的眼睛，嘟囔道，“我可以了。”

她是生过一个孩子的人，什么时候可以，她知道。

顾北辰是真的憋得难受。之前简沫怀了孕，后期本来就不能有所动作，加上发生了这么多事情……这会儿，看她那个样子，他哪里还能忍。

其实他也清楚，现在的简沫差不多可以了。可他就怕自己一时贪快，给她的身体造成什么影响。

他有点儿后悔自己刚刚忍不住。只是，明明知道她有抑郁症，他又要装作不知道……他心里难受，也就没控制住。

“你这样，倒感觉是我非要了。”简沫气愤地躺下，一把抓过被子就想盖住自己。

可她还没盖上呢，被子就被顾北辰扯掉了。两个人都想念彼此，加上两人心里都藏着事情，这会儿他们只想狠狠地感受对方。

瞬间，卧室里变得风光旖旎。

第二天，天气阴沉沉的，阳光都变得没有什么温度。

一大早，苏钧离就过来给简沫送路函梈煲了一晚上的汤，还有苏振奇他们给顾琰买的一些过年的东西。

“小傑呢？”苏钧离进来时正好碰到顾北辰开车离开，“和辰少出去了？”

“没有。”简沫将水递给苏钧离，“刚刚吃早饭的时候，他一直在发信息，吃完了就神秘兮兮地回了卧室。”

苏钧离笑了笑：“这么小就开始有秘密了？”

简沫先是愣住了，随即明白苏钧离话里的潜意思，不由得也笑了起来：“那有可能是一一。”

苏钧离知道一一是谁，他只以为是小傑的同学，不知道是厉云泽的女儿。

“妈让我问问你，下午有没有空。”

“怎么了？”简沫问道。

“说我这个儿子不贴心。”苏钧离有些无奈，“她要拉你这个女儿去逛街。”

“好，反正我也没事。”简沫点点头。

要过年了，翔宇也没有项目给她。反正她也闲着，与其乱想，还不如和干妈去逛街。

帝皇集团。

沈初刚刚到公司就听尚俊豪通知大家开会。她才在会议室里坐下，手机就振动了一下。

北辰：很高兴你找到了自己的位置，祝福你！

沈初看到这条信息的时候，之前的怒火一下子就灭了。

她嘴角勾了抹涩然的笑，也没有回复，只是思绪飘远了。

她知道被他利用时很生气，这一刻她却发现，也许，有人能善意地利用你，也是一种存在的价值。

而她以前连这样的价值都没有。

沈初突然释然了，所以会议结束后，她踏出去的步子都透着轻松后的骄傲。

“辰少，设计部的会开完了。”就在沈初踏出会议室时，苏珊的内线电话已经打给了顾北辰。

“嗯。”顾北辰应了一声，拿出手机给沈初打了电话。

“顾总！”现在在公司，沈初都分得清公与私。

顾北辰的声音平淡得没有太多情绪：“去过警局了？”

“嗯，去保我妈！”沈初沉默了片刻，“我不想保沈航之！”

可她妈妈说，她不保沈航之，自己也不出来……她一气之下也没有保她妈妈了。

“你有没有想过，男人只有一无所有的时候才会收心？”顾北辰缓缓靠在座椅上，声音透着深沉。

一句话，戳破了沈初的心思。

“你的意思是……”

“我要JK！”顾北辰并不隐瞒自己的目的。

原本帝皇对JK只是绝对的控股，他也没有打算进一步做什么，可当沈航之和卢寅平合作时，就代表着他要赶尽杀绝。

“我要考虑一下。”沈初沉默后说道。

“嗯。”

“北辰……”沈初进了楼梯间，站在偌大的窗前看着外面熙熙攘攘的车流，“简沫感觉不太好，你知不知道？”

顾北辰沉默了片刻，然后应了一声：“嗯。”

沈初有点儿意外。可想一想，她又觉得自己可笑。北辰那么爱简沫，就真的一点儿没有发现吗？

“简沫说，过完年她就去看心理医生。我有个朋友正好是这方面的专家。”沈初见顾北辰知道，也就直接说了。

“人，我来安排。”顾北辰开口。

“嗯？”沈初拧了一下眉，有些没反应过来。

“沫儿现在的情况，我不放心不知根知底的人。”顾北辰也没有隐瞒沈初。

“也是。”沈初冷笑了一声，声音里透着嘲讽，“谁知道我会不会报复什么的。”

“小初。”顾北辰蹙了剑眉。

一句称呼，让沈初瞬间僵住，嘴角渐渐溢出自嘲。

“顾北辰，你还真是个玩人心的高手。”沈初咬牙切齿地说完，挂了电话。

顾北辰听着手机里的忙音，墨瞳深了深。

萧景敲门走了进来：“辰少，国际刑警明天就会来交接卢寅平。”

“嗯。”顾北辰应了一声。

“另外……”萧景眼底有着一丝疑惑，“墨宫那边发话了，说小傑少的命是他的！”

顾北辰看向萧景，虽然并不意外石少钦会因为小琰而保小傑，但总觉得石少钦这话里透着一些诡异的气息。

纽约，冬日的深夜透着寒凉。

“钦少。”席城走了进来，看着站在窗前的石少钦，问道，“你找我？”

钦少很喜欢站在窗前。可是，那一定是厚重的窗帘拉着的时候。白天他不允许阳光进来，夜晚也不允许一室的灯光。从什么时候开始，钦少允许有这一屋子的光亮了？

石少钦转身：“他现在能移动吗？”

“最好别移动，否则，谁也不能保证什么！”席城耸耸肩。

石少钦微不可察地轻蹙剑眉：“嗯。”

“钦少的意思是……”席城疑惑，有些担心地问道。

“要过年了。”石少钦再次转身，看向外面夜色下的霓虹灯，“留他在医院里，也挺可怜的。”

席城嘴角抽搐了一下，总觉得现在的钦少浑身透着诡异。

“我明早回墨宫，你就在这里待着。”石少钦微微收了视线。

“钦少近期还过来吗？”席城问道。

石少钦沉默了片刻，过了好一会儿才缓缓开口：“总不好让他一个人在医院里过年。”他的声音很轻，好像是自喃。

席城愣了半天，才明白石少钦这句话是什么意思。

天啊……他是幻听了，还是想多了？

一向冷血到就算对玦少也不会出现太多感情的人，这会儿竟然为了一个屁大点儿的婴儿，要陪着过年？

席城吞咽了一下，突然有种强烈的感觉，如果他的药对那小东西没用，他就死定了。

“钦少，我还有事，先去忙了。”席城有些紧张地摸了摸鼻子。

石少钦应了一声后，席城急忙转身离开。

他得赶着在第二次注射前再看看药剂需不需要改良。那小家伙的命他可以不管，可他不能搭上自己的啊！

简沫陪路函椁逛完街，两个人在外面喝了下午茶才回家。

简沫在换鞋，看着鞋柜里顾琰的鞋，动作停顿了一下，心猛然痉挛起来。

小傑想要带着小琰的爱陪伴着他们，可到底，这个名字成了一种抹不开的伤。

“妈妈？”顾琰从楼上下来，就看到简沫站在门口，只换了一只鞋，就在那里发呆。

简沫急忙收回心思，换了另一只鞋。

可看着小傑下楼，俊雅的小脸上透着稚气下的“成熟”，她脑子里瞬间出现那晚在墨宫滚下楼梯时的画面……血、疼痛，还有她醒来后，肚子里什么都没有了。

如果这会儿小琰还在，已经会对她笑了吧？

“妈妈，你怎么了？”顾琰走到简沫身边，仰头看着她。

简沫依旧看着顾琰的脸，没有任何反应。

“妈妈？”

“啊？”简沫猛然一惊，见顾琰疑惑，急忙说道，“没……没事！”

“妈妈，你有心事？”顾琰问道。

“没，我刚刚在想事情，想得出神了。”简沫内心有些慌乱，“我先上楼去换衣服。”

“哦。”顾琰看着简沫上楼，小眉头皱了皱。

吃晚饭时，萧景是和顾北辰一起回来的，两个人吃完饭，还有些事情需要去办。

“你有事就去忙好了。”简沫就和无事人一样开了个玩笑，“不过，超过门禁时间，你就睡外面。”

顾北辰微愣：“什么时候家里有门禁了？”

“嗯，今天刚刚设的。”简沫夹了菜给顾琰，“听说，顾总最近受到不少美女的邀请。”

“我看萧景明年的年终奖也不想要了！”顾北辰看向萧景，微沉下脸。

萧景的脸皱到一起：“辰少，你这老拿年终奖说事，就不烦吗？”

“我怎么不知道，你还有喜欢打小报告的习惯？”顾北辰冷哼一声。

“没有啊！”萧景一脸无辜，“那些邀请函都写了是给帝皇高层的，我就想，辰少虽然是CEO，但也架不住少夫人是最大股东啊！”

顾北辰目光一凛。

简沫却笑得开心：“嗯，我看萧景可以涨工资。”

“必须的啊！”萧景一脸讨好地看着简沫，“还是少夫人心疼我。”

“狗腿！”J撇嘴，明显对萧景讨好简沫有些不喜欢，“小心你这会儿嘚瑟，回头小气的人会给你小鞋穿。”

萧景看了一眼顾北辰：“没事，我都习惯了。”

“看得出来！”J越发嫌弃。

因为萧景过来，气氛明显活跃了不少。主要是他胡说八道，简沫也就没有多余的心思想别的了，这一顿饭吃得也明显开心了很多。

吃过饭后，萧景载着顾北辰离开了半山别墅，往警局而去。

“辰少。”萧景一改刚刚嬉皮笑脸的样子，从后视镜里看了一眼车后座的顾北辰，“能开出这样红花的人，实力一定不小。可现在二爷被抓，简桁也翻不出什么浪花，那会是谁呢？”

顾北辰微微偏头，看向车窗外，对此，他也想不明白。

“葛梦茹拿过来的账本解开了吗？”顾北辰收回视线，问道。

“南少那边说，最多再过一天就能解出来了。”萧景有些头疼，“一个账本，竟然动用了摩斯密码。”

“也不知道这个年能不能过好……”顾北辰微微拧了眉心。

萧景沉默了，最后暗暗沉叹了一声，没有再说什么，只是安安静静开车。

他们在洛城看守所的门前停下来。入夜，这里仿佛被笼罩了一层灰败，透着死气沉沉的感觉。

可是，那偌大的警徽有着神圣不可侵犯的庄严感。

萧景回头看了一眼顾北辰，随即两人双双打开车门下了车。

“已经安排好了。”萧景错开顾北辰半步，“罗月曼那里应该还好说，就看沈航之了。”

“我没记错的话，简桁手里有一部分JK的股份？”就在上台阶的时候，顾北辰停下来。

“嗯。”萧景应了一声，“不过，我估计之前就被二爷转移了。”

虽然股份不多，而JK在帝皇的绝对控股下，那点儿股份也翻不了天，但到底是个隐患。

如果不是沈航之参与到卢寅平的事件里，他几乎就忘记这茬了。

萧景看向顾北辰，目光里透着一抹疑惑……他忘记了，辰少应该没有！

可辰少一直没有对顾默怀赶尽杀绝，还是留了一丝亲情在的。

顾北辰睨了一眼萧景，见他眼神闪烁，只是淡淡地撂下一句：“到底他的父母对奶奶有恩情。”

萧景暗暗叹了一声，跟着顾北辰进了看守所。

原本他们是要白天过来的，可公司有些事情，就耽误了，加上明天卢寅平要被遣返，也就只能这会儿过来。

卢寅平的状态看上去还不错，至少他还有精力瞪顾北辰。

“顾北辰，你最好别让我有机会出去。”卢寅平冷冷地说道，“否则，我一定不会让你好过！”

顾北辰淡漠地掏出烟，点燃，所有的动作都透着冷魅、邪肆：“你非要见我，就是给我撂狠话？”低沉的声音溢出薄唇，他缓缓抬了眼，阴骛的目光落在卢寅平脸上。

卢寅平瞳孔扩大，就在怒火充斥了他整个身体的时候，他又硬生生地忍住了。

“罗爷倒台，我却没事，其实都是你的计谋。”卢寅平摁着桌子坐下，发白的手显出了他隐忍下的怒火。

“一开始，我只是猜测那些股份到底在谁手上。”顾北辰也不避讳，

“在我和顾默怀斗的时候他帮了我，我本来以为是少钦。后来顾默怀倒了，我却不这样认为了。”

“是吗？”卢寅平嘴角阴冷地抽着。

“嗯。”顾北辰轻应了一下，“我想要摆脱过去，自然要先将少钦的问题解决了。其实，你一直做得挺隐秘的，只是可惜……”

“可惜什么？”卢寅平咬牙切齿。

“可惜，你太激进了。”顾北辰有些惋惜。

帝皇股市动荡，如果不是因为龙枭龙家的身份和帝皇如今在洛城的地位，他也不会有恃无恐地拿帝皇做诱饵。

果然，人不能贪心，一旦贪心了，就会控制不住自己的欲望。

“如果不是你激进，我不一定能猜到这事情和罗爷有关。所以，这也是为什么我没有全面对罗松贤的人动手。”顾北辰冷笑。

“你难道不是因为简沫在墨宫出事，没有机会？”卢寅平咬牙。

“我算了所有事情，确实算漏了罗松贤竟然在墨宫里安插了那么多人。”顾北辰脸上有了一丝痛苦。

如果不是他算漏了，沫儿就不会出事，小琰就不会离开。

顾北辰看着卢寅平的目光变得阴鸷，俊颜上更是笼罩了骇人的阴霾：“事先我就没有打算全面动手，只不过墨宫的意外成了更好的掩护。”他的声音明显有些低沉，烟蒂夹杂着冷绝被碾灭。

卢寅平看着顾北辰的动作，突然阴笑了起来，瞪着眼睛，咬牙说道：“你真以为你能算准多少事？”他脸上的阴笑越来越大，“呵呵，顾北辰，你算不到的事情多了去！哈哈哈哈！”

疯狂的笑透着嚣张，因为会客室的空荡，变得格外诡谲。

顾北辰就这样看着卢寅平，没有说话。他只是思忖着：小傑的红花榜和他，或者说和罗松贤有关系的可能性有多大？

这个世界上，只有你够狠、够冷绝，才能真正地去保护你想保护的人。

他不想沫儿再受到伤害，更加不想小傑有什么意外。

他能低声下气地找石少钦，就真的以为过去的事情，他一点儿都不介怀了吗？

不是！

而是他不敢任性，甚至不敢赌！

少钦提出要沫儿的时候，他是气恼了。可他算准了少钦欠了小琰的命，小傑……石少钦肯定会保！

他想用他的所有给沫儿创造一个美好的世界，哪怕所有的痛苦都让他来承受。

只是世事无常，命运有时候总是和大家开玩笑。

这样的“玩笑”，纵然你能翻云覆雨，也掌控不了。毕竟你再聪明，也只是一个凡人，不可能面面俱到。

顾北辰走出看守所的时候，萧景带着罗月曼在外面等着，沈航之没有在。

顾北辰走过去，看着神情憔悴的罗月曼，突然觉得很悲哀。

豪门里的女人，仿佛要么是妈妈那么强势的，要么就是罗月曼这样卑微的。

“小初已经很辛苦、很努力了，你如果还心疼这个女儿，就不该继续自私。”顾北辰一脸淡漠地开口，“为了你永远得不到的爱情，牺牲女儿，你就没有愧疚过吗？”他冷嗤了一声，转身往外走。

萧景示意了一下罗月曼，三人上了车后，往市区的方向而去。

“前面停车。”顾北辰一脸淡漠地开口，“萧景，送她去沈初那里。”

“辰少，你呢？”萧景皱眉。

“我走走。”

萧景应了一声，靠边停了车。

顾北辰下车后，径自漫步在充满了年味的街道上……偶尔有孩子在扎堆玩爆竹，他总是忍不住驻足看一会儿。

不管是小琰还是小傑，作为爸爸，他亏欠了太多，太多！

半山别墅。

J和小傑在外面玩着鞭炮，小傑还好，J可以说是第一次这样开心地玩。

以前是性格孤僻，后来在墨宫，他更不可能有鞭炮玩。

罗姨和别墅里的用人也不睡觉，就看着一大一小两个孩子嬉闹，一个个脸上绽放笑容。

半山别墅这么多年来，这还是第一个有年味的年呢。

简沫站在落地窗前，看着手里拿着火花棒追逐玩闹的J和小傑，突然发现他们的名字里都有“J”，这是一种缘分吧？

“少奶奶，休息会儿吧？”笑容满面的罗姨端着果茶走了过来，“喝点儿东西，估计他们两个还得玩好一阵子。”

“嗯，好！”简沫笑着应了一声，回了沙发上。

罗姨给简沫倒了一杯果茶后，说道：“我再去弄点儿小点心，J少爷和小傑少爷这样消耗体力，等下准得饿了。”

“谢谢罗姨。”

罗姨笑着摇摇头，转身去了厨房。

简沫嘴角还弥漫着笑意，俯身欲去端杯子……顾琰的手机在茶几上振动了一下，她下意识看了过去。

手机屏保是一张照片，那是他们唯一的一张全家福。

阳光下，单膝跪地的顾北辰亲吻着她隆起的肚子，小傑坐在他的脖子上，她亲吻着小傑。

阳光灿烂，岁月静好，一切美得那样让人沉醉。

有什么东西在心脏的位置狠狠地扎着，就在屏幕暗下去的时候，简沫只觉得一阵子反胃。“哇”的一声，她下意识捂住了嘴，急忙起身往楼上去。

她一路奔到了浴室，再也忍不住，就趴在马桶上呕吐了起来。

“哇……哇……”难过的声音充斥着浴室，光洁的地板和墙面映着简沫的身影。

外面顾琰和J玩得开心，渐渐地，年纪小的用人也加入他们的行列。

欢声笑语充斥着夜晚，和此刻浴室里难过的呕吐声混杂在一起，说不出的诡异感弥漫了别墅。

“哗啦啦”的冲水声传来，简沫有些无力地撑在梳洗台上。她看着镜子里的自己，只觉得有些陌生。

墨空中繁星点点，预示第二天一定是个大晴天。

可黑暗从来没有消失过，只要有光明，那就一定有阴影。

“你的意思是，简沫得了心理疾病？”阴影处，一个男人双手抄兜，看着戴着兵工帽的男人。

“嗯。”兵工帽男沉沉应了一声，“我觉得，简沫可以利用。”

第10章
盛开的向日葵

顾北辰回来的时候，院子里的人已经闹成一片了。他远远地看着，嘴角不由自主地溢出笑意。

“爸爸。”顾琰第一个发现顾北辰，兴奋地跑了过来。

用人见到顾北辰，下意识紧张起来，可一个个手里还拿着火花棒，总不能随便扔到地上。

顾北辰蹲下，看着顾琰一脸的汗，给他擦了擦，然后扫了用人一眼，语气淡淡地开口：“继续玩吧！”话落，他起身进了屋子。

客厅里没有简沫的身影，顾北辰有点儿意外。

“咦，辰少，你回来了。”罗姨端着小点心出来。

“沫儿呢？”

“刚刚还在……”罗姨左右看看，“是不是上楼了？”

“我上去看看。”

顾北辰上楼，进了卧室。打开门的瞬间，他听到浴室那里的响动就下意识看了过去，当看到浴室门口简沫光着的身体时，目光变得深邃起来。

简沫没想到顾北辰会突然回来。她刚刚呕吐过，怕身上的味道不好闻，就想着冲一冲。可冲完澡才发现，她什么都没带就进了浴室。

眼底有一抹惊慌划过，简沫不知道顾北辰是什么时候回来的。

是她呕吐的时候，还是在她洗澡的时候，抑或是刚刚进来的？

顾北辰凝视着简沫，看着她眼底不受控制的惊慌，微不可察地轻蹙剑眉。

她，又吐了吗？

顾北辰关了门，走向简沫时顺手拿了件浴袍，打算给她穿上："虽然别墅里是恒温，但你这样就不怕生病？"语气有些责怪的意味，可明显又透着无奈下的宠溺。

简沫没有说话，顾北辰已经拥着她一个旋转，将她抵在了墙上："你洗完澡就这样出来，虽然除了我，这里不会有人进来……"他的声音已经低哑得厉害，嗅着她身上的气息，他有些忍不住。

"你怎么了？"简沫敏感地感觉到顾北辰的不对劲，眨了下眸子，问道。

他的身上仿佛有一股淡淡的失落，又好像不是。

顾北辰在简沫的嘴角轻轻啄了下，暧昧地说道："除了想要你，还能怎么？"

简沫一听，媚眼如丝地看着顾北辰："那也没看你有什么反应。"

"又觉得我不行？"顾北辰话里透着危险的气息。

简沫笑了起来，仿佛刚刚那种沉郁的心情被顾北辰邪魅的气息给覆盖了。

"我可没说。"简沫拥着顾北辰精壮的腰，然后贴近他，在他的喉结上亲了一下。

顾北辰狠狠吻住了简沫，哪儿也没去，就在原地将她抵在墙上……

"爸爸、妈妈……"稚嫩的声音伴随着敲门声传来。

"你儿子还真会找时间！"顾北辰的声音低沉而喑哑。

简沫哼了哼："腹黑遗传你的。"

顾北辰勾了嘴角，在简沫嘴角亲了一下，只能先对顾琰应了一声："怎么了？"

"我和J想吃妈妈做的可乐鸡翅……"

顾北辰的眼底划过一抹无奈："先换衣服。"和简沫说完，他转身开了门。

纽约的上午，沐浴在阳光下。

"钦少。"梅诺刚刚从保温室里出来，就见石少钦站在门口。

"还好吗？"

"情况很稳定。"梅诺脸上有着敬佩之意，"席城的药很有效。"

“嗯。”石少钦淡淡地应了一声，随即抬步进了保温室。

梅诺回头看着石少钦，眼底闪烁着一抹说不清楚的情绪。

一个冷厉的人对一个孩子竟然做到如此，也许这就是他们东方人说的“缘”吧！

梅诺没有打扰石少钦。每次他看小家伙的时候都不是很喜欢被别人打扰。

石少钦站在保温箱前，不同于之前微弱的生命体征，因为席城的药，小琰已经渐渐有了活力。

“我不会让你来到这个世界的第一个新年就没有人陪伴。”石少钦的手指轻轻滑过保温箱，就仿佛在抚摸着小琰的脸，“我很快就会回来。”

没有人回答他，可是他觉得心慢慢变得柔软起来。那样的感觉很奇怪，就好似有什么东西紧紧拉着他，温柔以待！

飞机划过天际，留下一缕白烟，不过须臾就消失在视线里。

石少钦偏头看向小窗外，因为小琰的情况好转，他狭长的眸子里染了不自知的温柔。

抵达墨宫的时候，墨宫初阳才升起来。

不同于别的地方，新年前后是墨宫最忙碌的时候，出货量也是全年最大的。

因为小琰，最近石少钦都不在墨宫里。可以说，很多事情他都只能遥控指挥。

“钦少。”

恭敬的声音传来，石少钦表情淡漠地下了飞机，往古堡走去。

朝阳穿透厚厚的云层，细碎的温暖铺洒在沙滩和海面上，波光粼粼。

突然，石少钦停下来，视线落在了海边的一处。只见那里，一株孤独却迎着阳光绽放的向日葵随着风轻轻摇曳着。

除了后山，墨宫这里没有任何绿色植被。

之前简沫种的向日葵，因为一场暴雨后，也被处理了。

而十多年不见绿的墨宫，却在沙滩那样的地方绽放着一株向日葵，虽然花盘还不大。

怎么，向着阳光野蛮生长吗？

石少钦身上渐渐溢出诡谲的气息，透着压抑……顿时，周遭的空气仿佛都变得稀薄起来。

跟在石少钦身边的人暗暗吞咽，提起神，紧张地说道：“玦……玦少不让处理，说就这样让它开着。”

石少钦没有说话，只是看着迎着朝阳的向日葵，视线越发深邃。

他脑子里充斥着不太久远的画面——他将葵花籽撒掉，简沫挺着大肚子吃力地将一颗颗种子捡起。她自信地说有三百六十颗种子，就那样倔强地找着，可最后还有一颗怎么也找不到。

石少钦狭长的眸子眯了起来，一阵海风吹过，向日葵大幅度地摇曳了下。

“钦少？”跟着他的人已经头皮发麻。

石少钦没有动，也没有应声，只是一直看着那株向日葵。有什么东西在脑子里炸开，之前因为小琰而产生的温柔，一下子像被注入什么东西，爆裂开来。

石少钦抬脚走了过去，在向日葵附近停下。

海浪带着清晨的温柔扑打着沙滩，向日葵就这样迎着朝阳绽放着。

“种下葵花籽，收获满眼的阳光。”温润的声音从身后传来，透着淡淡的笑意，“很美，是吗？”

石少钦回头看了一眼石玦郗，绝美的俊颜上透着冷漠下的邪佞：“它不该出现在这里。”

“就像沫沫也不该出现在墨宫一样？”石玦郗走到石少钦身边站定。

石少钦微微蹙眉：“玦郗？”

“其实很多事情，不是我们能够掌控的。”石玦郗偏头看向石少钦，“就比如沫沫的来去，还有她没有找到的这颗葵花籽开出了向阳花。”

石少钦的脸冷了下来。

石玦郗却温柔地笑了：“回来陪我过年？”

“我明天就会离开，外面的事情比较棘手。”石少钦冷然开口。

“你和我解释？”石玦郗感到意外，不管是对少钦不在墨宫里陪他过年，还是对少钦跟他解释。

石少钦仿佛也发现自己的不妥，眸光黯了一下，没有再说什么，转身就往古堡走去：“把那株向日葵拔了！”

“是！”

“我想，沫沫是不会喜欢你这样的。”石玦郗轻叹一声。

石少钦停下来，顿了一下后，才缓缓回头看向石玦郗：“她喜不喜欢，和我有什么关系？”

“少钦，没有人可以拒绝阳光。”石玦郗平静地说着，“沫沫就算受到那样的伤害，就算崩溃，也没有恨你。”

石少钦没有说话，只是收敛了视线，踏着平稳的步子走向古堡。

而处理这株向日葵的事仿佛不了了之，它成了墨宫独有的风景。而且，后来，墨宫更是成了向日葵的海洋。

“什么事情那么重要，竟然能让你不陪我过年？”石玦郗看着石少钦的背影喃喃出声，“少钦，你在隐瞒什么？”

“玦少。”卡尼等石少钦进了古堡后才走过来，“钦少回来的行程还是没查到。”

“席城呢？”石玦郗问道。

卡尼摇摇头，拧眉问道：“玦少在怀疑什么？”

石玦郗看了一眼卡尼，没有说什么，只是径自抬步往古堡而去。

洛城，第二天，国际刑警接走了卢寅平。

卢寅平被带上飞机的时候，看了一眼“洛城”两个字，嘴角溢出一抹阴毒。

——顾北辰，谢谢你来见我，给我解开了疑惑，同时也让我有了一个机会。

卢寅平的一侧嘴角勾起，表情透着狠绝、阴冷，同时，他收敛了视线。

接卢寅平的飞机起飞后，顾北辰得到消息，也只是应了一声。

将帝皇的一些后续事情交代给萧景和苏珊，顾北辰打算在过年期间就陪在简沫和顾琰身边，就和普通人家一样，看看电视，做做饭，为新年做充足的准备。

手机在口袋里振动，顾北辰拿毛巾擦拭了一下手，再拿出手机，见是楚梓霄打来的，接起后置于耳边。

“在哪儿？”

“家里。”顾北辰睨了一眼正在做各类丸子的简沫，“过来吃饭吗？”

“不了。”楚梓霄眼里透着一抹隐隐的伤感，“你吃完饭，有空的话就来天堂夜。”

“你自己？”

“向南也在。”

“嗯。”顾北辰应了一声，没有再说什么，挂了电话。

“你有事就去忙好了，我和罗姨做。”简沫回头看了一眼顾北辰。

“不急。”顾北辰再次加入进来，“梓霄约我晚上去喝一杯。”

“哦。”简沫应了一声，没有再纠结。

经历了那么多事情，她对梓霄已经没有当初的那份悸动和不舍了，她也希望梓霄能真正放下。毕竟，以他们现在这样的关系，他们没办法不碰面。

陪简沫做完丸子，吃了晚饭后，顾北辰开车去了天堂夜。

“怎么，”顾北辰在一旁坐下，看向林向南，“全部解出来了？”

没有人回答，只是气氛变得更加凝重。

“三哥，”林向南忍了忍，还是气恼地说道，“真希望没有解出来。”

“远达的账目和帝皇有关？”顾北辰低沉却平缓的声音溢出薄唇，一双鹰眸凌厉地扫过林向南，等待着对方的回答。

“向南解开账本后，我就让叶晨宇查了。”楚梓霄的脸色凝重，“估计差不离。”

顾北辰微不可察地轻蹙剑眉，薄唇边闪过一抹冷嘲的笑意：“所以，虽然沫儿的父亲不是妈妈推的，但追究根本，还是和帝皇有关……”

“三哥。”林向南心疼地看着顾北辰，“这不是还没有完全证实吗？只要有一点儿的可能，我们就要去查清楚。”

楚梓霄没有说话，只是看着顾北辰，目光里幻化出酸涩。如果撇去他那一点点的私心，他突然觉得，沫沫和北辰爱得太辛苦了。

仿佛上天看不得两个人有片刻的幸福，总想要打破这样的美好。

“北辰，向南说的不是没有道理。”楚梓霄喊了一声，声音嘶哑，“眼睛看到的，有时候未必是真的。”

“我没事。”顾北辰淡漠的声音里透着惯有的冷静，却压得人无法喘息。

“你打算怎么办？”楚梓霄拧着眉问道。

顾北辰缓缓靠在沙发上，冷峻如雕的脸上明显有着一丝自嘲。

人有时候仿佛强大到世界都在自己脚下，可偶尔又会渺小到你想要抓住的总是抓不住。

闭上眼睛再睁开，不过须臾，顾北辰已然恢复了冷漠：“真也好，假也好……再痛，我也要和她在一起！”话落，他起了身，没有再说什么，大步流星地离开。

楚梓霄和林向南都没有叫住他，只是看着他的背影慢慢消失。

林向南气恼地踹了茶几一脚：“哪个孙子折腾这些破事儿，最好别落到我手上！”

对于林向南现在身上的兵痞气息，楚梓霄微微蹙眉：“不知道为什么，我总有种被人牵着走的感觉。”

林向南偏头看了一眼楚梓霄，脸色沉郁得厉害，却没有说话。

顾北辰开着车，带着疯狂的呼啸声行驶在洛城大街上，沿途避让的车纷纷鸣笛。

“吱——”刺耳的刹车声在洛城河大桥附近响起，引来冬日里正在散步和夜跑的人的侧目。

顾北辰无力地躺靠在车座椅上，他这会儿不能回去……他这样无法控制情绪，怎么让沫儿安心？

沫儿的压力已经很大了，她已经在努力地调整自己的情绪，他不能让自己成为她的压力。

简沫窝在沙发上看电视，因为要过年了，不管是娱乐节目还是电视节目，都喜气洋洋的。

“妈妈，你还不睡吗？”顾琰站在楼梯上，小手揉着眼睛，一副很困的模样。

简沫看了看时间，快十一点了：“你爸爸估计快回来了，我等他。”

“哦。”顾琰应了一声，软软地说道，“妈妈晚安！”

“嗯，晚安！”

顾琰转身回了卧室，上床后，他拿过手机，迷迷糊糊地给顾北辰发了信息：爸爸，妈妈在等你哦！

顾北辰看着顾琰的信息，觉得既心疼又温暖：爸爸马上就回！

顾琰看到消息后，已经困得撑不住，闭上眼睛睡着了。

顾北辰收拾了心情，启动车子往半山别墅驶去。到家的时候，他通过落地窗能看到窝在沙发上的小女人。

开门的轻响传来，简沫朝着门口看去，见是顾北辰，原本没有表情的脸上荡起了温柔的笑：“你回来了。”

“嗯。”顾北辰换了鞋走向简沫，“怎么还在看电视？”

“想着你不会太晚回来，就等等你。”简沫软软糯糯地说道。

顾北辰俯身，直接将简沫打横抱起往楼上走去：“如果向南他们拉着我多喝两杯，你就一直等？”

听出他有些不满，简沫搂着顾北辰的脖子，在他脸上亲了一下：“才不会……我会困的好吗？”娇嗔的声音里有着对他的想念。

顾北辰心里藏着事情，自然经不住简沫撩人的动作。进了卧室后，两个人就疯狂地滚到了床上。

“沫儿，不管发生什么事情，永远都不要离开我。”

简沫情到深处，没有听清顾北辰说了什么，只是本能地“嗯”了一声。

夜，在洛城浮华下沉醉。

墨宫的夕阳慵懒地洒在海面上，波光粼粼。

因为阳光渐渐隐没，向日葵有些没精打采。可是，在墨宫工作的人，总是不由自主地远远地看上一眼。

石少钦站在书房的窗前，窗帘没有拉上，夕阳斜照进来。

他看着摇曳着的向日葵，目光深邃，俊颜上透着一抹复杂的情绪。

敲门声打断了石少钦的思绪，他应了一声，阿威走了进来。

阿威看到满室的夕阳时，微微愣住了，随即恭敬地说道："钦少，按照您的意思，退出红花榜并出力的人，全年少两成价格拿货，大家响应都很积极。"

阿威这样说着，眼底却有着疑惑。让利这么大，钦少只为了保住顾北辰的孩子？

要知道，出入墨宫的货都是按克来计算的。全年都是比别人少两成的价格拿货，听着好像也不过是打了个八折，但利润算下来，有实力的买家全年省下过亿资金都不是问题。

"嗯。"石少钦淡淡地应了一声后，并没有猜度阿威的心思，径自抬步往餐厅去了。

看着石玦郗已经在那里吃东西，石少钦眼底滑过一抹愧疚后，在他对面坐下。

厨师已经全部换人了。应该说，经过那次事情后，墨宫清理了一片。

"你什么时候走？"石玦郗沉默了片刻后问道，"我想和你一起离开，一个人在墨宫过年有些寂寞。"

"玦郗，你想知道什么？"石少钦放下筷子，拿过一旁的水喝了口。

"我们虽然是异卵双胞胎，可我了解你。"石玦郗顿了一下，说道，"我突然在想，如果沫沫的孩子没有死，是什么光景。"话落，他凝视着石少钦，不放过对方的任何表情。

可惜，石少钦从头到尾都面不改色，一丝情绪都没有。

"那是什么光景？"石少钦反问。

石玦郗轻笑，仿佛有些恼："少钦，我在问你。"

"嗯。"石少钦淡淡地应了一声，垂眸，仿佛在思考，"也许，我会看不得北辰太幸福，忍不住想要给他找点儿不痛快吧？"

"少钦！"

"我本来就不希望他快乐，不是吗？"石少钦浅笑，只是那样的笑僵在嘴角，不曾蔓延。

“你不会！”石玦郗也不知道是负气还是真的笃定。

“谁知道呢？”石少钦眉尾轻挑，“我从来不是善良的人。”

石玦郗拧眉，对石少钦这样说他自己，有些不快。

“玦郗，你其实是想问我……”石少钦故意停顿了一下，“是不是简沫的孩子并没有死，只是被我藏了起来？”

“那……是吗？”石玦郗顺着话问道。

“玦郗，他离开了。”石少钦淡淡的话落下，拿起筷子继续吃东西。仿佛不管是谁，生命对他来说，都不值得一提。

石玦郗眼底有着失落，他看着淡漠如斯的石少钦，突然不知道自己是在纠结还是奢望什么。

“我吃完了，你慢慢吃。”石玦郗起身，往外走去。许是太过失落，他没有在意石少钦说的是“离开了”，而不是“死了”。

石少钦夹了菜在嘴里慢慢咀嚼。沫沫的孩子是离开了，如今的小琰已不是小琰，不是吗？

思忖着，石少钦脸上的表情渐渐变得温柔起来，那样的温柔弥漫着一丝笑意，他却不自知。

“嗖——”

“啪！”

“好漂亮。”J坐在台阶上，看着在墨空中绽放的烟花，脸上满是笑容。

顾琰在他旁边坐下，小手呈花瓣状托着下巴，也满脸笑意地看着：“爸爸专门定的烟花，当然好看了。”

一大一小就这样享受着。不远处，铺了软垫、加了电暖气的椅子旁，顾北辰正在翻动着烧烤炉上的食物。而简沫被裹得暖暖的，和罗姨、用人一起串串。

萧景在放烟花，他点燃一个，先看看顾北辰那儿，再看看J和顾琰，心里就烦得要命。

烦人，凭什么就他一个人做苦力？

他们一家人享受着，他却要去烟花厂把定制烟花送过来，还要在大年三十的晚上来帮他们放。

萧景觉得，这个世界上，没有哪个总裁特助有他苦了。

在外，打得了流氓；在公司，搞得定经济；在boss家，当得了全能管家兼用人。

这样想着，萧景自得其乐地在那里点烟花，身后是J这个大孩子赞叹到夸张的声音。

唉，没办法，谁让咱们J就没有过童年呢！

“小舅舅、小舅妈。”兴奋的声音传来过来，大家看去，就见骆小米下了她那台“小绵羊”，飞奔了过来。

“咦，小米，你怎么过来了？”萧景问了一声。

骆小米直接忽略他，奔向简沫。

萧景一脸可怜地站在那里，受到了一万点暴击。

“萧景，我这会儿求你的心理阴影面积。”苏珊手里拿着刚烤好的火腿肠，嘲笑道。

宝宝心里苦，只是不说……可自己苦没有人陪着，不是萧景的风格。

看着苏珊正好将火腿肠放进嘴里，萧景魔怔了一般地挖苦了她一句。

苏珊愣住了，就在萧景坏笑着去点下一个烟花的时候，才猛然反应过来。

“萧景，你是不是活腻歪了？”吼完，暴走的她就去打萧景。

萧景“哈哈哈”大笑着，一边躲，还能一边点烟花，好不热闹。

只是没一会儿，他就悲惨地发现，J和顾琰加入苏珊的阵营。他顾左不顾右，被折腾得有点儿难堪。

“你怎么过来了？”简沫看了一眼打闹的几个人，脸上满是笑容，问着骆小米。

“我先过来的，老爸和老妈他们马上也过来。”骆小米蹭到简沫身边，圈着她的胳膊就哼哼唧唧，“小舅妈，我要吃扇贝。”

“我给你烤。”顾北辰转身欲去拿扇贝。

“不要，我就想要吃小舅妈烤的。”骆小米皱了一下鼻子。

“骆小姐，你都多大了，还和少夫人撒娇？”罗姨笑着问道。

“不管多大，在小舅舅和小舅妈这里，我就是个孩子！”骆小米一副“我很有理”的样子，“还有啊，小舅舅别忘记给压岁钱啊，今年可是要给双份的！”说着，还一脸讨好地看向简沫。

简沫抿嘴笑，笑容迷醉了顾北辰的眼睛。

“嗯。”顾北辰浅笑，应了一声。

骆小米一脸卖乖。她就知道，只要哄得小舅妈开心了，小舅舅什么条件都能答应。

骆小米开心地和简沫一起烤食物，陆陆续续地，原本冷清的半山别墅就有了一堆人。

楚梓霄是和楚天秦、顾慈一起来的，紧随着，顾南依夫妻也到了。

顾媛因为儿子和丈夫在部队，没有回来，去了部队和他们一起过年。

他们两家的车刚刚停稳，另一辆车也拐进了别墅。

“今天可真热闹。”罗姨由衷地感叹了一句。

以前过年时，只要是在洛城的都要去顾奶奶的别墅那里。因为顾默怀的事情，顾奶奶去了以前的军区散心，还没回来，今年半山别墅倒是热闹起来。

“新年快乐。”楚梓霄浅笑，看着简沫说道，“很高兴，在顾家的新年里有你！”

是释然还是什么，在这一刻仿佛没有那么重要了。楚梓霄心想，北辰和沫沫如果能幸福，他愿意彻底退出，只愿他们不再经受风雨。

“谢谢。”简沫笑着。感觉到楚梓霄的释然，这一刻，她从未有过地轻松。

顾慈稍稍放下心，看了身边的楚天秦一眼，对简沫的芥蒂也慢慢放了下来。

“我去洗个手，一起弄。”

顾慈洗完手出来，正好莫少琛过来了。

“不介意加我一个吧？”莫少琛开着玩笑，惹来一片笑骂的声音。

“少琛，想吃什么？我来烤。”顾慈问道。

“得先来把肉，有些饿。”莫少琛笑着摸了下自己的肚子，先道了谢，再走去简沫身边，“有份礼物送给你。”

“送我礼物？”简沫有些惊讶。

“小叔叔，光有小舅妈的礼物，都没有我们的啊？”骆小米当即不干了。

“你有红包就好，还要什么礼物？”顾南依直接不给自己女儿面子，“你不是说，什么礼物都没有钱来得直接吗？”

顾南依就不懂了，他们又不缺钱，怎么生了个女儿，就钻钱眼儿里了？

骆小米被自己妈挖苦，当即窘了。

听到大家的笑声后，她索性撇嘴：“我就爱钱！”她傲娇似的嘟囔，“以后，我还得找个比小舅舅还要有钱的老公呢！”

“那估计你嫁不出去了。”J一脸认真地说道，“除非……”

J想了想，没有继续说，只是不怕死地冲骆小米做了个鬼脸。

钦少才不会看上骆小米这样的小屁孩，要胸没胸，要屁股没屁股。

孩子在一边闹腾着，大人们都好奇莫少琛给简沫什么礼物。

莫少琛拿了手机出来，操作了几下后，将手机递给简沫："筱玥做到了。"

简沫看着手机上显示的内容，是国际律师审批的文件。她看向莫少琛，眼底有着兴奋下的疑惑，等待着证实。

"我来之前刚刚出来的。"莫少琛笑着说道，"这个，大概要到下周五才会公布，筱玥自己还不知道。"

"少琛，这个是最好的新年礼物。"简沫将手机递给莫少琛，算了下时间，"不过，还有十天，有点难熬。"她半开玩笑，对李筱玥用半年的时间就拿到国际律师证感到高兴。

"妞儿，这个世界上没有过不去的坎儿。"她的脑海里浮现了李筱玥那一副自信满满的样子。

简沫看着和J，还有骆小米打闹到一起的顾琰，心里有些酸涩。

可当视线和顾北辰对到一处的时候，她觉得她不应该一直沉溺在小琰已经离开的事情里。小琰离开，她难过，他也好不到哪里去。

如果他们的生命里注定不能拥有小琰，她应该更加努力地去和这人幸福，而不是不停地给自己负能量。

"怎么了？"顾北辰上前，温暖的指腹轻轻滑过简沫的脸颊，"有点儿凉。"

简沫笑着摇摇头："我穿这么多，还有电暖气，不冷。"她说着，见旁边人的视线不在这里，快速地亲了一下顾北辰，"谢谢！"

"谢？"顾北辰皱眉。

"少琛应该没有那个本事侵入没有公布结果的系统吧？"

"嗯，确实！"顾北辰浅扬嘴角。

"你现在用J用得还挺顺手。"简沫吐槽了一下，"你又答应了他什么？"

"去了游乐园后，顺便带他去海洋公园。"顾北辰搂着简沫去一旁的电暖气处坐下。

简沫的嘴角不受控制地扯了扯："你是本来就想带他们去，然后顺便提点儿要求。"

"有时候也需要一点儿小计谋，这样，孩子的开心会加倍！"顾北辰笑着说道。

简沫靠在顾北辰肩膀上，看着孩子们玩闹，眼底也染了笑："阿辰，嫁给你真好！”

“嗯！”顾北辰笑意加深。

“我好像晚上还没吃东西。”简沫微微挑眉。

“老婆想吃什么，老公亲自烤。”顾北辰示意了一下烧烤炉，“做饭不行，烧烤还是可以的。”

在别墅的院子里，弥漫着属于农历新年的欢声笑语。

辞旧迎新，哪怕团圆年并不团圆。

美国，纽约。

早晨的阳光很好，唐人街上早已经挂满了红灯笼，还有一副副对联，更是充斥着农历年的年味。

石少钦出了机场，刚上车就收到石玦郗的一条信息。

玦郗：少钦，你这样行踪飘忽，真的很让我怀疑。

石少钦冷漠回复：在墨宫这么多年，我的行踪你都查不到？

石玦郗拧眉：你是故意的？

石少钦：不然呢？

石玦郗没有再回复了。只是站在巴黎机场的外面，他有些头疼。

“玦少，我就说了，钦少听说你不和他一起走了，肯定会算到你要跟踪他。”卡尼悻悻然地说道。

石玦郗偏头看向卡尼：“我只是奇怪，他这样做是为了什么。”

“不管为什么，反正不可能是简沫的孩子还活着。”卡尼耸耸肩，“那孩子生命体征那么弱，想要活下来，根本没可能。”

石玦郗心里有些不舒服，微微蹙眉，沉沉地叹息了一声：“卡尼，北辰虽然暂时没有和少钦如何，但我怕早晚有一天，这还是会成为导火线。”

“不会吧？”卡尼想了想，说道，“这红花榜开价这么高，钦少却力保顾琰……我怎么觉得，钦少和顾北辰之间达成了什么协议？”

石玦郗没有说话，只是心里有种说不出的感觉。

“我觉得不管如何，钦少的事情从来没有人可以干预。”卡尼客观地说道，“与其阻止或者探知什么，还不如顺其自然，事情来了再解决，杞人忧天只是自寻烦恼。”

“也许，你说得对。”石玦郗垂眸，自嘲般地笑了一下，“我不该对少钦这么苛刻。”

不管是不是他想的那样，少钦已经在努力地走出来，他为什么要掐断那点儿念想呢？

石少钦的车在医院停下后，他就看到席城拿着一个红灯笼正在找地方挂。他微微蹙眉，看看建筑风格，再看看席城手里的红灯笼，突然觉得有些诡异。

“咦，钦少？”席城惊讶地看着石少钦，“你什么时候回来的？”

“刚刚。”石少钦脚步不停地进了医院。

席城耸耸肩，继续找地方挂灯笼。

石少钦在纽约，现在不住酒店，也没有买房子，反而习惯性住在了席城药物研究所里，这也是石玦郗找不到他落脚处的最大原因。

谁也想不到，一向对吃住行都要求极高的石少钦会住在药物研究所里。

石少钦先去看了小家伙，和走的时候一样，并没有特别明显的好转，但情况也没有变差。

在保温室待了一会儿，石少钦就离开了。

有些棘手的问题还需要他去解决，不管是低两成出货影响了市场，还是关于顾琰的红花榜。

时间在慢慢流逝，石少钦处理好一切的时候，纽约已经是华灯初上了。

虽然是中国的新年，可由于有华人，纽约的街头甚至偶尔能看到一些中文庆祝新年的标识。

石少钦又去了保温室看小琰，看着那小小的人，原本没有情绪的眸子瞬间变得温柔。

玦郗说，再硬的心都有一处柔软。

石少钦好看的嘴角浅扬，那样的笑很轻，却在瞬间就蔓延开来。

“为顾琰做了这么多，墨宫这笔生意太亏。”石少钦的手指轻轻滑过保温箱，目光越发深沉，就好似旋涡一样，“以后就叫你Star吧？”

——每个人都有属于自己的一颗星星，哪怕光线微弱，也能指引自己。

温暖的话伴着夜风在耳边回荡，那样的夜，是在他身上发生变故后，从未有过的轻松。

石少钦凝视着Star，眼底的温柔竟有种软了整个岁月的感觉。

第11章
为她费尽心思

正月初二，萧景一大早就到了别墅，来送“一家四口”去机场。

“罗姨，你都不知道，”萧景塞了个小烧卖到嘴里，“我终于要解放几天了！昨晚，我简直兴奋得都要失眠了。”

罗姨将粥放到餐桌上，笑着说道：“我同意少夫人说的，你这么辛苦，又老被扣年终奖的……还不如辞职。”说着，罗姨还一本正经地点点头，“你的能力这么强，辰少不在的时候，帝皇集团也被你打理得井井有条。你这样的人才要是出去，不知道有多少猎头公司要抢破脑袋啊。”

“对对对，我简直是特助中的战斗机！”萧景认同地点点头，又拿过一片面包开始吃，“干得了总裁的事，也打得了杂，全能型的。”

“其实，你可以考虑跳槽。”

“我是有考……”萧景的话噎在了喉咙里，他偏头看向笑眯眯的罗姨，小声说道，“罗姨，你也不提醒我一声。”

顾北辰在萧景的对面坐下，淡淡地看了他一眼。

“我就从来没有考虑过跳槽。”萧景摆出认真脸，就差举手指发誓，“辰少，你是知道的，我对你的忠心就和洛城河里的水一样，多得一发不可收拾。”

顾北辰冷眼看了他一下，没有说话，倒是J已经幸灾乐祸地笑了起来。

在欢乐而温暖的氛围中，飞机起飞了。从洛城到海滨，不过是两个多小时的行程。

龙枭已经安排了人来接顾北辰一行人，直接安排他们住进了Smile大酒店。

相较于洛城微冷的天气，开春的海滨市明显要暖和很多，空气中更是散发着植物的清新气息。

“枭少临时有事，交代我们他一切都已经安排好了。”接待的人说道。

“嗯。”顾北辰淡淡应了一声，微微点头示意了一下。

接待的人又客气了几句，才离开了豪华的家庭套间。

现在墨宫放出了要保顾琰的话，加上墨宫的让利政策，让很多原本是红花榜的人反而成了暗处保护顾琰的人。

现在顾北辰反而不担心想要拿红花的人，而是关心那个出九位数压榜的人是谁。

一家人简单收拾后，就去了酒店餐厅吃午餐。

“听说，这家酒店有一个爱情故事？”简沫微微挑眉，只要不是一个人的时候，她仿佛总能很轻松，“传闻，弟弟爱上了一个女人，可因为某些事情，那个女人必须待在哥哥的身边……”

简沫讲述着那个不知道被传了多少个版本的爱情故事，视线也渐渐变得迷离起来。

“最后，那个女人和哥哥有了生死不渝的爱情。”简沫脸上的笑弥漫开来，“而为了让他们能够没有束缚地在一起，弟弟放下一直追逐的随意人生，接手了哥哥的责任。而Smile大酒店，是弟弟送给那个女人的礼物……微笑，真是最好的祝福了！”

“Smile还有一个含义，知道吗？”顾北辰给简沫夹菜，含笑问道。

“不就是微笑？”简沫疑惑。

“那个女人的名字里有个‘微笑’。而她最吸引他们兄弟俩的，就是她面对生活，不管什么时候，是困难还是绝境，都会微笑以对。”

简沫对上顾北辰深邃的眸子，不知道为什么，她觉得他这话里还有别的意思。

“你怎么知道？”简沫皱了眉。

J和顾琰也看向顾北辰，在他们的印象中，这样的八卦，绝对不应该和顾北辰有关。

“Smile大酒店实际上隶属龙帝国集团。”顾北辰淡然开口，“这家酒店是龙帝国现任总裁的爷爷和奶奶，以及三爷爷的故事。”

简沫吃惊地看着顾北辰，不知道是因为故事不是传说，还是因为故事牵扯到的人。

“龙老大和龙家有关系，也就顺便听说了一些。”顾北辰看着简沫，目光变深，“其实，别人的爱情是别人的。自己的幸福才是自己的。珍惜当下，不回避面对失去的。”

简沫静静地看着顾北辰，嘴角微抿，思绪仿佛都被他吸到了他的世界里。

“属于你的幸福，很简单。”顾北辰语带深意地说道，“面对阳光，有我相伴，就能一直微笑着走下去，而你只管往前走，累了，直接向后靠就好，因为我在！”

简沫只觉得鼻子酸酸的，可心里暖暖的：“我会努力……努力微笑着和你一起携手向前。”

顾北辰笑了，他懂她，她亦懂他。

——沫儿，只要你坚定地和我一起走下去，那么伤害由我来承担，你只需要努力微笑就好！

J撇嘴，心里嘟囔起来：难怪钦少和玦少都没有女人，和顾北辰比起来，在哄女人这方面，他们简直差的不是一星半点儿。

吃过饭后，顾北辰载着一家人去了海洋公园。

海滨市本就靠着海，海洋公园是龙帝国在这里投资了游乐城后建的。

不同于别的地方的海洋公园，海滨市的海洋公园坐落在海边，除了有海洋公园的一切设施和娱乐项目外，还有一条甬道直通海底，让你在感受海底世界的时候，分不清是在海洋公园还是在海的腹部。

就和一般的家庭一样，爸爸带着孩子体验刺激的娱乐项目，妈妈负责唠叨两句的同时，关心、体贴并且偶尔和调皮的孩子嬉闹一番。

到海滨市的第一天，一行人就在玩乐下迎来了柔和的夜色。

“简沫，我睡不着！”J窝在阳台上的秋千椅上，看着漫天的星星，笑着说道，“我特别期待明天，已经兴奋得没有办法睡觉了。”

“你喜欢的话，以后周末我们还可以去洛城的那个游乐城。”简沫理解J对一切感到新奇，“开春时我们也可以去踏青，去野炊，还可以露营。”

“真的啊？”J一下子坐了起来，眼睛都亮了。

“嗯。”简沫笑意盈盈地应了一声，随即挑眉问道，“不过，你不打算回墨宫了吗？”

“钦少让……”J嘴快，想说什么，可又猛然停住，然后又窝在秋千椅上，“反正钦少又不管我，他有事，我远程给他弄就好了啊！和钦少在一起好无聊的，在你这里，有好吃的，还能玩，多好啊！”

“你就不怕阿辰指使你？”简沫问道。对于刚刚J欲言又止，她并没有多想。

“没关系啊，反正我也得到我想要的了。”J纯真地挑了眉，“其实，你老公也挺好的。”

“嗯，我知道！”简沫偏头看向走过来的顾北辰，“不好，我也不会这么爱他。”

就这样没有修饰的告白，让顾北辰整个人的心情都舒畅起来了。

“如果你不怕明天没有足够的体力应付一天的娱乐活动，那你就一个人在这里兴奋吧！”顾北辰示意了一下简沫，拥着她一起回了他们的卧室。

J没有动，目光随着顾北辰和简沫的背影动着。

其实顾北辰用带他来游乐场作为条件，他一点儿都不反感。很简单，顾北辰和钦少一样，都看中了他的天分。顾北辰却不是想要利用他，只是肯定他的能力，他能感觉出来。

J窝在秋千椅上，看着墨空，嘴角有属于少年纯真的笑容。他喜欢现在的生活方式，就好像真的是一个家庭一样。

第二天，海滨市的阳光依旧温暖。

新年里，游乐场里人满为患。

J就和疯了一样，看到什么都想玩，就连一向淡定的顾琰，也露出了属于孩子的天性。

“我不行了。”简沫死活不上大摆锤，“我觉得我上去转两圈儿，估计东南西北都分不清了。”她看向从头到尾都淡漠如斯的顾北辰，“你怎么一点儿反应都没有？”

顾北辰看着难受的简沫，笑着说道：“三姐很喜欢刺激的项目，我小时候陪她玩得多了，也就没有感觉了。”他看向J，“你带小傑继续，我和沫儿去那边喝点东西，你们下来后就过去找我们。”

“好！”J应了一声，拉着顾琰就去排队。

简沫感叹，摇摇头，被顾北辰拉着手去前面一处饮品吧。

顾北辰在点饮品，简沫下意识回头看向大摆锤下的队伍，人头攒动，已经看不到J和顾琰排队排到哪里了。

“A点位置瞄准……目标人物移动三米后，将在有效射程内！”

与此同时，游乐场不远处的一栋大厦里，一架远程狙击步枪对准着大摆锤的方向。

“目标人物三步后会到有效范围内，请求射击！”狙击手扣着扳机的手指微微动着。

“同意射击！”从耳机里传来冷漠而嗜血的声音。

狙击手缓缓眯上眼睛，扣着扳机的手指以极缓的速度动着，等待着目标人物进入狙击范围内。

J和顾琰抻着脖子看前面还有多少人在排队，大家都是兴奋的样子，简直恨不得能插队。

“我突然想到一个问题，以你的身高，你应该不能玩这个！”J突然说道。

“啊？”顾琰的小脸皱了起来，他看着晃动的大摆锤，眼底有着希望，“先排队好了，反正他们不让我玩，我就当陪你排队好了。”

“砰！”

带了消音器的子弹划破了空气，以极快的速度旋转，当它穿透脑袋时，带出来的会是小股血。

静，却依旧嘈杂！

顾琰跟着人群挪动着，J在他后面亦步亦趋，偶尔有些不满后面的人因为步子太大撞到自己。

他皱着眉心，就算后面的人挤得厉害，他也尽量不去撞到顾琰。

“出来玩就开心点儿。”顾琰回头看了一眼J那张渐渐变臭的脸，“这才是生活。”

“我是怕他们撞到你。”

顾琰朝着J笑了起来，十分可爱：“我不是说你不对，我是让你开心点儿。”

“行了，快走，”J咧嘴笑了起来，“回头我又让后面的人嫌弃了。”

“看看，这对兄弟多和谐啊！”人群中有议论声传来。

“对啊，哥哥多护着弟弟。唉，我家那两个，大的从我怀小的开始就不满意，小的出来后，兄弟两个就和有仇一样。”

……

议论纷纷的声音透着羡慕，时不时还有人教育身边的两个孩子，让他们多学学J和顾琰这兄弟俩的相处方式。

游乐场里依旧一片热闹，大厦顶楼却弥漫了死亡的气息。

原本准备射击的狙击手双眼圆瞪，倒在了血泊中，手指还扣在扳机处。

直到死的那一刻，他仿佛都不明白，明明自己是要准备射击的，怎么成了被射击的目标。

一个穿着城市作战服的男人在探测狙击手确实死亡后，才同对讲机里的人说道：“狙击手搞定。”

“观察手搞定！”紧接着，另一道声音传来。

“合作愉快。”说话的男人嘴角扬了笑。

“猫眼，你这枪可以当作示范了。”狙杀观察手的男人笑着说道，“快、准、狠！”

“我觉得，应该建议银狐，新进来的菜鸟射击课，你来！”另一道声音传了出来。

被称为“猫眼”的男人当即翻了个白眼，看着死得不甘心的狙击手，朝着对讲机说道：“你可别，我才不要去带那些菜鸟，你也别给队长建议。”

对讲机里面传来笑声，猫眼啐了一口，将自己的狙击枪甩到后面后，手法娴熟地将狙击手的狙击步枪拆解。

猫眼看着手里的狙击枪：“杀手的装备比我的好，我能私藏吗？”

“你有胆子就去找银狐要。”

猫眼当即骂了一句：“说了等于没说。”

“行了，别闹。”林向南的声音突然加了进来，“周围的暗桩拔掉了多少？”

“都拔掉了。”猫眼看了一眼尸体，“接下来怎么解决？”

“两分钟内全部撤离，剩下的警方会处理。”林向南开口。

“收到！”

林向南确定所有人收到消息后，随即看向手表。

这次的行动是已经报备军区了的，毕竟这些亡命之徒突然入境，首长也很重视。加上牵扯到国内影响经济的人物，军警也算是配合行动。

“爸爸，我也要吃妈妈的那款蛋糕！”顾琰突然有些闷地坐到了简沫对面。

“怎么就你，J呢？”简沫微微皱眉。

“小傑的身高不够，那个应该不让玩。”顾北辰说了一声，起身去给顾琰点吃的。

“是哦。”简沫也才恍然大悟，“之前玩的项目都没有什么限制，忘记后面这些都有了。”

“我去看看还有什么吃的。”顾琰哼了哼，也跟着顾北辰去点东西。

简沫回头看向点单的地方，就见顾北辰俯身将顾琰抱起来。父子两个一边排队，一边指着前方的餐牌讨论着要点什么。

简沫托着下巴看着，一大一小两个绝世美男往那里一站，啧啧，真是道亮丽的风景线。

“爸爸。”顾琰的小胳膊钩着顾北辰的脖颈，问道，“我们明天的活动是什么？”

“海滨有处变形金刚的体验馆，还没正式对外开放。”顾北辰的声音柔和，“我和馆长打了招呼，明天我们先进去体验。”

“真的？”顾琰的眼睛顿时亮了起来。

“嗯！”顾北辰浅笑着应了一声。

“有可以自己制作的项目吗？”顾琰完全忘记了因为自己身高而有很多项目不能玩的郁闷，脑子里都是变形金刚了。

“当然。”顾北辰耐心地回答顾琰的所有问题。

本来他是打算明天给小傑一个惊喜的，可儿子因为无法玩刺激的娱乐项目，明显很不开心，他不想儿子不开心，自然这个惊喜也只能提前告知。

过年期间有杀手入境，虽然因为军区特战队参与进来，没有造成民众的恐慌，但是警方还是给予了高度重视。

“这次没有机会下手了。”洛城某小区的房间里，一个戴着兵工帽的男人有些感叹，“顾北辰果然是个人物。”

“这次就这样吗？”身后的人微微皱眉。

“有墨宫的人，顾琰的红花怕是谁也拿不下了。”兵工帽男嘴角微勾，冷冷开口，“好在想要从简沫的情绪着手，也不是非要顾琰。”

“你的意思是……”

兵工帽男微眯一下眼睛，缓缓开口：“只要能让简沫不停地想起那个死去的孩子……就好。”

在游乐场玩得开心，时间就过得很快。

J仿佛打开了一个新世界的大门，兴奋得完全不知疲惫，在回酒店的路上也一直很高兴。

“爸爸明天带我们去变形金刚体验馆！”顾琰挑起小眉头，还嘚瑟地晃了晃身体。

看着顾琰开心的样子，简沫不由自主地抿嘴笑了起来。

在伦敦时，顾琰最开心的就是能够买“变系”的周边。

说来也奇怪，也不知道是不是父子天性，阿辰好像也很喜欢“变系”的东西。血缘这个东西，有时候真的神奇得很。

夜，在隐约的鞭炮声中渐渐被驱散。黎明的曙光穿透了厚重的云层，懒洋洋地落在了海滨市的海面上，波光潋滟得让人觉得时光独好，不能辜负。

顾北辰带着简沫他们在酒店吃过早餐后，就去了变形金刚体验馆。

因为体验馆还没有对外开放，除了他们一家人，也就是一些工作人员。

简沫对这些棱角分明的机器人没有多大兴趣，可对三个大小男人和男孩来说，那绝对有着很强烈的吸引力。

简沫手里拿着热奶茶，一个人坐在休息区，看着已经装扮成变形金刚的三个人在那里“决斗”……

扮演大黄蜂的是顾琰，扮演擎天柱的是J，嗯……顾北辰扮演坏蛋威震天。

二打一，虽然有J这个电脑天才，但两个孩子最后都输在了顾北辰的手里。

“都不带让一下孩子的！”J十分不满。

顾琰很认同地点点头：“嗯！”

顾北辰浅笑着，接过工作人员递过来的水喝了一口：“想要赢，只能靠自己。”

顾琰认真地想了想，更加认同，然后鄙夷地看了一眼J，嘴毒道：“还擎天柱呢？连个威震天都打不过，你还怎么当领袖？”

因为顾琰说的是事实，J倒也没有反驳，只是看着顾北辰浅笑的样子，眼底渐渐溢出崇拜。

变形金刚场馆很大，一个早上是体验不完的。

体验馆里有餐厅，虽然没有正式对外开放，可是因为有顾北辰他们在，工作人员也准备了一些食材。

简沫亲自下厨做饭，顾琰和J就在一旁帮忙。

顾北辰的手机在口袋里振动着，他擦了擦手再拿出手机，见是萧景打来的，接通电话的同时向外走去：“跟到人了？”

“没有。”萧景轻叹一声，“真是头疼，也不知道对方目的到底是什么。正经人没跟到，却跟到了看似不相关，却又有千丝万缕纠葛的人！”

“谁？”

“楚少找的那个侦探社的。”萧景将车座椅放平，闭上眼睛揉了揉太阳穴，“辰少，你一定不知道，你小姨夫在外面养了女人。”

“我知道。”顾北辰的声音平静。

"什么？"萧景一脸惊讶，"你知道？"

"嗯。"顾北辰看到J趴在食堂门口，他示意了一下，J才悻悻然又回食堂继续准备饭菜，"叶晨宇是小姨夫的儿子，少琛同父异母的哥哥。"

"你竟然早就知道。"萧景有些不满地嘟囔，"那辰少也知道，有可能对方会利用他们了？"

"想到了，你证实了。"

"那你还让他参与当年远达的事情？"萧景有些无语，"辰少，你还真是胆大。"

"还好。"顾北辰走向玻璃窗，看着外面被深色玻璃隐没了的太阳，目光微凛，"让他折腾，我这边再过两三天就回去了，你按照你的步骤走就好了。"

"嗯，好！"萧景应了一声。

挂了电话，顾北辰神色凝重。

直到收敛了身上的戾气后，顾北辰才转身回了厨房，可里面已经被J和顾琰闹得一片狼藉。

简沫有些无奈地看看顾北辰："你管管吧，没办法做饭了。"

"让他们玩好了。"顾北辰宠溺地一笑，去帮简沫洗菜，"J是个大孩子，也就跟他在一起时，小傑才像个孩子。"

简沫笑着点点头："都聪明，交流方式就简单了，奶包也不会因为智商问题，总是高高在上的。"

"嗯。"顾北辰浅笑着，一边陪着简沫聊天，一边准备午餐。

这样平平淡淡的幸福，对平常人来说是日常，可是对站在顶端的人来说，确实是奢侈。

接下来的几天，顾北辰带着简沫和两个孩子心无旁骛地玩耍，虽然每次出行，暗地里他都布置了又布置。好在经过游乐场一事后，仿佛一切变得安静起来。

"唉。"J大大地叹息了一声，"欢乐的时光总是匆匆。"

他的感叹，惹得简沫哭笑不得，也惹来顾琰的吐槽。

简沫给J整理行李，视线总是不经意地投向在阳台上打电话的顾北辰，眼睛深处夹杂着一丝担忧。

许是这几天太过快乐，至少，不管是白天还是晚上，顾北辰根本没有让她有机会去思考什么。

这个男人为什么要这样做，简沫感知得到。

这次出来，除了偶尔看到有人抱着襁褓里的孩子在她面前经过，还有昨天在餐厅里有人说到难产和孩子夭折之外，其实这两天她的情绪都还好。

抿了一下嘴角，简沫垂眸继续收拾。

来的时候没有多少行李，走的时候，倒是多了不少东西。

飞机攀升，简沫偏头看着“海滨”两个大字越来越远，视线有些迷离。

“想什么呢？”顾北辰偏头问道。

简沫收回视线，浅笑着摇摇头：“觉得这样的时候真好，平静而幸福。”

顾北辰拉过简沫的手轻轻摩挲着：“回去检查一下身体，一旦没有大碍了，等我把上半年的工作安排好了，我们就去旅游。”

“旅游？”简沫微愣，看向顾北辰，眼底有着什么东西渐渐化开。

“嗯。”顾北辰轻笑着，说道，“不是想要去看看那些大师的建筑设计，还有想要去看动物大迁徙？”

简沫的笑容渐渐变灿烂了，她只是抿嘴笑着，什么话也没有说。

因为懂你的人在你身边，你根本不需要说什么。

J和顾琰坐在一起，不知道他们在低声聊什么，顾琰的小脸上全是笑意。

简沫靠在座椅上，偏头看向小窗外的白云，突然觉得她没有自己想象的那么忧郁。

——小琰，妈妈不会忘记你，可是妈妈也不想这样一直牵挂着你了。

带着难得的轻松，简沫觉得自己再一次自私了，自私地想要让自己好过一点儿，也想让阿辰好过一些。放过自己才是放过别人，不是吗？

“你那么忙，有时间陪我去多久？”简沫收回视线，突然问道。

顾北辰胳膊撑着扶手，手背支着下巴，目光慵懒、迷离地看着简沫：“你希望多久？”

“那么多想去的地方，是要一次性去，还是分开去？”简沫挑眉。

“一起吧。”顾北辰邪魅地笑着，“不是想要比较大师建筑的特色吗，分开就没有感觉了。”

“那需要很久的时间。”简沫微微皱眉，时间安排得再紧凑，估计最少也要四个月。

“不是还有萧景吗？”顾北辰一脸理所当然。

简沫一听，嘴角不受控制地抽了一下：“我好像听某人的助理在年前嘚瑟，说忙完了某人会给他一次长假！”

“对啊，忙完了。”顾北辰越发理所当然，“可是，我还要陪你去研究建筑设计，真的很忙！”

“你这个理由……我竟无法反驳。”简沫笑了起来。

“当然。”

“阿嚏！”

就在顾北辰笑着应了一声的同时，萧景猛然打了个喷嚏。

萧楠冷冷地看了他一眼：“二景？”

“没事，就是鼻子痒了下。”萧景搓搓鼻子，也没有太在意，继续说着等下的计划。

“辰少确定今天叶晨宇会动手？”萧雨双臂环胸，倚靠在一旁的柜子上，目光透着冷漠。

萧景看了他一眼：“不确定。”

萧楠当即皱了一下眉：“辰少那边一个人，可以搞定吗？”

“有石少钦的人。”萧景见大家一脸疑惑地看着他，撇嘴说道，“他们两个什么时候狼狈为奸的，我也不知道，估摸着是和与少夫人无缘的孩子有关吧。毕竟，石少钦欠了辰少一条命。”

萧楠也没有多想，只是点点头，随即冷静地给几个人安排任务。

一切紧张有序地进行着。在新年长假的最后一天，大家哀号着假期在又快又累的情况下一转眼就要结束的时候，洛城却笼罩了一层阴霾。

“妈妈去买点儿东西，你先睡会儿。”葛梦茹朝病床上的女儿说了一声后，离开了医院。

出了华康医院，葛梦茹左右看了看，才从一旁的林荫小道离开，一边走一边拨了电话。

“您好，您拨打的电话暂时无法接通，请稍后再拨。如需留言，请在‘嘀’声后留言。”

“你现在什么情况了？”葛梦茹压低声音说道，“我一直慌得很，总觉得有事情会发生。”

从带着账本离开，再到如今因为女儿的病回来，可以说，藏了这么多年，她已经对危险产生了一种本能的反应。

葛梦茹拐进了一条能快速去便利店的小路，这条路很破旧、阴暗，很少人有人走……

她等会儿过去，可以避开一点儿耳目。

葛梦茹一边想着，一边加快了脚步，时不时还朝后面看，生怕有人跟着。

“啊！”葛梦茹惊叫一声，看着小路那边站着的人，脸色苍白，向后退了几步。

厉云泽好笑地看着葛梦茹：“慌慌张张的干什么？”他仿佛什么都不知道，看了一眼小路，“这路上的味道这么难闻，亏你喜欢走。”

“我……我不太放心女儿一个人在医院里，想着快点儿买完了好回去。”葛梦茹嘴角扯了笑。

“哦，那你去吧，我回趟医院。”厉云泽让开了路。

葛梦茹扯着嘴角笑了笑，犹豫不决地抬起步子。在越过厉云泽的时候，她有些怯懦地提着心，呼吸都变得粗重起来。直到完全越过他，她才稍稍放心。

到了便利店门口，葛梦茹见厉云泽已经往医院的方向走去，才暗暗地吁了口气，想着是自己多想了。

葛梦茹进了便利店，再次拨了电话……还是打不通。

与此同时，厉云泽拿着手机，发了信息给萧强：葛梦茹拨出去的电话应该有波段，能确定大致位置吗？

萧强咧着嘴角给厉云泽回复信息，而萧楠给萧景打了电话：“辰少预估的范围没有错，行动。”

兵工帽男小心翼翼地站在不远处的一处房檐下，他没有探头去看正在围堵他的人，只是在阴暗处，摆弄不会因为阳光而折射出光线的镜子，微微调整角度观察了一下后，径自压低了帽檐转身。

他的脚步看上去淡定自若，速度却是极快的。

就在萧景安排的其中一拨人靠近的时候，人已然离开。

“景哥。”领头的人摁下耳机，说道，“我这边没看到人。”

萧景坐在监控车里，目光透过搜索人员身上携带的监控器看着周遭：“散开，继续找！”

辰少预估的不错，通过葛梦茹打的电话，小强锁定的区域也是在这个片区，不可能没有人！

顾默怀以为用老式的模拟机就真的可以逃开信号追踪？当枭哥的人都是摆设吗！

手机铃声响起，萧景见是萧楠打来的，接了起来：“姐。”

“二景，有些不对劲！”萧楠站在Devil's kiss的监控室内，看着和萧景链接的视频信号，眉心紧皱，“如果人真的在这片区域，为什么我们的人到了，他一直不逃？”

萧景被萧楠这样一提醒，也是目光一沉："如果他不是疯了，那就是故意的！"

萧楠感觉有些不安，这样的不安源自危机反应。

"看看能不能联系到辰少。"萧楠对萧强说道。

萧强点点头，手指在键盘上翻飞，不一会儿的工夫，就已经和飞机上的人取得了联系。

能这样快，到底还要归功于顾北辰他们这次返回洛城坐的是龙枭安排的龙帝国旗下的私人客机。

"辰少。"笑容得体的空乘微微躬身，"能麻烦您和我来一下吗？"

简沫有些疑惑地看了空乘一眼，随即看向顾北辰。

"我去一下！"顾北辰俯身，在简沫耳边用两个人才能听到的声音说道，"嗯，指不定她看上我了，碍于你在身边，她不好表白。"

简沫嘴角不受控制地抽搐了一下，心想：怎么会有这么不要脸的男人？而这个男人还是她老公！

"你放心。"顾北辰信誓旦旦地说道，"我是你的，不会轻易被人勾引！"

简沫再次无言以对。

天啊，谁来将这家伙拖走，还她狂霸跩人设的总裁！

顾北辰见简沫嗔恼得瞪了眼，笑着起身，随着空乘去了工作区域。

"洛城那边打来的。"空乘将机组电话递给顾北辰。

顾北辰接了电话，萧楠凝重的声音传来："辰少，这边的情况有些不大对！"

"嗯？"顾北辰应了一声。

萧楠将他们那边的情况大致说了后，才凝重开口："我感觉，对方根本就知道我们这次会有所行动，从头到尾有种戏耍我们的感觉。"

顾北辰的墨瞳变得深邃，薄唇微微抿着，浑身上下透着狠厉。就算隔着天和地的距离，萧楠仿佛也能感受到。

"辰少，接下来怎么办？"萧楠的声音凝重。

"告诉萧景，老鼠戏猫的游戏停止，尽快控制人。"顾北辰的声音明显透着几分凝重，"另外，对机场附近进行排查。"

因为之前在国外，萧楠和顾北辰"合作战斗"过，有了默契，这会儿不需要他多说，她已经明白："我亲自去！"挂了电话，她拿过外套，边穿边往外走，"小强，盯紧点儿，有什么事情随时联系我和二景。"

“知道。”

萧强的话落下时，萧楠已经没了身影。

她这边急忙往洛城国际机场飞驰而去，萧景那边的感觉也不是很好。

顾北辰和龙枭故意找了起降班机最多的时段落地，本就考虑到这个时段机场安保自身的防御力。

可是此刻，对方的行动明显在拖延萧景他们，目的就太让人深思了。

“怎么了？”简沫感觉顾北辰回来时怪怪的。

顾北辰笑了笑，从背后拿出一个盘子，上面放着一块心形的小蛋糕，是简沫最喜欢的奇异果慕斯。

“你过去，就是弄这个？”简沫脸上的笑意散开，话也温软不已。

“不然呢？”顾北辰说着，示意简沫打开桌板。

“爸爸真的好偏心。”顾琰不满地吐槽。

J哼了哼：“可不是？”

顾北辰将蛋糕放到简沫的小桌上后，一坐下就懒懒地说道：“我这是给你们上课，以后对自己的爱人要好点儿。”

“真会给自己找理由！”J一点儿面子都不给，继续吐槽。

顾琰点头附和。

简沫笑得开心，放了口蛋糕到嘴里，感觉更是甜到了心里。

“飞机即将降落在洛城国际机场……”

是提醒飞机将会降落的信息，简沫下意识偏头看向小窗外，嘴角莫名溢出了笑意。

“想到什么，这么开心？”顾北辰问道。

简沫收回视线，看向他：“回家啊，难道不开心？”

顾北辰垂眸，沉吟了一下后，认同地点点头：“嗯，一家人一起回家，确实是很开心的事情。”

简沫听了，嘴角的笑意更加灿烂了。

飞机慢慢降落，当飞机滑在地面上带着微微的颠簸时，顾琰和J相视一眼，两个孩子竟有点激动。

萧楠看着前方，有着龙帝国LOGO的飞机缓缓往专机位置滑行。

“不知道……”突然，有道慵懒的声音冷冷地传来，“飞机被炸飞之后是什么样子？”

萧楠浑身的细胞都凝结了起来，她偏头看去，一个穿着地勤检修连体服的男人站在那里，视线跟着快要停到指定区域的私人飞机移动。

仿佛感觉到了萧楠在看自己，男人偏头看向她，嘴角勾起邪魅的淡笑：“你知道是什么样子吗？”

萧楠目光一沉，甚至来不及和这个男人说什么，人已然往飞机奔去。

她不停地朝着驾驶舱的位置做着停止的手势。

“顾北辰身边的人还真是冷静。”男人轻叹了一声，对萧楠的第一反应不是好奇他是谁，而是制止飞机进入指定区域而有些“不满”。

机长看到了萧楠的手势，可由于她不是工作人员，机长只是摁下和控制塔联系的对讲机，进行询问。

萧楠一边做着停止的手势，一边用手机通过萧强的系统给飞机上的人拨打电话。

“请按照指定区域停靠。”控制塔发来指令。

机长没有理会萧楠，依旧往前。

这时，耳机里传来空乘请求通话的声音，机长摁下通话：“怎么？”

“机长，枭少底下的人说，飞机指定区域可能有炸弹。”空乘的声音明显凝重而紧张。

机长一听，急忙再次连接控制塔，将有可能发生的情况说了。

这一切，说来慢，可前后不过两分钟，整个机场进入警戒和慌乱的局面。

开什么玩笑？

机场有炸弹，虽然只是在特定区域，但也影响很大。

简沫感觉有点儿不对劲，下意识看向小窗外，就看到刚刚还朝着前方私人飞机停机坪而去的飞机突然改变了方向。

顾北辰目光微凝，同时看到空乘走了过来：“辰少，因为情况特殊，飞机等下会在其他区域停。”空乘的眼底明显有着一抹隐忍、惊惧下的凝重。

顾北辰鹰眸眯了一下，淡漠地点了头。

穿着检修服的男人一直漠然地看着这一切，只是嘴角渐渐噙了笑意。

机场的人，尤其是安保人员都已经出动，也已经报警，安排了爆破小组紧急支援。

飞机停下，几乎同时机舱门被打开。

顾北辰淡漠如斯，带着简沫、顾琰和J一同下了飞机。

萧楠已经在下面等着，见顾北辰下来，先是看了一眼简沫，然后上前附耳说道：“辰少，要……”

“不用。”顾北辰突然打断了萧楠的话，视线落在一直站在远处的“检修人员”身上。

“我过去一下。”顾北辰收回视线，看向简沫，“你和萧楠他们先去大厅等我。”

简沫也看了一眼远处的男人，点点头。

萧楠皱眉，明显有些疑惑，可是，既然顾北辰这样说了，她也没有再说什么的，和简沫他们一起先去了大厅。

顾北辰踏着淡漠而沉稳的步子走向男人，随着他的靠近，男人嘴角的邪笑也越来越浓郁。

“你搞的？”

“新年礼物。”叶晨宇挑眉，“你身边的人会不会太紧张？”他说着，视线扫过那些紧急排查炸弹的工作人员。

顾北辰微微蹙眉：“你这样，也不怕吊牌？”

“关我什么事情？”叶晨宇笑了，一脸邪肆，“我只是说了一句，如果飞机被炸飞是什么样子，你的人就自己开始脑补，我有什么办法？”

“在这样的情况下，你这样说，让人很难不乱想。”顾北辰轻叹一声，有点儿无奈，“去喝一杯？”

“有时间？”叶晨宇挑眉。

“一杯咖啡的时间还是有的。”顾北辰嘴角勾起若有若无的浅笑。

叶晨宇耸耸肩，也没有再说什么，和顾北辰一同往机场的咖啡厅走去。

“回头不做警察了，你可以去当演员。”顾北辰淡然开口，“你这演技，也是没谁了。”

“没办法。”叶晨宇有点儿无奈，“卧底做了这么多年，没有点儿演技，我不知道死多少次了。”

他来这里，不过是让暗处的人以为他被抓住了把柄。如果刚刚动静不搞大点儿，回头他也不好交差。他身上还有卧底任务没有完成呢，也不能现在就泄了底。

“这次案子了了，打算回局里了吗？”

“还不好说。”叶晨宇神色黯了一下，“只是没想到，我追的案子最后会和你要找的暗处人有交集，这也算还你人情了。”

“这就想还了？”顾北辰冷嗤，“你还真是越大越天真。”

“顾北辰，你真是商人当久了，一点儿都不吃亏。”叶晨宇皱眉。

顾北辰垂眸浅笑，就见叶晨宇用一副要算账的架势说道：“你想啊，我帮你，可是帮的简沫……简沫对你来说有多重要，我也就不列举了，怎么着，你这些年来对我和我妈的好，只能说我还多了，没有少！”

“晨宇。”顾北辰听了有些无奈，“我帮你们，不是为了让你还人情。”

“我知道。”叶晨宇双手插在连体服的裤兜里，“只是，我妈总和我说，人要学着感恩！”

顾北辰笑了笑，想想那娴静的女人默默为一个男人付出，最后好不容易等到了，一切却又变成了泡沫，不由得有些涩然。

爱情没有错，只是在错的时间遇见了对的人而已。

“你打算和少琛什么时候说你和阿姨的事情？”顾北辰收回视线，看向叶晨宇，“毕竟你们是兄弟！”

“不想说。”叶晨宇开口，“已经这样了，就让少琛保留对父母的美好，不好吗？”

顾北辰沉默了片刻：“你决定就好。”

每个人有每个人的选择，既然都已经隐瞒了这么多年，其实保持现状也挺好。

顾北辰和叶晨宇也只是聊了一杯咖啡的时间。

“辰少，是我太过紧张了。”萧楠神色有些怪异。

“非常时候，戏总要做足一点。”顾北辰没多说什么，只是交代道，“今天的事情，该怎么处理就怎么处理，至于我见了什么人……”

“我明白！”萧楠点头。

“嗯。”顾北辰没有再说什么，一行人离开了机场。

萧楠开车，偶尔会从后视镜里看一眼车后座上的简沫。

一个男人为了一个女人，费尽心机去利用一切可利用的，这个女人，得到的是怎样的幸福？

萧楠直接送顾北辰他们回了半山别墅。罗姨已经准备好了午餐，见几个人回来，让大家准备吃饭。

“等下我要先去公司一趟。”顾北辰看着简沫在那里收拾东西，这种感觉异常温馨，“你下午在家休息？”

“我约了沈初喝下午茶。”简沫将带给沈初的手办拿到一边。

“你们什么时候关系好到一回来就要见面？”顾北辰仿佛有些苦恼。他的老婆和他的初恋成了好友，他怎么感觉有点儿奇怪？

简沫回头看了一眼顾北辰，笑了笑：“就是想对比一下你以前的口味和现在的口味有什么不同。”

"沫儿！"顾北辰觉得有点儿郁闷。

简沫起身，抱住了顾北辰的腰身，脸颊贴在他的心口，缓缓说道："阿辰，我只是不想失去一个有可能成为很好的朋友的朋友。何况，沈初以前想要和你在一起，于她来说，并没有错。"

顾北辰知道简沫有点误会他的意思了。不过这样也好，省得这个敏感的小女人回头去见心理医生，那压力更大。

纽约。

石少钦坐在药物研究室的天台上喝咖啡，这里已经被修整成了一块休闲区，在夜色笼罩下，安静祥和。

席城兴奋地上了天台。"钦少！"他开心地喊了一声，明显遏制不住内心那"求夸奖"的虚荣心，"Star生命体征回升了百分之三十！"

石少钦没有任何反应，过了一会儿，他才问道："你刚刚说什么？"

"我说，Star的生命体征回升了百分之三十。"

有什么东西在石少钦的眸子深处漾开，一圈一圈，那样浅浅的笑意，就这样不受控制地蔓延开来。

席城看得有些呆了，他在钦少身边待了这么久，从来没有见对方这样笑过，就仿佛纯真的孩子得到了梦寐以求的糖果，甜滋滋的。

"腾"地一下，石少钦猛然站了起来。由于力道太重，椅子不受控制地往后仰了一下，晃动几下后又落回原处。

席城看着石少钦跨步离开，隐没在天台入口的身影，一边疑惑，一边喃道："钦少这是太开心了？"

石少钦是真的很开心，脚步都失去了往日的平静，透着几分急切。他不知道，他原来也可以这样喜悦，这种感觉就好似整个世界都能让人贪恋起来。

这样想着，石少钦脚步加快了几分，从药物研究所直接穿到了隔壁的医院，进了保温室。

原本心率仪器上的曲线几乎归于平整，可现在，明显有了起伏。

石少钦仿佛发现了十分奇妙的事情，视线落在保温箱里Star的脸上，嘴角都蔓延开了笑意："小家伙，继续努力，嗯？"

没有人回答。可是，石少钦绝美的俊颜上笼罩了肆无忌惮的笑意。

——你果然是我的星星，你的存在，让我仿佛都变得清明了起来。

石少钦"抚摸"着Star的小脸，隔着保温箱，仿佛能触碰到那柔软的小脸。

第12章 隐瞒还是面对

萧景到公司的时候，顾北辰还没有到，空荡的总裁楼层安静得有些诡异。

站在总裁办公室偌大的玻璃窗前，俯瞰着阳光下的洛城，萧景脸色凝重，嘴角却挂着笑。

这一切，终究是要恢复平静的。

“觉得回头可以直接取代我？”低沉的声音从侧后方传来，顾北辰走了进来，“我可以建议简董事长撤换我这个行政总裁。”

“辰少，你这个玩笑一点儿都不好笑。”萧景撇嘴，“谁有病才喜欢坐这个位置，累得和狗一……”他突然不说话了，看着顾北辰那阴恻恻的俊脸，立马讨好地笑了起来，“辰少，我发誓，我绝对没有说你是狗的意思！”

“哦？”顾北辰轻哼一声，点点头，“也确实，毕竟我在这个位置还是游刃有余的，顺便骗个老婆，不像某些人，不过管理了一阵子，就已经忙得没日没夜的，确实累得和狗一样。”

萧景暗暗龇牙，他真的好想将面前的文件夹抱起来，直接扔在顾北辰脸上。

顾北辰坐下后，轻睨了一眼萧景那一副心里打着小九九的样子，问道：“对方怎么说？”

萧景将早上抓幕后黑手的事情大致说了下：“想不到二爷从那么早就开始布局了，人都进去了，竟还留了些残部。”吐槽了一声，他说出心中疑惑，“辰少，那人说他不算输，应该不是无的放矢……会不会是叶晨宇那边还会有什么大动作？”

“不会。”顾北辰一口否决，并没有跟萧景说出叶晨宇的身份。

毕竟，他现在还是卧底，到底多一个人知道了不好。

顾北辰这样说了，萧景倒也没有太纠结这个人，只是眉心始终拧着：“要不要先去见见二叔？”

顾北辰摇摇头：“见是要见的，先等等吧。”

有时候，在折磨下，谁沉得住气，谁才有主导的权利。

这次二叔的人，因为他开始接触当年远达的账目，恐怕差不多都露出面了。配合警方一网打尽，他拔掉了暗地里的人，也算给晨宇卧底那边扯出了一条路。

只是这会儿，顾北辰和萧景都没有想到，一切来得太快，当网络上视频泛滥的时候，已经一发不可收拾。

“去年初夏，洛城最受瞩目的岑兰曦谋害简展锋案，多方证据证实，一切都是顾默怀所为。” 主持人干练的声音传来，“事情原本落下帷幕，却不承想事情还有后续发展，有人爆料，当年简展锋坠楼虽不是岑兰曦导致，但和帝皇集团有着直接联系。商业吞噬导致远达资金链断开，这才是简展锋坠楼的根本原因……”

外面媒体已经炸开了锅，而在幽静的Flower Dance咖啡厅里，播放着轻柔的钢琴曲，全然是一片宁静、祥和。

简沫有点儿局促，可又努力地顾左右而言他。

“简沫，你至于吗？”沈初一脸受不了的样子，“以前怼我的那股劲儿到哪里去了？”

简沫愣住了，当即知道沈初看出她的紧张：“你是情敌，我为了捍卫自己的地位，当然不能输了气势，可这会儿要见心理医生，能一样吗？”

“你就觉得自己没病就好。”沈初无所谓地说道。

“那你可以让心理医生别来了！”

沈初龇了下牙：“你说，你这人怎么陌生的时候一副高冷的样子，一旦熟悉了之后，就是一逗比啊？”

“说得好像你有多好一样！”简沫哼了一声，“还不是情敌的时候，你就一副白莲花的模样，现在就是一枝毒玫瑰！”

“行。”沈初点点头，“你就毒舌吧，还能不能做朋友了？”

简沫看着沈初有点儿想要对她扔咖啡勺的样子，“扑哧”一声笑了起来：“你为了让我轻松点儿，也是够拼的！”

沈初抿嘴笑着，两个女人就这样看着彼此，突然有种自己看自己的感觉。

只是，沈初没有简沫幸运，身边没有一个顾北辰。

“想什么呢？”简沫看着沈初的样子，一脸好奇，“这才开春，你就开始思春了？”

沈初一听，没好气地瞪了眼：“你就笑好了。”

简沫真的又笑了。沈初现在对顾北辰没有想法，作为一个爱着他的女人，她能感觉到。

有人推门走进了咖啡厅，四处张望着。

沈初看到对方后，扬了下手，女人踏着稳稳的步子走了过来。

“瑞希。”沈初等瑞希坐下后，才给两个人介绍，“我跟你说的，简沫。”

“你好。”瑞希落落大方地探出了手。

“你好！”简沫也含笑打了招呼。

瑞希是个一看就很性感的女人，一头大波浪卷发、深邃的眼窝、高挺的鼻子，五官特别立体。

“瑞希是个混血儿，”沈初说道，“以前在国外修心理学，去年回国开了心理咨询诊疗所。”

“你的情况小初给我说过。像你这样的例子，我也算比较有经验。”瑞希笑着说道，“如果你有意向，一周两到三次，到我家里来找我。”说着，她拿过一旁的便笺给简沫写了地址。

“家里？”简沫有点意外。

瑞希笑了笑：“小初说，你的身份比较特殊，去家里估计会比较方便。”

“回头我陪你一起。”沈初很够意思，“当然了，如果是上班期间，你老公准假的话。”

“放心，做我们这个行业是有职业道德的。”瑞希以为简沫不太放心她，“要不也做不下去了。”

“我不是这个意思。”简沫急忙说道，“沈初的朋友我是信任的。”

这句话没有太多修饰，只是表达了一个意思，朋友是值得信任的。

瑞希挑眉，显然被这话愉悦到了：“你和小初说的一样，真是个特别的人。”说着，她看了看时间，“我等下还有一个客户要去见，就先失陪了。你决定好了时间，需要提前一天和我预约。”

“好。”简沫点点头，目送瑞希离开了咖啡厅，她才坐下说道，“真是一个风风火火的女人。”

“没办法，搞心理学的，如果自己的内心不够强大，早就被病人给带偏了。”沈初偏头，问道，“等下有事吗？”

“没有。”

“一起去泡温泉？”沈初问道，“晚饭就在温泉会馆吃好了。瑾汐约了晚上去天堂夜，正好一起？”

“好久没有见到她了。”简沫突然有些怀念刚刚认识那个女人的时候。

“那看来你今天接下来的时间只能和我在一起了。”沈初说着，喊了侍应生过来结账，然后和简沫一同离开了咖啡厅。

“开我的车。”沈初看了一眼简沫，说道，“你的车回头再过来开好了。”

“嗯。”简沫没拒绝，直接上了沈初的车。

二人一同往帝皇集团旗下的Heal温泉会馆而去，简沫在车上给顾北辰打了个电话，惹得沈初受不了地翻了个大白眼。

“我说，你能不能顾及一下我？怎么说也是我的初恋，你这样在我跟前秀恩爱真的好吗？”沈初吐槽，“而且，不过就是出去一下，你还要报备？”

“这个叫情调。”简沫挑眉嘚瑟，心里却是感激沈初的。

沈初大概是怕她接触了心理医生会有压力，所以才安排了接下来的行程，好让她没有时间胡思乱想吧。

顾北辰挂了简沫的电话后，沉声吩咐：“通知公关部先做应急公关处理。另外，警方那边联系下。”

“好。”萧景面色凝重，急忙出了办公室。

顾北辰思忖了一下，然后拨了沈初的电话。

沈初没看来电显示，直接摁下蓝牙耳机：“你好，哪位？”

“是我，别让沫儿知道是我。”

沈初皱了一下眉，余光看了一眼一旁的简沫：“明天上班了，我会过去谈设计图的事情。”

“路上不要开广播。”顾北辰的声音凝重，“什么都不要问。总之，任何媒体都不要让沫儿接触到。”

“好，我明天一上班就过去。”沈初应了一声，“好……那先挂了，明天见！”

沈初淡定地挂断电话，顺势吐槽：“我就不明白了，我为什么最后会进入帝皇设计部？你说，我一个UCL出来的人，哪里应该也抢着要吧？弄得自己在帝皇磨不开面子，就怕别人说我靠关系，天天累死累活的。”

简沫不疑有他，以为刚刚就是个工作电话：“你可以跳槽。”

“跳？”沈初问道，“跳哪里？”

“翔宇怎么样？”简沫偏头，笑着问道，“毕竟刚刚上市，急需你这样的人才。”

沈初笑了：“我说简沫，你这样撬你老公的墙脚，真的好吗？”

一路上，沈初都在胡聊着，心里却在想着顾北辰的电话。

发生了什么事情？听北辰的口气，仿佛是和简沫有关，并且不能让她知道。

到了Heal温泉会馆，大堂经理亲自出来迎接。

“总裁夫人，已经准备好房间了。”经理含笑领着简沫和沈初去了豪华的单间温泉池了。

简沫也不意外，想着是顾北辰提前打了电话。

在简沫和沈初进了豪华单间后，经理回了大堂：“都屏蔽了吗？”

“已经都屏蔽了。”前台人员点点头。

“通知下去，总裁夫人在会馆期间，谁都不能有任何异样。”经理有些头疼，只能祈祷顾北辰那边将网络上的东西能够处理干净。要不，她能管到工作人员，也没有办法管到客人。

顾北辰雷厉风行地处理着因为视频引起的效应，等一切都交代好后，给J打了电话：“小傑呢？”

“睡觉了。”J沉默了两秒，随即问道，“顾北辰，网络上的事情不会是真的吧？”

“要多久能清理干净？”顾北辰不答反问。

现在谢海天和萧强已经在处理，可要处理得干干净净，恐怕谁也没有J处理得快。

“你想骗简沫？”J冷着脸问道。

顾北辰表情阴沉：“先处理。”

不容置喙的话让J当即撇了嘴，有些不满，可考虑到简沫会不开心，还是说道："已经处理了！"

"IP地址在什么地方？"

"我查了，是一家网吧。我也侵入了网吧的监控，发现那个机子在散播视频时根本没有人！"J看着电脑屏幕说道，"估计这个机子是之前有人植入了特定病毒，在特定情况下会自动发送。"

这样的情况，可能是跟随着某个人的一条信息，或者是谁打开了某个网站。这样的话，想要查到对方，十分耗时耗力。而且，就算查到了，也没有用了。

而现在，顾北辰担心的不是当年远达账目问题是不是真的和帝皇有关，而是怕简沫知道这件事后，原本就已经有抑郁症的她不能撑住。

简沫趴在温泉池子边上，头发被随意地绾在头顶，慵懒中透着妩媚。

沈初聊天时心不在焉的，拿着手机刷着网络——奇怪，并没有特殊的事情？

泡了一阵子温泉后，差不多到了吃晚餐的点。

两人本来打算去吃自助餐的，可经理说顾总已经安排好了晚餐，她们索性作罢。

沈初越发感到疑惑，思忖着顾北辰是不是不想简沫和大范围的人接触。

二人还在吃东西的时候，顾北辰已经到天堂夜了。

厉云泽是和厉瑾汐一起来的，顾北辰见没有陈瑄，想着两个人还僵着，也就没有问。

"咦，你怎么一个人？"厉瑾汐仿佛恢复了往日那一副女王的样子。

"沫儿和小初下午去泡温泉了。"顾北辰淡然开口，"等下她们一起过来。"

"北辰，你这男人做得，也是没谁了。"厉瑾汐笑着道，"初恋和老婆成了好友，我特想知道你有何感想。"

厉云泽率先笑了起来，也看向顾北辰，摆明了也很想知道。

"沫儿认可的，就是我认可的。"顾北辰平静地回答道。

"真是一点儿节操都没有。"厉瑾汐摇摇头。

顾北辰笑了："有老婆，要什么节操？"

厉瑾汐只觉得一阵恶寒：一段时间没看到顾北辰，怎么感觉这人又变了？

"我去一下洗手间。"厉瑾汐起身看了看时间，"我估计他们快到了。"

这时，包厢的门被推开，就见林向南走了进来。

厉瑾汐和他打了招呼后，先去了洗手间，包厢里就只剩下三个男人。

“三哥，新闻爆出的是真的还是假的？”林向南面色凝重。

顾北辰默不作声，只是淡然地拿出烟，点燃。

“三哥？”林向南有些着急。

“不管远达当年的账目是不是真的和帝皇有关，那都是商业上的事情。”顾北辰弹了烟灰，让人看不出心情，“现在的问题，是沫儿的抑郁症。”

在海滨做了那么多，他终于感觉到沫儿开始慢慢敞开心怀，打算放下小琰的事情。今天下午瑞希还给他打了电话，说沫儿对于治疗抑郁症这件事情，看上去并不排斥……他就怕这事让沫儿知道了，沫儿的心理负担会变大。

厉云泽轻叹。他是医生，很清楚一个人的抑郁症到了一定程度，会爆发成什么样子。

“压下新闻是我不想让沫儿在没有准备的情况下知道这事，我只是拿不准她现在的情况。”顾北辰的视线落在烟雾上，有些迷离。

当一个人在你心上了，你就会觉得你怎么做都没有办法让她得到最大程度的好，那是一种想要她更好的心态。

林向南和厉云泽对视了一眼，纷纷拧眉。

“简沫是个坚强的人。这样的人有时候极不容易和情绪病挂钩，可一旦牵扯上，往往要比其他人更严重。”厉云泽的胳膊撑在腿上，微微俯身，“因为他们的潜意识会想要粉饰太平，做出平常的样子，反而容易因为一点小的事情彻底爆发。”

顾北辰沉默着，没有接话。

没一会儿，厉瑾汐回来了，沈初和简沫也到了。

顾北辰扫过沈初，见她微微点头，随即示意简沫到他身边坐。

简沫没有发现异样，这里的人一个个都是人精，做戏都成了豪门基础课了。

“三嫂，你说我怎么那么爱你？”林向南觍着脸说道，“你不发话，我都以为我三哥以后是要全职做老婆的贴身家庭妇男呢！”

“贫嘴！”简沫被逗笑了。

“三嫂开心就好。”林向南挤眉弄眼，那样子，完全和部队里的铁血汉子是两个样。

气氛被林向南弄得活跃起来，大家也就轻松地边聊边喝东西，将刚刚凝重的气氛打破了。

沈初想找个机会问问顾北辰发生了什么事情，可惜没机会。

“瑾汐，你知道发生什么事情了吗？”沈初问道。

厉瑾汐沉沉叹了一声，故意开了玩笑：“能让你有机会重新搞定北辰的事情。”

“别闹。”沈初当即无语。

厉瑾汐耸耸肩，一脸沉重：“回头再说。”

沈初听了，也就没有继续纠结这个问题。

三个男人斗地主，三个女人觉得无趣，索性窝到一起去了。

“瑾汐，你和陈瑄……”沈初和简沫对视一眼后，决定坏人由她做。

“耗着呗……”厉瑾汐笑着耸耸肩，一脸无所谓，“我要离婚，他不离。”

“这事，陈瑄挺无辜的。”沈初皱眉。

现在看着顾北辰和简沫那么好，她突然也矫情得不行，总觉得有情人不在一起，挺拉仇恨的。

厉瑾汐叹了一下，看向简沫，有些迟疑，问道：“沫沫，我的事北辰和你具体说了吗？”

“说得不清楚，就说到陈瑄的家人导致你哥哥去世了。”简沫没有隐瞒。

“如果同样的事情落到你的身上，你会如何做？”厉瑾汐问道，“你会和北辰离婚吗？”

“你这个问题不应该这样问。”

厉瑾汐疑惑地看着简沫，有些没明白。

“你应该问，现在和过去什么最重要？”简沫顿了一下，继续说道，“或者问，你爱陈瑄吗？”

“现在重要，我也爱陈瑄。”厉瑾汐自嘲地笑了笑，“可是，依旧不能抹掉我哥哥是被陈瑄的家人害死的这个事实。”

简沫垂眸沉默了片刻，不知道要怎么说。

这样的事情，没有感同身受的话，怎么说都比当事人来得轻松。

“三哥。”林向南扔出一张牌，低声说道，“你觉得在豪门累不累？”

“享受了别人享受不到的金钱和权利，必然要承受别人不用承受的。”顾北辰回答之后甩出了一炸。

林向南看了看自己手里的牌，又看向厉云泽，龇牙咧嘴。

“别看我，我也没牌！”

“没人要？”顾北辰轻笑一声，又出了一把顺子，在厉云泽砸锅卖铁般地接住后，他甩出了手里的王炸，“一人三万六，记得打到我账上。”说着，他淡漠起身，“不早了，沫儿的身体熬不住，我们先回去了。”

“越有钱，越小气……这点儿钱还算。”林向南看着王炸翻了个白眼。

顾北辰微挑眉尾：“没办法，财政大权现在是老婆管着，总是要捞点儿私房钱的。”

他说得一本正经，惹得一屋子的人翻了个白眼。

“拿肉麻当有趣。”厉云泽有些吃不到葡萄说葡萄酸的心理。

“等你搞定了某人，也可以回敬。”顾北辰摆明了是自己心里有事儿闹心，也不让兄弟舒服的心态。

厉云泽当即不满，直接飙了脏话。

简沫喜欢死了洛城四少的感情，那种有事没事身边绝对有兄弟，还可以放心地把后背留给对方的感觉真好。

夜，还沉醉在年味的气氛下，街道上处处透着喜庆。

在洛城的某小区内，有孩子拿着烟花棒玩耍，时不时有大人提醒，让孩子小心一些。

一个男人站在四楼客厅的窗口，微微俯视下面，看着楼下开心玩耍的孩子，嘴角微微勾起淡淡的笑。那样的笑，没有温度，透着一抹戾气。

他缓缓抬手，指腹落在玻璃上，因为室内外温差大，上面有薄薄的雾气。

顾北辰和萧景还真是人物，叶晨宇那边没有得手不说，就连老二也被抓了。

男人缓缓放下手，垂眸，眼底暗沉一片。

——下午的新闻不过是开胃小菜，顾北辰，我真正送给你的礼物，怎么会是这样一个不痛不痒的料？

男人思忖着，嘴角的笑加深了些，透着鬼魅般的嗜血气息。

顾北辰开着车载着简沫回了半山别墅，许是一天都没有怎么休息，回来的路上，简沫就已经迷迷瞪瞪了。

“回家睡，嗯？”顾北辰停好车后轻柔地说道。

简沫揉了揉眼睛，点点头，坐起身欲开车门下车，可手才搭在车门上，另一条胳膊就被拽住，她疑惑地回头看向顾北辰。

“等下。”说着，顾北辰松开简沫，自己下了车，然后从车后座上拿着披肩去了副驾驶室旁。

简沫嘴角染了笑，任由顾北辰给她裹披肩。

“海滨那里已经暖和了，但洛城还冷，注意点。”顾北辰交代。

“嗯。”简沫点头，圈着顾北辰的胳膊回了屋子。

简沫先洗了澡，顾北辰给她吹了头发后，才拿衣服去洗澡。

许是因为海滨之行时想通了不少，虽然今天见了瑞希之后有些压力，但一想到要为了这个时时刻刻都宠爱着自己的男人努力，简沫仿佛能微微压制那种一到夜里就会不安的情绪。

简沫拿过手机，习惯性地进入洛城论坛，去了设计版块。

因为假期结束就要上班了，很多人哀号着的同时也在说一些新一年设计方面的事情。

突然，简沫的手机屏幕闪动了一下，她还没来得及反应，页面突然跳转到了另一个帖子上。

——孕妇怀孕八个月意外跌倒，因救治延误，孩子窒息而亡！

醒目的红色标题落入眼底，简沫瞬间气息不稳，那种有什么东西仿佛砸向心脏的感觉，让她的呼吸都不顺畅起来，“呼呼”的大喘气声充斥着神经。

她的动作不受大脑控制，手指已然滑动了手机屏幕。

当看到孕妇倒在地上，身边是一摊血水的时候，那一刻，简沫只觉得脑袋里嗡嗡作响。

滚烫的泪就这样涌出眼眶，在脸颊上滑过。

她的眼睛一眨不眨地看着手机屏幕，脑子里都是墨宫那晚的场景，还有她听到小琰已经离开那一刻的痛楚。

浴室里水流的声音断断续续传来，简沫猛然放下手机，然后闭上眼睛，想要努力压制新闻引起的记忆。

她不能让阿辰看出什么，她不能！

简沫只觉得头昏昏沉沉的，甚至开始有些犯恶心。她努力地深呼吸，极力压制那样的感觉，害怕自己压抑的情绪会突然爆发出来。

可是越压抑，那样的感觉越浓郁。

“嗯！”简沫急忙捂住了嘴，一把掀开被子，甚至拖鞋都来不及穿就往卧室外奔去。

顾北辰洗完澡出来，发现床上没有简沫的身影。他微微蹙眉，视线扫过床边的拖鞋，表情沉郁。

几乎想也没有想，他扯掉浴巾，捞过一旁的浴袍穿上，出了卧室。

“哇……”

他才站在楼梯口，就听到楼下传来隐隐约约的、压抑的声音，眉心顿时紧蹙到了一起。

他下意识放轻了步子，走到楼下的洗漱间外，那呕吐的声音变得清晰了一点儿。

“哇……哇……”简沫难受得脸已经拧到了一起，不停地干呕让她的胃跟着痉挛了起来。

她就这样一直难受地干呕着，这个动作持续了多久，顾北辰就在洗漱间外等了多久。

简沫的身体难受着，顾北辰跟着痛苦着。

沫儿这样的情况，他怎么敢让她知道那些似真似假的新闻？

顾北辰缓缓攥紧了手，沉痛得鹰眸也闭了起来，仿佛也在隐忍着什么情绪。

洗漱间的门被猛然拉开，简沫看到顾北辰在外面，明显愣住了。

顾北辰睁开眼睛，墨瞳对上简沫的视线，那一刻，彼此都想逃避，可是又不得不面对。

“我……”简沫心里有些慌乱，就连脸上都因为慌乱而溢出抗拒的情绪，“我就是突然有点不舒服，所以……”

顾北辰什么话也没有说，只是大步上前，一把将简沫狠狠地捞入怀里，他的臂弯渐渐收紧，甚至有些不顾简沫会不会疼。

简沫紧紧抿着嘴，顾北辰的力道之大让她觉得自己都快要散架了。可纵然如此，她也一声没吭，只是任由他大力地抱着自己。

“阿辰。”

她到底有些承受不住顾北辰的力道，轻轻唤了一声，声音里透着一丝隐忍。

顾北辰闭了一下眼睛，他知道自己用了多大的力气，也知道她疼。

可是，他要她疼！

仿佛感受到了顾北辰身上溢出的悲伤，简沫鼻子猛然一酸，泪，再次不受控制地簌簌往下掉着。

“阿辰，我得病了。”简沫颤抖着，彷徨又无助的她埋在顾北辰的胸膛里，整个人透着迷茫。那一刻，她所有的防线都已被击溃，只是不想这个男人觉得这样的无力。

“你说，我们什么事情都可以一起面对。”简沫的声音哽咽着，“我可以的……不管是小琰的离开，还是我的病！”

不知道为什么，她感觉阿辰是知道她得了抑郁症的。之前她一直隐瞒着，也以为自己一直隐瞒得很好。可这一刻，她清楚地知道，其实她一直是在自欺欺人。

“我好像得了抑郁症。”简沫哽咽道，“从小琰离开后，我的情绪就好像很压抑。其实，这次在海滨市，我已经纾解了不少。可是刚刚……刚刚我看到一个孕妇跌倒导致流产的新闻，我就控制不住我自己。”她边说边流着眼泪，想要宣泄所有的情绪。

“我知道，我都知道！”顾北辰咬牙，声音异常沉重，“沫儿，不管什么，我们都可以一起面对的。”

J是听到动静出来的，他就站在楼梯扶手那里，看着壁灯微弱光线下相拥的身影，脸垮了下来……他其实不太懂他们之间的感情，可想到那个死掉的孩子，他很心疼简沫。

J紧抿了一下嘴角，朝着楼上看去，见顾琰的房间没有动静，索性没有出声，转身回了自己的卧室。

叶晨宇跟踪完一起小三的案子后，已经是半夜一点了。

他开车往叶妈妈的别墅驶去，一路上就想不明白了,他一个警校高才生，怎么做这卧底做了好几年还没完没了。

到了别墅外面，他见里面还亮着灯，微微蹙眉，下车，走了进去。

“妈，这么晚了，你怎么还没睡？”

“你说要回来，我给你炖了汤，怕你不喝就去睡了。”叶妈妈絮絮叨叨，然后去厨房端了汤出来，“其实，我也是睡不着。白天的报道我看到了，本来想要给北辰打个电话的，最后觉得，还是等你回来问问你再说。”

“远达账本的事情，正好之前楚梓霄来侦探社找我查过。”叶晨宇喝了口汤，“不过这事你也别操心，北辰应该心里有数。”

“不知道为什么，我总觉得哪里好像不对劲。”叶妈妈轻叹一声，看向叶晨宇，“你说这顾默怀都被抓进去了，还有谁能揪着当年远达的事情不放？”说着，她突然疑惑道，“会不会是简沫的那个哥哥？”

叶晨宇喝汤的动作微微停顿，突然想到自己在跟的那件案子。

之前他接触北区那边的一个堂口，正好听到几个小弟在那里闲聊。那是顾默怀被抓进去不久的事情，听说简桁被人下了黑手，默默处理了。可黑手是谁，没有人知道。外界却传闻因为顾默怀倒台，他被流放到国外效益不太好的公司了。

“晨宇？”叶妈妈见叶晨宇愣神，皱眉喊了一声。

叶晨宇回了神：“我回头找机会和北辰沟通一下。时间也不早了，你快去睡，这里我来收拾。”

“嗯，这件事情你记得放在心上。”叶妈妈应了一声，“在你爸走了后，北辰一直照顾我们母子两个，平时也帮不到他什么忙，现在能帮着操心一些是一些。”

叶妈妈去睡觉之后，叶晨宇就一直坐在原地，脑子里合计着今天发生的事情。

他被人“逼”，因为正好和他跟的一个案子有关，所以他就顺着那人的意思给北辰制造了一些动静。

萧景这个人不简单，他清楚，虽然那人被抓有萧景的功劳，不过他暗地里给上线的消息也起到了一定的作用。

明明事情解决了，可爆出一条不痛不痒的当年新闻，对方目的是什么？

最主要的是，是接头人原本就安排好的时间，还是暗处还有人？

到底是个警察，一个个问题在脑海里过着，叶晨宇思忖着今天发生的所有事情之间的联系到底在哪里。

第13章
为她背负一切

夜，在悲伤带着沉静中度过。

第二天，洛城的天气格外好，朝阳暖暖地洒在城市的各个角落。

一大早，苏钧离开车到了半山别墅，将车停在院子里。他看着别墅，思绪在流转。

虽然昨天帝皇的新闻公关处理得很快，可不代表他不知道，不管是之前顾默怀的案子，还是如今又扯到了远达的事情上。他偶尔也会问自己，如果当初在英国时，他激进一些追到了沫沫，是不是如今的沫沫就不需要面对这么多事。

苏钧离的嘴角闪过一抹自嘲，沫沫是个敢爱敢恨的人，虽然和顾北辰爱得辛苦，可那是她选择的爱情。

收回视线，下车，苏钧离进了别墅。

“Uncle离，早！”顾琰正在和J吃早餐，“要一起吃早餐吗？”

“我吃过了。”苏钧离环视一圈，“你爸爸和妈妈呢？”

“妈妈好像还没起床，爸爸在书房。”顾琰正说着，顾北辰从书房里走了出来。

“这么早，有事？”顾北辰示意了一下，和苏钧离去了沙发那边。

“国外有场音乐交流会，爷爷的意思是带小傑一起过去看看，反正还有一阵子才开学。”苏钧离说道。

顾北辰目光深邃地看着苏钧离，仿佛要将对方看穿："只是因为这个？"

苏钧离冷笑了一声："具体因为什么，你知道，还需要我说？"

远达的事情到底要解决，听瑾汐说，沫沫现在的状态也是问题。

顾北辰微微沉吟了一下："好！"

他很感激苏钧离，他清楚对方是为了给他时间处理这些事，不想让小傑这么小就开始承受父辈的恩怨。

顾北辰没有"谢"他，一切不过是为了心中的那个女人。虽然，顾北辰嫉妒他嫉妒得要命。

"我出去了，懒得管你的事情。"J在苏钧离带着顾琰离开后，朝顾北辰哼了哼，也离开了别墅。

顾北辰轻叹了一声，转身欲上楼，就看到神情憔悴的简沫站在卧室门口。薄唇扬起一抹浅薄的笑，鹰眸深深地凝视着她，他轻问："醒了？"

简沫抿了嘴角，点点头："奶包呢？"

"苏三少带走了。"顾北辰开口的同时，抬了步子上楼，"说是国外有场音乐交流会，他带小傑过去参加。"

"哦。"简沫茫然地点了头，有些不在状态。

"洗漱了再吃点儿东西。"顾北辰抬手，温柔地为简沫捋了下头发，"然后我陪你去看心理医生？"

"我可以自己去的。"简沫的声音有些沙哑。

顾北辰将简沫轻柔地揽入怀里："第一次，我想陪你一起面对，可以吗？"

简沫沉默了片刻，喉咙里溢出了个单音节："嗯。"

顾北辰在她的额头上亲吻了一下："我在楼下等你。"

简沫去换衣服的时候，顾北辰给萧景打了电话。

"辰少？"

"通知会议挪到下午。"顾北辰说道。

"好，我知道了。"萧景应了一声，等顾北辰挂了电话后，他才撇了撇嘴，看着苏珊忍着笑的样子，脸色有点儿沉郁。

"看来，这些文件是要你处理了！"苏珊直接抱着一摞文件去了萧景的办公室，只是抽走了其中两个必须要让顾北辰看的，"我对你表示同情！"

"新年第一天就旷工，这个总裁当得真随意，可苦了我这个特助，操的皇帝心。"萧景的表情更加沉郁了。

“能者多劳。”苏珊扇动眼帘，“我在精神上支持你，fighting！”

萧景暗暗咧嘴，面无表情地说道：“苏秘书，你可以走了。”

看着萧景越发阴郁的样子，苏珊索性大笑了起来，然后在他龇牙咧嘴的模样中，离开了特助办公室。

当然了，玩笑归玩笑。苏珊很清楚，萧景并不会真的埋怨什么。整个帝皇集团，没有谁比他对辰少更忠心。

第一天上班，很多人都还有着节后病，懒洋洋的。

但对于作为跨国企业的帝皇集团来说，除去值班人员处理临时事件，一上班，所有人都已经陷入忙碌中。

顾北辰临时决定把会议改到下午，更是让一些急需处理的事情只能让萧景代为处理。

按照瑞希给的地址，顾北辰和简沫到了一处酒店式管理的公寓楼。

“没想到你这么快就会约。”瑞希看到顾北辰时微微挑眉一笑，“这位应该就是帝皇的顾总了？”

“你好。”顾北辰淡漠而疏离地打了招呼。

瑞希也不介意顾北辰的态度，毕竟在外界人眼里，这个人一贯如此：“没想到顾总会亲自过来。”

“陪老婆，会让人很意外？”顾北辰疑问。

“确实，很正常！”瑞希看向简沫，“你放轻松点儿，第一次来，我会先和你聊聊。”

简沫点点头，看了看顾北辰，见他给了她一个肯定的眼神，嘴角才轻轻扯出淡淡的笑容，和瑞希一起往治疗室走去。

“如果顾总不介意，我酒柜里有一瓶还不错的红酒。” 瑞希笑着说道，“治疗过程大概要两个小时。”

“不用考虑我，按照你专业的流程走就好。”顾北辰强调。

“好！”瑞希等简沫进了治疗室后，才和顾北辰点头示意了一下。

顾北辰在瑞希这里也没有客气，拿了她说的红酒出来，倒了一杯酒后，去了阳台。

这片酒店式公寓是帝皇旗下的，地处三环，房价高得吓人。这里不是瑞希的家，是他为了给沫儿治疗抑郁症专门设的。

不过，这里将会被作为酬劳给瑞希。

时间一点点过去。

有萧景在公司里，顾北辰倒是一点也不操心公司的那些事情。

修长的手指摇晃着高脚杯，他看着外面鳞次栉比的高楼在阳光下折射出刺目的光线，鹰眸渐渐眯起……墨瞳深处有着什么情绪在泛滥，一圈一圈地晕染到了表面。

昨晚，他哄沫儿睡觉后，看了她的手机，没找到那条新闻，就只能半夜挖了J起来寻找路径。

“这个是弹跳页面，是植入网页的一种最常见的广告弹窗形式。”J查完简沫手机的上网路径后说道，“也就是说，只要打开网页就会弹出。”

顾北辰冷峻如雕的脸上渐渐笼罩了一层阴霾，薄唇边溢出一抹让人觉得从脚底生了寒意的笑。

如果这一切只是一个局。

对方昨天爆出远达账目的事情，不过是让他将注意力都放在处理新闻上，而真正等着沫儿的，其实是这个弹窗形式的网页。

对方仿佛不仅仅对沫儿喜欢刷洛城论坛很清楚，就连她如今的状态也是知道的。

顾北辰这样想着，眸光陡然变得寒冷。

瑞希从治疗室出来，已经是两个小时后了。她动作很轻，生怕吵醒了已经睡着的简沫。

“怎么样？”顾北辰转身，视线落在瑞希身上，已然敛去了方才身上的寒气。

“初步看来，不如萧特助之前跟我说的那么乐观。”瑞希拧着眉摇摇头，“是又发生什么事情了吗？昨天下午我见她的状态还不错啊？”

顾北辰点点头，说了昨晚简沫看到的孕妇摔倒的新闻。

“为母则刚。”瑞希耸耸肩，“自然失去孩子，对一个母亲来说，也是很大的打击。”

顾北辰沉默着。

“有顾总陪着，我想顾夫人只要舍不得你，就会努力走出来的。”瑞希挑眉，随即笑着说道，“顾总给人的感觉是高高在上的，想不到会对自己的老婆好得让人嫉妒。”

“因为她回报了我更多的爱，她值得。”顾北辰开口。

在后来给简沫治疗的过程中，瑞希也深深体会了这一点。坚强的人都会固执，而简沫为了顾北辰固执地去坚强。

只是很多事情，真的多一分不行，少一点儿也会欠缺，让人感叹百密一疏。

顾北辰等简沫醒后，直接带着她回了帝皇。

简沫不想打扰顾北辰工作，索性去了帝皇设计部，代表翔宇参与到了帝皇今年的一个大型家园楼盘设计上。

顾北辰一直开会，到了下午五点才结束。

他往会议室外走的时候给简沫打了电话："还在设计部？"

"我和沈初到工地了。"简沫说道，"看看附近的环境，我才好进行设计。"

"需要我过去接你吗？"顾北辰声音低沉而轻柔。

萧景已经摁了电梯，就在顾北辰准备抬腿跨进去的时候，简沫说道："不了，我和沈初看完，等下一起回去。"

"好，我在公司等你。"

"嗯！"简沫应了一声，人已然走到了一旁，沉默了片刻才轻轻开口，"阿辰，我爱你。"

顾北辰的脚步猛然停住，人就在电梯门中间，萧景急忙摁住了上行键，不让电梯门阖上。

顾北辰的瞳孔里已经溢出了温暖，薄唇间更是溢出由衷的笑："我也爱你，所以什么都会过去的。"

"我会努力的。"简沫轻轻开口。

"我一直在你身后，你只需要勇往直前就好。"

简沫抿了嘴，鼻子酸酸的。她"嗯"了一声，才挂了电话。

顾北辰缓缓垂了手，准备进电梯，却又突然停了下来。他偏头，视线落在从楼梯口走进来的男人身上。男人戴着黑色鸭舌帽，垂着头，穿着橘红色的清洁工人的衣服，手里还拎着水桶和拖把。

萧景也看了过去，蹙了一下眉，就见那人微微抬头，露出脸。

顾北辰蹙眉："你这是变装玩上瘾了？"

"没办法。"叶晨宇邪魅地笑了笑，"今天是清洁工style。"

萧景蹙了一下眉心，没有说话，只是看了顾北辰一眼，随即点点头。

顾北辰收回视线，进了电梯，萧景等电梯门关闭后才上前，领着叶晨宇搭了另外的电梯。

萧景打量着叶晨宇。辰少的事情他知道很多，不知道的很少，可显然，这个人他是不知道的。

通过抓幕后黑手，他还以为自己发现了一条大新闻呢，可最后，辰少是知道的。

“你和辰少很早就认识？”萧景好奇地问道。

“你去问你们辰少啊，问我干什么？”叶晨宇觉得好笑，看萧景这样子，怎么感觉是吃味？

“如果辰少说，我还用问你吗？”萧景的脸色黯了一下。

叶晨宇的笑容更灿烂了：“萧特助，做我们这行的，你知道什么是首要的吗？”

“什么？”萧景下意识问道。

“保密！”叶晨宇一本正经地点头说道。

电梯抵达天台，叶晨宇看着萧景一副被噎住的样子，心情大好。他拎着水桶等物出了电梯，甚至吹着口哨。

萧景暗暗咧了一下嘴：“怎么会有这么讨厌的人？”

他的话被阖上的电梯门隔开，叶晨宇回头看了一眼，邪笑一下，然后去了前面随便找了个地儿坐下。没两分钟，顾北辰就上来了。

“这样来找我，就不怕你的身份被曝光？”顾北辰拧眉问道。

“没办法。”叶晨宇开口，“发生了一点儿意外，我被人窃听了，只能过来找你。”

“什么事？”顾北辰蹙眉。

叶晨宇示意了一下顾北辰，顾北辰也没理会自己身上那套名贵的手工西装，直接在叶晨宇身边坐下。

“昨晚我回去，我妈唠叨你的事情，我突然想到一些问题……”叶晨宇压低声音将昨晚想到的事挑重点大致说了一下，“我怎么觉得，还挺有方向的？”

顾北辰没有说话，只是目光幽深地看着叶晨宇。

“喂，你别这样看着我。”叶晨宇心里有些发毛。

“早上我也想到了。”顾北辰的视线落在前方，“当年，二叔可以未雨绸缪，从小姨夫开始，到沫儿父亲和妈妈之间的纠葛，未尝不会算到万一自己失败了，留后手来硌硬我。”

叶晨宇沉默一下：“但是我想不通，他这样两败俱伤的做法，是为了什么？”

顾北辰鹰眸轻眯了一下：“那也只有见见他才知道了。”

“那就是你的事情了。”叶晨宇站了起来，“好了，我走了。”说着，他的眉头微蹙了下，“你们帝皇弄这么大干什么？害得我们清洁公司的人打扫要几个小时。”

顾北辰无奈地勾起嘴角，也没有说什么，看着叶晨宇离开后，他才站起身。

他走到天台边，视线所及之处是洛城大片的景色。

站在顶端，可以俯瞰一切，可也会承受这一切带来的种种问题。

纽约的夜是喧闹的，就算黎明就要到来，大街上也能看到彻夜狂欢过的人。可这一切的喧闹，和石少钦无关。

“钦少。”席城有点儿紧张，“那个……有可能有副作用。”

石少钦绝美的俊颜上没有任何表情，只是溢出唇的话透着冷然：“没事，你可以给Star陪葬。”

席城的喉结不由自主地上下滚动，暗暗腹诽。

梅诺听不懂中文，只是从有些诡异的气氛中仿佛感知到了什么。

“Star会没事吗？”梅诺问席城，湛蓝的眼底有些担忧。

席城开始做准备：“逢药三分毒，想一点儿意外都没有，那不可能。”他说得随意，可手上的动作快速而精准，甚至在把第二阶段的药剂注入Star体内的时候，让人觉得毫无压力，而是轻松随意。

“最多两个小时就能有结果。”席城收着注射的东西，“梅诺，每十分钟要测量血压和看心率，我就在外面，有问题第一时间喊我。”

“没问题。”梅诺应声。

石少钦看了一眼保温箱里的Star。这次的药剂有效的话，一个疗程过后，他就可以离开保温箱了。想到这里，石少钦俊脸上的线条都变得柔和起来。

转身，离开了保温室，席城有些不太想和石少钦待在一起。

好在出来没五分钟，石少钦的手机就响了。

石少钦接电话的同时，走向走廊尽头：“不行了，就给我治。”他声音冰冷，“想就这样死了，他想得还真美！”

对方沉默了片刻：“估计治的话，也就是存着一口气。”

“那就让他活着，留着一口气忏悔今生所做的事吧。”石少钦的声音轻柔得让人觉得如沐春风，偏偏夹杂着冷冽的气息，让人心凉。

“我明白了。”

石少钦挂了电话，狭长的眸子微眯了一下，又乍然睁开。

既然无法折磨罗松贤，那么，必须让他活着……人只要有意识，总会怀念一点儿过去。

过去有多风光，他最后的岁月就会有多痛苦。

石少钦目光微冷，垂眸，拿出手机拨出了阿威的号码："卢寅平那边处理得如何了？"

"钦少，你在我身上装了追踪器？"阿威咧嘴说着，"刚刚枪决。"

石少钦听了这话，淡淡应了一声，没有再说什么，直接挂了电话。

Star马上就要回到正常孩子的生活中了，石少钦不想顾琰有意外，卢寅平只要没被枪决，就有机会逃离，他不想发生任何意外。

洛城。

简沫和沈初看完工地后，先给俞梓昀打了电话。

"俞总，帝皇新盘的地方我看了，估计要一个二至四人组参与设计。"

"刚刚上班，也没有那么忙。"俞梓昀沉吟了一下，"设计组可以抽调三四个人。你看看要谁，我让老唐安排一下。"

"这次的楼盘主要针对的是年轻人。"简沫思忖了一下，然后说道，"让向晚和晓冉参与，另外再看看设计部还有谁，再安排一两个吧。"

"你这是打算带新人？"俞梓昀笑了起来，"简沫，带新人很累的，你既然开口了，我可是不会拒绝的。到时候，你家顾总别心疼了来找我算账啊。"

"俞总，我在谈工作。"简沫有些无奈。

"我也在谈工作啊！"俞梓昀挑眉，"不过，如果是这样，要不要多带一个……"

"嗯？"

"前两天和晓静打赌又输了，说要给她带个新人。"

俞梓昀一点儿都没有因为输给自己老婆而不好意思，笑着说道："你也知道，我哪有时间啊？你这次反正打算带新人，就顺便了。"

简沫哭笑不得。可是，她也是打算用工作充实自己，不让自己去想那些事情，也就无所谓地应了一声。

"带新人那么累，你还打算一下子带几个？"沈初有些受不了，问道。

"向晚不算新人了，剩下的也都有实习基础。"简沫扯了扯嘴角，"瑞希说，治疗前期需要用一些事情来转移注意力。"她垂眸，苦涩地说道，"我想为他努力。"

"我终于明白为什么我和北辰走不到一起了。"沈初见简沫看向自己，涩然一笑，"因为我没有你那么坚定，一定要站在他身边。"

简沫浅笑着。如今，两个人谈到这些事情时都能心平气和："沈初，如果转角遇到爱，再也不要放弃了。"

“必须的！”沈初挑眉，随即坐正身体，启动车子往帝皇集团驶去，“晚上要不要抛弃你老公，陪我去吃饭？”

“为什么？”

“当然是眼不见为净了。”沈初开了玩笑。

简沫睨了她一眼，竟被她给逗笑了。

顾北辰收到简沫的信息的时候，正和萧景去洛城监狱。

有沈初陪着，他倒是放心，虽然他的初恋和他的老婆现在关系这么好，让他有些尴尬。

过了半年多的牢狱生活，当初那个总是高高在上的顾默怀脸上显现了年龄留下的痕迹，身体仿佛也变得佝偻起来。

“怎么想到来看我了？”顾默怀笑得格外阴冷，目光更是透着诡谲。他看着顾北辰，明显是知道发生了什么事情。

“百足之虫，死而不僵。”萧景轻轻吐槽了一句。

顾北辰掏了烟出来，给了顾默怀一支，并帮着点燃后，自己也点了一支。

烟雾在俊脸前散开，朦朦胧胧的，透着压抑。

“二叔在外面还安排了多少人？”顾北辰说着，抬眸看向顾默怀。

顾默怀吸了口烟，笑着说道：“你猜？”

顾北辰没有说话，只是静静地看着对面那张笑得得意并透着兴奋的脸，过了好一会儿才缓缓开口：“你，我都能送进来，你就真的觉得，小鬼三两只，我搞不定？”

顾默怀享受地又吸了口烟，吹出烟雾后，才笑眯眯地看着顾北辰，说道：“那你今天来找我的意义是什么？”

“就是来看看你。”顾北辰浅笑，“感觉你有些孤单，不如回头我让小鬼们都进来陪你？”

顾默怀和顾北辰的视线对到一处，一个噙着诡谲的笑，一个深得看不到底。不过瞬间，两个人之间弥漫了杀气。

“时间到了。”狱警提示。

顾默怀又贪婪地吸了口烟，这才碾灭烟蒂，和狱警离开。只是在铁门关上的那一刻，他偏头看了顾北辰一眼。

顾默怀收回视线，跟着狱警往前走。就在墙遮掩了他的身影，外面的人看不到他时，他再也控制不住体内张狂而狠厉的血液，嘴角勾出一抹若有若无且意味深长的笑。

那样的笑，透着两败俱伤下的变态疯狂！

“辰少？”萧景见顾北辰一直没有动，小声提醒。

“暗处一定还有人。”顾北辰的双眸深不见底，“查！”

“嗯。”

顾北辰起身，带着萧景离开了洛城监狱。

在回去的路上，洛城天色已经暗淡下去，华灯初上。

顾北辰和萧景先去了Devil's kiss，和萧楠几个人商量关于拔暗处人的事情。

“没有估算错，他们现在的目标应该主要放在沫儿身上。”顾北辰冷静地说道。

“嗯。”萧楠应了一声，“少夫人现在的情况，最容易让对方找到空子。”

“少夫人现在有抑郁症，治疗期间最怕的就是想起小琰离开的事。”萧景沉吟了一下，“小强在这里盯着，让J也盯着些。”

“我已经让J写了程序在沫儿的手机里，对方只要再想弹出新闻，沫儿看不到，新闻也会直接转到J那边。”

对于J的能力，萧景已经了解了不少：“只要寻到路径源头，拔桩也就容易了。”

“嗯。”顾北辰看了看时间，“走吧。”

萧景和萧楠点头示意了一下，和顾北辰离开。

出了Devil's kiss，顾北辰给简沫打了电话：“在哪儿？”

“我在南香楼总店。J想吃湘菜，我们就过来这边了。”简沫含笑说道，“你吃了没有？没有吃的话就过来一起吃。”

“好。”顾北辰应了一声，“我和萧景一起过去。”

“嗯。”简沫挂了电话，对沈初说，“阿辰忙完了，还没吃饭，我让他过来一起吃。”

“找个人来掏钱，我不介意。”沈初无所谓。

“我能说我不想和他一起吃饭吗？”J冷哼，看向简沫不满地说道，“你说没有他，我才来跟你们一起吃饭的。”

“喂，你为什么那么讨厌北辰？”沈初有些奇怪，“我之前在公司不是看到你们挺好的吗？”

“谁和他好？我们那是各取所需的合作。”J翻了个白眼，“顾北辰一来，简沫眼里就只有他了！”

沈初“扑哧”一声笑了出来：“如果你现在是二十七，我一定觉得你是将北辰当成情敌了。”

“我十七就不能当他是情敌了啊？”J冷了脸。

沈初看着简沫笑了笑：“嗯，可以……你高兴就好。”

简沫看了一眼J：“千万别喜欢姐，姐只喜欢我的顾总。”

J哼了哼，偏头看向窗外，嘴里不清不楚地嘟囔起来：“我喜欢你又不是那种男女喜欢，自作多情，还以为自己是从八岁到八十八岁的男人通杀呢！”

沈初看着J那副傲娇的样子，心情挺愉快。都说天才是两极分化，要么呆萌，要么木讷。J是前一种，有惹人喜欢的孩子气。

顾北辰和萧景来的时候，简沫加的菜也已经上来了。

“等会儿吃完要不要去广场上散散步？”顾北辰说道，“那边弄的新年装饰过了十五就撤掉了。”

“好。”简沫应声。

“我也要去。”J完全一副“我是灯泡我光荣”的样子。

“我等下要去游戏城，本来还准备带你的。”萧景一副无所谓的样子，“你和辰少去，看来我只能约别人了。”

J完全没有看破萧景的小心机，急忙说道：“那我不和他们夜游了，我要和你去游戏城。”

“没节操！”沈初因为自己落单，气愤得又点了一份南香楼最贵的至尊口味虾。

没办法，女人一旦郁闷了，就喜欢和食物过不去。

虽然已经入春，但是洛城的晚上还是有些寒意。

顾北辰脱了西装外套给简沫披上，顺势拉了她的手，漫步在洛城广场上。

曾经雨下一个人的华尔兹，此刻回想起来都成了幸福的记忆。

“沫儿。”

“嗯？”简沫偏头看向顾北辰。

“最近我在查当年远达的账目。”顾北辰看了一下简沫，“如果我说，那件事有可能和帝皇有关，你会如何？”

简沫停下来，转身直视着顾北辰：“你是认真的？”

顾北辰轻叹了一声，点点头。

“爸爸的事情已经过去了。”简沫垂眸，微微吸了一口气，然后抬眸说道，“就算远达的账目和帝皇有关，那也是商场上的斗争。”

顾北辰看着简沫，目光渐渐深邃。有一个女人，她能在你最需要她的时候一直在你身边，也能无条件地信任你，甚至头脑清晰，从来不连带怒火，你是何其幸福！

“而且，当年远达的资金会空，简桁有很大的责任。”简沫语气涩然，“阿辰，不要因为我的病而小心翼翼，我会为了你和这个家努力坚强的。”

“嗯。”顾北辰将简沫轻轻揽入怀里，声音柔和地说道，“你的身后一直有个我，你累了，随时可以靠。沫儿，我是你最坚实的后盾。”

简沫抱住了顾北辰，什么也没有说，只是静静感受他的心跳，并告诉他，她会坚强。

他曾对她说，虽然不能保证在以后的岁月里每天都陪伴在她身边，但他会尽自己所能，让她的生命里每一天有他！

这样的男人，她又如何能不为了他坚强？

时间，在萧景等人布局、顾北辰陪简沫做心理治疗中度过。

节后病也随着连日上班，仿佛在上班族身上消失。

洛城一切依旧，早上在地铁和公交车上可见上班族匆匆的身影。在平凡的脚步下，永远有看不到的城市深处的污垢。

直到新闻爆出警方破了一件犯罪案，民众不过就是当茶余饭后的八卦，消遣一下。

“辰少，都清理了一遍，确定不会有漏网之鱼。”萧景认真地说道。

顾北辰轻睨了一眼瑞希的治疗室，应了一声：“确定了二叔那边吗？”

“那些人被送进去的时候，我从监控室观察过二爷，看他那神情，是这些人没跑了。”

“嗯。”顾北辰又交代了几句后挂了电话。

夕阳的余晖笼罩着天际，顾北辰眸光微深，眼底是睥睨一切的霸气。

给沫儿一片安宁，陪她走出抑郁，过去的一切终究都会过去。

第四次心理治疗，瑞希已经明显感受到简沫的改变，也对顾北辰这个男人有了更深的认识。

“状态很好。”瑞希含笑看着简沫，“你很棒。”

简沫看看顾北辰，笑着和瑞希道了谢后，二人一同离开，回了家。

罗姨已经准备好晚餐，见二人回来，和用人一同将晚餐布置好。

这些天，J整天和萧景混在一起，有时候饭点也不在，大家也都已经习惯。

吃过晚饭后，顾琰和简沫在视频通话，母子两个人互相吐槽，但也会顺带说几句暖心的话。

这次音乐节有太多新鲜的东西，顾琰玩得有点儿疯。

“我怎么感觉你真的要被苏家带跑了？”顾北辰微微蹙眉，看着兴奋得不能自已的顾琰。

“Uncle离是Uncle离，你是爸爸。”顾琰咧嘴，眼睛亮晶晶的，“是不一样的哦。”

顾北辰明显被顾琰的话愉悦到了，心更是被儿子暖得像化了一样。

纽约。

石少钦看着洛城的新闻，胳膊随意支撑在扶手上，手背托着下巴：“这么快就揪出了暗处的人……北辰，果然一开始我就没有看错你。”

外面有急促的脚步声传来，就在石少钦微蹙剑眉时，来人着急地敲了门，甚至不等他开口就已经推开了门。

石少钦的俊颜上透着一丝冷厉，可推门进来的席城完全没有发现，只是兴奋地说道：“钦少，Star醒了！”

石少钦看着席城兴奋的样子，绝美的俊颜上平静如水，没有丝毫波澜。

“钦少。”席城见石少钦没有反应，整个人僵在那里，再次确定地说道，“Star醒了！”

“醒了？”石少钦轻问一声。

“嗯，醒了。”席城点头，有些愣怔。

石少钦依旧没有动，只是看着席城。

席城被看得心里毛毛的，只觉得后背上升起了一股凉气，阴森森的。

钦少不是一直很关心Star的吗，甚至最近连墨宫都不回了，还住在他这个药物研究所里……可这个反应似乎不对啊？

“钦少，我说醒了的意思是……”

石少钦猛然站了起来，什么话也没说，大步流星地往外走去。

席城下意识让开路，他看着步子跨得极大的石少钦，撇嘴道：“这才是该有的反应嘛！”话落，他也急急忙忙地跟上前。

石少钦疾步走进了保温室，纵然心里急切，也记得全身要消毒，没有半点儿马虎。

屋内有笑声传来，是梅诺和一个护士兴奋的声音。石少钦朝里面看了一眼，消毒的动作更快了。

“钦少，Star醒了。”梅诺见石少钦进来，脸上的笑容都将眼角纹给挤出来了。

石少钦没有说话，只是径自走向保温箱。里面的小家伙睁着眼睛，好奇地四处看，眼睛晶亮、漆黑，让人觉得虽然他不会说话，可眼里全然都是话儿。

石少钦的嘴角不受控制地扬起，小家伙在保温箱里一会儿蜷着腿，一会儿伸直，样子有些笨拙，可是像扯动心弦的一根线，让他的心绪都跟着小家伙的动作而动。

突然，Star看着石少钦咧开嘴就笑了起来，一双黑漆漆的眼睛在柔和的灯光下显得格外的明亮。

“Star笑了。”梅诺惊呼一声，“他醒来就一直到处看，那张小脸上充满好奇，但又很严肃，想不到一看到钦少他就笑了！”

石少钦看了梅诺一眼，视线重新落在了Star身上，那一刻，心里似乎被填得满满的。

他却不知道是因为梅诺的话，还是因为Star朝他笑了。

“啊……”微弱的一个单音节，透着稚嫩和笑意，那样的声音，只是来自婴儿兴奋下的感叹。

梅诺接生过，看过许许多多的婴儿和小朋友，可她觉得，从来没有这一刻让她觉得神奇。

明明钦少和Star没有任何血缘关系，但一大一小之间仿佛有着很大的联系。

就好比，钦少只会对着Star笑，而Star的第一个笑容，也是留给钦少的。

保温室内弥漫着温馨的气息，就连一向只对药物感兴趣的席城都兴奋得不能自已。

他制的药大多时候是害人的，救人的药很少。可看到Star睁开眼睛的那一刻，他简直不受控制地感到开心。

“他什么时候可以离开这里？”石少钦一双狭长的眸子里是满满的笑意。

Star也不知道是不是感觉到石少钦对他的友善，一直不停地踢着小腿朝着他笑。那个样子，软萌得人心都要跟着化了。

“再观察两天。”梅诺笑着说道，“如果没有问题，Star就可以离开保温箱，基本回归正常生活了。”

石少钦听了这句话后，脸部线条都变得柔和了几分。

他抬手，修长的手指轻轻滑过Star的“脸”，就像有心灵感应一样，Star

手舞足蹈，又笑了起来。

“欢迎你。”石少钦轻轻开口。

——以后的岁月任你遨游，有我，你什么都不需要担忧，只需要无所畏惧，就好！

纽约沉浸在Star醒来的喜悦中，洛城也因为拔除了暗处的人，处处透着温馨。

过了正月十五，顾默元和岑兰曦就回来了。

经过那么多事，他们又知道了当初顾北辰被绑架，那三个月在墨宫的事情后，他们对儿子觉得愧疚，也对简沫感恩。

过去的事情终究过去了，珍惜当下的人才是最重要的。

“小傑回来了，大家一起吃个饭吧？”岑兰曦忍了忍，还是说道，“北辰，妈会尝试着和简沫好好相处。”

“好。”顾北辰轻轻应了一声。

岑兰曦的鼻子又一次酸了起来，嘴翕动了几次，可是什么都没有说出口。

“走吧。”顾默元轻叹一声，看了一眼自己的儿子，然后和岑兰曦一起下了车，进了别墅。

顾北辰等顾默元他们进了大门后，才开车回了半山别墅。人才到屋子门口，手机就在兜里振动了起来。

拿出手机，见是厉云泽打来的，顾北辰接通电话：“嗯？”

“北辰。”电话里传来何以宁焦急的声音，透着无助下的哽咽，“厉云泽的手受伤了，他不去医院。”话音刚落，她已经不受控制地哭了起来。

顾北辰当即停下来，眉头紧锁，问道：“你们在哪里？”

开什么玩笑？云泽的手多金贵，受伤了不去医院，他耍什么疯呢？

何以宁哭着报了地址，顾北辰沉声说道：“我马上过去。”

“怎么了？”简沫看着顾北辰才回来又要出去，疑惑地皱了眉。

“云泽的手受伤了。”顾北辰拧眉，“不知道是什么情况。你和我一起过去，以宁的情绪不好。”

“嗯！”简沫急忙应了一声，拿了外套，换了鞋，和顾北辰疾步往车跟前走去。

J正好回来，刚刚想说话，就见两个人坐上车，完全无视他就离开了。

“有没有搞错，用完我就没有人管我了！哼！”

“我管你。”罗姨也不知道发生了什么事情，不过想着顾北辰和简沫在一起，也没有多想，只是看着J在那里生气，笑着说道，“晚饭吃饺子，好不好？”

J本来想有骨气地拒绝，让罗姨明白他这会儿在生气。可惜，他在饺子面前忒没骨气，最后闷闷地应了一声。

第14章
心情是疗伤药

顾北辰开车开得有点儿快，简沫的心情也极其沉重。

其实她和何以宁接触的次数并不多，可是那个女人身上有一股特有的傲气，阿辰说她情绪不稳，恐怕已经算轻的了。

一路开到了郊区，远远地，就见厉云泽的车停在路边，二人不知道争吵着什么，何以宁已经哭得不能自已。

“厉云泽，你是不是要我把我的手赔给你？”就在顾北辰和简沫下车时，何以宁犀利地朝着厉云泽嘶吼着。

二人顾不得去问发生了什么事情，就见厉云泽的左手被鲜血染得红红的，也不知道伤口是什么样子，反正看着挺瘆人的。

“你是不是疯了？”顾北辰看着厉云泽一脸无畏地靠在车上，他冷峻如雕的脸上透着寒气，“如果这是你对付女人的方式，我还真是高看了你。”说着，他看向简沫，“我带云泽先去医院。”

“我陪以宁。”简沫急忙说道。

“等着我拖你走？”顾北辰的声音里透着不容置喙的意味。

厉云泽朝何以宁冷笑一声，看着她的眼里有着复杂的情绪。那是爱恨交织，彷徨而不知道要如何做的无助和愤怒。

他什么话也没有说，只是冷漠地收回视线，跟着顾北辰上了车。

何以宁嘴角挂着自嘲，偏头，眼泪就像断了线的珍珠，不断地往下掉。

顾北辰看了一眼何以宁后，启动车子，掉转方向，率先离开了郊区。

简沫什么也没有说，只是上前抱住了何以宁。

有时候，越是坚强的女人，越不想别人看到自己的伤痕。

也不知道何以宁无声地哭了多久，眼泪就像怎么都流不完一样。

简沫就一直抱着她，直到夕阳快要在地平线上消失了，她的情绪才稍稍平稳。

“谢谢。”何以宁吸吸鼻子，眼睛红肿的她说道，“耽误你和北辰了。”

简沫摇摇头，表示没关系：“要去医院看看吗？”

“不了。”何以宁自嘲地扯了扯嘴角，“大不了他的手拿不了手术刀，我把我的赔给他！”

简沫皱眉，虽然她的感情之路一直坎坷，可到底和顾北辰坚定地认定彼此，这一路下来也就不是那么难熬。可厉云泽和何以宁……

简沫没有多问，只是示意何以宁上车：“去哪里，我先送你。”

“你送我回舒雅医院，我晚上还要值班。”何以宁抿嘴，努力压下内心翻涌的悲伤。

“好。”简沫应了一声，启动车子，送何以宁回舒雅医院。

她看得出何以宁很担心厉云泽的手，可……

“简沫。”

“嗯？”简沫偏头看向何以宁。

“他……”何以宁咬牙说道，“你过去看了之后，能不能跟我说一声？”

“好。”简沫应声，看出何以宁的心思，“我不会让云泽知道的。”

“谢谢。”两个字，声音沙哑得不像话。

简沫笑着摇摇头。

一路上，何以宁没有再说话，只是偏头看着车窗外。

从头到尾，她的执着都是个错误。可明明知道是个错误，明明知道厉云泽发现后会恨她，她偏偏奢望了。

何以宁木然地扇动睫毛，充满红血丝的眼中透着悲哀。

谁能想到，她当初无意中将云皓哥哥研究药物的资料带走，才有了后来陈家人盯上云皓哥哥研究的事情，最后有了云皓哥哥在厉云泽和厉瑾汐跟前自杀的情景。

她自嘲地扯了扯嘴角，闭了眼睛。

简沫没有打扰何以宁，一路上，她只是安静地开车。到了舒雅医院，她下意识看了牌子，关于爸爸和妈妈的记忆瞬间涌了上来。

“谢谢！”

简沫收回思绪：“如果有需要，你可以给我打电话。嗯，不管如何，撇开厉云泽，我们是朋友，一一和奶包也是朋友！”

何以宁点点头，没有多余的客套话，打开车门下了车。

简沫看着何以宁透着涩然的背影，轻轻叹了一声，然后开车去了华康医院。

她到华康医院的时候，厉云泽的伤口已经处理好了。好在没有伤到筋骨，可要在两个月内拿手术刀，基本不可能了。

简沫给何以宁发了信息，余光瞥见厉云泽的嘴角翕动了好几次，可他始终没开口。

他不问，简沫也没打算说。她心想：想问又闹情绪不问，这会憋死你的！

顾北辰微挑眉眼，简沫心里想什么，他一眼就能看懂，但他也没有戳穿。毕竟从小到大，云泽和何以宁之间也经历了何家的风风雨雨，他们总得解决。

“你们回去吧！”厉云泽突然开口，声音有些沉闷。

简沫暗暗冷笑，这男人别扭起来，真是比女人还烦人！他明明想要问以宁的情况，现在却嫌弃她和阿辰在这里，怕自己忍不住要问，索性赶走他们。

“反正是你自己的地盘，嗯，应该也不需要我和阿辰操心。”简沫上前圈了顾北辰的胳膊，“你好好休息，我们走了。”

厉云泽嘴角抽搐，瞪着眼睛看着两个人真往外走了，当下又不满地气道：“喂，我还没吃饭。”

“你心情不好，估计也吃不下去。”顾北辰语气淡淡的，完全和站在老婆一条线上。

厉云泽的唇不停地翕动，最后咬牙憋出了两个字：“你狠！”

顾北辰挑眉，带着简沫离开了医院，完全无视厉云泽那如鲠在喉、一脸憋屈的样子。

“真不管他？”简沫到底有些不忍心。

顾北辰轻笑：“你都说了，在他自己的地盘，他还能饿到？”他启动了车，“何况，他只是左手受伤，腿和右手又没有事。”

“阿辰，他们两个是怎么回事？”简沫问道。

何以宁能生下厉云泽的孩子，肯定还是爱着云泽的。

“从小的欢喜恩怨。”顾北辰轻叹一声，“以前何以宁追云泽用了不少心计。男人有时候很奇怪，越被黏着就越烦。”

简沫皱了眉，偏头看向顾北辰：“那你的意思是，我以后要对你若即若离才好？”

“我不是一般男人，我喜欢被女人黏着。”顾北辰淡定回答。

“哦，这样啊……”简沫假笑，摆出一副了然的模样，“难怪你经验丰富。”

顾北辰突然有点儿头疼，决定认真开车。

“顾总，说吧……”简沫却不打算放过他，“你和多少女人演练过？”

有时候女人很奇怪，会将别人的闷气转移到自己身上后为难身边的人，哪怕明明知道自己这是无理取闹。

“确实演练过。”路口红灯亮了，顾北辰停下车，偏头，嘴角勾了邪魅的笑，说道，“可都是在你身上。”

“你和我在一起的时候就明显很厉害了！”简沫咬牙切齿。

顾北辰笑了起来，微微俯身过去，声音暧昧：“没办法，我无师自通。”说着，声音越发低沉。

简沫一把推开顾北辰，觉得他太不要脸，可一想到彼此只有过对方，说她心里不是甜滋滋的，那都是骗人的。

绿灯亮，顾北辰往前行驶：“等下我们随便吃点儿。”

“哦……”简沫没有在意。

顾北辰带着深意，道：“留点儿时间回去演练一下。”

噗！

简沫当即无语。

车，穿过十字路口。

洛城华灯初上，商场的大屏幕里播放着洛城晚间新闻。

世事变迁，每天都有不同的新闻刺激着某些人的神经，每天也有疯狂后想要归于平静生活的欲望。

简沫觉得自己挺了解顾北辰的，但又不了解。就比如，有时候她有点儿跟不上那个男人的思维。她以为他在用暧昧的手段扰乱她正常思考，最后，其实他只是为了让她缓解情绪。而她以为他说的“演练一下”就是开个玩笑，其实晚上会给她一些浪漫的时候，他却真的是回家演练一下。

嗯，演练开始……

不够？

再来一次！

“老公，求放过。”简沫欲哭无泪，看着顾北辰，向他求饶。

“我只是在证明我自己。”顾北辰一脸无辜，声音低哑而暧昧。

“这个世界上怎么有你这样小气的男人？”简沫气恼地娇嗔一句。

顾北辰哼了哼，不理会简沫，只是继续身体力行地证明自己。

在这样的情况下，简沫不败下阵来是不可能的。

“老公，你最棒！可是，我不行了……”简沫开始哼唧，她是真的不行了，被顾北辰折腾得筋疲力尽，“我们今天能不能放过，明天继续啊？”

“好。”顾北辰答应得很干脆，“那我们明天继续。”

夜色朦胧，简沫已经累瘫。

“阿辰，我爱你……晚安。”简沫窝在顾北辰怀里，眼睛都已经睁不开了。

“晚安！”顾北辰心疼地看着怀里蜷着的小女人，在她发顶亲了一下，“爱你！”

因为夜深，万籁俱寂。

当朝阳慵懒地挥洒在洛城的各个角落时，简沫难得没有被生物钟叫醒。一是，昨晚她被顾北辰折腾得太累了，另一个是，从小琰离开后，她从来没有像昨晚那样睡得踏实。

“老公，早。”简沫瓮声瓮气地说了一声，都累得睁不开眼睛了。

“早，爱人。”顾北辰的声音透着惺忪下的慵懒，让人听了分分钟能沦陷。

简沫睁开眼睛：“爱人？”

“嗯，我的爱人。”顾北辰在她嘴角亲了一下，“不如，我们今天不去上班了？”说着，他已然将简沫压住了。

简沫翻了个白眼：“我不舒服，昨晚你没有节制。”

“唉。”顾北辰俯身，细吻着简沫的脖颈，“我怎么舍得？”

简沫咧嘴：“老公，那我先去洗漱啊。”说着，她无情地一把推开顾北辰，然后大剌剌地在他面前一扭一扭地往浴室走去。

顾北辰哭笑不得：“报复心重的女人！”

简沫回头，媚眼如丝：“正好配你这个小心眼的男人……嗯，绝配！”话落，她还给了顾北辰一个媚眼，这才转身进了浴室。

美国，加州。

李筱玥拿着一本《国际法》翻阅着，在偌大的成绩发放厅里有许许多多等待CABAR考试成绩的人。

有人故装淡定，有人因为紧张来来回回地踱着步子，也有人谈笑风生来化解自己紧张，并拓展自己的人脉，当然，也有和李筱玥一样，心境平和地等待着成绩的。

加州今天的天气不是很好，雨下得不大，朦朦胧胧的。

李筱玥看书看得眼睛有点儿累了，抬头看向窗外的细雨。

不知道怎么回事，她突然想起那次流产后没多久，妞儿发现自己爱上了顾北辰，却因为沈初回来需要搬家，心里憋着难受，二人就去喝酒。在洛城广场上，也下着细雨，妞儿跳着一个人的探戈。

李筱玥笑了，眼底有一丝期待，喃喃道："妞儿，我好想你！"

她这半年的时间全部用来学习、复习，然后考CABAR。

顾北辰给了她一个也许能更优秀地站在莫少琛身边的机会，可人生到底需要自己去努力、去经营，而不是别人给予的。

沫沫在朝着她的方向努力，她们俩是闺密，她要和沫沫并肩向前走。

李筱玥拿出手机，拍下窗户上蜿蜒而下的雨水，发了朋友圈：从未有过地平静，就仿佛等待的不是人生，而是人生在等待我。不需要华丽地转身，可是我会自信地站在属于自己的舞台，笑傲接下来的每一步！

她发完朋友圈后，浅笑着收了手机。

"考试官出来了！"有人喊了一声，大家都急忙在自己的位置坐好。

李筱玥收回视线，看向前面拿着成绩单的考试官，虽然对方头发和胡子都白了，但看上去很精神。

一段开场白过后，考试官含笑宣布这次通过CABAR考试的名单。

众人有兴奋和紧张的情绪，李筱玥自始至终保持平静，让人觉得她一点儿都不在乎。

考试官看了看最后一个名字，抬眸看向李筱玥："最后一个，李筱玥！"

李筱玥脸上溢出笑容，是释然，更是坚定、自信。

"恭喜你。"考试官看着眼前的东方女孩，眼底有着赞赏。

用半年时间拿到CABAR执照的人虽然有，但并不多，他几乎见证了这个女孩的努力。

"谢谢！"李筱玥扬起笑容，那是自信和坚强，以及最美丽的笑容。

洛城初春的阳光很好，虽然空气里还有微寒的气息，可阳光已经比冬日的要暖和了许多。

"啧啧，沫姐，你今天怎么有黑眼圈啊？"向晚一脸贼兮兮地看着简沫，“一看就是昨晚不节制！”

“小丫头家的，脑子里都是什么？”简沫有种想用绘图笔直接结果了向晚的冲动。

“沫姐，我可不小了。”向晚咧开嘴笑着说道，“你在我这么大的时候，小正太都生了两年。”

简沫愣了一下，然后一脸平静地看着向晚，说道：“你不提醒我，我都忘记了，貌似我比你大了不到两岁，然而，我现在是有老公、有孩子的，你连个男人都没有！”

“扑哧”一声，送绘图用具进来的穆晓冉当即很给面子地笑了出来。

向晚的脸当即垮了下来：“沫姐，还能不能好好聊天了？”

“是你先拿沫姐开涮。”穆晓冉一点儿同情心都没有，“你也不想想，沫姐天天被顾总操练，那可不是身体上的，还有智商、腹黑程度上的。”

简沫扯了扯嘴角：“晓冉，你这样一本正经地同时拿我们两个开涮，我觉得也是要友尽了。”

顿时，绘图室里的三个人笑了起来。只是，这三个人的笑声和自从在帝皇上班以来，除去有事情，难得迟到的沈初形成了鲜明的对比。

“咦，初姐，你怎么精神不太好？”向晚眼尖地发现沈初的脸色有些沉郁。

“没睡好。”

向晚一听，当即蹿了过去：“沫姐昨晚是纵欲过度，你没睡好是……”

“空虚寂寞冷！”沈初对答如流。

向晚一听，立马笑了起来：“我们是一国的，都是单身狗！”

沈初哭笑不得：“我和沫沫要研究楼盘框架图，你们该干吗干吗去。”

听到要工作了，向晚和穆晓冉收敛了开玩笑的心思，纷纷出了绘图室，去了帝皇临时安排给她们的办公区域。

“发生什么事情了？”简沫感觉沈初不是找她谈工作。

沈初在一旁坐下，看着简沫画的框架图，胳膊撑在桌上，手掌托着左脸颊：“昨晚和瑾汐去喝酒，然后我早上是在酒店里醒的。”

简沫先是消化了内容，随即问道：“是男人勾搭你的，还是你勾搭的男人？”

“忘记了。”沈初看向简沫，不知道为什么，和她说这件事情感觉很轻松。

那种感觉，就是你和简沫说什么，都不怕被她嘲笑，或者被她出卖，是一种信任。

简沫垂眸又消化了一下，微微皱眉问道："和陌生人还是和认识的？"

"见过一次面，算认识吗？"沈初有些焦躁，"其实也只是过年的时候，在洛城广场的露天舞会临时当过舞伴。"

简沫看着沈初仿佛有点儿崩溃的样子，拉过她的手："我就问你，你排斥吗？"

"好像也没有那么排斥，只是醒来觉得自己挺可笑的。"沈初有些头疼。

简沫笑了起来："你不排斥，就当释放好了。又没有谁规定，只能男的约那啥，女的不行！"

沈初当即飙了脏话："简沫，你这么低俗，你家顾总知道吗？"

"知道啊，他还是我养的小白脸呢！"简沫挑眉，一脸自豪，"再说了，我们本来就是婚内相互勾引，然后进入夫妻正常深度交流的。"

沈初有些受不了了，看着简沫："我有时候特别能明白为什么北辰会选择你，可有时候我真的不明白。"

"不明白，是因为你们的生活圈都太装！"简沫耸耸肩。

"说话能别这样一针见血吗？"沈初突然泄了气，"简沫，我其实就怕我自己会潜意识自甘堕落，你懂吗？"

"懂！"简沫点点头，"可是女人和男人不同，尤其在那方面。"她躺靠在椅子上，"你纠结，是因为你的身体竟然会对才见过一次面的男人有感觉，可是你看不清是为什么！"

沈初想要反驳，可到嘴的话又咽了回去。

简沫说得对，昨晚她碰到那个男人，最后两人醉醺醺地去开房。可如果她真的抗拒，就不可能和那个男人缠绵一晚上了。

"女人，好好去想想吧。"简沫一副过来人的姿态，抿着唇笑着说道，"不过，想归想，别忘了今天要出框架图，明天尚总监可是要开会的。"

"没人性！"沈初撇嘴骂了一句，"和你家顾总学了一身的资本主义。"话落，她哼了哼，起身去了另外一间设计室。

沈初离开后，简沫继续画图。

时间一点点过去。

转眼开春，冬日的寒冷消失之后，大地春意盎然。

"由帝皇和翔宇合作的楼盘将于明日奠基。"主持人播报晨间新闻，"据帝皇方面透露，这次的楼盘将由翔宇一级设计师简沫和帝皇一级设计师沈初来设计，旨在打造洛城时下年轻人最张扬的性格。"

“阿辰，我等下直接去翔宇。”简沫一边穿鞋一边说，“今晚有活动，晚餐你和J自己解决。”

“你有没有发现，你最近比我还忙？”顾北辰一脸不满。

简沫走上前，有点敷衍地在顾北辰的脸颊上亲了一下：“乖，小白脸要听话。”话落，她娇笑了一下，“我赶时间，拜拜！”

顾北辰看着简沫离开，有些无奈地笑了起来，明明脸上写满了不满，可眼底是满满的温柔。

简沫上班前先去了瑞希那边，她在这里治疗已经近两个月了。按照瑞希的话讲：最好的治病方式就是心情。

“我觉得你不需要来找我了。”瑞希给简沫做了一系列测试后说，“你的抑郁症差不多好了，只要你自己注意调节情绪，就没有任何问题了。”

“确定？”简沫笑着问道。

瑞希耸耸肩：“其实，你自己能感觉出来。”

简沫的笑容更加灿烂了：“瑞希，谢谢你！”

“你自己努力而已！”瑞希笑着说道。

“那我先去上班了。”简沫说着，拿包包，换鞋。

瑞希也没有挽留简沫，就在简沫打算开门的时候，门铃响了。

瑞希打开门，看到一个送快递的男人，有快递公司LOGO的帽子遮住了男人的半张脸。

“你好，快递请签收。”

瑞希不以为意地上前看了一眼快递，签完字，和简沫打了招呼。

简沫侧身经过快递员的时候，对方微微偏眸，阴冷的余光扫过简沫。因为男人微垂着头，帽檐遮住了视线，不管是简沫还是瑞希，都没有发现。

简沫直接去了地下停车场，高跟鞋踩在地面上，“噔噔噔”的声音回荡在空旷的停车场内，回声透着一丝诡异。

“叮”的声音再次传来，另一部电梯抵达地下停车场。

电梯门“哗啦”一声打开，可是没有人出来。

站在电梯里的快递员看着简沫走路的坚定背影，微微抬眸，视线阴沉得让人觉得透着一股寒意。

简沫突然有点儿踟蹰。她缓缓停下，下意识回头看去，电梯门正好关上了。除了映在电梯壁上的一抹影子，她什么也没有看到。

简沫没有多想，收敛视线回头，走到了车子跟前——最新款保时捷小跑，制动和轮胎抓地力度都很强。

就因为上次车祸的事，阿辰仿佛对她不是很放心，让萧景挑车的时候，专门交代这两样配置要格外好。

简沫突然有点儿怀念她那辆十几万的车。那车多好，撞了也不心疼。

“叮叮叮……”

车才驶出公寓地下停车场，车载电话就响了。

简沫摁下接通键，顾琰软软的声音传来：“妈妈，周五记得春季运动会！”

“不会忘记。”简沫笑着问道，“你提醒爸爸了吗？”

“爸爸才不需要我提醒。”顾琰话里有着嫌弃，那意思摆明了就是简沫的脑子不好使，和顾北辰不是一个水平的。

简沫气呼呼地哼了一声，虽然儿子嫌弃她不是一两天了，可她还是不习惯。

唉，她怎么说也是鸡群里的凤凰，可怎么家里是一群凤凰的时候，她就成了一只没有光环的鸡吧？

简沫很郁闷，可是在顾北辰和顾琰父子两人的智商碾压下，她也只能认命。

和顾琰聊了几句后，简沫挂了电话，嘴角始终噙着笑。

经历了那么多，现在终于能够放下过往和墨宫的一切，对她来说，生活依旧美好，需要她继续努力前行。

带着美好的心情，简沫一路到了翔宇。

如今翔宇有个帝皇总裁夫人坐镇，简直就是活广告。想找顾北辰合作却无门的人都跑来翔宇，很明显醉翁之意不在酒。

“噔噔噔……”高跟鞋踩在光洁的地板上，发出铿锵有力的声音。

“简沫！”罗晓静一进来就气势汹汹地往简沫的办公室走去。

整个设计部的人愣在那里，不知道发生了什么事，一个个随着罗晓静的脚步移动视线。

“我怎么感觉一场腥风血雨要开始了。”穆晓冉咧嘴。

莫小雅看看她，又看向晚一副“就是”的表情，微微皱了眉：“沫沫怎么惹到静姐了？”

穆晓冉和向晚对视一眼，还没有说话呢，就听到罗晓静的咆哮声：“简沫，老娘的人你也敢挖？”

这话一出口，整个设计部的人都一副了然的样子。

“噗！”大雄有点儿不敢相信，“沫沫真是好气魄，竟然真的挖了老板娘的墙脚！”

“俞总呢？”乔子荣有点好奇，老婆都闹到设计部了，那个妻奴老板怎么不见人？

“很简单。”莫小雅进行总结性发言，“他暗地里是支持沫沫挖鹿白的，所以这会儿俞总估计不是潜逃在外面，就是在装死！”

“小雅姐，你真相了。”穆晓冉和向晚同时认同地点头。

一个个聊完，也不管简沫和罗晓静两个人在办公室里“吵”得不可开交，各自去忙各自的事去了。

“简沫，你狠！”最后，罗晓静咬牙切齿地撂下一句话，气愤地离开了翔宇，那样子，一看就知道是准备找俞梓昀算账去了。

“沫沫，你最后说了什么，让静姐气成那样？”大雄十分好奇地问道。

“我没有说什么啊？鹿白是实习生，毕业了会去哪里工作，又不是我能左右的。”简沫耸耸肩，一脸无辜，“这次帝皇的项目带了鹿白，他觉得和我的设计理念很搭而已。”

众人嘴角一阵抽搐，一个个有了一个认知，那就是：近朱者赤，近墨者黑，近顾北辰的简沫变腹黑。

嗯，挺押韵的！

看看众人一副“以后没事要远离这人”的样子，简沫表示有些心塞。她挖人是为了设计部好吗？再说了，她虽然只是拿了翔宇一点点的股份，可年底是要分红的，多拉点人才过来，她也能多赚点儿。

后来这事让顾北辰知道了，他嘴里不满地问道：“简沫，帝皇的股份分红那么多钱，我怎么就没看你在乎过？”

每次提到这件事情，简沫总是要愣几秒才能想起来，她现在可是帝皇最大的股东。

顾北辰很无奈。他就不明白了，为什么刚结婚那两年，简沫也只是拿自己应得的钱，现在两个人亲密无间了，这钱还分得这么清楚？

顾北辰表示，老婆不花自己的钱，自己那么努力地工作，有点儿没有奋斗目标。

简沫没有理会设计部那些明明心里暗爽，却非要在表面上将“责任”都推到自己身上的人，径自转身回了办公室。

帝皇新楼盘的后续工作处理完，她就要和顾北辰去旅行了，她想想就开心得不得了。

简沫拿出手机，打开微信。

李筱玥拿了CABAR后，偶尔会在朋友圈里发些东西，按她自己的话说，就是矫情。

她暂时还没有打算回来。她是个骨子里很骄傲的人，拿到国际律师牌照，赢一场漂亮的官司，才是她另一段人生真正的开始。

“加油！”简沫看着手机，嘴角有着淡淡笑意，退出朋友圈后给顾北辰发了信息。

沫儿：老公……

顾北辰正在开会，看着带着腻歪表情的两个字，薄唇边溢出笑意。

高管们已经习惯了，顾北辰这个样子，发信息的不是简沫就是顾家小少爷顾琰。

顾总：嗯。嗯？

两个字，一个是宠溺地应了一声，一个是问怎么了。

简沫一见这条短信，就知道顾北辰在忙：老公先忙，回头说。

“休息十分钟！”顾北辰看了信息后，淡漠地撂下话，然后已经起身往会议室外走去。

萧景暗暗一叹：辰少，在少夫人面前，你的节操和对公司的责任感呢？

顾北辰出去后，就给简沫拨了电话：“怎么了？”

“咦，你没在忙？”简沫有些意外。

“忙也需要适当的休息。”顾北辰的声音里透着一丝笑意，又问道，“怎么了？”

“阿辰，我们的旅行第一站去美国加州好不好？”简沫抿嘴笑着问道。

顾北辰鹰眸微深，宠溺地应了一声：“好。”

“你也不问为什么？”简沫挑眉，眼底闪烁着期待。

顾北辰垂了一下眸，敛去眼底滑过的笑意：“筱玥拿到国际律师证后接的第一个案子，下个月在加州开庭。”

简沫就像吃了蜜糖一样甜笑开来：“老公，你说……我怎么那么爱你呢？”

“我好呗！”顾北辰将不要脸的话说得一本正经。

“脸皮厚。”在办公室里的简沫笑得花枝乱颤，连关着的玻璃门都无法阻挡。

“我抗议。”某单身狗咬牙切齿，“我觉得，应该建议俞总把简沫的办公室朝着我们这边的玻璃涂黑。”

这话才出口就得到了许多人的附和。

顾北辰听着简沫开心的笑声，唇边不由自主地溢出笑，那样的笑瞬间就扩散到了周身："晚上确定不带我去？"

"不带！"简沫挑眉，理由充分，"回头花式虐狗，我怕引起公愤。"

顾北辰无奈地摇摇头："嗯，不许喝太多酒，快结束时就给我打电话，我过去接你。"

"好。"简沫没有拒绝，"好了，你去忙吧，我也要忙了。"

顾北辰一听，又无奈地笑了笑，越发宠溺地应了："好！"

挂了电话，他回了会议室，恢复了他惯有的疏离、漠然："继续。"

"关于第二季度的投资项目都已经开始实施。由于JK的整合，东海市那边的科技馆三期将会提前进行……"高管很快进入状态，开始汇报各项工作进度。

萧景的思绪游离。不知道为什么，他总觉得辰少这几天的工作方式有点奇怪。按道理说，一般这样的会议，辰少要么不参加，要么是高管上去单独汇报。

会议结束时已经快中午了，众人等顾北辰和萧景离开了，才纷纷出会议室。

"辰少。"萧景问道，"上去吃还是去餐厅吃？"

顾北辰单手抄裤兜，一边走一边说道："上去吃。"

萧景给顾北辰摁了电梯后，自己上了另一部电梯，他要去餐厅打包。

他将饭送到顾北辰办公室后，早上的疑惑还没有理清楚。

"怎么了，丢魂了？"苏珊看着手里拿着一盒酸奶，半天都没有打开的萧景，问道。

萧景撇了下嘴："不知道为什么，我总觉得这几天辰少好像有点不对劲。"

"有什么不对劲？"苏珊不以为意，"反正就是每天开会、批文件、参加饭局……嗯，现在多了陪老婆和周末不加班陪儿子。"

萧景睨了苏珊一眼，觉得真的不能和女人谈正经事，女人的脑回路是单线的。他说："我就觉得，辰少现在完全有种要布置好近期工作的感觉。"

"然后呢？"苏珊配合地问道。

"我还没有休大假呢！"萧景戳开酸奶。

苏珊一时没有反应过来："这有什么关系？"

"关系大了！"萧景咬牙，"谁知道辰少是不是想做甩手掌柜，自己陪老婆去啊？"

苏珊一听，顿时“扑哧”一声笑了起来，差点儿笑岔气。

她看着萧景越来越黑的脸，憋着笑，却幸灾乐祸地说道：“萧景，能者多劳……嗯，就这样！”

萧景放下酸奶：“不行，我觉得我得赶在辰少前面。”说着，他已经起身朝顾北辰的办公室去了。

“咚咚！”

“进。”

萧景推门走了进去：“辰少……”他一开口就见顾北辰缓缓抬头，一脸淡漠，目光却透着一丝凌厉地看着他。

他不由自主地暗暗吞咽，觉得自己特没骨气：“那个……那个我觉得这段事情告一段落后，我……是不是该放假了？”艰难地将话说完，他觉得偌大的办公室里一下子没有了温暖的气息，像是回到了寒冷的冬天。

顾北辰缓缓靠在座椅上，姿态慵懒中透着一丝邪气：“嗯，这段时间你确实很累。”

萧景的鬓角抽动了下。为啥他觉得辰少这话不是体谅他，而是在挖坑等他跳？

“萧景，你跟了我之后，不仅要处理帝皇的事务，还要暗地里解决一些明面上不能解决的事……”顾北辰声音淡淡的，让人听不出情绪。

萧景暗暗咧嘴。

“当初龙老大把你放在我身边，一是，怕没有你这样的人跟着我，我会回到在英国的那段岁月；二是，有些事情我确实不好亲自动手。”顾北辰继续说，“而在财经和管理这方面，你又是萧氏五姐弟里最强的。”

萧景突然觉得自己从来就没有认识过顾北辰。

顾北辰轻叹一声：“现在简沫在我的身边，英国那段时间发生的事，我想再也不会出现在我身上了。嗯，现在该解决的也解决了，你也确实累了……”

“辰少，你赢了！”萧景咬牙切齿地说完，愤愤转身，出了办公室。

——浑蛋，顾北辰你有没有下限，老拿“退货”来威胁我！

“没请到大假？”苏珊见萧景脸色沉郁，嘴角忍着笑，“嗯，能够想到的结果……让我猜猜，辰少一定是想让你回枭少身边吧？”

萧景气愤地坐下，一口气吸光了酸奶：“辰少是不是真的以为我不能回枭哥身边啊？”

“那你回啊！”苏珊一副“有本事你就杠一回”的模样。

萧景嘴角抽搐了一下，当即软了下来：“你说人是不是真的贱？辰少这么压榨我，我怎么还爱跟着他呢？”

“因为他让人心疼。”苏珊说得随意，可是又让人鼻子有点儿酸。

她和萧景是知道顾北辰所有事情的身边人，这个男人从颓废到如今这样，一切都值得他们跟随。

“你说，辰少这次会让我苦多久？”萧景吃着饭，感觉就像在嚼顾北辰的肉一样。

“不知道。”

萧景垮了脸：“我觉得，趁这次辰少和少夫人走，我应该架空他。”

“不如，我让简董事直接任命你为CEO？”

萧景的话一落下，顾北辰淡漠的声音从茶水间外幽幽传来。

萧景龇牙咧嘴，看着苏珊忍着笑的样子，脸色黑沉沉的，然后回头揶揄：“辰少，如果你让简董事任命我做CEO……”他咧开嘴假笑，“那您是打算做我的特助？”

顾北辰双手抄裤兜，认真想了一下，然后点点头：“嗯，可以。”

就在苏珊和萧景互视一眼，纷纷表示诧异的时候，顾北辰缓缓开口：“不过，就是不知道我开车，你敢不敢坐后面；我站着，你能不能淡定地坐着听我汇报；你和女人约会，会不会无所谓地让我在外面等着。”

萧景瞪大了眼睛，嘴角已经完全不受控制地开始抽搐。他想说什么，但愣是不知道要说什么。

“哈哈哈——”

苏珊大笑的声音肆无忌惮地回荡在茶水间，她看着萧景那一副吃瘪的样子，觉得这个笑话简直可以笑一年。

萧景很心塞，心情更是糟糕透了。他本来就是想揶揄辰少几句的，怎么这男人现在越来越不符合冷酷狂霸跩的设定，腹黑得不要不要的？

“啊——”萧景直接趴在桌子上，咬牙切齿地哀号，“宝宝心里苦啊！”

“节哀！”苏珊拍拍萧景的肩膀，带着与萧景的沉郁心情相反的好心情出了茶水间。然后，她还很狗腿地替顾北辰考虑了一番，按照女人的心思，整理了一份出行注意事项。

顾北辰一开心，就给苏珊加了一成的年终奖。

萧景顿时又觉得，这人和人的差别，咋就那么大呢！

第15章
小天使他在笑

纽约，早晨的阳光柔和地穿透枝丫，打在洁净的窗户上。

一大早，特别护理为Star做晨间按摩和清洗等。

“啊……”稚嫩、软糯的笑声回荡在充满了童趣的房间里，Star咧着粉嫩的小嘴不停地笑，小腿、小手也不停地挥舞。

“他真爱笑。”特护感叹道，“这一个多月，我都很少看到Star闹，真是从来没有见过这么乖巧的孩子。”

“是啊！”另一个特护一边给Star穿着衣服一边说，“我总觉得，Star的笑容和晨曦一样，干净极了，让人觉得世界都变得特别美好。”

石少钦站在门口，几个忙碌的特护因为聊得开心，完全没有注意到他。

“Star又好看又乖巧，不知道长大了要迷倒多少女孩子呢！”年纪比较小的特护笑着说道。

石少钦微微眯着狭长的眸子，突然迫不及待地想看到长大后的Star，不知道他以后会喜欢什么样的女孩子。

只要是他喜欢的，嗯，自己都接受。

“钦少。”有特护发现了石少钦。

众人表情怯懦，不知道刚刚大家聊的，有没有石少钦不喜欢听的。

石少钦淡漠地走上前，俯身，轻轻地将Star抱起来。

顿时小家伙笑得更开心了，他看着石少钦，黑而纯澈的眼睛就像闪烁的星辰一样，更是咧着小嘴，笑得溢出了口水。

所有特护瞪大了眼睛，就见Star因为兴奋而乱动，口水蹭了石少钦一脸。

气氛突然有点僵硬，一个个大气都不敢喘一下，甚至有人觉得，石少钦会直接将Star扔掉。

然而，是她们想多了。

石少钦只是垂眸，无奈地笑了一下，随即摊开手。

有眼力见的特护急忙拿了干净的手帕放到他手上，他先是给Star擦拭了嘴角的口水，再给他自己擦。

“今天外面的阳光很好。”石少钦示意换一块干净的手帕，以备不时之需，“我们出去走走。”说着，他拿着干净的手帕，抱着从头到尾不知道发生了什么，但笑得越发开心的Star出了房间。

“天啊！”年龄小的特护双手抱住置于胸前，一脸沉醉，“钦少这样，要迷倒多少女人啊？温柔得让人心都化了！”

一个冷漠甚至冷酷到嗜血的男人，怎么能这么自由地转换成奶爸角色呢？最主要的是，还一点儿不让人觉得突兀，画面甚至美得让人沉醉。

阿威倚靠在窗边，冷漠的脸因为那道疤痕而变得有些诡谲，语气有些怪：“钦少竟然救了那个孩子？”

席城不知道正捣鼓着什么药剂，还很有成就感地说：“我发现，研究这些救人的药剂我特别有天赋。啧啧，回头我可以深入研究一下。”

阿威当即蹙眉。看了一眼画风突变的石少钦，又看了一眼变态制药狂魔席城说要研究救人的药剂，他心想：以后的墨宫不会因为一个小孩改变吧？

想到这儿，阿威的脸色变得极为沉郁。他什么也没有说，冷哼一声后，往制药室外走去。

顾北辰是墨宫有史以来第一个三个月内离开的人，钦少为了他就算没有改变，也想要改变。如今倒好，因为顾北辰的一个孩子，彻底变了。

阿威的脸色变得沉郁。他在门口停下，偏头看向席城：“若是钦少问，你就说我走了。”

“如果你是打算告诉玦少Star的存在，我劝你别和钦少对着干。”席城抬头，嘴角噙了阴笑，“当然了，你想要比莫森的下场还要惨，我是不介意观看的。”

阿威冷哼：“你以为玦少会一直不知道？”

“那也是钦少想要让他知道。”席城的笑容没有温度，“如果钦少不想，玦少这辈子都不可能知道Star的存在。”

他们都很清楚，石少钦有这个能力。

“当然了。”席城没有打算劝说什么，“你想要做什么，我是不会劝的，只是给你个忠告！”话落，他继续研究药剂，对于阿威到底要怎么做，他根本不操心。

阿威面色沉冷，没有说什么，转身大步流星地离开了。最后，他没有去找石玦郗，也没有回墨宫，而是坐上了去洛城的飞机。

他偏头看向小窗外，飞机齿轮滑过，轰鸣声传来的同时，飞机在攀升……如果顾北辰知道Star的存在，是不是墨宫就能不改变？

周五，洛城。

春天的感觉越来越浓了，处处花香扑鼻，让人们都觉得神清气爽。

“顾北辰、简沫，你们好了没有？”J三两下将食物塞进嘴里，一脸迫不及待。

“不知道的还以为奶包是你儿子。”简沫有些受不了。

J哼了哼：“我先去换衣服。”

长袖T恤、有些嘻哈的牛仔裤、装饰的棒球帽、一双板鞋……J的身上洋溢着青春活力，和在墨宫的时候完全是两个样子。

有时候简沫就在想，J就应该离开墨宫，像他这样的大男孩，应该生活得肆无忌惮，应该张扬。当然了，如果他没有时不时和阿辰作对，将阿辰的电脑弄瘫痪，她觉得他确实是个大男孩！

相较于J的随意、嘻哈，顾北辰依旧是一身西装革履，简沫相对随意些，可也没有特别随意。毕竟今天他们是以奶包父母的身份出现在学校里，到底和以前不同了。

“J，你有没有想过报所大学上一下？”路上，简沫问道。

J过完年才十八岁，生命不该这样浪费。

“不要！”J撇脸到另一侧，看着车外的风景，整张脸都阴沉得厉害。

顾北辰开着车，从后视镜里看了一眼车后座。只是一眼，他就看穿了J的小心思。

“身份、学籍，这些事情我来办。”顾北辰收敛眸光，说道，“如果你不介意和我，或者沫沫姓的话。”

简沫有些疑惑地看向顾北辰，J也瞪大了眼睛看着他，明显神色有些复杂。

简沫暗暗责怪自己考虑不周就问了这话出来，J现在连正式的名字都没有，怎么入学？

过去她没有问，可是估计在墨宫的那几年，他以前的身份信息都已经不见了吧？

简沫有些愧疚，扯了一下J的衣袖，有点讨好地说道："喂，顾总那么霸道，回头你和他一个姓了，他得奴役你，不如你给我当弟弟？"

J的神情更复杂了，他哼了哼，偏头不去看简沫。

"你想啊，你的代号是J，和我的首拼一样……对不对？"简沫依旧小心翼翼，"要不，你也念洛大吧？我的母校呢，特别棒！"

J的眼睛里闪烁着什么，但他还是别扭地哼了哼。

简沫皱眉，以为J不愿意，暗暗叹了一声，也没有再说什么，只是岔开了话题。

作为全国最出名的贵族私立学校，Spencer不仅教学质量好，更主要的是，关于个人信息的保密性也很好。

春季运动会分为各个年级组，幼稚园的一般是以娱乐为主。

今天顾北辰和简沫一到学校，许多抱了别的心思的家长纷纷聚了上来，但被顾北辰冷漠的一句"请别打扰我们一家人"给挡了回去。

不管顾北辰对简沫有多温柔，也改变不了他在外界树立的杀伐果断、冷酷霸道的形象。没有人真的敢触逆鳞，生怕得罪了这个男人，不然，以后别说合作了，会直接被帝皇封杀。

整个上午，顾北辰和简沫都陪着顾琰，一直在Spencer。

相对腻歪他们两个，顾琰更喜欢和J在一起。按他的话讲，代沟小！

"阿辰……"

"嗯？"顾北辰将水拧开递给简沫，"怎么了？"

"我今天是不是伤害J了？"简沫有些踟蹰地问道。

顾北辰一听，唇边噙了浅笑，道："是他自己别扭。"

简沫喝着水，看看J，又看看顾北辰。

"回头我和他谈谈。"顾北辰随意地交叠双腿，"不管选什么专业，他确实不能就这样混日子。"

虽然J很聪明，电脑方面也很厉害，但如果没有文化熏陶，他早晚会掏空自己的天赋，这不是一件好事。

洛城的街道上，车来车往。

叶晨宇一脸凝重，一边看着手机上正在传输的数据，一边驱使着车快速地穿梭在路上。

突然，另一部手机在兜里振动了起来，他拿出手机看了一眼，急忙接起："强叔！"

"对方在销毁数据，已经传了多少？"强叔的声音透着焦急。

叶晨宇看了一眼传数据的手机，声音凝重："还有百分之三十七。"

强叔"嗞"了一声："你人现在在哪里？"

"路上！"叶晨宇看了一眼后视镜，"有人一直在后面追，我停不下来，只能等数据传完。"他的声音中透着一丝凝重，可看得出他还算冷静。

强叔应了一声："你自己小心。"顿了一下，他语气沉重地交代，"晨宇，这个证据很重要。"

"我明白。"叶晨宇转动着方向盘，一个急刹车后，从另一侧的车道往回驶去。

跟着叶晨宇的人暗暗咬了下牙，也没有管红绿灯，速度极快地跟着他的车飞驰而去。

叶晨宇疯狂地在路上飙车，偶尔看一眼传输数据的手机，随着数据一点点传送出去，他的心也跟着提到了嗓子眼儿。

他面色凝重。东西拿到了，对他来说，卧底的身份曝不曝光已经没有多大意义了。可是，如果身份曝光后，到手的数据被销毁，想要再抓住某些人，恐怕就难上加难了。

突然，叶晨宇的车剐过一辆快递车，他目光微凛，下意识就往旁边看了一眼。

快递车快速穿过，虽然只是看了一眼，但叶晨宇还是认出，开快递车的人是过年期间北辰事情的人和他之间的中间人。

叶晨宇微微蹙眉，一开始他并没有多想，只以为那个人是伪装成快递人员的……可显然不是。

最近因为卧底的案子进入最后阶段，他几乎没日没夜，加上北辰那件事里的人全部被抓，他几乎忘记了这个中间人。

叶晨宇开着车，脑子飞转的同时，扫了一眼传输数据的手机。

"不对！"叶晨宇突然喃了一声，眼里猛然滑过属于警察的敏锐的光芒。

他顾不得其他，急忙拿过之前单线联系强叔的手机，给顾北辰打了电话。

虽然背后的那些人已经入狱，但不管这个"快递员"是只是拿钱办事，还是有什么问题，他知会北辰一声总是好的。

顾北辰的手机响起时，他正在给顾琰擦汗。

“爸爸先忙！”顾琰软萌地说了一声，接过J递过来的水。

顾北辰点点头，拿出手机，见是陌生号码，微微蹙眉，还是走到一旁去接了电话：“喂？”

“北辰，是我。”叶晨宇声音凝重，“你……”

“砰！”

“吱——”

“哐啷！”

叶晨宇刚刚开口，顾北辰的手机里顿时传来刺耳的声音，透着死亡的气息。

简沫感觉顾北辰的脸色变得凝重，微微皱眉，上前问道：“阿辰？”

“我有事要先离开一下。”顾北辰的面色瞬间变得凝重，他几乎来不及多说什么，转身就大步流星地往停车场走去。

“妈妈？”顾琰蹦跶过来，“爸爸干什么去了？”

简沫心里的不安蔓延开来，却没有将这样的情绪带到脸上：“好像公司出了一点儿状况。”她蹲下来，和顾琰平视，“看来，接下来只能我和J陪你了。”

顾琰偏头看着爸爸急匆匆离开的背影，难掩失落，却扯了小嘴笑着说道：“看来，也只能如此了。”

简沫摸了下顾琰的小脑袋，没有戳穿小家伙的心思。

等下奶包要进行一个项目的决赛，希望爸爸在身边，这个是对每个孩子来说最大的动力吧？

可是，她了解阿辰，如果不是特别重要的事情，他不会离开的。

顾北辰上了车，急忙给萧景打电话：“我发给你的号码，用最快的速度查下位置。”

“好。”萧景应了一声，也没有多问什么，急忙开始调查。

定位后，萧景给顾北辰说了地址，这才问道：“辰少，我要过去吗？”

“嗯。”顾北辰还不知道叶晨宇发生了什么事情，萧景过去，以备不时之需。

两辆车，一辆从帝皇，一辆从Spencer，飞速地往叶晨宇出车祸的地方驶去。

与此同时，救护车和交警也在接到报案后，火速赶到了现场。

叶晨宇只觉得眼前一片模糊，什么都是虚幻的，看也看不清楚。血腥的气息弥漫在鼻间，他粗重地呼吸着，想要去摸手机。

可不管是传输数据的手机，还是给顾北辰打电话的手机，一个都看不到，世界仿佛被凝重的气息笼罩。

叶晨宇最后的意识停留在有人疯狂地拍打着车窗，仿佛对着他吼叫着什么。

“快！”

“通知紧急手术……”

病床的滚轮摩擦着光洁的地面，发出“哗啦哗啦”的声音，透着急促、慌乱。

顾北辰和萧景到车祸现场的时候，叶晨宇已经被接到医院了。萧景留在现场了解情况，顾北辰又开车去了医院。

叶晨宇已经被送进了手术室。

顾北辰看着站在外面的中年男人，鹰眸猛然一聚，随即走上前。

“顾总？”强叔在这里看到顾北辰，显然有点意外。

“晨宇的上线？”顾北辰虽然在问，但显然已经肯定。

强叔很意外：“想不到你知道。”

“他上警校是我资助的。我想，你不会不知道！”顾北辰的声音冷漠。

既然选了叶晨宇做卧底，如果他的底子都摸不清，怎么敢将任务交给他？

强叔的嘴角抽搐了一下。他知道顾北辰这个人，也清楚叶晨宇去警校是对方资助的，可是第一次正面相对，对方明显给了他不符合对方年龄的压力。

“发生了什么事？”顾北辰轻睨了一眼“手术中”的信号灯。

强叔想了想，还是大致讲了：“数据一到手，就有了瓦解整个犯罪集团最有力的证据，可最后，还有百分之二的数据没有传完，晨宇就出了车祸。”

强叔给顾北辰说这件本不应该对外人说的事情，其实是有私心的。叶晨宇拿到的证据很重要，如果毁掉了就太可惜。可如果顾北辰有办法，不管是对抓住犯罪分子，还是对叶晨宇恢复警员身份，都有好处。

“有意？”顾北辰轻咦。

强叔摇摇头：“刚刚交警那边给了话，从监控视频看，有人追他是真，可车祸是个意外。”

顾北辰微微蹙眉：“还真够意外。”

强叔暗暗咧了一下嘴。

其实，在这样的情况下，有时候意外也变得不是意外。只是，根据现场初步勘察，确实只是个意外。而这样的意外，大家心照不宣。

时间一点点过去，因为等待手术，气氛变得格外凝重。

“那个……”强叔忍了忍，还是看向顾北辰，问道，“顾总，您和厉少关系不错，您看……”

顾北辰冷峻如雕的脸上笼罩着一股阴霾：“云泽手受伤了，近期内无法手术。”

强叔暗暗沉叹了一声，没有再说话。他担忧地看了一眼手术室，心急如焚，可是又没有办法。

如今证据没有拿到，再搭上叶晨宇的命，那可就亏大了。不仅仅是叶晨宇本身他很喜欢，而且警队培养这样一个人才，也是不容易的。

顾北辰的手机适时振动了一下，他淡漠地拿出手机，几乎不用想就知道是简沫找他。

沫儿：事情严重吗？

顾北辰快速回复：一个朋友出了车祸。我在医院，不用担心。

简沫一见，当即担忧地询问了几句。

顾北辰回复：现在他还在手术室里，等出来后才知道情况。替我给小傑说声抱歉。

沫儿：爸爸，祈祷你的朋友会平安哦！

看着顾琰的话，顾北辰的嘴角微微溢出笑意，心里顿时暖暖的：谢谢宝贝！

手术是漫长的，顾北辰淡然地坐在等待区的椅子上。

“辰少，处理好了。”萧景过来，看了一眼强叔后，俯身小声说道，“因为车祸严重，车内的两部手机都有很大程度损坏，想要恢复数据，恐怕有一定难度。”

顾北辰没有说话，只是鹰眸渐渐变得深邃不见底。

在那样的情况下，晨宇应该是想要甩掉追自己的人，让数据尽快传输到自己的上线那里。

所以，给他打电话，显然不符合当时危急的状况。

不可能是向他求助，那是为什么？

“让J过去看一下，看看数据能不能恢复。”顾北辰淡然吩咐。

不管如何，这个都是晨宇当卧底换来的证据，如果最后就这样毁了，岂不是浪费了这么多年的青春？

至于晨宇为什么要给他打电话，看来，只能等晨宇醒来才能知道了。

“好！”萧景应了一声，看了一眼时不时看向他们这边的强叔，起身离开。

手机已经成为现场证据被警方人员封存并带回了警局，想要将东西拿出来让J恢复数据，恐怕会有人从中阻拦。看来，要用点儿非常手段才可以。

萧景想着，已然启动了车，离开了医院。

叶晨宇的手术四个小时才结束，当信号灯熄灭，强叔本能地站了起来。

顾北辰没有动，深邃的目光落在手术室还紧闭的门上。

护士率先打开了手术室的门，几个医生走了出来。

“医生，里面的人如何了？”强叔明显有些紧张，“一切都平安吧？”

顾北辰站了起来，但没有上前，只是眸光犀利地扫过医生。

医生下意识看向顾北辰，暗暗吃惊他竟然也在这里：“手术很成功，但病人的肋骨有多处骨折，脑部更是由于强烈冲击……”

医生说的词汇专业，强叔听得直拧眉。

“那结果到底是什么？”强叔有些焦躁。

“虽然手术很成功，但病人的情况有些不稳定，什么时候醒来还要观察。”

医生的意思很简单：病人会醒来，就在这几天，但具体是哪天，要看病人情况。

“能挪动吗？”顾北辰问道。

医生摇摇头：“最好先不要转院，对病人骨骼的恢复有影响。”

顾北辰点点头：“医院有什么需要，可以直接找我。”他轻睨了一眼强叔，“不管是医资还是设备。”

先不说如今叶晨宇的警员身份能不能恢复，就算是警局那边出经费，万一出个什么事情，等层层批复下来，估计人早就不行了。

医生一听，眼睛深处滑过期待下的惊喜：“好的，那我……”

“直接和萧景联系。”顾北辰话落，看向强叔说道，“我去看一下他。”

“我和顾总一起过去。”强叔急忙跟医生交代了两句，然后跟上了顾北辰的脚步，“顾总，那个……”他想说什么，可最后成了无奈的沉叹声，“谢谢！”

“你不需要谢我。”顾北辰单手抄裤兜，脚步沉稳，淡漠又疏离，“我希望经过这次的事后，晨宇能回到警队。”顿了一下，他停下来，偏头看向强叔，“他这个卧底一做就是七八年，你是打算看到那些人戳穿他的身份，然后他被弄死，还是被自己人打死？”

强叔虎躯一震，急忙摇头：“我已经将晨宇的档案提交到局里了，打算在这次任务完成后就恢复他身份的。”说着，他有些遗憾地叹了一声，“本来证据到手了，他会直接升到正科级的，可现在……”

顾北辰收回视线继续走，只是冷漠地撂下一句话：“数据，我会想办法给你！”

强叔愣在原地，看着顾北辰冷漠、孤傲的背影，一时间竟不知道要如何反应。

Spencer。

简沫看着顾琰在台上领奖，拍了照片发给顾北辰。

“妈妈，我去换衣服。”顾琰将手里的奖杯递给简沫，“千万别弄坏了，这个我要送给爸爸的。”

简沫当即不满，嘴里哼唧了一下，闷闷地应了一声。

以前在伦敦时，不见奶包参加幼稚园的活动，这次参加了，得了奖竟然是送给顾北辰的。

简沫觉得自己下次应该生个女儿，这样至少她们可以一起美美的，省得和奶包一样嫌弃她。

看看手里的奖杯，简沫回头看了一眼和J有说有笑地去换衣服的顾琰，明明在“生气”和吃醋，可是眼底是满满的笑意。

苏珊见简沫等人出了学校大门，下了车：“少夫人！”

“你怎么过来了？”简沫意外。

苏珊笑着说道：“萧景在忙，辰少让我过来接你们。”

一股暖流流过心脏的位置，简沫嘴角勾着笑，眼底更是溢满了柔情。

一个男人在很忙又有事情的时候，还能安排好自己的女人，那只能说明她在他心上。

虽然简沫没有怀疑过阿辰的爱，但他这样的贴心，还是让她觉得每天都充满了幸福。

叶晨宇的车祸在洛城引起不小的骚动。

因为道路堵塞，路上许多车或多或少受到牵连，洛城地方性网络媒体、电台和电视新闻都报道了这件事。

快递公司的电视里也正好播放着车祸的新闻，有人见程青回来，关心地问道："程青，你刚刚不是去那一片送快递了吗？你没事儿吧？"

程青摇摇头，偏头看向电视。

电视里播放着监控视频里的画面，失去制动的大车疯狂地冲向路面，越野车的速度也极快，两辆车撞到一起，越野车被掀翻后，又落到了地上。

他当时确实就在附近，基本目睹了车祸发生的过程。

那样的撞击力、巨大的声响，充满了死亡的气息。

"也不知道人怎么样了。"有个快递员看着电视画面，沉重地说道。

"这样的情况，估计就是不死，半条命也没有了。"

程青看看说话的人，又看向电视。

新闻报道只说车祸是一场意外，可是，如果这样的现场不是意外，是不是……

程青的眸光突然变得阴鸷起来，在这一刻，他的血液仿佛沸腾了起来。

"程青，你怎么了？"有人经过程青身边，"你这表情，就好像要杀人一样。"

"我看他是看到车祸画面，想到自己就在那附近，觉得后怕吧？"有人调笑道。

程青只是笑笑："我先去拿下个区域要送的快递。"说着，他就往快递分区处走去。

只是，在越过众人后，他脸上渐渐溢出阴狠下的阴霾，透着血液张狂下的狠厉！

顾北辰回来的时候，顾琰已经睡觉了，J半路上也出去了，他跟简沫说是去网吧打团队战。

最近J比较迷电竞类游戏，她也没有怀疑什么，只是交代晚上十二点前必须回来，如果不回来，他就回他的墨宫去。

嗯，热衷于"退货"这点，还真和顾北辰不谋而合。

"怎么没睡？"顾北辰见简沫趴在餐桌上画着什么，微微蹙眉。

简沫也没有动，就用手撑着左脸颊，看着顾北辰浅笑道："等你。"

顾北辰笑了笑，走上前，见简沫在画设计图，皱眉问道："你不是说最近不接工作了吗？"

"我前几天听说梓霄要扩建律所，"简沫没有隐瞒，"就想给他送份礼物。"

楚梓霄不缺什么，她能送的也只有一张设计图了。

顾北辰在一旁坐下，看着简沫已经打好线的设计图，墨瞳变得幽深。

不同于五年前给梓霄设计律所，总有一处无法满意，如今经过UCL洗礼的简沫，不管是建筑设计还是室内设计，早已经娴熟到了随性。

“不怕他多想？”顾北辰故意问道，声音低沉，话落的同时看向了简沫。

简沫笑了：“我要是逃避，他才会多想吧？”

其实，放下只有两种方式：一个是漠视到了没有情绪，一个是平静到了可以当普通关系相处。

只有她真正放下，梓霄才会慢慢释然，这样他才能渐渐被别的女孩子吸引。

楚梓霄坐在公寓楼阳台的躺椅上，偌大的玻璃窗，视野变得极为广阔。

墨夜下，洛城这个不夜城，霓虹和车灯聚到一起，在楚梓霄渐渐失去焦点的眸子里，晕染成了一片。

手机振动打破了楚梓霄游离的思绪，他拿出手机，见是唐煜打来的，淡漠地接起：“嗯？”

“在哪儿？”

“家里。”

“出来喝酒，天堂夜。”唐煜声音中透着兴奋，“几个同学从外地过来出差，都在，非要喊你过来。”

楚梓霄问了是哪些人之后，应了一声：“我等一下过去。”

“好。”唐煜挂了电话，就开始和大家吆喝，“等下阿霄就过来，我们也别消停，先走一轮。”

楚梓霄换了相对休闲的衣服，因为要喝酒，索性也没有开车，打车去了天堂夜。他住的地方离天堂夜比较近，半个小时就到了。

楚梓霄到了唐煜说的包厢，然后推门进去。里面的人见是他，一个个兴奋得站了起来，打趣着就把他拽了进去。

“速度还挺快的，也不说什么了，自己先喝两杯！”

“梓霄，你现在成了名辩，想要见你，都只能从媒体上了。”

“对啊！去年和莫少琛合作的那个案子，你小子的那张嘴……以后我们的案子要是和你对上，你可要嘴下留情啊！”

“哈哈哈……”

“废话怎么这么多，喝酒！”唐煜拿了酒瓶子就开始倒酒，“别贫了！”

男人在一起，有酒就有场子。没一会儿，众人已经嬉闹到了一处。

可从头到尾，楚梓霄一直神情淡淡的，酒没有少喝，可一点儿出格的状态都没有表露。

“梓霄还是和在学校一样，那一副优雅男神的样子，也只有在简沫面前会疯一点。”有人喝多了，嘴上没个把门的。

他的话一落下，顿时包厢里的气氛有点儿尴尬。

楚梓霄、顾北辰和简沫的事情，去年可是在媒体曝光过一部分的。初恋成了自己的小舅妈，不管如何，也是一道伤疤。

说话的人也感觉到自己说得不合时宜，可后悔也没有用了：“喝多了……我罚三杯，醒醒脑！”

“没事，本来我也只会在她面前疯。”楚梓霄语气淡淡地开口，让人听不出他的情绪。他见气氛还有些僵，笑道：“谁还没有点儿过去？你们这是干什么？”

“对啊！”唐煜一脸受不了，“来来来，继续喝……不过，明天要上庭的人，就适可而止啊！”

唐煜这人本来就是个社交能手，他一直暖场，大家都是男人，没一会儿，气氛就变得热络了起来。

“真没事？”唐煜找机会问道。

楚梓霄眸子深邃：“我说的是事实，掩饰不是才奇怪吗？”

“你就自己舔伤口吧。”唐煜受不了，沉叹了一声，“什么也别说，来，喝酒！反正你这两天也没有案子要开庭。”

楚梓霄也没有再说什么，接过唐煜递过来的酒杯，和他碰了一下，然后一口气将酒喝完了。

酒入喉后，楚梓霄眯了一下眼睛，这才幽幽开口：“阿煜，只有正视伤口，我才能痊愈。”他的声音很轻，几乎被包厢里的喧闹覆盖，可唐煜还是听清楚了。

他心疼这个兄弟加合伙人，不过，他也为对方高兴。因为，楚梓霄是真的要走出来，而不是伪装。

第16章

断了线的风筝

周日，阳光一大早就带着春天的气息迎面扑来。

周末，除非有紧急事情，否则顾北辰现在不会去公司，都用来陪顾琰。

“你有事情忙，不用非要陪我们的。”简沫等顾北辰挂了电话后才说道。

顾北辰看了一眼楼上：“我已经错过和小傑相处的四年多时间，我不想接下来的日子，因为我忙工作，让他的童年里没有父亲这个角色。”

没有人比他清楚，童年没有父母的陪伴，就算有过多的物质和其他人的关心、爱护，也是没有办法弥补那样的遗憾的。

简沫上前，双臂环过顾北辰健硕的腰身，脸颊贴在他的胸膛上，感受着他强有力的心跳，含笑说道：“那我们去旅行不是要带着奶包？”

“不是假期，他需要学习。”顾北辰微微挑眉，说得一本正经。

简沫起身，仰头看着顾北辰：“顾总，你这样的双重标准真的好吗？”

顾北辰俯身在简沫的嘴角亲了一下：“作为父亲，我陪小傑是因为想要看着他成长。”他的声音低沉且富有磁性，“可是陪你完成你的梦想，那是身为丈夫的乐趣。”

“甜！”简沫抿嘴笑了起来，那一脸的笑都甜得腻人了。

可顾北辰就是喜欢，他拉过她的手往卧室外走去：“如果没有意外，我们月底就能走。”

“公司的事情都安排好了？”简沫微讶。

“嗯。”顾北辰应了一声，“有萧景。”

“我觉得，不如回头让萧景做执行总裁好了。”简沫打趣道。

顾北辰偏头看了她一眼：“萧景也是这样说的。”

简沫一听，先是愣住了，随即爆笑起来。

“阿辰，如果我是萧景，我一定甩手不干了。”简沫幸灾乐祸地说道，“你说，他为什么被你压榨成这样了，还这样死心塌地地跟着你？”

顾北辰垂眸轻笑，语气淡淡地开口：“因为，他的心是软的。”

“嗯？”简沫没有明白什么意思。

顾北辰只是浅笑，也没有解释。

也许这次出去，他会顺道带沫儿去看看他曾经在英国生活过的地方。

那也是他的过去，他想要让沫儿参与他的整个人生。

那时候，沫儿也就会明白，为什么萧景会这样死心塌地地跟着他了。

钱，不管是对他，还是对萧景，从来不是衡量关系的根本。

他能放心地将整个帝皇交给萧景打理，是因为他很清楚，萧景把兄弟间的情意看得比这些身外之物更重要。

他和萧景最初是因为龙老大的吩咐才认识，而且这些年来，不管是在帝皇还是私下里，他们合作无间，肝胆相照。

“爸爸、妈妈，都准备好了。”

顾琰见顾北辰和简沫出来，便拿了一旁的太阳镜戴上，帅气又可爱的样子让简沫觉得匪夷所思，她怎么能生出奶包这么妖孽的孩子呢？

哈哈……好吧，她自恋了。

顾琰一看简沫的样子就知道妈妈在想什么了。他有些受不了了，无情地说道：“妈妈，我基因好，是因为爸爸的基因好，别一天到晚觉得自己特棒！”他撇嘴，看着妈妈一副咬牙切齿的样子，决定先上车。

“没事，你是真的特棒！”顾北辰拥着简沫的肩膀，“因为你最棒的就是选择了我。”

简沫当即龇牙咧嘴：“你儿子说，我最厉害的是，生下了他。”

“然后呢？”顾北辰决定装傻。

“然后？”简沫假笑了一下，微微偏了身体，离开了顾北辰，“当然是爱情的巨轮，说翻就翻！”

顾北辰当即笑了起来，很认真地说道：“我游泳还不错，带你上岸没有问题。”

简沫翻了个白眼，没说话，傲娇地上了车。

周末的活动他们安排得满满的，昨天钓鱼，今天是去爬山，然后下午一起去吃顾琰很想吃的冰激凌蛋糕。

到甜品店的时候，简沫已经累瘫了。

“妈妈，你真弱。”顾琰十分嫌弃。

简沫已经懒得和顾琰斗嘴了，只是偏头看向一旁买了冰激凌蛋糕过来的顾北辰：“这两天，我怎么感觉J好忙的样子？”

“你不是说他迷上电竞游戏了吗？”顾北辰反问，没有跟她说叶晨宇的手机数据恢复的事。

简沫皱眉：“那也不至于我早上一起来就看不到他人了啊？”

顾琰扇动着眼帘，难得像个孩子一样，挖了一勺冰激凌蛋糕塞入嘴里：“嗯，我也已经两天没有看到他了！”

“晚上我和他聊聊。”顾北辰将一块蛋糕放到简沫面前，“顺便聊一下安排他入学的事情。”

一说到入学这件事情，简沫的思绪当即被顾北辰给带偏了。

叶晨宇手机里的数据要恢复，那个程序自带毁灭木马，这次J也觉得棘手。

本来没想到会这样复杂，可是过去两天了，竟然还没有恢复数据。

正想着，顾北辰的手机振动起来了。

他拿起手机，看了一眼来电显示后接通：“嗯？”

“顾总，叶先生醒了。”

顾北辰眸光猛然一聚：“我等一下过去。”

“好的！”

顾北辰挂了电话：“出车祸的朋友醒了，我要过去看看。”

“那你快去！”简沫急忙点头，由于嘴里塞着蛋糕，说话有些不清楚，“等下我送奶包去学校，然后我再给你打电话。”

“好。”顾北辰应了一声，看向顾琰说道，“下周末，爸爸过去接你，嗯？”

“嗯！”顾琰乖巧地点点头，“爸爸开车小心哦！”

“乖。”顾北辰轻轻揉了揉儿子的头，然后起身率先离开了。

简沫下意识看向窗外，看着顾北辰踏着沉稳的步子走向了车。

顾北辰打开车门时仿佛有感知一样，回了头，视线穿过洁净的玻璃窗，和简沫对视一眼。随即，二人相视一笑，他这才收敛了眸光上车。

"当"的一声脆响传来，简沫回过神，顾琰眨巴着眼睛看向她。

"咦，妈妈，戒指怎么滑下来了？"

简沫看着掉落在蛋糕盘子上的蓝钻戒指，心里突然有些浮躁。

这个戒指是按照她的手指尺寸定做的，除了被拔下来，从来没有自己掉下来过。

简沫抿了一下嘴，拿起戒指，用餐巾纸擦掉指环上的奶油，戴回了手指上。当看到那小小的刺青时，她刚刚突然腾升起来的浮躁渐渐消失了。

在顾北辰离开半个小时后，简沫和顾琰也离开了。二人站在路边等车，可等了好一会儿都等不到车。

"妈妈，我们去那边坐公交车好不好？"顾琰指着斜对面问道，"我都好久没有坐过公交车了呢！"

"好啊！"简沫说着，不管顾琰愿不愿意，牵了他的小手往前面斑马线走去。

顾琰没有挣开手，不是他想让她牵着，而是他想，如果是小琰的话，也许是想要让妈妈牵着的！

顾北辰到了医院，叶晨宇确实已经醒了，只是还很虚弱。

"醒来得倒挺快。"顾北辰的语气里有着一丝笑意，"我还以为怎么也要个几天呢。"

叶晨宇艰难地扯了扯嘴角，因为磕碰，脸上有大面积的浮肿："我哪有……那么弱？"

不管是在警校，还是出来当卧底这么多年，磕磕碰碰的事情发生得还少吗？

说句不好听的，去做卧底，不仅仅要顶住灯红酒绿的诱惑，还要面对随时随地和性命开玩笑的刺激生活。

"妈知道吗？"叶晨宇想起什么问道。

"新闻我压了。"顾北辰语气淡淡地开口，拉过一旁的椅子，在病床边坐下，"反正你三天两头的没消息，也是正常的。"

"谢了。"叶晨宇随意地说道，却一点儿真正要谢的意思都没有。

"不出意外，这两天，你传的数据就能恢复。"顾北辰缓缓开口，"不过，能不能全部恢复，现在还是未知数。"顿了一下，他接着说道，"那天车祸，我在医院里见到你的上线了。这两天，我也让人暗地里查了他的身份。毕竟数据真的能恢复，可你的上线是个无间道，你这辈子不但回不了警局，恐怕以后不管是明面上还是暗地里，你都没有立足之地。"

卧底警员的所有资料，除了上线，没有任何人知道。如果上线出了问题，就算顾北辰在洛城能通天，叶晨宇的身份也是无法正常恢复的。

叶晨宇倒是一脸无所谓：“没事，不是还有你吗？”他挑眉，可扯到了伤口，痛得龇了下牙，说道，“回头给你当个司机、保镖什么的，也是可以的！”

“我可不要。”顾北辰冷嗤了一声。

叶晨宇咧了嘴，刚刚想聊什么，突然思绪停滞了一下：“对了，那天我给你打电话是想起一件事！”

“嗯？”

叶晨宇拧眉，大致讲了快递员的事情：“不管是拿钱办事还是什么，我想你还是调查一下吧，回头别出了问题，你就太被动。”

“嗯！”顾北辰应了一声，已然拿了手机出来。

“也不用这么着急吧？”叶晨宇开了玩笑。

顾北辰拧了下眉。不知道为什么，他心里突然有点不安，不知道是因为叶晨宇的话，还是那种对未知本能下的危险意识。

他滑动手机屏幕，打算给简沫打个电话。

与此同时，在甜品店外的路上，程青看着简沫和顾琰在往前走，便启动了快递车。他看着他们的双眼深处透着阴狠、兴奋，还有张狂，他整个人似乎笼罩在变态的杀气之中。

“妈妈，快走，只有二十秒了……”顾琰拽着简沫往马路对面跑去。

简沫下意识跟着顾琰小跑。

不知道是谁突然惊叫了一声，紧接着，疯狂的引擎呼啸声传来。

简沫本能地往一侧看去，就见快递车像疯了一样朝着人行道飞驰……

“砰！”

“嗯！”

“妈妈……”

“啊——”

“呲——”

路上响起好多种情绪的声音，一瞬间，所有人仿佛都被定格了。

简沫在最后一刻把顾琰推向前方，顾琰跌在地上，眼皮耷拉着，小手蹭破了皮，鲜红的血印子出现在脸上、手上，触目惊心。

简沫就和断了线的风筝一样飞起，一同飞起的包包里的手机传来了悦耳的钢琴曲。

那是顾北辰和简沫跳探戈的时候，苏钧离演奏的那首曲子，充满了他们对美好爱情的向往，以及彼此携手相伴的这些年中诉说不尽的浪漫。

在这一刻，时间就好似突破了所有限制，简沫仿佛能听到手机铃声。她看着湛蓝的天空，万里无云，就好似被水洗过一样，干净到清透。

“我缺个听话的老婆……”

“我缺钱！”

“简沫，有些事情，我可以，你不行……懂吗？”

“你不想搬可以不搬，我们今晚就回蓝泽园！”

“简沫，你真自私……”

“老公，早安！”

“简沫，我心里有个人，她是我这辈子唯一想要爱的人。我们离婚吧！”

“我说的那个我唯一想要爱的人，其实是你……”

“沫儿，我有跟你说过我爱你吗？我真的很爱你……”

“我就在你身后，你累了，就直接向后靠！”

“沫儿，你已经嫁给了我，那么此刻，我只想要问你，你愿意不离不弃，和我走完这一生吗？”

“戈比爱野百合象征纯洁的爱情，也是最热烈的。”

“老公，爱你是我这辈子做的最正确的决定！”

“沫儿，等我来接你！”

“沫儿……”

“砰！”

“砰！”

同时两声……一下是快递车撞上了一旁的高架桥柱子，一下是简沫的身体坠落在地上。

直到那一刻，简沫的眼中仿佛都只有纯净的蓝天，脑子里是当初那场满眼都是戈比爱野百合的婚礼，最后定格在了他送她去石少钦那里——她转身，和他深深地吻上，他让她等他来接她。

原来，走马灯是这样的，美得让人觉得时间根本不够，哪怕回忆是那样快速地闪过。

“阿辰……”简沫无力地轻轻扇动睫毛，嘴翕动着，发出轻轻的两个字。

戴着戒指的手指动了一下，虚弱的简沫看着趴在地上的顾琰，眼底是对生命的绝望，耳边是惊呼声和倒吸凉气的声音，所有人甚至忘记反应了。

这里本来就是单行道，除了单独的公交车道，公交车不限行方向。

可是在这一刻，所有的司机忽略了红绿信号灯，只是停在那里，公交车司机试图往前移动，却被聚集的人堵住了路。

“快报警！”

“我叫了救护车！”

人群里，有惊呼声传来。顿时，嘈杂声四起。

“天啊，这人好像是简沫？”

“不会吧？”有人惊讶道，“那个孩子岂不是顾琰？”

“真的是简沫！”有人已经调出之前网上关于简沫的新闻，“为什么我觉得洛城会有一场腥风血雨？”一句事不关己的玩笑话却让大家面面相觑。

关注新闻的人都很清楚，顾北辰和简沫之间的风风雨雨，被证实还不到一年。

“唉……”人群里，有人轻叹，“我看就是简沫福气小，没有命享受。”

“也不知道是什么情况，流了这么多血……”

“要不要给顾总打个电话啊？”

“你有顾北辰号码吗？”

……

简沫的双眼渐渐失去了焦点，瞳孔开始涣散，最后的光亮慢慢变成了黑暗。

电话通了，一直到没有铃声了也没有人接。

顾北辰微微蹙眉，又摁了重拨键，依旧没有人接。

简沫的手机在包里，环境嘈杂，没有人听到手机响。

“怎么了？”叶晨宇感觉顾北辰的身上无形中溢出的气息，微微皱了眉。

顾北辰又摁了重拨：“沫儿不接电话。”

“是不是没听到？”

顾北辰的眉心皱得更紧了，他又拨了顾琰的手机，可也没有人接。

与此同时，顾琰的手机在顾北辰的车后座上，屏幕渐渐暗了下去。

“电话都没有人接？”叶晨宇也拧了眉。

顾北辰猛然起身，什么都没有说，大步流星地往外走去，同时又拨了简沫的手机。

这次，有人接了起来。

“沫儿？”

“顾总？”

双方几乎同时开口。

一听是个陌生男人的声音，顾北辰瞬间皱眉：“请问，你是……”

“顾总，我是路人。”男人的口气明显因为无形的压力而有些紧张，“那个……那个，您太太和孩子出车祸了。”

“轰”的一声，顾北辰只觉得脑袋里有什么东西炸开了，让他一下子失去了思考能力和冷静。

手机那端的人又说了什么，他完全没有听到，只觉得脑子里一片空白。

过了好几秒，顾北辰闭上眼睛，再睁开的时候，墨瞳已然猩红一片：“在哪儿？”

“在东二环高架桥这儿。”男人急忙说道，“已经喊救护车了。”

那人说着，他从手机里隐约能听到救护车的鸣笛声。

“直接送去华康！”顾北辰几乎是咬着牙才能冷静地说出这几个字。

他挂了电话就急忙上了车，往华康而去。

警车和救护车几乎是同时到达的，救护人员先是对简沫和顾琰做了初步检查，交警处理快递车。

各路人马有条不紊地进行各自的事情，围观的人群也没有散开。

快递车的前面已经被撞得变了形，程青的额头因为撞到挡风玻璃，正在流血。

医生也给他做了初步的检查，从外面看，他并没有大碍，可还是需要带到医院仔细检查一下。

程青看着医生将简沫和顾琰分别弄到简易病床上，嘴角溢出诡谲的笑，甚至因为从额头上蜿蜒而下的血，让眼睛里充了血光，让人脚底生了寒意。

“刚刚好像是他故意撞上来的。”

“没有注意。听到声音的时候，事故已经发生了。”

“那会儿是绿灯，快递车难道不是该减速停车吗，还开那么快，又直直地撞过来，肯定是故意的。”

“不会是有仇吧？”

“也不知道是顾北辰，还是简沫惹的事情。”

……

路人窃窃私语，交警了解了一下情况后，示意大家散开，不要再影响交通，然后给监控系统工作人员打了电话，调出这截路段的监控视频。

不管如何，如果简沫真的有个万一，先不要说顾北辰会有什么手段，就是他不追究，司机的刑事责任也逃脱不了了。

救护车很快将简沫和顾琰双双送往华康医院。这里离华康医院不远，而最好的医院，也是华康。

简沫和顾琰刚刚被送进来，厉云泽就得到了消息。

“通知所有科的主治医师，一起进手术室。”厉云泽面色沉冷，看了一下自己的左手。

他的手虽然已经好得差不多了，但要把微创手术做到没有丝毫偏差，他自己很清楚，现在并不能完全保证。

“厉少，你进手术室吗？”有个护士急忙问道。

“我在监控室里看，不进。”

“好的！”护士急忙去安排。

简沫被直接推进了手术室，顾琰被推入检查室。

初步观察，顾琰只是被推开时受了轻微的碰撞，这才昏厥，应该没有太大问题。当然，要经过全身检查才能知道结果。

可简沫的伤，并不乐观。

“噔噔噔……”急促的脚步声传来，厉云泽偏头看去，就见顾北辰浑身笼罩着戾气，不过瞬间就弥漫了整个楼道。

“什么情况？”顾北辰咬牙问道，完全不顾一起到的交警等人，只是眼中透着犹如野兽一般的狠光，看着厉云泽。

厉云泽面色凝重：“小傑还好，简沫的情况不太乐观。”

顾北辰闭上眼睛，睁开眼的瞬间，咬牙问道：“谁？”

一个字，厉云泽看出了他的杀气。

“北辰，你冷静点儿。”厉云泽沉声说道。

不管他们暗地里做了多少事情，明面上必须要什么事情都没有。

这个世界，也许可以允许暗度陈仓，可绝对不容许你光明正大地挑战不能触碰的威严。

“冷静？”顾北辰自嘲了一下，随即嘶吼出声，“里面躺着的是我老婆！是我儿子！你让我冷静？你让我怎么冷静？”

楼道里的人一个个暗暗吞咽，交警也不敢上前“了解情况”。

在他们的认知里，不管什么时候，哪怕帝皇风云变幻，顾北辰这个男人都是冷漠到让人觉得杀人于无形的。

可这会儿，他就和发疯了一样，随便一句话就能踩到他的雷区。

在这一刻，所有人都意识到一件事，那就是，如果简沫有个三长两短，这个男人会彻底疯狂，让这个世界和他自己为简沫陪葬！

因为出车祸的是简沫和顾琰，消息迅速在洛城各个地方蔓延开来。

有人唏嘘，有人冷眼旁观，有人担心，自然也有喷子幸灾乐祸地吐槽几句。

“云泽。”顾北辰无力地坐在椅子上，失去了往日里的意气风发以及睥睨天下的霸气，整个人就仿佛快要被抽空一样，“如果……”

他没有继续说下去，他害怕去想。

厉云泽看着兄弟，很想告诉他：他们不会有事。

可是作为一个医生，简沫的情况真的不乐观。

他不能这样安慰北辰，如果真有个万一，他怕北辰会因为他的一句安慰彻底受不了。

时间，像从未有过的那般漫长。

一个小时，仿佛和一个世纪一样长。

这样的煎熬，让顾北辰觉得比当初在墨宫里的三个月还要漫长。

萧景和J气喘吁吁地来到医院时，整个楼道里弥漫着能压死人的气流。

萧景的脚步一顿，他看着顾北辰坐在那里，突然觉得好像回到了他第一次见到这个男人的时候。

那是在英国利兹的一家小诊所，辰少坐在地板上，因为刚和一堆人打了架，全身是血，看上去很恐怖。

医生想要检查一下他的伤口，可他不让人靠近。

当时枭哥正好不在伦敦，就让萧景过去了。

他本以为应该是剑拔弩张的场面，可是很奇怪，他到的时候，辰少就好似失去了灵魂一样。辰少想要被救赎，却已经似落叶飘零。

就好像这会儿，辰少一下子失去了方向。

那是一种很恐怖的模样，比第一次他见到辰少的时候还恐怖。

“你让我帮你！”J突然冲了上去，一把拽着顾北辰的衣领，怒吼道，“我没日没夜地帮你，可你是怎么照顾简沫和小傑的？”

顾北辰微微抬头，脸上失去了往日里那睥睨天下的霸气，只是迷茫，只有自我否定。

J没有管这些，见顾北辰不搭理他，他就不停地摇晃着：“顾北辰，如果他们有什么事情，我是不会原谅你的！”因为气愤，他的眼眶已经通红。他放开了顾北辰，眼睛里氤氲了一层水雾，喃喃道："钦少就不该放她离开。"

所有人没有动，厉云泽微微皱眉，他看着顾北辰，眼底有着担忧。

萧景的心猛然抽搐了一下，因为了解这个男人，他陪这个男人经历过风风雨雨，自然比任何人都清楚，辰少这会儿的情况有多糟糕。

外人紧张地看着这一幕，没有人知道钦少是谁，也没有人清楚J的身份，只是觉得能和顾北辰这样说话的，一定和简沫有着很亲密的关系。

厉云泽上前，看了一眼顾北辰后，拉开了J："这会儿没有人比他更痛苦。"他声音有些沉，"你是气愤和担心，他是想死，你懂吗？"

J双目怒视厉云泽："我管他想什么，我只知道他没有照顾好简沫，没有照顾好小傑！"

厉云泽蹙眉，决定不理会这个孩子。小孩子的情绪太直接，这会儿只会火上浇油。

"辰少。"萧景在顾北辰一旁坐下，"数据已经恢复了。"

"嗯。"顾北辰淡淡地应了一声。

萧景偏头看向他，过了好一会儿才说道："都会过去的。"

"我……我可以控制。"顾北辰眸光微凛，看向萧景，"可是，她，我不行……萧景，我觉得自己很失败！"

"谁也不能掌控一切。"萧景收回视线，看向前方的白墙。

这一刻，他不是那个八面玲珑的萧景，也不是时常哀号自己年终奖被扣的帝皇总裁特助，只是一个朋友，一个与辰少走过风雨的兄弟。

"从我记事开始，最能明白的道理，就是这个了。"萧景声音有些幽远，"后来，跟了枭哥，很多时候也已经看透了。"

"你现在就能做到真正看透？"顾北辰冷嗤。

"不能。"萧景靠在座椅上，眼神空洞地看着白炽灯，"因为没有人可以做到真正冷血。"

顾北辰微微蹙眉："你确定你是在安慰我？"

"我什么时候说过要安慰你？"萧景疑惑地看向顾北辰。

"还是和初见时一样让人讨厌。"顾北辰收回视线，冷峻如雕的脸上满是阴霾。

萧景扯了扯嘴角，却笑不出来。

如果真的能和初见时一样就好了……至少，辰少还有不甘，还有欲望。

可如果简沫有个万一，他真怕这个男人撑不住。

时间一点点过去，顾琰出来得很快。因为他被简沫及时推了出去，只是肌肤有些擦伤，然后头碰到柏油路上，有轻微的脑震荡，并没有大事儿了。

可是，简沫的手术一直在进行中。

时间推移，对所有人来说，都是煎熬，尤其对顾北辰来说。

厉云泽在手术监控室里，而手术室里，是华康各个科室的顶级主治医生，每一个人单独拎出来，都是能独立迅速处理手术的。

可是在这一刻，大家的额头上都溢出了细密的汗。

“病人停止心跳……”

“准备电击！”

“病人心跳恢复，却达不到做手术的标准！”

“有肋骨插入心脏，这个是最艰难的！”

主刀医生凝重的声音落下，手术室里的医生纷纷对视了一眼。

这样的情况，想要万无一失达到最好的效果，整个医院，除了厉云泽，他们不做第二人想。

可是，他的左手虽然已经恢复得差不多了，但是做手术……显然，大家都不能保证。

有人视线微微上移，看向站在手术监控室里的厉云泽，随即收回了视线。

“要不要问问厉少？”

主刀医生面色凝重，这样的手术，他是真的没有把握。

主刀医生示意护士：“我要和厉少通话。”

电话很快打到了监控室，厉云泽的视线没有离开手术台，他淡漠地拿起一旁的座机。

主刀医生说了当前的情况，接着开口：“厉少，这次手术，我们希望你来主刀。”

厉云泽沉默了，不用他们打电话，他也清楚这台手术的难度和他们在想什么。

没有说话，他直接挂了电话，转身往监控室外走。

听着挂断音，手术室里的医生纷纷茫然了一会儿，不知道是什么情况。

手术继续，并没有因为刚刚的通话或者大家的商量而中断。

没有人知道厉云泽在想什么，不管他参与还是不参与，其实，都是有很大危险性的。何况，每一台手术都有危险系数。

厉云泽出了手术观察室，顾北辰立即看了过去。

“进行到哪里了？”顾北辰的声音透着沧桑。

“三成！”厉云泽语气淡淡地开口。

虽然只剩最后插在心脏上的肋骨，可是这是这次手术中最复杂和最难的。

顾北辰闭上眼睛，努力隐忍着狂躁的气息。

“北辰。”厉云泽看着顾北辰，见他睁开眼睛，这才问道，“你相信我吗？”

顾北辰没有立即回答，因为这件事与简沫有关，他没有办法以最快的速度做出冷静的判断。

厉云泽的手之前受了伤，能不能进行手术，顾北辰很清楚，但他这样问，说明接下来的手术，他有不得不上的理由。

所有人看向顾北辰，包括刚刚赶过来的顾默元等顾家人、楚梓霄、莫少琛、苏钧离、沈初等人。

“云泽。”厉济源面色凝重地看着厉云泽，“你……”

“爸。”厉瑾汐喊了一声，打断了厉济源的话，“云泽心里有数。”

厉云泽等待着，放眼整个洛城，甚至是全国，没有人做心胸手术比他更有把握。

可是，撇开他的手不谈，里面躺着的人不仅仅是一条命，还牵扯了北辰。

“我信你！”

三个字，没有任何修饰，甚至多余的情绪都没有。

厉云泽微微颔首，什么话也没有说，只是拍了拍顾北辰的肩膀，然后转身进了手术室。

消毒，穿手术服，往主刀位置走去，这所有的流程，对厉云泽来说，已经熟悉到了不需要思考，全凭本能。

“接手主刀。”厉云泽声音沉稳，“病人心率和血压？”

他一边问，一边偏头看向一旁的内腔探测仪，听着仪器监控护士汇报情况。

“手术继续！”厉云泽收回视线，摊开手，“三号手术刀。”

好在他不是右手受伤，左手也并不是完全不自如。

“王医生，必要时，你充当我的左手，有问题吗？”厉云泽的动作没有停，他的左手无法不间断地撑到整台手术的完成。

王医生应声：“可以！”

手术室内，在一片凝重气压下，厉云泽稳重地继续做手术。

手术室外，人越来越多。

来了解情况的交警看着洛城一个个风云人物塞满了走廊，暗暗咧嘴。

“那个肇事司机呢？”楚梓霄问道。

“虽然车辆撞毁严重，人倒是还好。”交警不由自主地吞咽，“只不过，那人的精神好像有些问题。”言下之意，如果真的鉴定了肇事司机的精神有问题，最后他肯定是被送到精神病院。

“想要逃避刑事责任？”楚梓霄轻嗤一声，随即冷哼，嘴角溢出一抹没有温度的笑。

交警扯了嘴角，不知道要说什么。这里站着两个刑辩名嘴，那个肇事司机恐怕没有什么好下场。何况，从监控视频上看，肇事司机确实是有意去撞简沫和顾琰的。

时间，就和蜗牛爬行一样流逝着。

顾北辰很清楚，不管他如何着急，他的煎熬都是一样的。

“北辰，先喝点儿水吧！”岑兰曦在一旁坐下，递了水。

顾北辰机械地喝了一口，水夹杂着口腔里的铁锈般的气息被吞咽。

岑兰曦心疼地看着自己的儿子，她活了大半辈子，这是第一次看到儿子这样无助。

“简沫会没事的，一定会没事的！”岑兰曦眼眶有些红。

顾北辰依旧不说话，只是垂眸等待。

随着时间的推移，气氛越来越紧张、凝重。

因为顾北辰，因为里面的人是简沫，不管是他还是她，都牵动着这里所有人的心。

突然，手术的门被打开。

所有人的视线“唰”地一下偏了过去，顾北辰紧张得猛然起身，眼底是抗拒下的害怕。

“辰少。”护士顾不得外面凝重的气氛，急忙跑到顾北辰跟前，“厉少让你消毒，进一下手术室。”

“什么情况？”苏钧离紧张地问道。

护士急忙回答：“病人的生命体征急剧下降。”话落，她急匆匆地和顾北辰一同转身进了手术室。

“‘生命体征急剧下降’是什么意思？”J有些蒙地看向众人。

众人的脸色越发凝重了。最后，萧景沉重地解释：“就是少夫人没什么生存意识。”

顾北辰快速却很细致地消了毒，等护士给他穿了消毒服后进了手术室。

所有医生看了过来，厉云泽也只是瞥了一眼，冷静地说道：“第四副手移位置。”

“是！”第四副手挪出能让顾北辰站的位置。

顾北辰看着简沫的胸腔被打开成了让人觉得害怕的程度，能直观地看到她的内脏。

“我……我需要做什么？”他紧张地问道，完全失去了平日冷静的样子。

厉云泽看了他一眼：“你只需要让她知道你在她身边，让她有想要活下来的意识就好。”

一句话，他很清楚，北辰明白他的意思。

手术继续。顾北辰缓缓蹲下，大掌轻柔地握住了简沫已经有些冰的手，看着她失去血色、苍白如纸的脸。

“沫儿。”顾北辰轻轻开口，鼻子瞬间就酸涩了，“我在这里，我在你身边，请为我努力好吗？”

轻轻的声音透着悲伤，酸涩了手术室里所有人的心。

“你说过，每天要和我说晚安，每天早上起来，也要和我说早安的。”顾北辰轻轻开口，“你说过会为我努力！可这么简单的一件事情，你都快要做不到了。”

厉云泽的动作顿了一下，他深深地吸了口气，收敛了心神，然后凝神继续做手术。

顾北辰就这样讲着和简沫之间的点点滴滴，护士们的眼眶都红了，甚至有人开始默默流泪。

没有人看到过这样脆弱的顾北辰，仿佛如果简沫在这张手术台上离开，他也会跟着一起离开一样。

看监控仪器的护士一边落泪，一边焦急地看着心率，可是，并没有太大波动的线条一直透着死亡的气息。

厉云泽的额头上已经布满了汗，耳边是顾北辰对简沫说的情话。每一句都是他们经历过那么多，然后为彼此敞开心扉的心动。

“沫儿，你舍得离开我吗？”顾北辰的声音透着一抹自嘲，“还有小傑……”他的眼眶已经红了，甚至有了水雾。

顾北辰很清楚，这会儿简沫还没有被唤起求生意识：“沫儿，你失去小琰的时候那么痛苦，你忍心让我和小傑也承受失去你的痛苦吗？”

泪从顾北辰的眼角溢出，他的唇不停地颤抖着，握着简沫的手也在不停地颤抖。

在这里，没有人比厉云泽更加清楚，这会儿顾北辰用这件事情来刺激简沫，对简沫有多残忍，对他自己更是。

简沫才从失去小琰的阴影中走出来，可这依旧是不能触碰的痛苦，但北辰没有办法了，他这会儿必须要简沫活着！

如果在手术台上，病人没有丝毫求生欲望，又进行这样复杂而危险的手术，病人根本撑不下去。

“病人的心率开始升了……”

就在气氛越发凝重和悲伤的时候，守着监控仪器的护士哭笑着大喊了一声。

第17章
谁也别想好过

“也不知道什么情况了。”岑兰曦着急地喃了一声。

顾慈和顾南依陪在岑兰曦身边，两人各看了一眼，没有说话。这会儿，谁也没有办法安慰谁，整个走廊里都是凝重的气氛。

骆小米已经哭得眼睛都肿了，可眼泪还是不受控制地流着：“小舅舅和小舅妈那么相爱，为什么老天要这样折磨他们？”她看了顾南依一眼，继续坐在地上默默地哭。

J垂着头，脚不停地踢着地面，瘦瘦高高的身影仿佛被什么东西笼罩，透着悲伤、茫然。

手术已经持续六个多小时了，顾北辰进去也超过三个小时了。现在是没有消息，总是有希望的。

苏珊和萧景买了一些吃的、喝的东西过来，让大家分着吃。

“我不想吃。”骆小米哽咽道。

心情沉重的顾南依蹲下：“等会儿小舅妈的手术完了还需要人照顾，你要不要帮小舅舅照顾小舅妈和小傑？”

“要！”骆小米红着眼睛急忙点头。

顾南依扯了嘴角，涩然地浅笑：“那你都没有力气了，还怎么照顾他们？”

骆小米愣住了，吸吸鼻子，接过牛奶和三明治，吃了起来。

没有人真的有心情吃东西。可大家都是成年人，都很清楚，这场手术之后，简沫和顾北辰一定都要有人照顾。

如果他们一个个都没有力气了，那怎么能行？

“萧景。”苏钧离寻了机会问道，“外面的新闻……”

“我处理了，都压下去了。”萧景扯了扯嘴角，“医院这边，厉伯父也加强了警戒，不会让媒体的人过来的。”

苏钧离点点头，没有再说什么。

华康医院很大，手术室就有很多。可以说，从简沫进入这层的手术室开始，这一层就被封掉了。

时间继续推移，从华灯初上到深夜。直到过了凌晨，“哐”的一声轻响传来，所有人瞬间紧张起来，一个个起身盯着熄灭了“手术中”信号灯的门。

门被打开，但没有人动。

厉云泽神情疲惫地走了出来，那样子就好似几天几夜都没有休息一样。

“厉少？”其他人都不敢问，萧景率先开口。

“手术暂时成功。”厉云泽喑哑的声音透着疲惫，“可是能不能醒来，现在还不知道。”

一句话，让大家的心就好似坐云霄飞车一样，一上一下的。

“什么意思？”J皱眉看着厉云泽，气恼地问道，“你就不能说得直白点儿吗？”

“意思就是，简沫有八成以上的可能成为植物人。”厉云泽的声音越发沙哑，“能活下来，已经是个奇迹了。”

所有人只觉得脑袋里传来轰鸣声。植物人？那和活死人有什么区别？！

“能活着，总是个希望……”苏钧离的声音透着淡淡的忧伤，却又有一丝坚定，“我认识的沫沫，不是个轻言放弃的人！只要给她一点儿机会，她就会努力带着希望走下去的。”

大家看向了苏钧离，那一瞬间，心里都升腾了一种感觉……苏钧离和简沫在一起生活了四年多，应该是特别了解简沫的。

这一刻，没有人去想在那四年多里苏钧离和简沫的关系，他们只愿意相信，苏钧离这样说是因为了解简沫，而简沫也一定会坚强，直到醒来。

“我去看看小傑。”岑兰曦仿佛一下子老了很多。

顾慈上前：“妈，我陪你过去。”

岑兰曦点点头，和顾慈一起去了顾琰的病房。

路函梈和苏安渊正在照顾顾琰，见岑兰曦过来，急忙问道：“小沫怎么样了？”

“手术成功了。”顾慈凝重地说道，“可是，人估计暂时醒不来。”

大家都是有经历的人，一听这样说，一个个神情凝重了起来。

“人能活下来，总是好消息。”苏安渊轻轻说道。

看着曾经在商场上也是个铁血娘子的岑兰曦，路函梈上前握住了她的手。两人什么也没有说，只是无声地慰藉着彼此。

简沫被送入ICU，顾北辰就在ICU外的一间观察陪同室内待着。

“北辰，你休息一下吧？”顾南依担忧地说道，“你也要吃点儿东西。”

顾北辰整个人透着无法掩饰的悲伤，声音沙哑：“三姐，小傑怎么样了？”

“苏伯父和苏伯母一直照料着，这会儿，妈和大姐也过去了。”

顾北辰微微点点头：“你们都出去吧，我想一个人静静。”

“先出去吧。”厉云泽有些疲惫地说着，看了一眼萧景。

萧景点点头，让大家都出去，同时担忧地看了一眼顾北辰。

没一会儿，大家都离开了ICU观察室，就剩下厉云泽和顾北辰。

“等下，我让人在这里安排床位，可你要吃东西。”厉云泽说道，“北辰，你很清楚，你倒下了，简沫的求生意识也就散掉了。”

“我知道。”顾北辰有些无力，“云泽，你让我一个人待会儿。”

“好。”厉云泽应了一声，只觉得难受，看了顾北辰一眼后，转身离开了。

就在门关上的那一刻，厉云泽看到顾北辰双手抱头，悲伤顷刻间笼罩了他。

门“咔嗒”一声阖上了。

在这一刻，顾北辰隐忍的悲伤彻底无法遏制，悲痛得哭出声。隐忍下的呜咽声，就好似鬼魅一般回荡在空荡荡的陪同观察室内。

顾北辰就这样抱头痛哭着。这样的无力，就算他如今强大到可以面对一切，可以为简沫撑起一切，他也没有办法承受。

在悲伤的哭泣声中，悔恨弥漫开来。

他不该以为解决了暗处的人，一切就都尘埃落定了。二叔可以在很久以前，甚至更早的时候就开始计划一切。从他抓住当年御景湖畔的事情到庭审宣判，看似一切都结束了，但那样心思变态、扭曲的人，又怎么会这么轻易地结束这件事情?

一切，都只是迷惑他的。

真正的，是今天!

如果他够小心，如果他把晨宇说的话再琢磨一下，是不是今天的这一切就不会发生?

顾北辰缓缓起身，泪水模糊了他的双眼。他缓缓向后靠去，头抵着墙，墨瞳里全然是悲恸。

沫儿会承受这些，都是因为他，都是因为他!

厉云泽就站在门口，还没有散去的萧景等人看着他，一个个神情复杂。

“厉少。”萧景上前，手攥了起来。他看着紧闭的门，隐隐约约还能听到里面一点点痛苦的、悲伤的声音。

因为身体太过疲惫，厉云泽倚靠在门上，缓缓开口：“让他一个人静静吧，谁也别进去。”顿了一下，他起身走向苏珊，“去准备点儿方便又有营养的食物。”

苏珊红着眼睛，点点头，转身离开了。

“大家该干吗干吗去吧。”厉云泽看了一圈，“简沫也醒不过来，都围在这里干什么?”

“我去看看小傑。”苏钧离沉沉叹息了一声，转身离开，只是背影透着无穷无尽的悲伤。

如果……如果当初，他态度强硬一点儿，沫沫就算心里有顾北辰，是不是也不会承受如今这么多痛苦?

苏钧离自嘲地笑了笑，无力地摁下电梯键，拖着沉重的身体走了进去。

哪里有那么多如果呢?

若让沫沫选择，就算和顾北辰在一起有阻隔，或者伤害，她也是愿意的。她是那样爱那个叫“顾北辰”的男人，爱，让她可以更加努力和坚强。

——沫沫，就差一步了，你会努力的，对吗?

纽约。

今天Star的情绪有点低落，具体表现在，早上醒来后就没有笑，吃东西也不用心。

“是不是哪里不舒服?”石少钦的俊颜上透着冷厉的气息。

梅诺仔细检查后，摇摇头：“一切都很正常。”

“那是怎么回事?”石少钦的声音越发沉冷，“从早上到这会儿他都没有笑过，也没有怎么吃东西。”

梅诺皱着眉，很想说“就算是婴儿也是有情绪的”，虽然他们的情绪是从何而来，又是什么，并没有多少人能够说清楚。

“哇——”突然，Star蹬着小腿，毫无预兆地哭了起来。

一屋子的特护和医生，一个个的心猛然提了起来，生怕Star的哭声惹怒石少钦，然后对方迁怒到他们身上。

虽然，孩子哭是很正常的。

石少钦皱了一下眉，走上前，俯身动作轻柔地将Star抱了起来。他不是很会抱孩子，但经过这段时间的探索和学习，他已经抱得很好了。

Star被石少钦抱起来后，慢慢停止了哭泣，可是黑曜石般明亮的眼睛里都是泪水，既可怜又委屈。

“怎么了，嗯？”声音也很温柔，石少钦目光柔和地看着小家伙，轻轻擦拭他的眼泪。

Star撇着嘴，那样子简直马上又要哭出来了，让人心疼不已。

“我抱你出去走走，好不好？”石少钦又问道，虽然他知道小家伙根本不会回答他。

手机在口袋里振动了起来，在石少钦掏出手机时，梅诺欲去抱Star，可Star的小手攥着石少钦的衣领不放。

石少钦示意无妨，接起电话。听到对方的话，他的脸上瞬间笼罩了一层浓郁的阴霾。

整个房间内被这样的阴霾笼罩，除了Star还是一脸委屈的样子，所有人的心都提了起来。

“当时没有人在附近？”石少钦的声音透着冰冷的杀气。

“阿威在。”洛城的负责人说，“剩下的人都隔得有些远，而且事发太突然。”

石少钦直接挂了电话，抱着Star去了窗边，给阿威拨了电话。他看着撇着小嘴的Star，狭长的眸子里透着一丝复杂的情绪。Star是感觉到沫儿出事了，今天才会不开心的吗？这个就是所谓的“母子连心”吗？

“钦少。”阿威的声音很平静，“如果是要问简沫和顾琰出车祸的事情，我确实在那附近。”

石少钦没有说话，只是微眯眼睛。

“红花榜撤掉了，”阿威缓缓开口，“墨宫的人也不需要去保护顾琰，不是吗？”

在顾北辰将顾默怀留在暗处的人拔干净之后，红花榜因放榜之人被抓而撤销了。

不管是顾北辰还是石少钦，谁也没有想到，顾默怀还留了这样一招。

石少钦挂了电话，阿威的嘴角撇了一下。对于那个快递司机偶尔会跟踪简沫，这几天他到洛城，因为也一直跟着简沫，是知道的。

可那又如何？不管是顾北辰还是钦少，一个简沫扰乱了太多他本以为会产生的结局。如果她死了，也许才是最好的。

他不阻拦，反正顾琰的保护令在红花榜撤销后自动失效。钦少也没有下达保护简沫的指令，他自然没有那么好心去救人。

只要他不动手，钦少就没有理由对他做出惩罚。

阿威探出手，拦了车："去机场！"

车，经过华康医院。

阿威偏头看了一眼那亮着的红十字标志，嘴角闪过一抹冷然，随即收敛了眸光。

医院里依旧一片凝重，该回去的人基本回去了，以简沫如今的情况，大家就算留下来也没有什么意义。

J趴在玻璃上看着身上连接着各种仪器的简沫，稚气的脸上透着复杂的情绪。

——喂，简沫，如果……如果你醒来，我就和你姓。

——嗯，也去你说的那个洛大，好不好？

——不过，你要先醒来才行！

J闷闷地撇了嘴角，眸光黯淡。

他悻悻然转身，就见顾北辰猛然站了起来："你干什么去？"

"我很快回来。"顾北辰留下一句话，示意苏珊留下后，带着萧景离开了。

"辰少？"

"去监狱！"顾北辰一脸淡漠地开口，声音冰冷。

萧景从后视镜看了一眼，没有再问什么，启动了车往监狱而去。

路上，他先给监狱所长打了电话。

毕竟已经凌晨三点多了，这个时候要见犯人，就算顾北辰身份特殊，也还是需要知会一声的。

萧景开着车，偶尔从后视镜里看一眼顾北辰："辰少，您是要……"他有些担心，害怕顾北辰等会儿控制不住自己，直接在监狱里结果了顾默怀。

虽然顾默怀现在死也活该，可辰少在那样的地方动手，始终不合适。

“哼。”顾北辰冷哼了一声，鹰眸渐渐变得幽深不见底，“我不好过，只能让他更加不好过！”他缓缓眯了眼睛，“先去奶奶的别墅里拿东西。”

萧景又从后视镜里看了一眼顾北辰，不需要多说，已然知道顾北辰想要做什么：“好！”

到了顾奶奶别墅，顾北辰直接去了顾奶奶的书房，“啪”的轻响传来，柔和却明亮的灯照亮了整个空间。

顾奶奶戎马一生，书房里放了许多的军功章，还有军事一类的书籍。在这样的书房里，那一个经过特殊处理、镶嵌在墙壁上的保险箱就显得格外突兀。

顾北辰站在保险箱前，耳边是顾奶奶轻叹的声音。

“北辰，如果可以，我希望你这辈子都不会用到里面的东西。”顾奶奶的神情中透着一丝隐忍，“不到最难熬的时候，我都不希望你打开它。”

“关于二叔的？”顾北辰轻咦，虽然是问句，但已经肯定。

顾奶奶点点头：“其实，我希望你一辈子都不会打开它！”

顾北辰垂下眸子：“好。”

就算当初二叔对他做出那样的事情，顾奶奶也不曾将里面的东西拿出来，想来这东西牵扯太多，或者隐藏了太多不能说的事。

顾北辰抬手，指腹触碰密码按键，打开第一层门，再次拧动里面的旋转密码锁。

“咔嗒”一声轻响，他鹰眸狠厉，拉开保险柜的门。

保险柜里面只有一个档案袋。

他拿出档案袋，关了保险柜后，转身离开了别墅。

一路上，顾北辰只是淡漠地看着里面的资料，不管看到什么信息，冷峻的脸上都没有丝毫的变化，就仿佛除了面对简沫，他再也没有情绪。

监狱在洛城郊外，临近深山，在夜幕的笼罩下，透着诡谲的气息。

“哐啷”一声，顾北辰微微挑起鹰眸，就见穿着囚服、戴着手铐的顾默怀被狱警带了出来。

“顾先生，人带到了。”狱警看了顾默怀一眼，“那个，我有点儿内急，先去一下。”

顾默怀冷嗤了一下，觉得狱警蹩脚的借口很可笑。

“看来，是程青动手了。”顾默怀看着平静得仿佛什么情绪都没有的顾北辰。

“果然是你的后着。”顾北辰的声音就和他的脸色一样平静。

顾默怀笑了起来，那样的笑透着阴狠："顾北辰，你我斗了这么久，你甚至清楚我走一步就会算百步，怎么就这么大意呢？"

"是啊，的确太大意了！"顾北辰微微垂眸，语气让人听不出他真正的情绪，"一个喜欢了小姨那么多年，因为爱而不得而精神出了问题的人，我却没有注意到。"

顾默怀没有想到顾北辰会这样平静，一双眸子黑沉沉的："简沫死了吗？或者说顾琰死了吗？"在他的计划中，最后他们肯定会有人死。

简沫之前的孩子流掉了，得了抑郁症，如果顾琰死了，那是最好的。

那样简沫会疯，顾北辰自然也不好过。

可如果简沫死了，结局也不错，顾北辰不是喜欢她喜欢到没有原则吗？

"让你失望了。"顾北辰抬眸，"他们都活着。"

"不可能！"顾默怀顿时瞪大了眼睛，"程青的脑子是有病的，我让人给他灌输了那么多信息，他一定不会让简沫和顾琰好过的！"

"二叔，我不明白，你做这些到底是为什么。"顾北辰缓缓开口，"上次我们在看守所见面，我以为你只是为了报复顾家，直到今天，我才明白你到底是为了什么！"

顾默怀冷哼一声，看着顾北辰的眼中透着笑意。

"是，程青得手了。"顾北辰说着，神情里是控制不住的悲恸，"虽然小傑和沫儿都活着，可是沫儿有可能这辈子都不会醒来。"

"哈哈哈哈……"顾默怀一听，当即仰天大笑了起来。

笑了好一阵子后，他才目光阴沉地看着顾北辰："顾北辰，你知道我为什么不直接对付你吗？"他龇牙咧嘴地说道，"因为那样的痛苦对你来说不算什么。"

顾默怀微微俯身，脸拧得好似魔鬼："不管是帝皇还是你，对你来说都没有意义。可是简沫不同，你们经历了那么多，你爱她，也亏欠了她。只有她死，才是对你最大的打击，哈哈哈！"

顾北辰没有说话，他就这样平静地看着顾默怀笑。

也不知道过了多久，顾默怀的笑声才缓缓收住，双眼因为兴奋而猩红："你痛苦吗？啊？"

"我痛苦。"顾北辰并没有隐瞒，声音变得阴沉，"我甚至恨不得亲手杀了你！"

"来啊，来啊！"顾默怀突然起身，俯视着顾北辰，笑得张狂，"我该做的，所有的都做到了，就算没有完全达到预期，我这辈子也没有什么遗憾了……哈哈！顾北辰，来啊，杀了我！来！”

顾北辰薄唇浅扬，一双墨瞳已然暗沉得不见底：“你知道少钦怎么对付折磨他的人吗？”他抬眸，目光冰冷，“让一个人死，太简单了，人活着，往往才最痛苦。”

如果沫儿一辈子不醒来，那么，他就会痛苦一辈子。

他不好过，谁也别想好过！

“我活着，每天只会更加开心。”顾默怀坐下来，笑得狰狞，说道，“因为，我一想到你会痛苦，我就很开心！”

“二叔，你认为我今天过来，就是为了让你嘲笑我的？”

顾默怀微微收敛笑声，看着顾北辰，狠厉的目光里明显透着疑惑。

“我来这里之前，去了一趟奶奶那里。”顾北辰说着，拿过一旁的档案袋扔到顾默怀面前，“有些事情，奶奶是想要隐瞒一辈子的，甚至你把我送去墨宫，我受到那样的伤害，奶奶也没想过将事情的真相告诉你，因为，奶奶始终感恩你的父母对她的恩情。”

顾默怀的眼睛里有着隐隐的光芒，他疑惑地看了一眼档案袋。

“你恨顾家，是因为你认为奶奶是踩着你父母上位的。”顾北辰咬牙，“可是你现在这样变态，是因为什么？”

顾默怀拿起档案袋，抬眸看向顾北辰，就听顾北辰咬牙说道：“是因为，你以为你不能生育是爷爷奶奶在背后做的手脚，你以为他们就是为了不让你有机会觊觎顾家，不让你的孩子和我争，是吗？”

问到最后，顾北辰的声音透着不想去掩饰的怒气。

说到不能生育的事情，顾默怀的眼里明显透着愤怒。

“你恨顾家，是因为你的父母。”顾北辰看着他，声音依旧平静，“你变得心理扭曲，是因为你不能生育。顾默怀，你变态，却要别人来承受你的人格缺陷！”

“顾北辰！”顾默怀突然一把将档案袋拍到桌子上，双目猩红，“你们顾家一直以为自己就是救世主吗？从我的父母到我，你们不过是披着慈善家的皮，做的却是一些污浊的事情。”

“污浊？”顾北辰冷笑了一声，“说到这个，你如果认第二，谁敢认第一？”他的目光变得冰冷，“顾默怀，你不看看里面的东西？我要是你，笑，我也要明明白白地笑！”

“其实，你也不用看的。”顾北辰浅笑了起来，那样的笑容透着嘲讽，“如果让你知道你的父母曾经那么肮脏，你要如何面对？”

轻嗤的声音里有着蔑视下的阴冷，顾北辰看着顾默怀的脸色突变，继续说道：“你一定想象不到，你一直认为军功赫赫的父母，一直以来和什么人勾结在一起，甚至让多少人陷入死亡旋涡。”

“你说什么？你说什么？”顾默怀的双眼瞪得和铜铃一样，“顾北辰，你以为你现在说这些有意义吗？人都死了，你造这些谣有意义吗？”

“造谣？”顾北辰墨瞳幽深，“你看看那些东西，看我是不是真的在造谣！”

顾默怀的心里突然有些慌乱，他一把抽出资料，瞪大眼睛开始看。

“你的父母犯了多少罪，如果不是奶奶，你认为他们有机会在死后保留军籍？”顾北辰的声音冰冷无情，“顾默怀，你也不会是烈士遗孤。”他看着顾默怀渐渐疯狂地开始翻动资料，才继续说道，“你不能生育，你认为是奶奶做了手脚，可你想过没有，那是因为你的母亲在怀你的时候染上了毒品！”

“不，不是这样的！”顾默怀翻动资料的手因为狂躁而开始颤抖，“都是你们编造出来的，都是！”

“而且，你并不是不能生育。你有一个儿子，你知道吗？”顾北辰看着顾默怀的样子，突然笑了起来，那样的笑容透着一丝变态。

有些事情，他答应了奶奶不说，但如今他必须说；有些事情，他答应过简展锋不说，可现在，他也要说！

顾默怀下意识看向了顾北辰。

“当年，你要陷害爸爸，占有了苏默。”顾北辰咬牙说道，“如果不是简展锋，也许当初你的计划就不是如今这样。”他冷嗤一声，“顾默怀，你想不到吧？简桁，其实是你的儿子。”

“不可能！”顾默怀瞪大了眼睛，“绝对不可能！”

“简展锋爱苏默，那晚，就让苏默以为是他。”顾北辰冷笑，“简桁，就是那天晚上有的！”

顾默怀的眼睛瞪得更大了，有难以置信，也有疯狂。

“简桁是你儿子的事情，我答应过简展锋谁也不说。可是怎么办呢？”顾北辰笑了起来，透着嗜血，“我现在痛苦，而让你好过，不是我顾北辰现在的作风！”

“不可能，不可能！绝对不可能！”顾默怀疯狂地大吼，“我没有生育能力！孩子？哪来的孩子？”一个精子没有存活率的人，如何来的孩子？

“放心，我很快就会把你和简桁的DNA鉴定报告给你的。”顾北辰轻笑着微微俯身上前，看着快要疯狂的顾默怀，“当然了，如果你以为那是我伪造的，我也是不会介意的。”他脸上的笑渐渐收敛，“你做了那么多事情，应该很清楚这里的资料是不是伪造的，还有，我给你的DNA鉴定结果是不是伪造的。”

顾北辰缓缓直起身：“你应该感谢你自己，做了那么多伪造的东西，才能最直接地看出哪些东西是真实的，哪些不是真实的。”

顾默怀拿着资料的手不受控制地颤抖，因为愤怒，他的嘴唇抽搐到了痉挛。

“顾默怀，我的儿子没事，我的老婆也一定会没事。”顾北辰看着顾默怀表情龟裂的脸，轻笑了一声，“但是，你的儿子死了，因为你想控制他，任由他染上了毒品……你入狱没多久，他就在国外的一场聚会上因吸食过多毒品，坠楼了！而你的父母也是因为这个东西，得了最肮脏的病才死的。你呢，这辈子都只能因为你的行为，活在你自己缔造出的破灭的梦幻中，痛苦而煎熬地活着！”

“啊——”顾默怀突然嘶吼出声，“顾北辰，我要杀了你！”

顾默怀猛然向顾北辰扑来，可惜，被顾北辰轻松躲过，他自己的额头磕到了桌子角。

“啊，杀了你，杀了你……”顾默怀失去理智，就和发狂的猛兽一样，不停地扑向顾北辰，“我的父母不是那样的人，我不能生育也不是因为他们，我也没有孩子，啊——”

外面的狱警急忙走了进来，看到里面的情形，急忙控制了顾默怀。

顾默怀疯狂地挣扎着，猩红的双眼看着顾北辰，就好像要将对方吃了一样。

“二叔……”顾北辰看着顾默怀被狱警拖着走，嘴角勾着邪魅的笑，“一个人在监狱里一定很孤单，我会经常来看你的。”他不是良善的人，尤其是经历了墨宫之事之后。

少钦对罗松贤用了他曾经所受的十倍、百倍……那么他的痛，顾默怀也得用一生来偿还。

黎明，在曙光撕裂黑寂后到来。火红的光芒在东方晕染出一片朝霞，透着希望。

顾北辰回了华康医院，J趴在一旁睡着了，稚气的脸上明显看得到悲伤。

“辰少。”萧景看了一眼ICU里的简沫，“我去买些早餐。”

“你回去休息吧。”顾北辰的声音淡漠，没有了在监狱里的狠厉，“我等下去看看小傑，就在医院吃。”

萧景的鼻子酸涩：“要不……我送你回去洗漱、休息一下？”

“萧景，我没事！”顾北辰的手轻轻搭在玻璃上，从他的位置看过去，正好看到简沫的脸，“为了她，我不会倒下。”他轻笑，微微垂眸，眼底已经有些湿润，“我说过，我会在她身后的，她累了，就可以向后靠。如果，我不够强壮，抱不住她怎么办？”

萧景的鼻子猛然又酸涩了，他微微偏过脸，不敢去看顾北辰。他害怕看到辰少身上那无形中溢出的悲伤，那种自责、无奈，还有无助！

顾默怀痛苦又能如何？什么痛，抵得过辰少此刻心里的痛？

“好。”萧景暗暗吸了口气，“那我下午再过来。”

“嗯。”顾北辰轻轻应了一声，“最近公司我都不过去了，你先处理吧。”

“我知道。”萧景深吸了口气，等了一会儿，见顾北辰没有话说了，才转身离开了观察室。

苏珊正好从洗手间出来：“回来了？”她上前，“辰少……”

萧景回头看了一眼，门关着，他什么也看不到了：“我送你回去洗漱，公司不能停止运作。”

“好。”苏珊没有多问什么，和萧景默默地离开了。

在华康医院，萧景和苏珊不担心顾北辰没有人照顾。只是疲累的身体能够休息，心上的累该怎么解决呢？

顾北辰去看顾琰的时候，顾琰已经醒来了。

“爸爸。”顾琰看到顾北辰，喊了一声，小鼻子瞬间一酸，哭了起来。

顾南依别过头，眼眶也是红的。小家伙醒来，问了简沫的情况后，就一句话不说。有那么一瞬间，她都以为顾琰是不是摔到大脑了。

顾北辰在病床边坐下，微微俯身，有些粗糙的手指轻轻擦拭着顾琰的泪水：“如果爱妈妈，就不要自责，懂吗？”

顾琰垂眸，眼泪不受控制地往下落：“可是，如果不是我想要去坐公交车，就不会发生那样的事情，妈妈也不会……”他说到这里，已经没有办法继续，小身体一抽一抽的。

顾北辰想要抱抱顾琰，但儿子身上有好多小伤口：“不是因为你。”他轻轻说着，“那是蓄谋已久的，就算没有昨天，也会有下一次。”

顾琰不说话，一直在哭。

顾南依的眼泪也不受控制地、不停地往下落，她不仅仅心疼顾琰，也心疼顾北辰。

“可是，妈妈有可能醒不来，是吗？”顾琰抬起眼帘，眼泪汪汪地看着顾北辰。

“会醒来的。”顾北辰浅浅地勾了嘴角，“有我，有你，妈妈怎么会舍得不醒来呢？”

顾琰还在哭，他有多“嫌弃”简沫，就有多爱这个妈妈。

从出生到懂事，再到回来，他和妈妈经历了好多事情，可是，都只是想要幸福地生活下去，就这一个愿望而已。

为什么实现起来就这么难呢？

“你承载了小琰……小傑，现在我们不是需要自责，懂吗？”顾北辰坚定地看着第一次哭成这样的顾琰，“我们要更加坚强和充满希望，才能让妈妈找到回来的路。”

一如当初沫儿嫁给他，让他一点点摆脱黑暗，现在，他需要做沫儿的阳光，还有指引她的那颗星星。小傑也一样！

“嗯！”顾琰含泪哽咽地应了一声，“妈妈是一个坚强勇敢的人，一定会为了我和爸爸，还有小琰努力的！”

顾南依到底受不了了，转身出了病房，捂着嘴开始哭。

岑兰曦和顾默元，还有顾慈过来时正好看到顾南依的样子，吓得脸色都白了。

“南依，是不是小傑怎么了？”岑兰曦的声音有些颤抖。

顾南依摇摇头，悲伤地说道：“妈，为什么……为什么北辰要承受这么多？”她有些控制不住情绪，“他只是想和简沫在一起，为什么全世界的人都看不惯他们？他们想要好好地在一起，就这么难吗？”

顾南依说到最后，变成了低吼。作为名媛淑女，从小到大，她都高傲得和孔雀一样，甚至她的爱情和家庭，不管什么，都是一帆风顺的。

如今看到北辰这样，她突然有种是不是自己拿走了弟弟幸福指数的错觉。

顾南依的话让岑兰曦愣在原地，她木然地看着女儿，女儿的指控让她的心瞬间紧缩了起来。

在这里，顾慈算是接触简沫和顾北辰最多的人。

她沉沉叹息了一声，悲伤也蔓延开来。因为梓霄，她其实一直不喜欢简沫，可是，如今回想起来，这个女人活得太累……太累了。

尽管如此，她还是那样努力地想和北辰一起走下去。在这个世界上，有几个女人能够在经历了这么多事后，还能对自己爱的男人那样坚定不移?

“简沫值得北辰对她好。”顾慈看向岑兰曦，说道，“北辰这辈子最幸运的事情，估计就是遇到一个叫‘简沫’的女人，然后她成了他的妻子。”

是！顾北辰这辈子最幸运的事情，就是在简沫最需要帮助的那天遇见她，继而让她成了他的妻子。

人海茫茫，有多少人能找到最契合的那个半圆?

显然，顾北辰是幸运的，只是这样的幸运承受了太多太多。

顾北辰拿过纸巾给顾琰轻轻擦拭着脸上的眼泪：“你要努力好起来，不要让妈妈担心，好吗？”

“嗯。”顾琰抿着小嘴应了一声，“那等下我可以先去看看妈妈吗？”

“当然。”顾北辰轻轻揉了揉顾琰的脑袋，“看到你平安，妈妈一定会很开心。”

岑兰曦他们走了进来，看到顾北辰这样的温柔，有那么一刻，仿佛能遗忘他身上所承受的悲伤。

“北辰，我带了鸡汤过来，你也喝点儿吧？”顾慈敛去刚刚的悲伤，问道。

“谢谢大姐。”顾北辰没有拒绝，“最近恐怕要劳烦大家了。”

“一家人，说什么谢啊劳烦的。”顾慈有些不满。

岑兰曦上前，眼眶微红的她拉过顾北辰的手：“我和你爸爸最近都会留在洛城，公司的事情我和你爸爸会看着点儿，你就好好照顾小沫。”

顾北辰看向岑兰曦，就听她轻叹了一声：“北辰，妈没有什么想法，只希望大家都好好的……好好的，就好！”

没有任何事情比平安来得重要。

第18章
最长情的告白

“沫儿，今天外面在下雨。”顾北辰偏头看向窗外，“雨不太大，视线有些朦胧。”

顾北辰收回视线，看着简沫笑了笑。他拿过一旁的棉签，蘸了水给简沫润唇：“你和沈初一起设计的那个楼盘，就和你想的一样，年轻人都很喜欢，很火爆。”

经过ICU一个月的看护，现在的简沫已经被转到了VIP病房。

她就这样静静地躺在病床上，已经撤掉了大部分仪器，她安静得好似只是睡着了。

这一个月以来，顾北辰几乎将华康医院当成了家。

“沈初今天提交了你们的设计，参加全国楼盘建筑设计比赛。”顾北辰的声音透着笑意，低沉而又富有磁性，“还给你们两个起了个组合名字，说是要和大师一样，要有艺名。”

顾北辰垂眸笑了起来：“不过，我不知道叫什么，她说回头过来看你的时候，再给你说。”

外面的雨下得有些大了，打在玻璃窗上，噼啪作响。

四月已经到了春尾，这样的雨透着一丝凉爽。

顾北辰每天都会对简沫讲很多话，有时候是他的想念，有时候是帝皇的琐事，也会说一些关于翔宇的。

当然，厉云泽他们几个人的事情，他也会跟简沫聊。

有时候他会觉得，如果抛开简沫在“沉睡”，其实这样的岁月静好，真的也很好。

陪伴是最长情的告白。顾北辰总在想，如果他隔几天不在简沫的身边，她会不会因为不习惯，而急迫地想醒来。

外面有嘈杂的声音，透着愤怒，打破了病房内的祥和。

“厉少，你和我说也没有用啊！”萧景一脸无奈，“这有些事情我能处理，可有些事情也必须辰少处理，我没有办法一直代劳啊！”

厉云泽嗤笑了一下：“萧景，你少给我来这套。”

“厉少，我是认真的。”萧景表情无辜，“这少夫人醒不来，她作为最有话语权的董事，不任命我为CEO，那CEO也只能是辰少……所以，需要执行总裁处理的事情，我是没办法代劳的。”

“那关我什么事？”厉云泽冷笑，“这里是医院！反正顾北辰住在这里，我收了床位费，可你弄这些是什么鬼？”

萧景随着厉云泽的视线看了过去，工人正淡定地将病房改造成书房，还直接打通了两间VIP病房！

“厉少，房间费多少？你其实可以把账单直接给辰少的。”萧景决定装傻。

厉云泽爆了粗口：“我说的不是这个好吗？”

萧景继续装傻：“那厉少是什么意思？”

“萧景，你行！”厉云泽的嘴角抽搐了一下，“我直接去找顾北辰，真是折腾得我这医院都开不下去了。”

“萧景。”顾北辰的声音传来，透着不满。

萧景一见就知道顾北辰有些不满。刚刚他们的声音好像有点大，肯定严重打扰了辰少跟少夫人说情话或者拉家常。

“辰少！”萧景狗腿地跑了过去。

顾北辰看着瞪着他的厉云泽，轻启薄唇，声音淡漠：“评估一下华康医院的市值，我要收购！”

萧景一时间没反应过来。

厉云泽的嘴角抽搐了一下：“顾北辰，你这个疯子！”他咬牙切齿，“行，你就折腾吧！你好好折腾，随便你折腾！”话落，他愤怒地哼了一声，转身气呼呼地离开了。

临走时，他还对喊他上来的护士说道：“这层楼被帝皇顾总包了，病人别安排了，回头账单和损失费都给我记清楚了！”

萧景咧开嘴就笑，还不忘揶揄厉云泽，朝着他的背影就打趣儿，道：“厉少，你不卖，辰少就算让我评估也没用的！”

厉云泽回头冷冷地看了一眼萧景，哼了一声，进了电梯。

“有异性没人性。”厉云泽咬牙切齿，摁了电梯键，“这里是医院，但因为简沫在，就快变成帝皇的分公司了！”

“叮”的一声，电梯抵达一楼。

电梯门一打开，厉云泽就习惯性抬脚准备出电梯，差点儿撞到准备进来的何以宁。

二人互看了一眼，随即一个冷漠地出电梯，一个抿着嘴进了电梯，仿佛两个人是陌生人一样。可电梯门关上的那一刻，厉云泽转身看去，但他什么也没有看到。

第二天，曙光撕裂一晚上的暗沉，柔和的阳光挥洒在天地间，挥发着湿气的同时，空气里都是花香和草香。

“小舅妈。”骆小米推开门，娇俏地喊了一声，见顾北辰在给简沫擦脸，急忙上前，“小舅舅，我来。”

顾北辰“嗯”了一声，将毛巾递给骆小米，看了一眼跟进来的顾南依。

“过来的时候顺便去了趟别墅。”顾南依将保温盒放到茶几上，“罗姨说，妈给她交代，中午妈过来送饭。”

“嗯。”顾北辰坐下来开始吃早饭。

骆小米一边给简沫轻柔地擦拭，一边笑语连连地讲她昨天跟踪一个明星偷拍的趣事。

“你小舅妈才没你那么八卦。”顾南依有些受不了自己女儿的性子。

“才不是！”骆小米撇嘴，哼唧了一声，“是女人都八卦！”

顾南依哭笑不得，见顾北辰不管，也就没有说了。

从简沫手术后，顾北辰变得更加沉默了，仿佛除了和简沫说话，和顾琰互动外，他忘记了还要和人相处。

“之前听小傑说，这个暑假他要和苏钧离去巡演？”顾南依问道。

“嗯。”顾北辰语气淡淡地开口，“他说妈妈在努力，他也要和妈妈一样，每天都努力。”

顾南依有些心酸。不管是梓霄还是二姐家的，抑或是小米，顾家的孩子都是在父母的呵护下长大的。小傑从小就没和爸爸在一起，现在妈妈又成了植物人。

“三姐，沫儿会醒来的。”顾北辰偏头看向顾南依，“只是时间问题。”

“就算为了你，沫沫也会醒来的。”顾南依轻轻开口，“不知道为什么，也许也是执念，我总觉得，她不会甘心和你都走到这一步了，却没有办法圆满。”

“是啊。”顾北辰难得笑了起来，“她都欠我三十三个早安和晚安了。”他说着，眸子变得深邃，“她这人执拗得很，受不了自己一直欠着人的。”

顾南依点点头，她觉得心酸了，还要北辰来安慰，她怎么觉得更难过了？

等顾北辰吃完早餐后，顾南依收拾了东西，喊了骆小米后说道：“我和小米就先走了。”

“小舅妈，等我写完稿子再过来看你……”骆小米在简沫的脸上亲了一下。

顾南依无奈地看着女儿，她突然有点儿怀疑，这女儿是不是她亲生的，怎么没有见过女儿和自己这么亲密？

嗯，她有点儿吃简沫的醋了。

顾北辰去洗手间洗了手才去了简沫身边，继续和她聊天，说着曾经，说着未来。

简沫安静地“睡”着，顾北辰也不介意，只是一个人自说自话。

就像他对顾南依说的，他相信沫儿会醒来，只是时间问题。

他不想她在沉睡的这些日子里和生活脱节，不管好的、坏的生活，他都想要分享给她。

美国，蒙特瑞。

临近海边的一栋清雅别墅里，石少钦坐在遮阳伞下的椅子上，一旁放置着婴儿摇篮车。

夕阳掠过海面，细碎的波光仿佛被撒下的水晶，明艳动人。

手机在桌子上振动起来，石少钦淡漠地拿起手机，看了一眼来电显示后，接通，置于耳边。

“我打算过几天去一趟洛城。”石玦郗开口，“去看看沫沫。”

石少钦没有说话，过了好几秒后才缓缓开口：“嗯。”

“你不打算和我一起过去？”石玦郗漫步在墨宫的沙滩边，看着那株早已经枯萎的向日葵，有些出神。

少钦已经有多久没有回来过了？

年后，也只是回来过一次！

“不了。”石少钦淡漠地开口。

石玦郗微微皱眉，应了一声，也没有多说什么，直接挂了电话。

浪花拍打着海滩，石玦郗就立在那里，温润的脸上渐渐溢出疑惑。

少钦到底隐瞒着什么？

石少钦挂了电话后，偏头看着熟睡的Star。

简沫出事已经过了一个月。

墨宫有墨宫的规矩。那个时候，阿威确实不需要保护简沫或者顾琰，可他还是找了由头，拿阿威出了气。

顾琰的命，是他欠顾北辰的，可对于简沫……

石少钦狭长的眸子里渐渐溢出复杂的情绪，他不知道自己对简沫到底带了什么情绪，可是，她是指引北辰走出黑暗的阳光，是Star的妈妈，他们之间是不是也有点儿联系了？

石少钦抬手，指腹轻轻滑过Star柔嫩的小脸，轻缓的声音溢出好看的唇：“我要不要带你去看看她？”

海风轻轻拂面，将石少钦的话一下子就吹散了。

Star依旧安静睡着，小脸上透着安详、平静。

石少钦轻叹一声，没有说话，只是收敛了视线，看向了远处。

蒙特瑞的气候很好，四季如春，最适合居住。

这个地方是他前些天买下的，他打算在以后的日子里偶尔带Star过来小住。他不是没想过带着Star去洛城看看简沫，可是现在的顾北辰，应该是神经最敏感的时候。

他不喜欢做没有把握的事情。虽然他不排斥Star知道自己的父母是谁，可绝对不会是在他父母知道他的存在之前。

海浪轻轻敲打沙滩，蒙特瑞的夕阳仿佛要比别的城市都慵懒几分。

相较于石少钦和Star在夕阳下的平静，洛城在清晨的阳光下依旧透着几分凝重。

“我等下去医院。”

顾慈一下楼，就听到楚梓霄对楚天秦说的话。

“我正好也去看看简沫。”顾慈的声音有点怪。

虽然简沫和顾北辰了风风雨雨，她现在觉得伤心，但如果儿子放不下，她总觉得她会更伤心。

“你就别去了，公司等下有些事，你和我一起过去。”楚天秦给顾慈使了个眼色，示意楚梓霄，“你要去医院就先去吧。”

“嗯，好。”楚梓霄点点头，“爸、妈，我先走了。”

等到楚梓霄出了门，顾慈正要说什么，楚天秦率先开口：“北辰不是在吗？”

顾慈拧眉：“梓霄是找北辰还是简沫？”

“不管找谁，都这个时候了，儿子自己能没有分寸吗？”楚天秦轻叹一声，“就算儿子还有那么一点放不下，如今这个情况，他也不会如何的。”

顾慈沉叹一声，想想也是，没有再说这事了。

楚梓霄开着车直接去了华康医院，看了一眼VIP住院部，收回视线，跨步走了进去。

上楼后，他也没有进病房，就站在简沫病房的门口，透过探视窗看向里面。

早晨的阳光透过洁净的玻璃窗打在顾北辰身上，他穿着白色的休闲衫，桀骜、细碎的短发在晨光的晕染下没有了成熟的感觉，反而透出几分少年感。

楚梓霄突然想起那时候在学校里看见顾北辰……他刚刚考上初中，北辰在本部上高二。

那是一个下午，北辰倚在树干上，阳光穿过树叶间隙落在他的身上，透着干净、纯粹和美好。

那时候的顾北辰阳光得能照亮所有人，就和这会儿一样，纯粹、干净，给沫沫指引前路。

“后来，鞋匠用了特殊的方式在马特洪峰上取得了‘相思魄’，并送给了公主。”顾北辰用好听的嗓音轻轻讲述着爱情故事，“其实，我挺想知道‘相思魄’这种花到底存不存在。”

顾北辰垂下眸，晨光滑过他的眼帘，俊美的脸上透着温暖的笑意。

“沫儿，要不，回头我们也去看看？”顾北辰抬眸看着简沫，“嗯，如果真有，我们也去采一朵。”

简沫安静地“睡”着，有一缕阳光调皮地落在她脸上，她好看得就和睡美人一样。

顾北辰的脸上和声音里都没有悲伤，他的沫儿只是睡着了。

她用这样的方式缠着他陪她，终于有点儿任性了。

顾北辰起身，拿过水和棉签准备给简沫润唇：“今天的故事就讲到这里，我们明天继续。”他说着，唇边的笑意蔓延开来。

他几乎能想象到，沫儿如果醒着，听到他这样说，气呼呼的样子。尤其她明明心里急得很，却故意装作一副也不是很想知道的样子。

楚梓霄就这样看着顾北辰作，突然有种久违了的感觉。

这个顾北辰仿佛已经离开他很久，久得他都记不清了。

可是因为沫沫，顾北辰回来了。

因为他说，这一次，他想要做沫沫的阳光，和指引她的星星。

最后楚梓霄没有进去。每个人的人生都应该自己去探索，不管好的还是不好的。

“楚少？”萧景有些疑惑地看向楚梓霄。

“我找北辰，不是沫沫。”楚梓霄回答，“不过，我之前有些事情想不明白，现在我觉得有答案了，就不需要问他了。”

萧景没有说话，看着楚梓霄离开后，也看了一眼病房，随即去了一旁的“病房”，处理苏珊发过来的文件。

时间就如指中沙，悄悄流逝，转眼就到了五月，洛城进入初夏。

石玦郗来洛城待了几天，每天会送简沫一束太阳花，还给她讲了那遗漏的一颗葵花籽在墨宫开花了的事。

临走时，他只是送给简沫一张照片——

夕阳下，海边盛开的向日葵追寻着阳光，坚韧得让人觉得充满了希望。

简沫出事后，龙枭回过洛城几次，喜忧参半。

忧的是，他害怕简沫长眠不起；喜的是，顾北辰成了真正的顾北辰，至少在简沫面前是。

龙枭和顾北辰把顾默怀的底子彻底清洗了一遍，加上顾北辰隔三岔五地去“看望”一下顾默怀，这样一刺激，就将他隐藏的一些势力全部瓦解了。

厉云泽说，顾北辰现在是惊弓之鸟，有点儿苗头的都在萌芽期掐死，典型的宁可错杀，不可放过。

不过最近，厉云泽的脾气不太好，具体表现在，他怎么看顾北辰怎么不舒服。

按萧景的话来讲，那就是看不得别人情深，自己孤孤单单一个人。

“小傑的生日快到了。”顾北辰动作轻柔地给简沫吹着刚刚洗完的头发，“沫儿，你会给他一个惊喜吗？”

“我今天陪J去看了学校，他倒是挺满意的……不过，他还在纠结自己名字的事情，嫌弃我起的几个名字都不好，说是要你起。”顾北辰笑了起来，

"我突然有点吃醋，大大小小的，都在和我争宠。"

"沫儿，我有个礼物要送给你。"顾北辰轻缓地说道，"最近我加快了进度，害怕你突然醒来，我却来不及给你。"

顾北辰轻叹了一声，偏头看向窗外，夕阳已经快在天边隐没了。

与此同时，飞机轰鸣的声音传来，滚轮摩擦着地面，直至飞机停止。

"由纽约飞来的UA496777航班已抵达洛城国际机场……"

广播里传来地勤人员好听的播报声。

石少钦神情淡漠地抱着Star出了机场，身边跟着席城。

"咯咯咯……"Star有些兴奋地在石少钦怀抱里蹦跶着，晶亮的眼睛里闪烁着星辰般的光芒。

石少钦目光深邃地看着小家伙，他这是因为呼吸到有着父母存在的空气，才这么开心的吗？

墨宫在洛城的负责人过来接石少钦，直接送他去了郊区那个月牙湖边的别墅，就是简沫设计的那个。

"车准备好了。"负责人说道，"婴儿篮和婴儿座椅也安放好了。"

"嗯。"石少钦淡淡说道，"周边布置人。我不希望任何人看到Star。"

"是！"

"下去吧。"石少钦抱着Star穿过正门，往月牙湖边的方向走去。

"啊……"Star明显极为兴奋，不停地在石少钦的胳膊上蹦跶着，一双黑亮黑亮的眼睛对整个世界都充满了好奇。

石少钦看着Star兴奋的样子，好看的嘴角不由得溢出了轻柔的淡笑。

"感受到了妈妈的气息？"石少钦轻轻发出疑问，"去蒙特瑞那边也没看到你这么开心。"

"咯咯咯……"Star也不知道是不是听懂了石少钦的话，咧着小嘴，挥舞着小手就朝他笑。

石少钦的目光变得柔和起来，夕阳的余晖洒落在郊外的月牙湖上，湖面上波光粼粼。

J接到石少钦的电话时，有点意外。

"钦少？"

"简沫如何了？"石少钦开口问道。

"身体恢复得很好，可是没有要醒来的迹象。"J撇嘴，倚靠在墙上，"不过，顾北辰觉得她一定会醒来，有点迷之自信。"

经过简沫刚刚出车祸那天的悲伤和愤怒，已经过去两个多月了，J 仿佛没有那么生气了。

嗯，主要是顾北辰真的对简沫很好。

“我在洛城。”

“嗯？”J没有反应过来，愣了片刻后，才瞪大了眼睛，“你在洛城？”他疑惑不已，“玦少才走没几天。”

“嗯。”石少钦应了一声，“我会过去看看简沫，但不想和顾北辰打照面。”

“哦。”J应了一声，想了想，“顾北辰基本上不会离开简沫。不过，大概两三天的样子，他会去隔壁临时搭建的办公室里处理帝皇的一些事情。”

“一般多久？”石少钦淡漠地问道。

J想了想：“具体我也不知道，有长有短。”说着，他突然咧开嘴，“钦少想要顾北辰处理的时间长点儿还不容易，你给他搞点儿事情出来不就好了。”

石少钦垂眸，看着小家伙在摇篮床里手舞足蹈的，眸光变得柔和：“你认为他不会怀疑？”

J撇了嘴，哼唧道：“那你自己想办法吧，我这几天还挺忙的。”

“嗯。”石少钦淡淡应了一声，并没有问J在忙什么。

石少钦挂了电话，抱着Star回了别墅，让用人煮了Star要喝的牛奶。喂完牛奶后，看着Star睡着了，他才又去了湖边的椅子上坐下。

现在回想起来，前前后后不过一年而已，石少钦却觉得仿佛过了很久。

“你也喜欢木质风格？”娇俏的声音里透着兴奋，那是对自己喜欢的工作的一种热情。

石少钦偏头看向别墅，狭长的眸子渐渐变得深邃不见底：“如果你知道Star就在你亲手设计的房子里，是不是会很开心？”喃喃的声音里透着一丝温柔，只是他的目光深远。

周末，顾琰放学后直接去了医院。

不管是顾北辰，还是顾琰，现在简直将华康医院当成了家。

有时候，厉云泽会使坏，故意问顾琰：“你爸爸把这里当成家和办公的地方，你怎么也当家？”

小家伙一脸鄙夷地看着厉云泽：“单身的人怎么能理解？”

厉云泽还没反应过来，顾琰就嫌弃地说道：“有爸爸和妈妈的地方，就是家。我知道，你是体会不来的。”

厉云泽觉得，被顾北辰弄得心里堵得慌就算了，为什么还要被他的儿子嫌弃？

最主要的是，顾琰下一句嫌弃的话，顿时让他觉得生无可恋了。

“我知道你为什么体会不到了……”顾琰仰头，眨巴着眼睛，小正太的脸上全然是顾北辰式的认真，“因为——你都看不到！”

“嗯！”顾琰就像确定自己的话没错般点点头，然后转身往简沫的病房走去。

厉云泽犹如石化了一样愣在原地，看着那小身影，他有一种恨不得上前一把掐死对方的冲动。

“厉少，节哀！”萧景走了过来，“你一定要相信，小傑少爷是辰少亲生的……嗯，就这样！”他憋着笑，看着厉云泽那一脸黑沉沉的样子，怎么都觉得开心。

厉云泽一脸无奈地站在原地，觉得他这就是自作自受。

转身离开，他摁了电梯下行键。

如今，撇去简沫还没有醒来，其实一切都很平静。

没有了顾家的钩心斗角，也没有了帝皇集团的风起云涌，感觉一切都美好得让人想要留住时间。

顾琰的生日是在简沫病房所在的楼层里过的。大家开了个派对，只有顾家人和关系很好的朋友参加了。大家都没有提简沫没有醒来的事，顾琰一直很开心。

因为这是除了去年回洛城时只有爸爸和妈妈的生日外，第一次有这么多家人的生日会。

顾琰亲手切了一块蛋糕放到简沫病床旁的床头柜上，然后俯身在简沫脸上亲了一下。

“妈妈，我好开心。”顾琰的小脸上是灿烂的笑容，“现在不仅有妈妈、爸爸和Uncle离，还有很多很多的家人。”

顾琰趴在病床边上，看着简沫安安静静睡着的样子，小手托着下巴支撑起小脑袋：“这个生日你都没有和我说‘生日快乐’。”他撇嘴，小脸上有着不满，“你不会等我过下一个生日时一起说吧？”

没有人回答顾琰，可是他也不介意。

“爸爸给你准备了礼物，连我都不肯告诉。”顾琰有些不满，“妈妈，你能不能猜到爸爸准备了什么礼物啊？”他突然傲娇地挑了眉，“你那么笨，我都猜不到，估计你也是猜不到的。”

“妈妈，你快点儿醒来吧！你醒来了，我就知道爸爸到底准备了什么礼物。”顾琰轻叹了一声，又去亲了一下简沫，然后笑着说道，“我和大家去玩了。偷偷告诉你，爸爸画了好多二维码。”他的眼睛里闪烁着幸灾乐祸的笑，“我觉得，你一天都扫不完。”

外面很热闹，有蛋糕，有自助餐……有那么一瞬间，让人感觉这根本不是在医院。

苏钧离把耳机插在手机上，随即将听筒轻柔地放到简沫的耳朵里：“这是我在暑期巡演时给小傑写的曲子。”说着，他摁下了开始键。

轻柔的钢琴曲透着属于孩子精灵般的美好向往，每一个音符都触动人心。

苏钧离的钢琴曲，不管从编曲还是曲风上，都让人只想要沉醉其中。

“小傑还没有听，等下当作生日礼物送给他。”在曲子放完后，苏钧离将耳机拿开，“今天小傑真的很开心，因为他收到了很多礼物。”他缓缓靠在椅子上，看着窗外，“其实，让他觉得开心的并不是礼物，而是所有家人的陪伴。”

收回视线，苏钧离目光柔和地看向简沫：“沫沫，有时候我也在想，会不会哪天我也遇到一个和你对辰少一般，对我不离不弃的女孩。”顿了一下，他接着说道，“我不知道我能不能这么幸运，可我总觉得，只要像你对爱情一样坚定，我也是可以得到幸运的。”

路函树走了进来，听到苏钧离的话，嘴角勾了笑，拍了拍儿子的肩膀：“幸运会降临在你和小沫身上的。”

北辰爱得那么执着，小沫又怎么会不醒来?

有个人在等她，她一定在和黑暗的迷雾斗争着，醒来只是早晚的问题。

到了下午，大家才陆陆续续离开。

没有人当简沫是植物人，玩累了的都会进来和她嬉闹几句。

“姐夫。”向晚和穆晓冉一左一右圈着顾北辰的胳膊，两个小丫头一脸笑意，“那个设计一定会给我们做的，对不对？”

顾北辰冷峻如雕的脸上透着一抹不明意味的笑。

罗晓静鄙夷地看了一眼俞梓昀：“丢人，为了赢，走关系！”

“哎，我们事先可说好的。”俞梓昀挑眉，“如果这次翔宇拿到帝皇的设计项目，你今年就给我生孩子。”

罗晓静冷哼一声。

“为了我们爱情的结晶，我用点儿手段怎么了？”俞梓昀越发得意，

“没办法，谁让我手中有辰少老婆这个王牌呢？”

大雄等人正好也在身边，顿时笑了起来。

“你觉得辰少会不会答应？”苏珊拿着一块蛋糕，却没有吃。

“又减肥？”萧景也不等苏珊说话，已经很自觉地将她盘子里的蛋糕拨到了自己盘子里，“这个口味的比那几种都好吃。”

苏珊嘴角抽搐了一下，受不了萧景这吃货：“怎么会有男人和你一样，这么爱吃甜食？”

“生活太辛苦，只能靠这些外在的东西补给一些甜，用来慰藉一下自己。”萧景含混不清地说道，“我觉得辰少会答应。你想啊，这两个小丫头连‘姐夫’都喊上了，辰少那没节操的，能不答应？”

苏珊撇嘴点头：“也是！”

她的话音刚落，就听顾北辰一本正经地说道：“也不是什么大项目，就不公开招标了。”言下之意就是直接给翔宇了。

萧景一脸鄙夷地看着顾北辰。帝皇还有“不是什么大项目”的项目？他怎么不知道？！

有人鄙夷，有人受不了，也有人高兴。

当然了，向晚和穆晓冉左一个“姐夫最好了”，右一个“姐夫最棒”，才是最愉悦顾北辰的。

“我是知道了。”罗晓静咬牙切齿，“顾北辰这人现在也是没节操，反正简沫喜欢的，他都喜欢就对了……哼！”

俞梓昀一把搂住罗晓静：“等下我们直接回家。”

“干吗？”罗晓静没反应过来。

“造小人。”俞梓昀表情暧昧，完全不顾场合。

罗晓静当即没客气，高跟鞋直接跟俞梓昀的脚来了个亲密的接触。

渐渐地，大家都离开了。

顾琰和苏钧离一起离开，两人去练新曲，晚上苏钧离再将顾琰送回来。

经过一段时间，大家都已经能回归正常生活了，至少不当简沫是沉睡着的，每一天都将她包含在彼此的生活里。

“喂，下周就要决赛了，我有点儿紧张。”沈初剥了根香蕉，“等得奖了，回头我们的组合名字一出来，找我们来设计的人，分分钟爆满。”

“简沫，不如我们自己开工作室吧？”沈初咬了口香蕉，笑得花枝乱颤的，“以后帝皇想要找我们，分分钟告诉顾北辰没空！”

顾北辰在那边倒水，见沈初一副自信的样子，不由得轻笑了起来。

沈初讲得兴奋，完全不理会顾北辰在那边听。直到一个电话过来，她朝着里面吼了一声，急匆匆地走了。

顾北辰微微蹙眉，倒也没有去想发生了什么事情。

等所有人走了之后，已经是快要吃晚饭的时候了。

“我去食堂吃饭。”顾北辰给简沫擦完手，说道，“很快就回来。”他笑了笑，在简沫的额头上落下一吻，然后转身离开了病房。

向外面值班的护士和看护交代了一声，顾北辰才下楼，去住院部的食堂里吃饭。

“唉，我要能找到一个有辰少一半贴心的男朋友，我觉得我这辈子也值了。”有个小护士一脸憧憬地说道。

一旁的配药护士笑了起来：“我们都是这样想的。”

顿时几个人笑成一团。

“叮”，电梯抵达的声音打断了正在聊天的护士，几人纷纷看去。

见首先出来的是J，打了招呼之后，下意识看了一眼J身后跟着出来、微微垂着头的人，护士没有多想，只以为是和J过来看简沫的。

J和顾北辰、简沫的关系，大家也清楚，虽然不知道他到底是什么身份，但是顾北辰和顾琰都把J当家人。

J和那个人一起进了病房，护士又就其他八卦开始聊了起来。

大约半个小时后，顾北辰吃了饭回来。

“辰少！”护士打了招呼。

顾北辰微微点头示意，脚步不停地往简沫的病房走去。

走到跟前，里面突然传来婴儿清脆的笑声，他目光一凛，甚至没有去想，只是本能地一把推开了病房的门……

第19章

心一下子酸了

病房里的气氛有些诡异，J坐在沙发上玩魔方，简沫安静地“睡”着，一旁的床头柜上，是正在放孩子的各种笑声音频的手机。

石少钦双手抄裤兜，站在窗户那里，视线落在医院外面，背影始终透着孤傲下的冷漠。

“钦少，顾北辰回来了！”J挑眉提醒。

顾北辰进了病房，石少钦也转身，二人视线在空中相对，周遭的空气瞬间凝结到了一起。

“你对沫儿做了什么？”顾北辰的声音微凛，透着一丝隐忍下的怒火。

石少钦浅笑，狭长的眸子微垂，敛去眸底一闪而过的情绪：“你认为呢？”他轻应出声的同时抬了眼帘，视线深邃却凌厉地和顾北辰对到一处。

手机里依旧传来婴儿欢快的笑声，时不时有几下孩子的兴奋、感叹声。明明是美好、纯净的笑声，可这会儿落在顾北辰的耳朵里，透着讽刺、悲痛。

“石——少——钦！”顾北辰咬牙切齿，手猛然攥紧了。

“嘎嘎……”骨节错位的声音充斥在病房里，透着狠厉，犹如暴风雨即将来临一样。

J不明就里，顾北辰一进来就打算和钦少“开战”？钦少没有对简沫做什么啊，也就对她说了几句悄悄话，放了小孩一直在笑的音频。不过，虽然音频里小孩笑得挺可爱的，但这样一直听，有点儿怪。

石少钦好看的嘴角轻轻勾了一个浅浅的弧度，那样的笑停在嘴角，不曾蔓延开来："北辰，你在害怕什么？"

顾北辰的墨瞳已然深邃如海，犹如暴风雨来临前的平静。

"让我猜一下……"石少钦不疾不徐地走向顾北辰，带着浅浅的笑意，"你一定是猜到我对沫儿说了什么，还有我放这个音频的目的。"

"呼"的一声，拳头夹杂着凌厉的风声，毫无预兆地袭击向了石少钦。

石少钦微微偏身，轻易闪过。

J皱了眉，对于这两个都过了三十岁的人一言不合就开打，表示有些看不懂。J没有动，就这样看着两个大男人你一拳我一脚的。他也不担心简沫，因为不管是顾北辰还是石少钦，都不会打到她。

"无聊。"J看了一会儿，撇了嘴，索性起身离开了病房，随那两个幼稚的男人去打。

"J，里面发生了什么？"有护士好奇地问道。

J咧嘴一笑，特别阳光单纯："想知道？"他见护士急忙点头，才一脸认真地说道，"你进去看看，不就知道了？"

护士脸上讨好的笑容当即收住："一点儿都不可爱，哼！"

"哼！"J学着护士哼了下，这才撇了嘴离开了医院。

病房里的两个人还在打，过了大约半个小时，石少钦在顾北辰的嘴角挥了一拳，顾北辰在他的胸口踹了一脚后，他们才分开。

"石少钦，你知不知道，你这样对沫儿有多残忍？"顾北辰瞪着眼睛，哪里有平时的稳重，完全和发了狂的野兽一样。

石少钦淡然而笑，目光深邃："我只是在帮你。"他微微垂下眸，缓缓开口，"你不觉得，这样她会容易醒来？"

"我希望她醒来。"顾北辰咬牙切齿，"可是不是希望用这样的方式。"

"哦？"石少钦抬眸，"不用这样的方式刺激她，如果她一辈子都不醒呢？"他声音平静，言语却格外犀利。

顾北辰瞬间蹙紧了剑眉，一双鹰眸充满怒气地看着石少钦。

"怎么，"石少钦冷嘲，"你也不确定了？"

"少钦，你错了。"顾北辰渐渐敛去身上的怒气，缓缓说道，"沫儿一定会醒，因为她有放不下的人和事。她现在不醒，可我知道她在努力。"

石少钦冷嗤了一下，不置可否。

那婴儿的笑声就和银铃一样好听。

“可是，你用‘小琰还活着’这样的谎言刺激沫儿，你明不明白……沫儿醒来后要承受的是什么？”顾北辰的眼睛因为愤怒变得猩红。

石少钦依旧冷然，绝美的俊颜上透着不屑：“北辰，沫儿要承受什么，那也得她能醒来。”话落，他的眸子变得黯淡，“如果醒不来，什么都是假的。”

顾北辰一听，顿时被激怒，二话不说，朝着石少钦一个扫腿。

“你要么骗沫儿小琰还活着，要么说沫儿醒不来。”顾北辰气恼地低吼，“石少钦，我真是高估你了，以为你能变，原来你还是只喜欢活在你那个被变态禁锢的世界里。”

石少钦的脸色瞬间就变了，顾北辰口无遮拦的话也点燃了他的怒火。

顿时，病房里传来拳脚相向的声音，两人互不相让，打得那叫一个让人瞠目结舌。

“这是什么情况？”厉云泽皱眉。

护士一个个都远远地站着，表示里面发生了什么都不知道，怎么会知道什么情况。

萧景站在门口，看着两个打得还算“优美”的男人，索性双臂环胸，倚在门框上：“要不要进去拉一下？”他仿佛只是象征性问一下。

“你去。”厉云泽当即说道，见萧景鄙夷地看过来，耸耸肩，“我的手金贵得很，万一他们误伤了，赔不起。”

“厉少，手被划伤，幼稚得都不赶紧处理，这个手叫作金贵？”萧景冷嗤，一副受不了了的样子，翻了个白眼，“再说了，如果当初你的手不是有些不灵活，指不定少夫人的手术要成功几分。”

厉云泽嘴角抽了一下，刚刚想要反驳两句，就见病房里的两个人各自给对方一脚后分开了：“打得真难看。”

石少钦凌厉的眸光扫向厉云泽，随即收敛转身。在所有人的注视下，他关了手机音频，缓缓在简沫身边俯身，声音低沉而迷人：“沫儿，如果那是一份约定，我既然答应了你，等你醒来，我就会替你实现。”

顾北辰微微蹙眉：“什么约定？”

石少钦缓缓起身，狭长的眸子凝视着“睡着”的简沫，好看的嘴角扬了个邪魅的笑。他偏头看了一眼怒气冲冲的顾北辰，笑意加深，什么话也没有说；收敛了视线，转身往外走去。

经过顾北辰身边的时候，他停下来，偏头看向顾北辰，脸上是让人讨厌的笑："如果你有能力让她在一年内醒来，北辰，我送你一份礼物，如何？"

顾北辰没有说话，只是冷冷地看着石少钦。

"我保顾琰成年前的安全，"石少钦缓缓开口，"全方位的。"话落，他也不等顾北辰说话，已然抬步往外走去。

在经过厉云泽和萧景身边的时候，他连余光都没有给他们，全身上下全然是傲视天下的冷漠。

"真讨厌。"厉云泽冷冷地说了一声。

萧景重重点点头："厉少，在这一点上，我和你是同一阵线的。"

二人收回投在石少钦离去背影上的视线，纷纷看向顾北辰。

顾北辰已经走向了简沫，在她身边坐下。

厉云泽和萧景对视一眼，纷纷沉叹了一声。

石少钦刚才那话，摆明了是想说简沫不会因为顾北辰醒来。也不知道他今天过来是为了什么，感觉就是为了让顾北辰不舒服一样。

"戏看完了，走了。"厉云泽也不知道是说给自己听还是说给谁听。话落，他看了一眼顾北辰，转身离开了。

萧景也关上了病房的门离开，去了一旁的临时办公室处理事情。

"沫儿，不知道少钦和你约定了什么。"顾北辰握着简沫的手，垂眸在她手上亲了一下，"可是，如果能让你醒来，我突然又奢望了。"

夜幕低垂，柔和的灯光落在安静的室内，没有了顾北辰和石少钦对打时的紧张，有的只是祥和、平静。

顾北辰将简沫的手放到自己脸颊上，轻轻蹭着："少钦还是很讨厌，真不喜欢看到他。"他说着，突然笑了起来，却扯到了被打伤的嘴角，有点儿疼，"我可不是因为在墨宫的那三个月不想看到他，我只是不喜欢他那不可一世的样子。"他算是有些别扭地解释道。

病房内安静得除了他的声音，只有那浅得几乎不可闻的呼吸声。

"其实，他是有点儿自责的吧？"顾北辰凝视着简沫，轻轻叹息了一声后，继续说道，"因为他之前的保护撤了，你和小傑才会受到伤害。所以，他给自己找个由头，想要补偿。"

说什么如果简沫一年内醒来，就给顾琰成年前的保护，其实石少钦早已经在小傑的身边下暗桩了。

虽然不能说墨宫的保护能够万无一失，但至少暗黑世界里的人是不敢轻易动手的。

顾北辰又蹭了蹭简沫的手，她的中指侧边有茧子，那是经常握绘图笔留下的。

“我最近做了我们要出行的路线，第一站还是定在了美国。”顾北辰目光灼灼，声音轻轻地说道，“筱玥那个案子出现了问题，第一庭没有结果，马上要开第二庭了。刚刚和少琛聊到她，少琛说她第一庭打得很漂亮。如果这次开庭能够保持水准的话，就算没有结果，也不会输。”

说到这里，顾北辰温柔地笑了起来：“我托了关系，将开庭的视频拿到了。等你醒来，我们一起看，嗯？”轻轻的声音里没有太多的悲伤。

顾北辰一如往常，每天都会和简沫聊天，晚上和她说晚安，早上也会和她说早安。这些天来，他从未间断过。

夜已然笼罩了整个洛城，处处霓虹灯闪烁，却和郊区外月牙湖别墅的清幽无关。

Star躺在小床上，看着床头铃，兴奋得手舞足蹈。

石少钦目光深邃地看着Star在那里玩，嘴角总是勾着温柔的笑。他本来是打算带小家伙去看简沫的，可最后还是放弃了。

说他自私也好，说他如何也罢。沫儿醒来不应该和Star有关。北辰能够坚信简沫醒来，其实，他也认为是这样……沫儿能醒来，应该是因为北辰。

太阳在黑夜后总会升起，哪怕阴云密布，也总是能穿透黑暗，不是吗？

他并没有跟简沫说Star的存在，甚至没有说音频里的笑声是谁的。

他只是觉得Star的笑声是这个世界上最干净、纯粹的声音，总能给简沫一点儿通往光明的希望，仅此而已。

至于约定……

石少钦浅笑，不过是他自己和简沫的约定而已。只要她醒来，他会让她见到Star，哪怕需要费一番功夫。

时间一点点流逝。

春去夏来，秋逝冬近，日夜更替。

顾北辰看向病房窗外，只留了残叶的树枝在阳光下没有那么萧条。

收回视线，他拿过水和棉签给简沫润唇，说道：“还有一个小时，筱玥那个案子就要开庭了，没想到耗了这么久。”他轻叹一声，“听说这次，对方律师团新加进去了一个在国际上很知名的刑辩律师。少琛分析，终庭有点儿难打。”

顾北辰动作轻柔而小心，虽然这些事情他做了太多次，已经很熟练。

“少琛已经过去了。他说，要替你给筱玥加油。”顾北辰薄唇边溢出笑意，“你这一觉都睡这么久了，你说，筱玥这个庭完了，你会不会醒来？”

没有人回答顾北辰，他也已经习惯了一个人自言自语。他觉得，习惯有时候是很可怕的，却又是很温馨的。

虽然每天都没有人回答他，但至少一旁的心率仪器每时每刻都在告诉他，他的沫儿还活着，只是太累了，睡得比较久而已。

床头柜上简沫的手机突然传来信息提示音，顾北辰拿起手机，打开微信，是李筱玥发来的一条语音信息。

“妞儿，我有点儿紧张……不过，我一想到你那副‘有什么好紧张’的鄙夷样子，就觉得老娘拼了！我赢了官司，可是要回去看你的！”

顾北辰听着，嘴角勾了浅笑，看着简沫，说道：“我在想，你是不是要回复她……嗯，‘是不是你输了官司，这辈子都不打算回来看我了？’”

简沫式的傲娇口气，顾北辰因为想到简沫的样子，笑意瞬间蔓延开来。

就在这时，简沫戴着戒指的手指轻轻动了一下，可也只是一下。一切又恢复了平静，仿佛什么都没有发生过。

顾北辰放下水杯和棉签，起身去接给简沫擦洗的水。

医院里有很好的看护，但简沫躺在病床上的十个月，不管是擦洗还是身体按摩，顾北辰基本不假手于人，都是他自己在做。

厉云泽偶尔会为了缓解心情调笑他两句，当然，最后都被腹黑、毒舌的他回敬回去。

厉云泽觉得他们友谊的巨轮说翻就翻，简直分分钟要和顾北辰友尽的节奏。

美国，加州。

莫少琛看了看时间，进了法庭后，在旁听席找了比较好的位置坐下。认真算起来，他没有在现场看过李筱玥打官司，也就是从内部视频里看过。

人陆陆续续进入旁听席，双方的律师助理也在准备着开庭的资料。整个法庭内，明显气氛凝重。

国际性的刑事案件，对方明明有罪，可经过几次开庭都押后重审。

而每拖延一次，难度系数就会加大几分。

李筱玥参加CABAR考试，拿到国际律师执照，但她怎么也没有想到，第一个案子竟然这样耗费时间。

不过，正因为如此，她的出色表现以及在法庭上言辞犀利、精准、稳重的辩护引起了整个律师界的轰动，很多人都对这个东方女人表现出了极大的兴趣。

“Zoe，等下看你了。”律师团里的一个老者对李筱玥寄予了极大的希望。

李筱玥淡定从容地笑了笑：“希望今天真的是最后一庭。”

老者含笑点点头：“看来，你准备得已经很充分了。”

“当然。”李筱玥笑得越发灿烂了，“这个案子拖得太久，害我的朋友等了我太久，我没有办法再拖下去。至少，我想在农历年前看见她。”

“那……加油了！”老者和李筱玥拥抱了一下，随即两个人拿着自己的备案，从律师专属通道进了法庭。

双方律师团碰面，顿时火花四溅，战争仿佛一触即发。

莫少琛来的时候没有告诉李筱玥，她自然也不会去看旁听席有些什么人。

“Court！”

前面的程序没有什么特别的，经法官说了基本注意事项后，双方律师就进入唇枪舌剑的激烈对峙和反驳中。随着双方律师摆出越来越多对己方有力的证据，整个法庭内的气氛也变得紧张起来。

“请控方进行最后的陈述词。”法官看向李筱玥这边的律师团队，说道。

众人相视了一眼，最后李筱玥站了起来。

她没有紧张，更没有害怕，有的是从内而外的自信。

她在来美国前，简沫给她起了个英文名，叫“Zoe”。沫沫说，在希腊语中，Zoe代表着生命。

刑辩律师接触的案子基本和人命有关，只有对生命有着绝对的敬畏和珍惜，才能更好地为每一个生命做出最正确的判断。

在莫少琛眼里，李筱玥最后的结案陈词是完美的。他看着她自信地在那里侃侃而谈，每一个条款，案子的每一个细节，都没有任何错漏地摆放在法官面前。

她蜕变了，不再是那个在他面前有些局促，总觉得他的光环太过压人的小律师。如今的李筱玥，全身都在发光，那是一种自信和对专业领域控制自如的光芒。

李筱玥做完结案陈词后，辩方也做了结案陈词。随后，法官提醒陪审团几个要点后，陪审团离席，开始商讨如何定案。

没有人知道结果是什么。旁听的律师们都认为，不管控方还是辩方，都是有机会赢的。

从技术手段上，双方律师明显不相上下。只是，不管这一战是输是赢，律师界“Zoe”这个名字，都会让人眼前一亮。

“紧张？”老者律师看着李筱玥笑着说道，“刚刚看你做结案陈词时并不紧张。”

“一般是等待结果的时候，才会感觉紧张。”李筱玥半开玩笑。

老者拍拍她的肩膀，笑着说道：“你今天的表现很棒。”顿了一下，“今天的案子结束后，考虑来我的律所，如何？”

李筱玥笑了，摇摇头。

老者皱眉，他的律所在加州，甚至在整个美国都是很有名的，想要来的律师更是很多，想不到他邀请她，却被她拒绝了。

“远方，有个人在等我……”李筱玥只是浅笑，“我有必须离开这里的理由。”

“爱人？”老者问道。

李筱玥笑得越发灿烂了，但没有回答，任由老者在那里无奈地感叹。

莫少琛就这样看着李筱玥，视线渐渐变得幽深起来。无关其他感情，只是觉得“物以类聚，人以群分”这句话很有道理。

不管是李筱玥还是简沫，她们身上充满了对生命的敬畏，还有对生活的渴望，那是人性里最简单的东西，可是，往往是很多人都抓不住的。

李筱玥感觉到炙热的目光，微微皱眉，下意识看了过去，视线便对上莫少琛的。有那么一刻，她的眼底闪过惊讶。

莫少琛只是朝着她笑了笑，微微点头示意了一下，却让李筱玥内心翻腾得厉害。

“Court！”

李筱玥被传来的声音拉回思绪，她静静看了莫少琛两秒，这才转过头，随着众人起立。

法官示意大家坐下，视线扫过双方律师团后，读着陪审团对案件的定论。

所有人都很紧张，纷纷注视着法官。

“最后，以七比五的投票，辩方当事人的罪名……”法官抬眸，淡定地再次扫过双方律师团，当所有人的心都提到嗓子眼的时候，他才缓缓说道，“成立！”

最后两个字落下，李筱玥当即松了口气，笑了起来，还下意识回头看向莫少琛。

莫少琛朝着李筱玥微微点头，笑容始终是淡淡的，却透着独属他的优雅。

庭审结束后，他看着李筱玥走了过来，开口问道："这会儿最想说什么？"

此刻，李筱玥看着莫少琛，眼里是纯净而充满了希望的。

"我想对沫沫说……"李筱玥拿出手机，打开和简沫聊天的对话框后，按了语音，"妞儿，我这就回去看你，带着我的荣耀和对生命的希望。"话落，她的眼眶蓄满了泪水。

她的鼻子酸涩得厉害，可脸上的笑容灿烂得仿佛骄阳。

莫少琛就这样看着李筱玥，目光渐渐变得深邃起来。

当飞机掠过湛蓝的天际，最后降落在洛城国际机场的时候，李筱玥呼吸着属于家的气息和温暖。

只有出国了她才知道，她有多么想念这片土地，她有多爱这个国家和这个城市。

"啊——"

李筱玥站在机场外面大叫一声，不顾路人投过来的视线："洛城，我回来了！妞儿，我回来了！"她撑开双臂，笑容是那样的迷人。

莫少琛垂眸浅笑。他突然觉得这个女人真的变得和以前不同了。虽然同样有些疯，可是现在的她自信、迷人。

"我送你去医院？"莫少琛问道。

"当然。"李筱玥挑眉，眨巴了一下眼睛，"现成的车不坐，难道我打车吗？"

莫少琛微微摇头笑了起来，两人一起去了机场停车场。

他们到华康医院的时候，洛城已经是华灯初上了。

在李筱玥买机票的时候，顾北辰就已经知道她要回来。可当全新的人站在面前时，他还是上下打量了对方一遍，然后轻缓地开口："欢迎你带着成功回来。"

"我也是带着希望回来的。"李筱玥笑着说完，视线微微偏移，看向躺在病床上的简沫。

那一刻，她的眼眶一下子就红了。

她走了过去，脸上带着笑，看着简沫就说："妞儿，我还等着你去看我打官司呢，最后我官司都打完了，你却连个拥抱都不给我。"微微娇嗔的话中透着不满，更多的却是心疼。

顾北辰垂下眸，敛去眼底的悲伤后，看向莫少琛："先吃饭？"

"好。"莫少琛应了一声，下意识看了一眼在病床边坐下的李筱玥，和顾北辰一同去了医院的食堂。

"妞儿，回来前，我觉得我有好多话想要和你说。"李筱玥轻轻握着简沫的手，"我就在想，是先给你讲讲我离开的这段时间的经历，还是应该回忆一下，当初我们背靠着背，在天台看星星的时候许的愿望。"

李筱玥轻笑，垂眸，忍着泪说道："可看到你这样，我觉得说什么都没有用。"顿了一下，她轻叹了一声，抬眸看向简沫，"妞儿，你真不该这样一直躺着。如果你看到刚刚顾北辰的神情，你一定能心疼死。"

"从你们的利益婚姻开始，到你离开这里，再到回来……"李筱玥泪水没忍住，"我看着顾北辰因为你在改变，那是疯狂的。"

简沫没有动静，李筱玥以为自己回来后会急不可耐地说自己不曾辜负沫沫的期望，想要用过去的点点滴滴唤醒她的意识。

可是，在看到顾北辰的那一刻，李筱玥觉得什么都不用说。

有像顾北辰那样的一个男人在等候，比什么理由都充足，都要让沫沫想要醒来，不是吗？

"他伪装自己，就那一眼，我感觉到了。他伪装着，骗过了所有人，甚至他自己。"李筱玥难过得厉害，哽咽道，"沫沫，你就不怕他堆积了太多的情绪而崩溃吗？"

简沫依旧没有动静，心电仪器上的波浪线在不停地晃动，彰显着生命还在继续。

医院餐厅里。

因为简沫一直未曾醒来，顾北辰不想让家人每天三餐送食物过来，大多时候是在医院餐厅解决三餐的。

为了照顾顾北辰的身体，厉云泽甚至让负责营养搭配的医生专门制定了每日的营养餐。

"这次过去，有什么感想？"顾北辰喝了口汤，问道。

莫少琛吃饭的动作微微停顿，脸上有笑。那样的笑透着欣慰，又带了一些仿佛他自己也没有去认真对待的心思。

抬眸，莫少琛感叹地舒了口气："说真的，我们这个行业很吃香，可真想要做出一定成就，也不容易。"

顾北辰认同地点点头。因为少琛和梓霄，他自然清楚律师这个行业的很多门道。

“这次筱玥真的让我感觉很惊艳，不管是和辩方律师之间的较量，还是最后的结案陈词，都像一个在这个行业里主打了很多案例的老律师。”莫少琛夸奖着，眼底渐渐泛出光彩。

顾北辰目光深远地看着莫少琛在那里说，嘴角渐渐溢出浅薄的笑意。那样的笑，透着深意。

“你这眼神……”莫少琛终于注意到了顾北辰看自己的眼神，“我怎么感觉怪怪的？”

“有吗？”顾北辰浅笑，夹了西蓝花到嘴里，抬眸见莫少琛蹙眉的样子，笑意加深，“对了，梓霄在漠北市接了个案子，我有些不放心，你正好回来，明天过去看一下。”

“关于漠北市张家大族的那个？”莫少琛见顾北辰点头，轻叹一声，“张家这个案子盘根错节，也就是梓霄身后有你这个后盾才敢接。”

因为这案子牵扯众多，很多律师不敢接，也不能接。楚梓霄会接，完全是因为不怕事大，也不怕那一条利益线上的人最后能将他如何。

“该捋的捋，有些东西也不可能全捋了。”顾北辰偏头，看着窗外的夜幕，轻叹一声，“我怕梓霄年轻气盛，失了分寸，你去盯着点，总归可以提个醒。”

“好。”莫少琛点点头。

顾北辰和莫少琛在食堂吃完饭后，打包一些饭菜去了病房。

“吃点东西，沫儿不会喜欢你这样的。”顾北辰语气淡淡地开口，墨瞳深处闪过一抹情绪，轻轻说道，“不要过于逼她。”

“任由她任性吗？”李筱玥有些生气，却并不是针对顾北辰。

“自从嫁给我，她一直就知道自己的位置，做事更是有分寸。”顾北辰笑了一下，目光变得柔和，“她从来没有和我任性过，总是善解人意。”

李筱玥看着顾北辰这个样子皱了眉，有种说不出的涩然感。

顾北辰垂眸，声音透着浅浅笑意：“这是她第一次和我任性。”声音宠溺却藏了连他自己都不自知的悲伤。

李筱玥的心一下子就酸了，她的唇不停翕动着，好想嘶吼：你这样的深情和宠溺，沫沫看不到！

可是，她怎么忍心？

“顾总。”李筱玥咬了牙，“你说……妞儿会醒来吗？”

“会。”顾北辰抬眸，坚定地看着李筱玥，“一定！”

李筱玥抿了一下嘴角，看着顾北辰那深邃得不见底的墨瞳，嘴角渐渐勾了起来："是啊，妞儿那么坚强的人，必须的！"她说着，深深吸了口气，"这里有睡的地方吗？"她左右看看，"房子都快两年没打扫了，恐怕脏得住不了人。"

"有。"顾北辰语气淡淡地开口，"今晚你在这儿睡，我去隔壁。"

李筱玥抿唇点点头，便去吃饭。她很清楚，顾北辰知道她有很多话想要跟沫沫说，索性将空间留给她们两个女人。

在飞机上，李筱玥就听莫少琛说了一些沫沫成为植物人后顾北辰的事情。只是，当真正见到顾北辰时，她还是觉得难过。

李筱玥在吃饭，顾北辰就先去打水给简沫擦洗，然后做晚间按摩。她也没有说话，只是动作机械地往嘴里塞食物，却目不转睛地看着他。

顾北辰所有的动作娴熟而温柔，李筱玥有时候想，如果她是沫沫，她肯定不会舍得这个男人这样。

她垂眸继续吃饭，心里有些哀戚。

"大概十点，要给她润一下唇。"顾北辰看看时间，向李筱玥交代。

"嗯。"李筱玥点头，"晚上还有什么需要注意的吗？"

顾北辰目光柔和地看了看简沫："没有，她很安静，也不会踢被子。"顿了一下，他突然垂了下眸。

李筱玥的心又酸涩了起来，但她没有戳穿顾北辰不经意流露的脆弱。

顾北辰没有再说什么，俯身在简沫的额头上落下一个几乎是膜拜的吻，随后起身，离开了病房。

李筱玥一直看着顾北辰的背影，直到他关上了病房的门，她才收回视线，在简沫身边坐下。

"妞儿。"李筱玥轻轻开口，"我到现在都还记得，当初你说要嫁给一个叫顾北辰的男人的时候的样子……无奈、悲伤。"她垂下眸，"可是这会儿，看到顾北辰隐忍的那份悲伤，我突然觉得，当初你的悲伤仿佛不值一提。"

病房里很安静，李筱玥想到哪里就说到哪里，她轻轻讲述着过去，也说着未来。

冬日，已经过了午夜的洛城安静得让人贪婪了几分。

顾北辰躺在临时办公室的窗前摇椅上，淡淡地看着墨空。他有时候会想很多，有时候脑子里仿佛什么都不想，很空。

从跟了他开始，沫儿经历了这么多的磨难，甚至还没有好好地去享受生活，享受他的爱。

顾北辰的嘴角闪过一抹自嘲下的歉疚，他缓缓闭上眼，将眼底氤氲的一层薄薄水雾掩去。

时间就如停止了一般，让人总觉得仿佛是惊心动魄前的平静。

“嘀”的一声轻响传来，简沫的手指微微颤动。

李筱玥先是愣住了，以为是自己眼花了，可当她努力去看的时候，简沫的手指又开始轻微颤动。

眼睛里有什么东西炸开，李筱玥甚至忘记了呼吸，因为激动，嘴不停地翕动着，音节卡在喉咙里，怎么也发不出声。

“啊——”李筱玥惊叫一声，不仅引起了外面值班护士的注意，也惊扰了临时办公室里面的顾北辰。

顾北辰几乎是条件反射般起了身，大步奔向了简沫的病房。

“怎么了？”顾北辰声音凝重，看了一眼李筱玥，人已经到了病床边。他眉头紧锁，看着简沫，眼底全然是担忧。

“她……她……”李筱玥不停地吞咽，才能压下自己内心的激动，她急忙说道，“刚刚沫沫的手动了。”

“唰”地一下，顾北辰的目光凌厉地扫向李筱玥。

“真的。”李筱玥急忙点头，“我第一次以为是眼睛花了，可过了一会儿，沫沫的手又动了一下……是真的！”

“我通知医生。”护士一听，眼里都放出了光芒，急急忙忙说完后就转身往外奔去。

顾北辰不知道这会儿要如何形容自己的心情，仿佛连心脏都要受不住地跳出胸腔。

沫儿……

顾北辰直直地凝视着简沫，修长有力的手不受控制地颤抖着。

将近一年的等待，磨没了他所有的情绪，有时候他甚至都在怀疑，是不是因为他的强求，沫儿才这样辛苦地活着。

每过一天，他这样的怀疑也就多了一分。

可纵然如此，他也希望她能活着，期待着她醒来的那一天。

值班医生来得很快，甚至简沫刚刚被推进检查室，厉云泽也神奇般地到了医院。

顾北辰坐在检查室门口的椅子上，微微垂着眼帘，胳膊支撑在膝盖上，看似随意，实际是因为紧张，不停颤抖的双手交叠在一起，耷拉在前面。

“北辰。”厉云泽拍拍顾北辰的肩膀，心疼地看着害怕的兄弟，“有反应，某种程度上来说是好的。”

顾北辰没有说话，只是薄唇已然紧抿成了一条直线。

李筱玥紧张得在一旁来回走动，随着时间推移，她有些受不住，心脏急剧紧缩，快要无法呼吸了。她才面对这样的情况就已经受不了了，想想顾北辰一开始就要面对，还有这么久的等待，不知道是怎么熬过来的。

李筱玥闭上眼睛，企图让自己平静下来，不让她的情绪影响到顾北辰。

也不知道过了多久，久得所有人都觉得过了整整一个世纪那么长，“哐”的一声，检查室的门被人从里面推开。

顾北辰几乎是条件反射般，“腾”地一下站了起来。

可是，他也只是站了起来，并没有动，一双鹰眸里夹杂着各种各样的情绪。

顾北辰很害怕，甚至比上次等待沫儿做手术时更加害怕，害怕刚刚的希望只是奢望。

厉云泽担忧地看了一眼顾北辰，突然也害怕起来。如果简沫仅仅是肌肉反射的动作还好，万一是回光返照呢?

厉云泽突然不敢往下想，只是也凝眸看向了走出来的医生。

“厉少，辰少。”医生径直走了过来，“简小姐她……”

第20章
只想陪你到老

"嗡嗡……嗡……"

一旁的小桌上，手机在振动着，顾北辰猛然睁开了眼睛，但他没有动，任由手机在那里振动，只是一双鹰眸直直地看着外面。

天已经亮了，柔和的晨曦铺洒在东方的天际，带来一天的希望。

有一滴泪湿润了眼角，顾北辰就这样静静地看着窗外，一如睡着前。直到手机振动停止，他也没有管。

多少次了？

他已经记不清这是多少次从梦中醒来。

每次都重复着一件事情——沫儿有了微微的动作，然后被推入检查室，在漫长的等待后，他等不到医生说沫儿到底是醒了还是如何了。

是害怕还是奢望，他不知道，而这样独自的悲伤，他也不知道自己能够承受多久。

——沫儿，我每天都在等你醒来，我能等到那一天吗？

顾北辰缓缓闭上了眼睛，眼角的一滴泪到底不堪重负，缓缓从冷峻如雕的脸颊上滑落下来，最后，没入脖颈。

过了好一会儿，他才平缓了情绪，再睁开眼睛的时候，脸上已经敛去了因为梦境带来的忧伤，恢复了他一贯的表情。

他偏头拿过手机，看了一眼刚刚的未接电话，是萧景打来的，随即回了电话过去。

“怎么？”顾北辰的声音有一丝喑哑。

“楚少开始行动了，恐怕会牵扯很多。”萧景的声音凝重。

顾北辰没有说什么，过了好一会儿才淡淡地“嗯”了一声。

“辰少？”萧景觉得顾北辰根本还没反应过来。

“随他折腾吧。少琛今天也会过去的。”顾北辰揉了揉眉心，说道，“这案子本来牵扯就大，按梓霄的那性子，他必然不愿意在中途停止。”

“可这牵连也太大了，后续出现的问题……恐怕不小。”萧景拧眉。

“那能怎么办？”顾北辰轻叹一声。

萧景沉默了片刻：“我知道了。”说着，嘴里还嘟囔，“反正就是你陪老婆，我去擦屁股呗。”

“嗯？”顾北辰轻应一声，透着危险的气息。

萧景咧了嘴，“嘿嘿”笑了两声，然后说道：“没，没什么……我就问，今天要不要我过去处理文件什么的。”看看他这狗腿程度，绝对是全世界最好的特助典范啊！

“你这么替我着想，我不让你来处理，浪费你献殷勤的机会。”顾北辰一点儿也没客气。

萧景龇牙咧嘴，随即欢快地应了一声：“应该的，应该的……呵呵！”

顾北辰淡然地挂了电话，萧景听着手机里面的“嘟嘟”声，哼了哼。

“浪费你献殷勤的机会……”萧景学着顾北辰的样子说了一遍，这才放下手机，打算吃点东西，然后去医院。

顾北辰去了病房，从医院餐厅里给李筱玥带了早餐。

就和昨晚一样，李筱玥吃东西，看着顾北辰给简沫洗漱和做晨间按摩。有这样一个男人等着沫沫，她仿佛也没有什么好担心的。

“我打算留在洛城。”李筱玥开口。

“嗯。”顾北辰并不觉得意外，看了一眼李筱玥，问道，“是去别人的律所，还是打算自己开？”

经过加州的那个庭审后，如今的李筱玥在律界大火，就算她开家律所，也是无可厚非的。

“还没有决定。快要过年了，想要休息一阵子，过完年了再说吧。”李筱玥耸耸肩。

“嗯。”顾北辰应了，“律所的办公地点我给你找了几处，你选处喜欢和方便的。律所的设计图是沫儿自己画的，那几处她都有画设计图，看你选了哪处就用哪个。”

“你们夫妻两个，一个出房，一个出设计，我有点压力啊！”李筱玥浅笑。

“沫沫说，你每周要请我们吃饭。”顾北辰微微沉吟，想起简沫腻在他怀里的娇俏模样，“还说，大状请，要吃大餐！”

看着顾北辰，李筱玥心里不由得发酸。她觉得从她踏上洛城，看到这个男人开始，她就变得特别感性。

“好啊。”李筱玥故意装作没有看懂顾北辰的情绪，挑眉说道，“反正，我也不吃亏。”

她没有拒绝顾北辰的好意，不是因为简沫的设计，而是这个男人在用所有的方式留住沫沫的一切。

在这种情况下，她怎么忍心拒绝他的好意？

李筱玥将公寓收拾好了之后，就去看了那几处地方。几个选址都很好，有一处是最佳的。看到相对应的设计图后，她就知道沫沫猜到她一定会选这里。

既然她选好了，顾北辰就让萧景去装修和置办办公用具。

帝皇旗下囊括了吃喝件行，几乎所有的产业链，装修一个律所，不到一个月就全部完工。

在这期间，李筱玥也办好了律所的各种证件。律所的名字很简单，就叫“玥律所”。

“噼里啪啦”的鞭炮声从远处传来，小年夜里，已经处处能见到新年的喜气了。

“爸爸，你看！”顾琰手里拿着一张纸，有些傲娇地轻轻扇动眼帘，“我送给妈妈的小年礼物哦。”

顾北辰接过顾琰递过来的纸，上面是一个相对简单的二维码：“拉线不够直，估计会比较难扫出来。”

“是吗？”顾琰微微皱了一下眉，“哪里？”

顾北辰放下纸，给顾琰指了指：“这里。”

“那我重新画。”顾琰挑眉，随即兴致勃勃地去了隔壁临时卧室里画二维码。

顾北辰的嘴角轻轻勾着，他看着顾琰的身影消失才收敛了眸光，开始给简沫按摩。

外面突然飘起了雪花，一开始很小，渐渐变大，就好似鹅毛在飘落。不过瞬间，天地间银装素裹。

顾北辰拿起简沫的手放在唇边，轻轻亲了一下："还有六天就要过年了。"他凝视着简沫，"沫儿，你会送我新年礼物吗？"话落的同时，他缓缓闭上了眼睛，敛去了在漫长的等待下，那孤独守候的酸涩。

一个晚上，整个洛城都被雪覆盖。

在第二天黎明之前，雪都没有停，只是小了一些。

顾北辰就这样握着简沫的手，趴在她的病床边睡着了。

护士进来巡房，声音很轻，可还是惊扰了顾北辰，几乎就在门被推开的一瞬间，他就醒了。

"辰少，你先去洗漱吧？"护士和顾北辰经过近一年的相处，已经比较熟悉了。

"嗯。"顾北辰轻轻应了一声，放下了简沫的手，却看到简沫的手因为被他握了一晚上，被挤压得有些红，他不由得皱了眉心。

"辰少，怎么了？"护士见顾北辰神色微变，小心翼翼地问道。

"没事。"顾北辰语气淡淡地开口，起身去了洗漱间，拧了热毛巾过来给简沫敷手。

护士看着顾北辰的动作，抿了嘴角，心里总觉得沉甸甸的，那种感觉让她心里一阵发酸。

顾北辰很认真地给简沫敷手，眼里全然是愧疚、心疼。

昨晚，也不知道是怎么的，他就这样握着她的手睡着了。她又没有知觉，就算难受了，也不可能从他手里抽掉手。

他的动作顿了一下，不受控制的心疼渐渐蔓延开来，可在抬眸之际，又尽数敛去。

"沫儿，早安。"顾北辰朝简沫轻轻说完，在她的额头上落下一吻，"我先去洗漱。"话落，他凝视了一会儿简沫，才起身去洗漱间。

只是在转身的那一刻，他眼底有一抹失落蔓延开来。

看着镜子里的自己，顾北辰突然有些厌恶自己。

他明明是相信沫儿会醒来的，为什么他的心开始不坚定了？他在悲伤什么？既然沫儿能够醒来，他又在失落什么？

顾北辰垂眸，浓密的睫毛将眼底的情绪全部敛去。

他不是不够坚定，只是等待是那样煎熬，熬的不是他的身体，是他的心。

外面的雪已经停了，顾琰和简沫说了早安，在妈妈的"陪伴"和爸爸的陪伴下吃了奶奶送过来的早餐，然后就去楼下和医院儿童病房的小朋友玩去了。

"马上过年了。"岑兰曦心疼地看着几乎没有离开过医院的儿子，"要不要接小沫一起回去？"

在家里弄一间设备很高端的疗养病房，对顾家来说，并不是什么大事。

顾北辰沉默了片刻，摇摇头："不了。"他抬眸看向岑兰曦，"如果沫儿醒了，在这里还是比较方便。"

岑兰曦的唇翕动了一下，她还想说什么，最后都化成了心里的一声叹息。

她不想阻止儿子做什么了，他喜欢就好。

活了这么久，一开始要强，后来生了病，一路风风雨雨走过来，看到简沫这样、儿子的悲伤，她这才明白，人只有健健康康、平平安安地在一起，那才是最幸福的。

"砰"的一声响动传来，顾北辰蹙眉之际，就见萧景急匆匆地走了进来。

看到岑兰曦在，他原本已经到嘴边的话硬生生给咽了回去："老夫人，早！"

"吵吵闹闹的，这么大动静。"岑兰曦不满地说了一声，看向顾北辰，"你有事就先忙，我先走了。"

"嗯，路上小心。"顾北辰应了一声。

岑兰曦走的时候，还不满地看了一眼萧景。

萧景咧嘴，摸了摸鼻子，等岑兰曦走了后，才嘟囔了一声。

"怎么？"顾北辰挑眉看向萧景。

"漠北市那边的新闻出来了。"萧景的神色变得凝重起来，"比我们预估的要惨烈。"

顾北辰微不可察地轻蹙剑眉，站起身往隔壁的办公室走。

打开漠北市的新闻网，他大致扫视了一圈，冷峻的脸色明显变得凝重："你这会儿就过去，让萧楠也带人过去，我要梓霄绝对安全。"

"是！"萧景应了一声，也没有多说什么，转身就往外走。

谁也没有想到，这次楚梓霄办张家的案子会牵扯出这么多人，利益链上被拉下来的各界人士，哪一个单独拎出来不是有头有脸的，这一下子都给弄出水面了。可想而知，有多少人看楚梓霄不顺眼，想要他这个律师消失。

下了一夜雪，路上积了厚厚的一层。

虽然扫雪车在清理，可是高速路已经封了，飞机基本延飞了。

萧景没有办法，只能选择铁路出行，尽量以最快的速度抵达漠北市。

此刻的漠北市，已然一片轰动。

谁也没有想到，接连几个月，一件看似根本不起眼的案子，最后会顺藤摸瓜牵扯出一串人物。

冬天的风，对北方来说，是瑟瑟的寒冷。

楚梓霄看着警方正在查封张家，对于这次案子会出现的结果，他不怕，也不后悔。

虽然他确实仗着有北辰。毕竟，北辰身边的几个兄弟在各界也不是吃素的。所以，当初所有人都不敢接这个冤案的时候，他接了。

其实，他接这个案子的最大原因是沫沫。

在学校时，沫沫就说过，这个世界上为没有权势、生活在底层的人说话的，太少了。

楚梓霄的视线有些迷离，眼帘轻轻扇动：沫沫，这个世界上总有去做的人，也总有坚持的人……所以，你会坚持醒来，因为北辰在等你，对吗？

楚梓霄转身往车那边走去，没有理会那些被抓上警车的人，他们一个个用愤怒和怨恨的目光看着他。

——沫沫，我发现，这次我是真的放下了你。

——因为在这个世界上，有个叫顾北辰的男人，他爱你爱到让我自惭形秽。所以请你醒来，回应北辰的爱，同时，也能看到我去追求属于自己的幸福。

漠北市的案子在年前震惊了全国，有人夹紧了尾巴做人，自然，有人觉得大快人心。

华康医院的医护人员无聊的时候也会聊到漠北市张家的案子。

平常人都夸赞着楚梓霄敢做，为平民百姓出了气。只有真正高地位的人才知道，因为这个案子，楚梓霄会有很长时间被许多人排挤。

如果不是他有个叫顾北辰的舅舅，恐怕他这个案子结束时面临的局面会更惨。

这些护士都是女孩子，自然不会去想那些深层次的东西，一个个少女心炸裂，一个劲儿夸赞着楚梓霄，也幻想着如今单身的他能够和自己来一段美丽的邂逅。

相较于那些正在议论和幻想的护士，一旁正在配药的张念没有参与她们的讨论。

不是她没有八卦的心，而是她很早就知道，张家早晚会有这样一天。

思忖着，张念手里的动作缓缓停下，因为鼻间的酸涩，看着药瓶的双眼渐渐被泪水模糊。

时间一点点推移，有人难过，有人开心，有人浑浑噩噩，也有人对每一天都充满希望。

新的一年，在鞭炮声中到来。

“早安，沫儿！”顾北辰在简沫的额头上轻轻落下一吻，“新年快乐！”话落，他朝着她轻柔地笑笑。

这样没有人回应的早安和晚安，顾北辰每天说一遍。都说，人的习惯养成只需要二十一天，可是已经过去这么久了，他一点儿都没有习惯。

一大早，病房里陆陆续续来了很多人，大家和简沫说“新年快乐”，互相开心地聊着天。

这里就好似家一样，因为新年的时候，家人都在！

厉云泽双臂环胸，倚靠在门口，看着一屋子的人叽叽喳喳，突然有了个新的想法。

华康其实可以投资一个以“家”的氛围为主题的医院，那样也许病人的心情会好很多。

啧啧，这个时候，他还能有这样的生意头脑，看来，以后就算不做手术了，他也完全可以笑傲商场。

厉云泽满脑袋奇思妙想，只是视线落在陪在简沫身边的顾北辰身上时，心里总是不受控制地沉重起来。

日子一天天这样过着，仿佛不经意间，这个年就过去了，一个个上班族带着节后病，挣扎在工作岗位上。

过完年发生了一些事情。

比如，漠北市张家的案子虽然牵扯甚广，但一些与此案并没有利害冲突的张家小辈没有被曝光，还能继续他们早已经脱离张家后的平静生活。

比如，沈初每次来找简沫，不是说话有些怪异，就是被突然的一通莫名电话弄得爹毛，然后气愤地离开医院。

比如，年后李筱玥接到第一个官司，虽然很棘手，但她很自信地对简沫说，她能行。当然，顾北辰觉得沫儿是信任她的，所以代沫儿对她说了加油。

比如，顾琰和苏家走得越来越近，大家都怀疑，他以后会不接管帝皇，而是跑去当什么钢琴家。

比如，Star学会了走路，之前口齿不清的他说话已经比较清晰了。

而让人觉得神奇的是，他学会的第一句话不是“爸爸”或“妈妈”，而是“石头”。

每次一听到Star兴奋地喊着“石头石头”，席城就不受控制地全身抽搐，总是想要看看石少钦的反应。

可他最后发现，这个男人在Star面前没有任何脾气，甚至笑得令人觉得不可思议。

席城不免感叹，这个世界真的是一物降一物。

日子在新闻几乎每天一小换、三天一大换下过去，洛城的天气变得暖和了不少。

日夜更替，仿佛什么都在变。而唯一不变的，是简沫始终躺在病床上沉睡，不愿意醒来。

“下雨了……”顾北辰的指腹轻轻摩挲着简沫的手，视线落在窗外，看着那朦朦胧胧的雨下，被雾气晕染了的景色，轻轻开口，“沫儿，这是今年的第一场雨，朦胧中透着一丝寒意，不像是要入春。”

收回视线，顾北辰凝视着简沫，薄唇边溢出浅浅的笑意：“沫儿，你已经睡了一年。”他轻叹一声，“也该睡够了，要醒了吧？”

没有人回答顾北辰，他的手指已然不经意地摩挲到了简沫戴着戒指的手指。那里，有他名字的刺青。

她说，她想要和他的心贴得更近。

她说，她只是把心嫁给了爱情。

顾北辰的目光透着迷离，也有些深远：“我有时候就在想，你会不会给我一个惊喜。”他浅笑，垂下眸，又看向简沫，“就好似电视里演的那样，或者像我梦中的那样，不经意间你就醒了。”

他的声音落下，病房里立即变得十分安静。这样的安静，让人的心酸涩，却只能无奈面对。

“沫儿，我给你的礼物已经准备好了。”顾北辰的声音始终轻柔，“我画了很多二维码，说了好多情话，你都不想知道我送你的是什么礼物，对你说了什么吗？”

病房里寂静得有点可怕。他这样一个人和简沫聊着天，哪怕没有任何回应。

“其实，我不贪心。”顾北辰说到最后垂了眸，“我只想你能每天和我说早安和晚安，仅此而已！”

有什么滚烫的东西砸在了简沫的手背上，透着悲伤。

与此同时，简沫的手指微微动了下，就在顾北辰模糊的视线下。

顾北辰忘记了反应，只是目光瞬间一凛，他盯着简沫的手，半天没有动弹。他不知道是自己眼花了，还是因为他刚刚的颤抖使简沫的手跟着动了一下。

呼吸变得急促起来，顾北辰的薄唇更是紧紧抿到了一起。

太多的梦境让他觉得，一切好似就是在梦中。

“沫儿。”顾北辰的声音因为紧张而紧绷了起来，“你……你能再给我一点儿回应吗？”透着乞求的声音里全然是紧张。

顾北辰目光灼灼，不希望放过任何一点可能性，可是简沫再没有给他任何反应。

嘴角有自嘲闪过，顾北辰沉痛地闭上眼睛，将眼底所有的期望和乞求渐渐敛去。

才一年！

从沫儿昏迷到现在，才一年！

在云泽说的那么小的概率下，他怎么能奢望沫儿这么快醒来？

厉云泽开门走了进来，一身白大褂的他和他平时邪魅的样子有些不同。

“怎么？”厉云泽感觉到顾北辰身上弥漫出来的气息，微微蹙眉。

顾北辰脸上还有没有及时散去的情绪，声音透着一丝沙哑：“云泽，我觉得我最近总是出现幻觉……”

“嗯？”厉云泽不解，却又好似能体会什么。

顾北辰抬眸：“总是觉得沫儿要醒来了，甚至神经也有反应。”

厉云泽看着顾北辰，他是个冷静的人，为了一个简沫，已经完全失去了冷静。

其实，以简沫的情况，她要醒来真的很难，甚至这种可能性微乎其微。

可是这样的结论，他不敢告诉北辰。

有希望，人总是有信念的，不是吗？

厉云泽给简沫进行例行检查，一切没有问题，完全没有数据显示简沫有醒来的迹象。可有些事情，也不是数据能够给的。

顾北辰去了洗手间，厉云泽看了他的背影一眼，最后看向简沫：“简沫，如果你爱北辰，能不能和他一起努力？”

——他努力等你醒来，你努力为他醒来。

厉云泽凝视着简沫，过了好一会儿，脑子里突然出现一抹情绪。随即，他拿了手机出来，给何以宁发了一条信息。

厉云泽：晚上，见个面？

简单的五个字，何以宁看了半天。

她不知道厉云泽这次又想要干什么。只是，人有时候真的会累，她一个人折腾了一个曾经不够，还要继续折腾下去吗？

“何医生。”护士急促的声音传来，“附近发生了连环车祸，急诊送来了好多人，主任让你下去协助。”

何以宁一听，什么也顾不得去想，顺手就将手机放到了办公桌上，急忙起身，拿了听诊器就往外奔去。

她刚刚进电梯，久等不到信息的厉云泽打了电话过来。

夜，在雨天仿佛来得要早了一些。

入夜后，原本只是淅淅沥沥的小雨下大了一些，噼里啪啦地打在玻璃窗上，节奏有些混乱。

顾北辰坐在床边，许是因为下雨，他竟有些伤感起来。

“今天的情绪有些不好。”顾北辰没有隐藏自己的悲伤，“沫儿，一年了，我发现我变得有点儿矫情了。”扯了扯嘴角，他眸光深邃地看着简沫。

她每天“睡”得这样安静，总会让他有种错觉，似乎下一刻她就能醒来。

之前沫儿有抑郁症，他虽然知道症状，但无法感同身受。如今，他仿佛得了幻想症一样，突然明白那种患得患失下的折磨，还有一点点蚕食内心的希望。

顾北辰觉得，这样的感觉让人绝望。

晚上，顾北辰和简沫说了很多很多，没有顺序，有些凌乱，可到最后都幻化成了奢望。

“你说过，还要给我生个女儿。”顾北辰轻轻开口，然后俯下身将脸颊轻轻贴在简沫的手上，他不敢用力，“我还没有陪你从头到尾孕育过一个我们的孩子，你真的忍心让我留下遗憾吗？”

顾北辰轻轻地闭了眼睛，将简沫的手从自己的脸颊上挪开，他害怕睡着的他压到她。

已然凌晨三点多，外面的雨又下大了。雨打在窗户上，节奏乱得让人心乱如麻。

顾北辰已经好多天没有去床上睡觉了，他每天就这样趴在简沫的身边，感受着她的气息。这样他才能告诉自己，沫儿一定会醒来。

“沫儿。”顾北辰闭着眼睛，声音夹杂在雨声中，透着淡淡的悲伤，“我多怕醒来等待我的是永远不能挽回。我真的怕了，从未有过地害怕。”

他的声音哽咽，“那样……对我太过残忍，你明白吗？”

顾北辰的声音落下，简沫紧闭的眼中有一滴泪溢出，顺着眼角蜿蜒而下，烫了她的肌肤。

心率仪器的心率图变得慌乱，显示心跳的数字也在短时间内升高了许多，仿佛代表着此刻被监测的人的情绪在翻转波动。

雨夜，漫长得让人感到浮躁。

当东方露出一丝光亮，下了整整一夜的雨，渐渐停歇了下来。

简沫缓缓睁开酸涩的眼帘，久违的光亮让她的眼睛受不了，她又闭了起来。过了好一会儿，她才再次尝试睁开……入目的是洁净的天花板，空气中飘荡着淡淡的属于医院的气息。

无力地眨了下眼睛，她微微移动视线，最后落在了趴在病床边睡着的顾北辰身上。

嘴角不经意溢出淡淡的笑，简沫就这样看着顾北辰睡着的样子。

过了一会儿，她有些无力地抬起手，指腹轻轻滑过顾北辰紧皱的眉心，想要给他捋平。

轻微的动作，让顾北辰猛然睁开了眼睛。

他看着在自己眼前轻轻晃动的手愣怔了几秒钟，然后“噌”地一下坐直了身体，一双鹰眸紧紧盯着简沫。

简沫和顾北辰的视线对上。她的气色并不是很好，可是能看出一抹心疼下的淡淡笑意。

顾北辰微微蹙眉，随即自嘲：“沫儿，我这梦做得越来越真了。”

简沫微微皱眉，没有反应过来。

“之前，我还只是梦到你有醒来的迹象，可今天，竟然直接梦到你醒来了……”顾北辰垂眸，自嘲地勾了嘴角，“是我太迫切了吗？”

简沫终于明白顾北辰在说什么，鼻子猛然酸涩，眼底更是瞬间氤氲出了薄薄的水雾：“阿辰！”她抿了嘴角，“早安！”

“唰”地一下，顾北辰抬起头，一脸吃惊地看着简沫。

简沫眼底的泪光在闪烁：“你说……下雨了，我该醒来了……”说着，她的眼眶都红了，“你不是在做梦。”说着，她缓缓抬手，指腹轻轻触碰着顾北辰的脸颊，“感觉到了吗？不是梦。”

温软的触感让顾北辰猛然意识到这次真的不是在做梦。

他，是醒着的！

他不是在梦中！

那么……

“沫儿？”

“老公……”简沫说着，泪溢了出来，“我怎么舍得让你一个人？”她吸吸鼻子，因为长久卧床，声音有些干涩、沙哑，“我怎么忍心让你害怕，又怎么能对你说话不算数？”

顾北辰红了眼眶，眼睛一眨不眨地看着简沫，生怕这还是个梦。

“我还要每天和你说早安和晚安。”简沫有些哽咽，“和你一起吃饭，一起去旅行，抚养小傑和我们未来的孩子。”

“沫儿……”顾北辰终究无法控制地喊了一声，人已然起身，深深吻住了简沫的唇。

不是梦！

这次不是梦……

这次是复杂的情绪下的吻，他霸道地索取。

顾北辰还是害怕这一刻是在梦中……毕竟，他做了太多太多这样的梦。

简沫被吻得嘴角都发麻了。她刚刚醒来，因为被吻得缺氧，意识浑浑噩噩的。

“嗯……”简沫有些难受地嘤咛了一声。

顾北辰就和触电一样，瞬间离开了她的唇，紧张地看着她。

简沫心疼地看着这个男人，看着他小心翼翼的模样，眼眶更红了：“阿辰，这不是梦，真的不是梦。”她切实感受到他的慌张、彷徨和害怕，“我醒来了。”

一句“这不是梦，真的不是梦，我醒来了”，让顾北辰感受到了这个世界上最美妙动听的声音。

是，他就算亲吻着沫儿，也在害怕，害怕梦越来越真实，而他醒来后，悲伤也就越来越大。

他的沫儿啊，她在和他说“早安”，她在喊他“老公”。

“沫儿。”顾北辰的声音喑哑却富有磁性，“谢谢你，谢谢你……记得回来的路。”他俯身，闭着眼睛细细吻着简沫的脸颊，感受着她的气息，一遍遍地喊着她的名字。

如果两个人真的相爱，就不会有跨不过去的障碍。

哪怕他每天都在害怕，也从来不愿意放弃。

而他的沫儿亦是如此！

——沫儿，一切都过去了，我再也不会让你离开我，永远也不会！

简沫任由顾北辰亲吻着她的脸颊，他滚烫的唇灼烧着她刚刚复苏的神经。每一个吻，都仿佛在倾诉着她沉睡以来他的思念。

——阿辰，谢谢你，不曾放弃等待着我……你在为我努力，我的努力亦同样为你！

简沫抬手，圈住了顾北辰的脖颈，声音酸涩："因为有你的等待，我怎么舍得不回来？"她吸吸鼻子，"阿辰，你不知道我有多爱你，多舍不得你这样每天等待。"

"我知道，我知道。"顾北辰依旧细吻着简沫，"沫儿，再也不要离开我，不管是什么形式，好吗？"

简沫的眼里蓄满了泪水，她从顾北辰的声音里听出了他这么久等待下的悲伤。

"今后的人生，我会努力保护自己，一直陪着你到老。"简沫哭着说道，"因为，我不想你为我伤心和难过了。"

有什么滚烫的液体滑过简沫的肌肤，她的身体不受控制地颤抖着，一下子，眼泪再也控制不住地决堤了。

这个男人，她从认识到经历了风风雨雨，他都是那样一个高高在上的人啊。

可是这会儿，他哭了！

简沫的心都揪到了一起，她讨厌自己睡了这么久，磨光了这个男人的傲气："阿辰……"她的声音透着心疼，"我再也不离开你了，永远都不会离开，永远！"

顾北辰再次封了简沫的唇。这次，没有深吻，只是两个人的唇贴合到了一起。

顾北辰闭着眼睛，他不想简沫因为他内疚，他只是太高兴了，高兴得忘记了控制自己的情绪。

简沫也闭上眼睛，静静感受着这个男人赋予她的所有情绪。

他们的唇都微微颤抖着，两个人紧紧拥抱在一起，仿佛天地万物再也不能将他们分开。

——阿辰，谢谢你一直坚定地等着我，陪伴着我，让我能坚定地想要醒来。成为你的妻子，是我这辈子做得最正确的决定！因为，你是那么值得我托付终身。

番外1
楚梓霄

简沫醒来后，顾北辰陪着她在医院做了一周的康复锻炼，才正式离开医院。

所有人都知道顾北辰给简沫画了很多二维码、写了很多情话，也知道他还准备了一份礼物，但具体是什么，大家都不知道。

当看到被称为“畅欢苑”的别墅小区以及那栋不管是建筑还是室内装修，都是顾北辰一个人设计的房子时，大家不仅惊叹他的才华，更是为他和简沫的爱情而感动。

“这是家，是我亲手为你准备的礼物。”顾北辰拉着简沫的手，步入那栋别墅。

所有人的视线都被顾北辰设计的别墅所吸引，不管是从实用角度还是舒适角度，或者是从风格，每一处都让人无可挑剔。

楚梓霄站在院子里，环视着周遭的植被，嘴角缓缓勾起一抹淡淡的笑。

“怎么不进去？”顾慈走了过来，担忧地看着儿子。

“妈。”楚梓霄轻轻唤了一声，视线落在前方的一棵树上，“在洛大的时候，因为沫沫学的是建筑设计，那时候我们也有聊过以后的家要自己设计，最好是能买一块地，那样，就连主体结构也可以自己设计。”

“梓霄……”顾慈拧了眉。

楚梓霄笑了笑，偏头，看向顾慈，平静地说道：“我说这个，不是怀念什么，也不是放不下什么。我只是突然发现，就算站在这里让我想起过去的很多事情，我也能很平静了。”

顾慈不解地看着儿子，想要问问他是不是彻底放下了，可又觉得这个问话没有意义。

如果梓霄真的放下了，不需要她说；如果儿子放不下，她说了又如何？

“以前说放下，我只不过是努力一下。而此时此刻看到北辰和沫沫如此幸福，我才发现，我是真的放下了，也释然了。”楚梓霄吸了口气又呼出，仿佛将沉积在内心多年的东西都释放了一样，“我也想好好谈一场恋爱。有了上次的经验，我觉得这次我会好好对待我生命里的那个她。”

顾慈笑了起来：“妈等你带儿媳妇回家。”

楚梓霄笑着点头，同时心里也在想，他的那个她会是什么样子。

春末夏初，洛城的天气开始转热，尤其到了中午，阳光炙烤得仿佛能将人给晒蔫了，但到了晚上，又会特别凉快。

张念值完班从华康医院出来，搭地铁回公寓。许是因为昼夜温差大，她有些感冒，也因为在地铁上吹了换气风，脑袋晕沉沉的。

“叮”的声响传来，电梯抵达公寓楼层。

张念一边往外走，一边从包里掏出钥匙开了门。她推开门，顺手开了玄关的灯，当准备走进去时，身后突然传来一股冲力将她推了进去。随即，她就听到了关门声。

“啊……”张念下意识想要大叫，在听到一声“别叫，我不会伤害你”的话后，她转过身，见男人也转过身通过门上的猫眼看向外面。她没来得及看到男人的长相，于是拧眉问道，“你是谁？”

她有些慌乱地从包里拿出手机，紧张到想要打报警电话。

楚梓霄回头睨了一眼因为紧张而和手机奋斗，解锁都解不开的张念，微蹙眉头，从兜里掏出证件扔给她：“这是我的证件，我就避一下人。”

张念紧抿着唇，打开证件看了一下，微微瞪大眼睛：“楚梓霄？”

“嗯。”楚梓霄淡淡应了一声，依旧从猫眼看着外面，“我和我的兄弟来这个小区里见一个案子的相关证人，但被人堵了，我只能先引开那些人。”

张念看着头也不回却在解释的楚梓霄，顿时没了好脸色，轻哼了一下：“那你躲到我家，不是会给我带来麻烦？”

楚梓霄愣了一下，缓缓转身，看着之前还紧张得想要报警。现在却一脸厌恶地看着他的女孩，笑了笑：“这确实是个问题。”

张念又哼了一下："你们律师现在还要管刑侦的吗？"

"嗯？"楚梓霄有些不解她话里的意思。

"见个证人，搞得像是拍警匪片。"张念吐槽，"你这不会是又抓到什么大鳄的尾巴，准备撸一串人下马，所以有人想对你做什么吧？"

听她这样说，楚梓霄估摸着她也是关注了年前漠北市张家案子的人。

他轻笑着耸耸肩："我们做刑辩的呢，原本就要危险一些，这个没办法。至于要不要撸一串人，那也得那些人有东西让我撸不是？"

张念的嘴翕动了一下，她想说什么，最后忍着没说。她将证件丢给楚梓霄，没再理他，只是放下包，换了拖鞋后，打算去给自己下碗面。

今天医院里很忙，她连晚饭都没顾得上吃，这会儿又累又饿，还头晕。刚刚陌生人闯入，她又受到惊吓，在确定对方是楚梓霄后，她松了口气，身体一下子开始抗议。

楚梓霄心知自己这会儿不能出去，万一被人发现他在这一层，或者躲进这户人家，以后这个女孩肯定是有危险的。他索性也跟了进去。

"还没吃饭？"楚梓霄见张念拿了挂面和西红柿出来，并不打算理他的样子，径自说道，"那个，我也还没吃，顺便也给我弄一碗。"

张念有些无语："我还没有告你擅闯民宅，你倒是脸皮厚得丝毫没有客气。"

"我一时半会儿也出不去，也解决不了基本问题，脸皮只能厚点了。"楚梓霄不以为意，"西红柿多放点，我喜欢汤汁浓郁的面。"

张念突然有种想将挂面扔到楚梓霄脸上的冲动，这个男人还真不把自己当外人！

看着张念那一副快要爆发又硬生生忍下来的样子，楚梓霄觉得有些好笑。他索性双臂环胸，倚靠在门框上，看着她气愤地炒西红柿，煮面，时不时瞪他一眼表达不满。

"说真的，如果你做成西红柿鸡蛋面，估计会更好吃。"楚梓霄建议。

"没有鸡蛋了。"张念声音闷闷地说道，"有西红柿，不是白水面就要偷笑了。"

"一个女孩子，怎么把自己过得这么糙？"楚梓霄微微蹙眉。

张念关火的动作透着隐忍，她死死地关上阀门，随即偏头瞪着楚梓霄："我过得糙，关你什么事？我就喜欢糙！"

楚梓霄笑了起来，看着张念那一副快崩溃的样子，眸光渐深。

不知道是灯光还是热气，她的脸颊微红，眼里也有几分红血丝，不知道是不是因为上班太疲惫了。

只是她看着他时，眼底那几分隐忍着的愤怒和怨恨是从何而来的？

在安静的房间里，只有吸面条的声音，气氛尴尬又奇怪。

“你叫什么？”楚梓霄打破沉默。

“关你什么事？”张念微微偏身，摆明不想理他。

“你好像很讨厌我？”楚梓霄又问。

张念停下吃面的动作，闭上眼，暗暗吸了口气，这才睁开眼睛冷漠地看着楚梓霄，说道：“难道我应该喜欢一个莫名其妙闯入我家里，还有可能给我带来麻烦，甚至脸皮厚得要我给他下一碗面吃的人？”

楚梓霄笑了。他是律师，观察能力很强，对于女孩的表情、动作都能分析出几分：“可你的讨厌，并不是来自你说的这些。”

张念轻笑，透着冷意，端了面碗继续吃，不说话了。

楚梓霄也没有说话了，二人再次陷入诡谲的吸面条气氛中，直到他的手机响了。

“阿煜？”

“证人已经送到警方安全屋了。”唐煜微微松了口气，问道，“你还好吧？”

楚梓霄看了一眼吃面的张念，语气淡淡地开口：“我这里还好。”

“嗯，那我先过去见证人，等下你直接过来。”

“好……啊？”楚梓霄刚刚应了一声，就见站起来的张念身体突然晃了一下，人跌回了沙发上。

“怎么了？”唐煜拧眉问道。

“没事，等下见面再说。”楚梓霄说完直接挂了电话，看着脸色不太好的张念，问道，“是不舒服，还是什么情况？”

张念微微甩了下头，那种猛然站起来的眩晕感才稍稍缓解：“我没事。”她压了压因为眩晕而猛然间反胃的恶心感，然后看向楚梓霄，说道，“你可以走了。”

楚梓霄看着张念满脸嫌恶的样子，也没有多说什么，道了谢，起身离开了屋子。

站在门口，他看了看门牌号后，又看了看被自己关上的门，这才收回视线，大步流星地离开。

张念本以为她和楚梓霄不过是两条相交的线，一点交集过后，就会各自生活，距离也会越来越远，完全是路人式的擦肩。

可第二天下班回家，当看到超市外送的鸡蛋等物时，她哭笑不得。

楚：女孩子要对自己好一些。偶尔过得糙可以，生活就算无法过得细致，也要让自己充满幸福感。

而且这样的外送服务不是只有这一次，而是两三天一次，持续了一个月都没有停止。

“张念，在想什么呢？”护士喊了一下发呆的张念。

张念回过神，浅笑着摇摇头。

刚刚大家正在讨论楚梓霄这次刑辩的案子，说是前前后后都已经一个多月了，明天终于要开庭了。

“听说这次其中有人涉黑，好像很棘手。”

“我听说楚辩都被人跟了好几次，如果不是暗处有人保护他，恐怕……”

张念微微皱眉，想起上次他躲进她家里的情况。耳边是一个个护士从网上听到的消息，虽然不知道被添油加醋了多少东西，也不知道真实性到底剩下了几分，可她莫名有些担忧起来。

她生长在一个很复杂的家族里，虽然因为喜好和某些事，从上大学开始就基本和家族没有太多联系，可不代表她不清楚那样弯道下面肮脏的手段。

张念抿了抿嘴，到底没忍住，拿了手机给一个每次超市订单留言上都有的电话号码发了一条信息：注意安全。

楚梓霄刚刚开完会，看着四个字的信息，嘴角不由自主地溢出一抹就连他自己都没有发觉的、有些得意的笑容。

“笑什么呢？”唐煜把咖啡递给他。

楚梓霄微微挑眉，笑得神秘：“碰到了一个有趣的女孩。之前我一直在想，她能忍多久，这会儿发现，她真是一个明事理又善良的姑娘。”

“嗯？”唐煜一下子来了兴趣，八卦道，“你这是有情况？”

楚梓霄微微偏头，看向窗外那棵梧桐树，嘴角的笑意加深：“可我不知道最后的结局。”

“什么意思？”

“她是张家的人。”楚梓霄收回视线，看向唐煜，见他蹙眉，浅笑着说道，“但她今天突然给我发了信息，我觉得……是有希望的。”

离开张念家后，他许是好奇她眼底对他的愤怒是为什么，许是害怕他给她带去麻烦，就查了一下她，却没想到，她是漠北市张家的人。

因为知道了这些，他就一直没有再去找她，只是希望她能过得精致一些，是愧疚也好，是初见时她给他的印象深刻也罢。

明天要开庭了，他不是不知道外界对这次案件的诸多猜测，和一些越描越大的事情。刑辩律师本就比较容易得罪人，他已经习惯了。

可刚刚张念发来那四个字，让他明白了，那个姑娘虽然对他有怨怒，可也清楚地知道，张家的事情不能怪在他的身上。

怎么办？

这样的感觉，好像是心动了……

番外2
小故事

（1）石少钦

自从墨宫有了Star后，所有人都觉得墨宫的画风都变了。

比如，小家伙拿着一把葵花籽给石少钦，嘴角挂着口水，说了一个“种”字后，墨宫开启了农业的道路。

以古堡为中心，前后左右开垦了很多地，种了大片大片向日葵，将一个除了后山，其他地方都没有绿植的墨宫弄成了向日葵的海洋。

那海风一吹，场面十分壮观。

再比如，小家伙会拿着很酸的葡萄，甩着小胳膊、小腿跑到石少钦面前，软软地说道：“甜，石头吃！”

哪怕入嘴的葡萄酸得牙都能掉，石少钦也能面不改色地朝着Star笑着说很甜。

“太没节操了！”席城摇头。

“加一。”卡尼点头附和。

肖思悦看看两个表情受不了的男人，随即看向正抱着Star摘向日葵花盘的石少钦，浅笑着说道：“我倒觉得，钦少有人气儿了，这样挺好的。”

席城和卡尼双双偏头看向肖思悦，见她一脸陶醉样，纷纷翻了个白眼，然后转身各自忙各自的事去了。

他们应该也要学会慢慢习惯，那个曾经冷漠、嗜血又喜欢黑暗的男人，如今因为星星，变得喜欢阳光。

嗯，只要钦少不要突发奇想去填海，专门用来种向日葵就行！

当然了，他们觉得，如果有天Star这样建议，石少钦那个没节操又没原则的肯定做得出。

（2）顾家小公主

简沫身体彻底恢复后，决定生个小公主。

她很郁闷，儿子经常嫌弃她，还怼她，她一定要生一个贴心小棉袄，来和自己一国。

“你就真的能确定你这一胎一定是女儿吗？”已经改名为“简曜”的J好奇地看着简沫的肚子，“如果是个女儿，那是不是我就有外甥女了？”

“是！”简沫笑着挑眉。

“哇！”简曜一脸期待，笑着说道，“那这胎一定是女孩。”

“爸爸，我觉得小舅舅和妈妈在一起后，智商也变低了。”顾琰表情担忧，“真害怕他们两个影响了妹妹的智商。”

顾北辰浅笑着揉了揉儿子的头：“听你这话，感觉你也认定妈妈肚子里一定是妹妹。”

顾琰这才反应过来，不承认自己也想要个妹妹的想法：“和妈妈待在一起久了，我的智商好像被影响，也变低了。”

顾北辰被儿子逗笑了，看向不知道悄悄和简曜说什么的简沫，声音淡淡的：“妈妈负责貌美如花就好。智商那种东西，我个人认为，女人一旦有了，辛苦的一定是男人。”

顾琰不太理解爸爸话里的意思，不过秉承着爸爸讲得一定有道理的原则，还是很认真地点头，表示赞同。

在一家人的期待下，小公主到来了，这也是顾北辰第一次从简沫受孕开始到孩子出生，每天都陪在她身边。

这样的幸福对他来说，感恩之余，心里满满的。

只是，他发现全世界都在和他争女儿的时候，表示很心酸。

——那是我的女儿，你们都给我放下！

众人继续逗小公主，完全无视顾北辰，惹得当吃瓜群众的简沫当场笑喷。

（3）Star

所谓出来混的，迟早是要还的。

石少钦偷偷养了顾北辰和简沫的孩子，内心觉得愧疚，被顾北辰那个不要脸的用他欠自己一条命要挟，顾北辰一旦遇到无法解决或不方便解决的事情，就来找他。

比如，叶晨宇再次因为一个人贩子集团的案件成为卧底，找他帮忙逃离。

又比如，林向南搞垮一个贩毒集团后，找他打掩护。

还比如……

总之，现在石少钦一看到顾北辰的来电，就有种“你的不要脸朋友已上线”的既视感。

Star两岁以后有了名字：石墨晨。

这个名字代表了石少钦、简沫、顾北辰三个人，也代表了Star给予了墨宫和石少钦晨曦般的希望。

石少钦养了Star，所以要还顾北辰的债。

可当初，顾北辰在简展锋的案件和石少钦的事情上借助了XK的力量，萧暮原本的条件是让顾北辰来当XK接班人的。

可谁知道，简沫耍了小聪明，说他说的条件没有期限，那他们自然可以将履行时间推后，萧爷气得直接盯到了Star身上。

嗯，出来混的，迟早是要还的。

石墨晨长到十八岁时接管了XK，成了新一代话事人，成了最优秀的自己，这才出现在顾北辰和简沫面前。但惊喜之余，顾北辰更多的是气愤。

顿时，石少钦和顾北辰两个幼稚鬼，在众人的围观下好好地打了一架。

吃瓜群众表示，两个中年大叔竟然还能和青春躁动期一样，一言不合就动手，磕着“墨宫牌”瓜子好好欣赏和研究的同时，还纷纷下注谁会赢！

图书在版编目（CIP）数据

沫许辰光. 5 / 月下魂销著. --南京：江苏凤凰文艺出版社，2019.7

ISBN 978-7-5594-3797-6

Ⅰ. ①沫… Ⅱ. ①月… Ⅲ. ①长篇小说—中国—当代 Ⅳ. ①I247.5

中国版本图书馆CIP数据核字（2019）第104866号

沫许辰光. 5

出 版 人　张在健
作　　者　月下魂销
责任编辑　丁小卉
特约编辑　张　靓
装帧设计　小　乔　李映龙
责任印制　刘　巍
出版发行　江苏凤凰文艺出版社
出版社地址　南京市中央路165号，邮编：210009
出版社网址　http://www.jswenyi.com
印　　刷　湖南凌宇纸品有限公司
开　　本　880mm × 1230mm　1/32
字　　数　348千字
印　　张　10
版　　次　2019年7月第1版　2019年7月第1次印刷
书　　号　ISBN 978-7-5594-3797-6
定　　价　38.80元